Entführungen sind reine Nervensache

Bei Risiken und Nebenwirkungen schlagen Sie
Ihren Vampir oder Apotheker

Allyson Snow

© Copyright: 2019 - Allyson Snow
Herstellung und Verlag: BoD – Books on Demand, Norderstedt.
ISBN: 9783748159995

Cover created by © T.K.A-CoverDesign / t.k.alice@web.de
// http://tka-coverdesign.weebly.com/font-copyrights.html
Lektorat, Korrektorat: Juno Dean, Mathew Snow

Bibliografische Information der Deutschen Nationalbibliothek: Die Deutsche Nationalbibliothek verzeichnet diese Publikation in der Deutschen Nationalbibliografie; detaillierte bibliografische Daten sind im Internet über dnb.dnb.de abrufbar.

Regel Nr. 1

Das nächste Mal den Knebel nicht vergessen

»Ich hasse dich!« Die kleine Furie trat so heftig gegen Gaylords Sitz, dass er versehentlich auf die Hupe drückte. Der unschöne Ton erschreckte einen Fahrradfahrer neben ihm derart, dass dieser den Lenker verriss und geradewegs in einen anderen, vor sich hin träumenden Biker rauschte.

Fahrer wie Räder krachten ineinander verkeilt auf die Straße. Gaylord wechselte auf die rechte Spur, um dem Chaos auszuweichen. Mit erster Hilfe konnte er sich nicht aufhalten.

»Du hast gerade einen Unfall verursacht«, informierte Gaylord das kleine Biest auf dem Rücksitz.

»Du bist der Unfall.«

»Du verhältst dich wie ein bockiges Kind.«

Im Rückspiegel sah er, wie das Blut in Paulines Wangen schoss. Mehr noch, ihr Kopf begann zunehmend rot zu glühen. Eine Farbe, die sich mit ihrem lilafarbenen Kleid biss.

»Tut mir leid«, giftete Pauline. »Verhalten sich Entführungsopfer anders? Ich kenne mich da leider nicht aus. Es ist nämlich das erste Mal, dass mich ein durchgeknallter Vollidiot betäubt und mit Handschellen durch Paris fährt!«

»Du kannst froh sein, dass du nicht im Kofferraum mitfährst.«

Leider. Denn genau dort gehörte sie hin, aber das war ihm viel zu spät eingefallen. Wie so einiges anderes auch. Paulines Hände waren hinter ihrem Rücken mit Handschellen gefesselt. Ein guter Anfang, aber bedauerlicherweise hatte er vergessen, ihr gleich noch die Füße zusammenzubinden und sie überhaupt zu einem unbeweglichen Bündel zu verschnüren. Anstatt still und brav zu

 5

warten, dass er sie in ein abgelegenes Lagerhaus oder in seinen Keller fuhr, wand sich Pauline auf dem Rücksitz und versuchte, sich mit dem akrobatischen Können einer altersschwachen Giraffe von der Fessel zu befreien.

Während er im Rückspiegel das Treiben beobachtete, gratulierte sich Gaylord selbst zu seiner Weitsicht. Er hatte tatsächlich gezögert, ob er sie fesseln sollte. Aber von dem Chloroform war sie früher aufgewacht als berechnet, und so wütend wie sie war, würde sie ihm ohne diese Vorsichtsmaßnahme das Gesicht zerkratzen.

Eine Halbvampirin könnte in ihrer Wut vielleicht normale Handschellen aufbiegen. Aber wenigstens hier hatte er mitgedacht. Die Fesseln waren verzaubert. Kein Vampir konnte diese sprengen, erst recht kein Mensch. Und er hoffte, dass es auch auf eine Frau zutraf, die die seltene Mischung aus beidem war. Die Schellen schienen zu halten. Pauline zerrte, jedoch stöhnte sie leise, als sich das Metall in ihre Haut einschnitt.

»Hör auf zu strampeln«, mahnte Gaylord. Aber war ja klar, dass Pauline keineswegs die nötige Vernunft besaß. Sie schaffte es, ihren Sicherheitsgurt zu lösen und trat erneut gegen seinen Sitz. Gaylord drückte abrupt auf die Bremse und gab im nächsten Augenblick wieder Gas. Seine wertvolle Fracht krachte gegen den Vordersitz und rutschte in den Fußraum.

Pauline kreischte so laut, dass sich Gaylords Trommelfell stöhnend nach innen bog. Himmel, welcher sadistische Gott hatte ihr ein solches Stimmorgan geschenkt? Der gehörte aus der Mythologie entfernt.

Gaylord stoppte an einer roten Ampel und drehte sich herum.

Fluchend strampelte Pauline mit den Beinen in der Luft. »Du hättest ruhig aufräumen können. Hier liegen Kondome rum!«

»Es ist nicht mein Wagen. Er ist gestohlen.«

 6

»Ich schwöre dir, wenn du mich genauso verkommen lässt, weil ich auch nur geklaut bin, werde ich dir die Haut abziehen!«

»Du bist meine Gefangene, ich werde dich pfleglicher behandeln als einen Wagen.«

»Sagte der Axtmörder.«

»Ich habe keine Axt.«

»Du bist schlecht vorbereitet.«

Schweigend sah Gaylord zu ihr hinunter. Ihr zickiges Gehabe konnte nicht darüber hinwegtäuschen, dass sie Angst hatte. Die Röte der Wut war mittlerweile aus Paulines Gesicht verschwunden. Stattdessen war ihre Haut fahl, sie zitterte und in ihren Augen spiegelte sich blanke Panik wider. Sie senkte den Kopf, und zum ersten Mal seit ihrem Erwachen hielt sie ihren Mund.

Die Ampel sprang von Rot auf Grün, aber es war Gaylord egal. Er schnallte sich ab, beugte sich nach hinten und packte Pauline am Arm, um sie wieder zurück auf ihren Sitz zu bugsieren. »Wenn du nicht gerade einen Bolzenschneider in deinem Höschen mit dir herumträgst, hast du keine Chance, dich zu befreien. Auch dein Vater wird dich nicht retten können, und mit deinem Gestrampel vergeudest du nur deine und meine Energie.«

Gaylord drehte sich nach vorn und gab Gas, als die Ampel gerade wieder auf Rot sprang.

»Hurensohn«, erklang es trotzig hinter ihm.

»Beleidigungen sind im Übrigen genauso unnütz.«

Gaylord drehte das Radio lauter. Vielleicht half das seiner Beute, sich zu beruhigen. Und wenn nicht, dann übertönte es wenigstens halbwegs ihre Gehässigkeiten.

Der Pariser Straßenverkehr zog sich zähflüssig dahin, aber Gaylord hatte keine Eile. Paulines Vater mochte zwar einer der gefürchtetsten Mafioso der Stadt und ein Vampir sein, aber Gaylords Vorsprung war groß genug. Damit das so blieb, fuhr

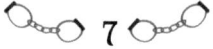

Gaylord für Pariser Verhältnisse nahezu auffällig unauffällig. Er reihte sich nicht in das muntere Hupkonzert ein und schrammte auch nicht millimeterscharf an anderen Fahrzeugen vorbei, obwohl man sich ohnehin an der nächsten Ampel wiedertraf.

In knapp drei Stunden würden sie sein Haus erreichen. Dort fand Jason Harris seine Tochter nicht so schnell wieder. Gaylord hatte alle erforderlichen Maßnahmen getroffen, um genau das zu verhindern. Sie blieb bei ihm, solange er das für richtig hielt. Da konnte Pauline den Insassen der vorbeifahrenden Fahrzeuge noch so schaurige Grimassen schneiden. Sie bekam lediglich fröhliches Winken zur Antwort.

»Idioten«, murrte sie. »Wo ist die Polizei, wenn man sie mal braucht?«

»Die versucht immer noch aufzuklären, warum das Hotel deines Vaters ohne Vorwarnung explodiert ist.«

»Er wird dir das Fell über die Ohren ziehen.«

»Ich bin sicher, dass er das versuchen wird«, gab Gaylord freimütig zu. Er gab auch gerne zu, dass er ungern einem wütenden Vater in die Hände fiel. Aber das hatte er ja auch nicht vor.

Sein Plan war einfach und für Pauline sogar relativ ungefährlich. Sie erfüllte ihren Zweck, und er ließ sie anschließend aus reiner Freundlichkeit wieder laufen. Nun ja, sofern Pauline nicht doch vorher noch in den Genuss seiner Experimente kam.

Gaylord lenkte das Auto an einer ahnungslosen Polizeistreife vorbei. »Willst du nicht wissen, warum ich dich entführt habe?«

»Weil du ein heuchlerischer Kackstiefel und ein verrückter Stalker bist. Ich habe es von Anfang an gewusst. Ich hätte mir gleich eine Knarre kaufen und dich über den Haufen schießen sollen.«

»Falls du es vergessen hast, bis vor zwei Stunden habe ich dich noch vor bösartigen Hexern, cholerischen Vampirjägern und

machtgeilen Mafiosi beschützt.«

Pauline lachte bitter, rutschte in einer Kurve wieder einmal vom Sitz, aber das hielt sie nicht vom Motzen ab. »Beschützt? Du hast auf meinem Balkon gestanden und gespannt!«

»Tut mir leid, dich enttäuschen zu müssen, aber nichts von dem, was ich gesehen habe, war so reizvoll, dass ich deswegen spannen musste«, widersprach Gaylord.

Pauline schnaubte so heftig, dass sie anschließend den Rotz wieder hochziehen musste. »Dein Glück. Wenn ich auch nur noch einen Handkuss von dir bekomme, springe ich von der nächsten Brücke!«

»Ich werde dich nie wieder mit meinen guten Manieren behelligen«, spottete Gaylord.

»Das will ich auch hoffen. Wäre doch schade, wenn ich dir in deinen geklauten Wagen kotzen müsste.«

Gaylord war wirklich kein guter Entführer, er hatte den Knebel vergessen. Schimpften alle Entführungsopfer so? Seine Erfahrungswerte waren trotz seines letzten Jobs gering. Als Mitarbeiter von Paulines Vater hatte Gaylord genug Verbrechen begangen. Erpressung, Diebstahl, das Entsorgen eines anderen Verbrechers, wenn der sich an Gaylords zugewiesenen Schützlingen vergreifen wollte … Auch als Vampir war Gaylord gezwungen, Menschen schnell und unauffällig den Garaus zu machen. Doch noch nie hatte er eine Frau entführt. Und zu seinem Pech erwischte er auch noch die mit der größten Klappe.

In den Tagen, an denen er für Jason auf Pauline aufgepasst hatte, hatte er sie nur aus der Ferne beobachtet. Selten nah genug, um zu verstehen, welche Obszönitäten sie von sich gab, aber nah genug, um jederzeit ihr Leben schützen zu können. Gaylord hätte jeden getötet, der Pauline auch nur schief ansah. Dieser Auftrag war Gaylord außerordentlich gelegen gekommen, schließlich

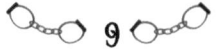

sollte sich niemand an ihr vergreifen, bevor Gaylord zum Zug kam. Aber ihr Vater hatte nicht damit gerechnet, dass letztendlich Gaylord zum Feind wurde. Denn Pauline war Gaylords einzige Hoffnung. Eine sehr launische Hoffnung. Eine, die im Rückspiegel mit ihrem Schmollmund so süß aussah, dass er sich einen Moment lang wünschte, er müsste all das nicht tun. Aber ihm blieb keine Wahl. Sie war der Schlüssel zum Fluch der Vampire.

Pauline schob sich wieder nach oben, rutschte auf ihrem Sitz hin und her und starrte auf die vorbeiziehende Umgebung. Sie zwinkerte und schüttelte leicht den Kopf, wenn ihr einzelne Haare des Ponys in die Augen fielen. Das Kleid war hoffnungslos zerknittert. Wegen der fehlenden Träger rutschte es zunehmend nach unten und zeigte Stück für Stück mehr von ihrem üppigen Dekolleté. Schade, dass Korsetts in den heutigen Zeiten so unbeliebt waren. Die Mode zu seinen Lebzeiten würde ihr mehr schmeicheln, als es dieses knittrige Stück Stoff jemals könnte. Kurz gesagt: Wenn Pauline den Mund hielt, war sie recht hübsch. Aber er war nicht an ihrem Gesicht, den vollen Lippen oder ihren Brüsten interessiert, sondern an ganz anderen Teilen ihrer Anatomie.

Pauline zog die Füße an, stützte sie gegen seine Rücklehne und presste die Lippen aufeinander. Unweigerlich keimte Misstrauen in ihm auf. Was denn? Gingen ihr schon die Beleidigungen aus?

Sie wippte mit dem Bein, sodass sein gesamter Sitz vibrierte, doch bevor Gaylord ihr deswegen noch einmal ein Tuch mit Chloroform ins Gesicht drücken konnte, schaffte sie es, die Türverriegelung zu lösen.

Himmel noch eins, warum hatte er eine solche Schrottkarre und keine mit Kindersicherung geklaut? Gaylord trat aufs Gas. Sie musste sich schon den Hals brechen, wenn sie hier rauswollte. Doch da schob sich ein Mopedfahrer vor ihn, und nur Gaylords

beherzter Druck auf die Bremse bewahrte den Idioten davor, zwischen zwei Autos zu Brei zerdrückt zu werden.

Pauline schrie auf, krachte erst gegen seinen Sitz, fiel gegen die Tür und dann auf die Straße. Die anderen Verkehrsteilnehmer hupten, und Gaylord könnte schwören, dass diese nicht minder verstört waren wie er. Pauline rappelte sich auf und rannte, mit auf den Rücken gefesselten Händen, durch den halsbrecherischen Pariser Feierabendverkehr!

Auf vier Spuren schoben sich kreuz und quer die verschiedensten Fahrzeuge durch den Kreisverkehr und Pauline mittendrin. War sie wahnsinnig? Was sollte das werden? Wollte sie ihm aus Rache graue Haare bescheren?

Gaylord hielt an, stieß die Tür auf und ignorierte das Moped, das quietschend nur einen Millimeter vor ihm zum Stehen kam.

»Bist du bescheuert? Wo hast du Fahren gelernt? Du sehbehinderte Kaulquappe«, brüllte der Mopedfahrer, als er es schaffte, seinen Helm herunterzuzerren.

Pah, sollte der schimpfen. Wo, zum Teufel, war Pauline?

Gaylord drehte sich um seine eigene Achse und spähte über das Chaos aus Blechdächern, Helmen und Rädern. Dort. Pauline rannte kopflos zwischen den Autos umher. Immer wieder musste sie ausweichen und schaffte es nicht, den Bürgersteig zu erreichen.

Verflucht sei diese Frau. Er konnte ihr doch unmöglich so viel Angst eingejagt haben, dass sie sich lieber über den Haufen fahren ließ.

Vor einem Cabrio blieb sie wie ein erstarrtes Reh stehen, und Gaylord konnte an ihrer verkrampften Haltung sehen, dass sie mit einem Zusammenprall rechnete.

Herrgott, tot nützte ihm dieses Frauenzimmer nichts! Auf die Geheimhaltung seiner Kräfte geschissen! Gaylord sprang mit

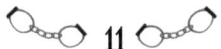 **11**

unerhörter Leichtigkeit über die Motorhaube seiner Karre und war im nächsten Augenblick bei Pauline, um sie aus der Fahrspur des wahnsinnigen Fahrers und auf den sicheren Bordstein zu zerren.

Pauline keuchte und trat ihm mit dem Absatz auf den großen Zeh.

»Au. Hör auf damit«, zischte Gaylord.

»Hilfe!«, brüllte Pauline als Antwort.

Fest legte er seinen Arm um ihre Taille. Sie strampelte und wand sich, trat ihm gegen das Schienbein und versuchte ernsthaft, ihn zu beißen.

Sie konnte froh sein, dass es noch zu früh war, sie umzubringen. Sein Plan war so einfach gewesen. Pauline betäuben, ins Auto packen und sie dann in seinem baufälligen Haus einsperren. Aber niemand hatte ihm gesagt, dass sich Pauline so schnell von dem Chloroform erholte und dann nicht verängstigt auf dem Rücksitz kauerte, sondern sich als widerspenstiges Biest erwies.

Warum hatte er nicht auf seinen Butler gehört? Seinen Charme einzusetzen und Pauline so lange zu umgarnen, bis sie ihm half, war eine zumutbare Alternative. Scheiterte bedauerlicherweise nur daran, dass Pauline ihn auf ihrem Balkon gesehen hatte und ihn ab der ersten Sekunde nicht leiden konnte. Gut, die wenigsten Frauen mochten die Männer, von denen sie sich verfolgt fühlten. Gleichgültig, ob es zu ihrem Besten und zu ihrem Schutz war. Also hatte er sich endgültig bei ihr unbeliebt gemacht und sie entführt. Und diese Entführung würde nicht hier enden! Auch wenn er sie nicht einfach packen und wie der Schall mit ihr davonrasen konnte. Es gab zu viele Zeugen. Zeugen, die sie jetzt dämlich anglotzten.

»Hilfe, Entführung«, brüllte Pauline. »Hey, Sie da, in der roten Jacke. Rufen Sie die Polizei.«

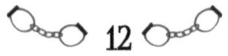 12

Pah, mehr hatte sie nicht zu bieten? Die Passanten waren keine ernsthafte Gefahr, geschweige denn eine Hilfe. Sie griffen nach ihren Handys. Aber nicht, um die Polizei zu rufen, sondern um Videos zu drehen. Ihm sollte es recht sein. Die Leute wollten ein Schauspiel, sie bekamen eines.

»Du wolltest doch diese Nummer von wegen Entführung«, donnerte Gaylord. »Ich fand dieses Rollenspiel affig. Aber gut, wenn meine Liebste eine erotische Entführung will, dann bekommt sie die auch mit anschließender Verführung. Aber wenn du jetzt plötzlich keine Lust mehr hast, dann kann ich die Peitschen und das ganze Gedöns wieder zurückgeben!«

Er musste zugeben, Paulines entgleisende Gesichtszüge entschädigten ihn für den Ärger. Sprachlos starrte sie ihn an und klappte wie ein an Land zurückgebliebener Fisch den Mund auf und wieder zu. Aber sie zuckte zurück, als er sie herumdrehte, bis sie mit dem Rücken zu ihm stand.

Gaylord spürte das Zittern ihres Körpers unter seinen Fingern. Was denn? Hatte sie Angst, dass er sie für den Fluchtversuch bestrafte? Aber er zog lediglich den Schlüssel aus seiner Hosentasche und löste die Handschellen.

Pauline ließ die Luft ab, kaum dass das Metall nicht mehr um ihre Handgelenke lag.

Doch bevor sich Pauline oder gar einer ihrer Zuschauer von der Überraschung erholten oder tatsächlich noch die lästigen Freunde und Helfer zu Rate zogen, strich er über Paulines Wange und küsste sie inbrünstig, verlangend und leidenschaftlich. Pauline erstarrte. Stocksteif ließ sie es über sich ergehen. Hervorragend, er wollte sie nicht umsonst küssen müssen.

Bevor ihr Gehirn den Schock verdaute und ihr wieder Schimpfwörter und Hilfeschreie in den Mund legte, fasste er in einer vertraulichen Geste Paulines Hand und zog sie mit sich. Im

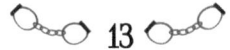 **13**

Vorbeigehen registrierte er das Kopfschütteln, das begeisterte Grinsen und teilweise auch das neidische Schmachten der Zuschauer. Von denen rief niemand mehr die Polizei, und Pauline würde es auch nicht gelingen. Denn bevor sie merkte, was geschah, führte er sie in die nächste Seitenstraße.

Endlich war er nicht mehr den Blicken und Handykameras neugieriger Passanten ausgesetzt. Er warf sich Pauline über die Schulter und raste mit der Geschwindigkeit eines gedopten Schnellzuges durch das Straßengewirr von Paris. Er mied die belebten Straßen, und so scherte sich niemand um Paulines Geschrei, das mit jeder Minute leiser und gurgelnder wurde.

Er raste über Felder und Wiesen, sprang über Bäche, immer begleitet von Paulines Stöhnen und Würgen. Die Dämmerung senkte sich bereits herab und ließ die kahle Landschaft noch trister wirken. Der Wind, der ihnen entgegenblies, kühlte Pauline aus. Die Halbvampirin konnte froh sein, dass dieser Februar ungewöhnlich mild war, sonst würde Pauline schon längst als Eiszapfen über seiner Schulter hängen.

Erst als hinter einem kleinen Wäldchen sein Haus auftauchte, wurde Gaylord langsamer, bis er schließlich auf der festgestampften Erde seiner Auffahrt stoppte. Er bückte sich und stellte Pauline wieder auf ihren eigenen Füßen ab. Zumindest versuchte er es. Doch das großmäulige Frauenzimmer sackte erstaunlich still in sich zusammen und krallte sich an die spärlichen Grashalme.

Vielleicht sollte er diese Ruhe auf Band aufnehmen. Dann könnte er sich die Aufnahme immer wieder anhören. Es kam bestimmt nicht oft vor, dass es ihr die Sprache verschlug. Und noch weniger nahm er an, dass dieser Effekt von Dauer war. Ihm sollte es recht sein. Maison de Lys lag viele Meilen von Paris entfernt, und bis zur Hauptstraße fuhr man zwei Kilometer. Der nächste

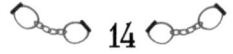

Nachbar wohnte hinter dem Wald. Niemand würde Paulines Gemotze hören. Sie konnte höchstens den Putz zum Bröckeln bringen. Gut, dafür genügte bereits ein Niesen. Seit Urzeiten befand sich Gaylords Heim in den Händen seiner Familie und so sah es auch aus.

Die Fassade erhielt nur noch ein Wunder aufrecht. Auf dem Dach des Türmchens fehlte die Hälfte der Schindeln. Das Baustellengerüst verhinderte gerade so, dass hervorstehende Stuckverzierungen oder Balkone einfach abfielen und verlieh dem Haus einen Endzeitcharme, der jede Frau in die Flucht schlug.

Einzig Albert, sein Butler, trat so unerschütterlich wie eh und je aus der Eingangstür. Er schlurfte ihnen gemächlich entgegen. Das Licht der flackernden Fassadenleuchte spiegelte sich auf dem Schädel des Mannes, auf dem nur noch vereinzelte Haare sprossen. Die wenigen pflegte Albert mit der gleichen Hingabe wie seine Manieren.

Kritisch betrachtete Albert die kniende Pauline. »Belle Mademoiselle, Sie müssen nicht auf dem Boden sitzen, ich bringe Ihnen einen Stuhl.«

»Sie braucht keinen Stuhl«, mischte sich Gaylord ein.

Albert reichte Pauline seine Hand, die in einem weißen Handschuh steckte, und hievte Gaylords zitternde Gefangene auf die Beine. Beide ächzten, und erst als Gaylord zupackte, stand Pauline endlich wieder aufrecht.

Hatte sie ihm gerade noch wie ein verschrecktes Reh entgegengestarrt, wehrte sie sich plötzlich mit einer Vehemenz, die Gaylords Griff verstärkte. Sie hatte es drauf und schlug ihm noch ins Gesicht. Rein versehentlich natürlich.

»Au«, protestierte Pauline. Sie trat ihm gegen das Knie und taumelte in Alberts Arme.

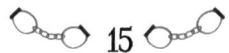

»Oh, wir hatten schon lange keinen so hübschen Gast«, verkündete der Butler. »Möchten Mademoiselle einen Tee?«

Gaylord rieb sich die Nasenwurzel. »Albert, bitte. Sie ist unsere Gefangene. Gefangenen bietet man keinen Tee an.«

»Sie sieht aber aus, als könnte sie einen Tee vertragen«, widersprach Albert.

»Sie haben nicht zufällig ein Telefon?«, fragte Pauline.

Albert runzelte erst die Stirn, bevor er sich leicht verbeugte. »Aber natürlich haben wir ein Telefon, Mademoiselle. Zugegeben, es ist ein wenig alt, und die Verbindung ist schlecht, aber …«

»Du lässt sie nicht an das Telefon«, donnerte Gaylord. »Entweder sie ruft die Polizei oder den Heimatschutz oder schlimmer noch ihren Vater!«

»Aber ihr Vater kann sie doch ruhig besuchen. Es ist viel zu lange her, dass hier eine Party gegeben wurde …«

»ALBERT!«

Nur der Teufel wusste, wie das alles auf Pauline wirken mochte. Sie schien absolut kein Interesse mehr daran zu haben wegzulaufen. Anstatt sich nach Fluchtwegen umzusehen, starrte sie Albert so fasziniert an, dass Gaylord auf seinen betagten Butler eifersüchtig wurde. Gott stehe ihm bei. Jetzt drehte er völlig durch.

Albert würde eine Frau wie Pauline nicht überleben, und gutmütig wie der alte Knabe war, behandelte er das verwöhnte Frauenzimmer wie eine Prinzessin, anstatt ihr Brot und Wasser als Kerkermahlzeit zu reichen.

Am Ende blieb Pauline noch freiwillig. Pah, eine lächerliche Vorstellung. Sie blieb niemals aus freien Stücken hier.

Entführungen nahmen die Meisten persönlich.

Gaylord griff Pauline am Arm und zog sie durch die Eingangstür. Je mehr sie sich widersetzte, umso fester packte er zu.

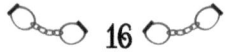 16

»Dein Butler hat bessere Manieren«, schimpfte Pauline.

»Er begeht auch keine Freiheitsberaubung.«

»Das schließt sich nicht gegenseitig aus. Aber ihr Entführer müsst ja immer den großen Macker machen, anstatt einfach mal zu fragen, ob man freiwillig mitkommt.«

»Tut mir leid, dass ich das Risiko nicht eingegangen bin, dich höflich darum zu ersuchen, dich, dein Wesen, dein Blut und überhaupt deine ganze Existenz für Experimente zur Verfügung zu stellen.«

Er sah zu ihr, und im nächsten Moment taten ihm seine harschen Worte bereits wieder leid. Pauline war blass geworden. »Ex… Experimente?«, stotterte sie.

»Ja, du bist etwas Besonderes«, sagte Gaylord sanfter. »Du bist ein halber Vampir und ein halber Mensch. Vampire schwängern normalerweise keine menschlichen Frauen. Und wenn sie es doch tun, dann überleben es diese nicht. Halbvampire sind also eine Seltenheit. In all den Jahren, die ich lebe, habe ich nur einen Halbvampir getroffen und das bist du. Mit Jeremys und Linetts Brut sind es jetzt zwei, aber bei Gott, wer sich mit Linett anlegt, muss größenwahnsinnig sein. Aber du, du bist mit ein wenig Glück die Lösung meines Problems.«

Pauline presste die Lippen aufeinander. »Ich scheiß auf dein Problem.«

Wer hätte das gedacht? Gaylord zog Pauline die Treppe bis in den zweiten Stock hinauf, stieß eine Tür auf und sie in das Zimmer. »Das Zimmer ist von einer Hexe ausbruchssicher gemacht worden. Tu dir selbst einen Gefallen und lass das Bett und sämtliche Möbel unversehrt.«

Damit schlug er die Tür zu und drehte den Schlüssel im Schloss. Er hörte Paulines Fluchen, aber sollte sie doch. Sollte sie schimpfen, fluchen oder weinen. Nichts würde ihr helfen.

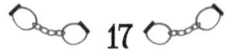 17

Er stieg gerade die Treppe hinunter, als er ihr Rufen vernahm: »Ich will trotzdem einen verdammten Tee!«

Regel Nr. 2

Gefangene sollen Kreuzworträtsel in Gedanken ausfüllen

Pauline schlug mit der flachen Hand gegen die Tür. »Au!«

So ein blöder Mist. In ihrem Zeigefinger steckte ein kleiner Holzsplitter. Echt jetzt? Was war das nur für eine Bruchbude? Sie hatte nicht viel vom Haus gesehen, aber wenn dieses unappetitliche Braun davor den herrschaftlichen Vorgarten darstellen sollte, dann sollte Gaylord seinen Gärtner auf Schadenersatz verklagen. Das war definitiv keine gelungene Gartengestaltung. Und wer auch immer ihm ein Baugerüst als Deko empfohlen hatte, gehörte im versifften Goldfischteich ertränkt.

Pauline rüttelte an der Klinke, aber das Schloss war robuster als es aussah. Der Türgriff leuchtete rötlich unter ihrer Hand auf und hektisch zog Pauline sie zurück. Mist, die Tür war wirklich verzaubert. Dann versuchte sie ihr Glück eben woanders. Pauline drehte sich herum. Viel konnte sie in ihrem neuen Domizil nicht inspizieren. Um es kurz zu machen: Die Inneneinrichtung war zum Kotzen.

Die Tapete in diesem Zimmer war moosgrün. Oder war das keine Tapete, sondern echtes Moos? Vorsichtig strich sie darüber. Nein, es war Tapete. Früher hatte diese bestimmt edel geschimmert, heute sah sie nur noch schäbig aus. Neben dem Fenster hingen ein paar Fetzen herunter. Passte hervorragend zu den dunkelroten, schweren Vorhängen. Wie viele Motten wohl in dem Staubfänger wohnten?

Die Dielen waren dunkel und abgeschabt. Die Deckenlampe sah aus, als wäre sie von einem Künstler zusammengelötet worden, der eine Vorliebe für verkeimten und verrosteten Schrott besaß.

Hatte der Kerl sie mit auf eine Zeitreise genommen? Sie war in einem Museum gelandet, und dieses Scheusal von Hausherr sollte sich wirklich einmal die Stellenbeschreibung seines Butlers näher ansehen. Staub wischen stand da offensichtlich nicht drauf. Als sie an dem Bett vorbeiging, stoben ein paar Wollmäuse darunter hervor.

Die einzige Lichtquelle war die Lampe auf dem schiefen Nachttisch. Für einen Moment glaubte Pauline, die Lampe wäre eine Kerze, so hektisch flackerte der Schein. Aber als sie näher kam, stellte sie fest, dass es lediglich ein Wackelkontakt war.

In den blattlosen Efeuranken vor dem Fenster tummelten sich bestimmt Spinnen und Käfer, die nur darauf lauerten, dass jemand das Fenster öffnete. Was sie im Übrigen ohnehin nicht konnte, denn jemand ganz Cleveres hatte den Griff abgeschraubt. Pah, kletterte sie eben nicht wie Rapunzel am Bettlaken aus dem zweiten Stock. Oder war das Cinderella gewesen? Amélie wüsste das. Sie kannte jedes Märchen auswendig.

Vorsichtig zog Pauline den Splitter aus ihrem Finger. Fuck, das tat weh. Ein kleiner Tropfen Blut trat hervor, und sie steckte den Finger in den Mund.

So sehr sie sich auch bemühte, etwas zu verstehen, sie hörte draußen nur undefinierbares Stimmengewirr. Oh Himmel, bereitete der Irre gerade seine Experimente vor? Angespannt biss sie sich auf den verletzten Finger.

Sie wünschte, Amélie wäre hier. Oder nein. Lieber doch nicht. Ihre beste Freundin hatte schon genug durchgemacht, nur für Pauline war der Horror offenbar noch nicht zu Ende.

Pauline nahm den Finger aus dem Mund und betrachtete ihn. Von der ohnehin winzigen Wunde war nichts mehr zu sehen. Es juckte nur noch ein wenig, aber schmerzte nicht mehr. Pauline

stöhnte auf. Toll. Nicht einmal das Jammern über ihren schwer verletzten Finger gönnte ihr das Schicksal.

Wenigstens musste sie sich jetzt nicht mehr wundern, warum ihre Verletzungen immer schneller verheilten als bei anderen. Seit ein paar Stunden kannte sie die Wahrheit. Ihr Vater war ein Vampir. Ob er nach ihr suchte? Oder vögelte er gerade Amélie in die Wonnen der Flitterwochen, während sie hier mit diesem Spinner festsaß? Und dem Butler? Wer, bitteschön, hatte schon einen Butler?

Unschlüssig ging sie zum Fenster. Der Rahmen bestand aus Holz, und die weiße Farbe blätterte ab. Das Ding sah aus, als würde es die kleinste Berührung zu Staub zerfallen lassen. Aber darauf fiel sie kein zweites Mal herein.

Sie könnte auch einen Amboss gegen das Glas werfen, es zerbrach ohnehin nicht. Alles andere ging dann kaputt, aber nicht das Fenster. Er hatte selbst gesagt, dass das Zimmer ausbruchssicher verhext war.

Viel zum Werfen gab es hier sowieso nicht. Im Grunde nur das Bett, wuchtig und breit genug für fünf Paulines. Aber es sah genauso altersschwach aus wie der Butler. Die Decken stanken nach Mottenkugeln, und der Spiegel über dem Frisiertisch war angelaufen.

Na super. Da war manches Motel noch besser ausgestattet. Ob dieser Spinner sie in den Keller sperrte, wenn sie ihn ganz lieb darum bat? Vielleicht gab es ja eine moderne Heizung, an die er sie ketten konnte.

Pauline setzte sich auf das Bett und zog die Beine an. Was hatte sie nur verbrochen, um so bestraft zu werden?

Es erschien ihr alles wie ein schlechter Traum. Dabei hatte es so gut angefangen.

Amélie hatte endlich ihren unsympathischen Verlobten auf

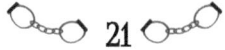

den Mond geschossen und war dem Märchenprinzen ihrer Kindheit begegnet. Zum Glück. Amélies Besessenheit von Jason hatte Pauline seit Jahren Sorgen bereitet. Welches Mädchen wusste mit fünf Jahren schließlich schon, welchen Mann es mal heiraten wollte? Und wie wahrscheinlich war es, dass dieser Kerl zwanzig Jahre später nicht reif für das Altersheim und Rollatoren war? Aber Vampire blieben ja ewig jung. Zumindest äußerlich. Für Amélie hoffte Pauline, dass gewisse Teile da keine Ausnahme bildeten.

Und dann war die Hochzeit von Amélie und Jason eskaliert. Der Bräutigam wurde erschossen, Amélie und Pauline von einem durchgeknallten Schweden entführt. Als ob der nicht genug war, tauchte auch noch ein Hexer auf, der Pauline wie ein verfluchter Messias verkündete, dass Jason niemand geringeres als ihr biologischer Erzeuger war. Deswegen wurden Propheten und Messiasse angefeindet, die brachten immer unbequeme Wahrheiten.

Wenigstens besaß Jason genügend Anstand, von den Toten wieder einmal aufzuerstehen und diesen Kerl umzubringen. Die anschließende Feier wäre eine hervorragende Gelegenheit gewesen, die vorangegangene Entführung von Pauline und Amélie zu vergessen. Aber nein, Linett musste ja unbedingt ihre Wehen bekommen, und die Unaufmerksamkeit von Jason nutzte der Spinner Gaylord aus, um Pauline einfach wie eine verdammte Halskette zu klauen.

Das hielt doch keiner im Kopf aus. War sie ein verdammter Spielball, den man sich ausleihen konnte, wie man wollte? Die Hilflosigkeit machte sie fertig.

Pauline lauschte in das Haus hinein, aber sie hörte weder Stimmen noch Schritte. Was hieß das? Dass er sie für heute in Ruhe ließ? Dass er erst noch seine Skalpelle putzen musste?

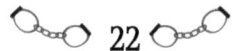 22

Sie zog die Decke über sich, rollte sich unter den schweren Daunen zusammen und seufzte leise, als endlich wieder ein wenig Wärme in ihre Arme und Beine zurückkehrte. Sie schmiegte sich in den weichen Stoff und schloss die Augen. Vielleicht war das alles nur ein Albtraum. Ja, genau, sie lag zu Hause in ihrem Bett und träumte das alles nur.

Und auch der schlimmste Albtraum musste doch irgendwann enden, oder?

Je wärmer ihr wurde, umso schwerer wurden ihre Lider. Die muffige Wohligkeit unter der Decke erinnerte sie an den schlechten Schlaf der letzten Tage, und ehe sie sich versah, schlief sie ein. Sie wusste nicht, ob sie träumte. Sie wusste nur, dass sie irgendwann die Nase unter den Daunen hervorsteckte, um nicht zu ersticken. Als sie die Decke schließlich zur Seite schob, war es draußen wesentlich heller geworden. Die Sonne hing hinter grauen Nebelschwaden fest. Toll, als ob Pauline nicht schon deprimiert genug war. Paulines Hoffnung, bei sich zu Hause aufzuwachen, zerbrach. Das war nicht ihr Zuhause. Ihre Wohnung war klein, gemütlich, und sie scheiterte dort nicht bereits an der Zimmertür.

Ein Klicken erklang, und Pauline sprang aus dem Bett. Der Türknauf drehte sich, und es folgte ein dumpfes Rumsen.

»Sacre bleu«, hörte sie die jammernde Stimme des Butlers. Er klopfte leise. »Psst. Ich bringe Ihnen Tee.«

Der verarschte sie doch, oder? Er brachte ihr wirklich Tee?

Sie lief zur Tür. »Die Tür ist von außen abgeschlossen.«

»Der Herr hatte auch schon mal bessere Manieren«, brummte Albert. »Das liegt an dieser Frau. Diese Braut Satans. Ich wollte Ihnen schon gestern Tee bringen. Aber Monsieur La Goutte hat es verboten. Ich musste ihm bei der Vorbereitung des Labors helfen. Nicht einmal Frühstück durfte ich Ihnen bereiten!«

Sollte sie ihm sagen, dass sie keinen Hunger hatte? Erst recht

 23

nicht, wenn von einem Labor die Rede war!

Es schepperte. Och nö, er hatte doch nicht ihren Tee fallen lassen, oder?

Albert hustete. »Ich komme gleich wieder.«

»Okay«, hauchte Pauline. Sie spürte ihr Herz klopfen und wippte auf den Zehenspitzen. Holte Albert jetzt wirklich den Schlüssel und öffnete die Tür?

Einmal mehr drückte Pauline das Ohr gegen das Holz. Sie lauschte seinen Schritten, die die Treppe hinunterschlurften, bevor er wieder umzudrehen schien und zurückkam.

Sie zuckte zusammen, als es neben ihrem Ohr fürchterlich laut knirschte, aber es war nur der Schlüssel, den er ins Schloss steckte.

Der entriegelte tatsächlich die Tür! Vor Aufregung warf sich Pauline dagegen und schlug diese prompt wieder in den Rahmen. Himmel, was war sie dumm. Sie wich zurück, als sich die Tür ein zweites Mal öffnete.

Albert hielt sich die Nase. »Aua!« Mit weit aufgerissenen Augen starrte er sie an und deutete auf das Tablett, das auf der Anrichte neben ihm stand. »Ihr Tee!«

»Sie sind ein Engel«, hauchte Pauline und küsste den Alten auf die Wange, bevor sie sich an ihm vorbeidrückte.

Sie musste auf dem schnellsten Weg hinaus. Sie ignorierte die protestierenden Rufe Alberts, dass das eindeutig die falsche Richtung zum Tee war, und rauschte die Treppe hinunter. Auf den letzten Stufen knickte sie um, und ein scharfer Schmerz schoss in ihren Knöchel, aber verflucht, darauf konnte sie nun wirklich keine Rücksicht nehmen.

Pauline humpelte auf die Eingangstür zu, aber da zischte ein Schatten an ihr vorbei, und aus dem Nichts stand Gaylord zwischen ihr und der verdammten Tür! Sie konnte nicht mehr rechtzeitig bremsen. Sie prallte gegen ihn, und die Anstecknadel

seines Jabots drückte sich in ihr Nasenbein.

Fest legte er seine Arme um sie und presste sie an sich. So ein Mist! Sein Geruch stieg ihr in die Nase. Ein Aroma von frischem Gras und Vanille. Hatte der sich auf einer Vanilleplantage gewälzt? Andererseits roch er wirklich gut. Nein, er roch überhaupt nicht gut! Das fehlte ihr noch, dass sie sich in eine Vanilleblüte verliebte. Wahnsinnig männlich.

Pauline drückte ihre Arme gegen Gaylords Brustkorb und versuchte, sich aus seinem Griff zu winden. Aber der Mistkerl packte nur noch fester zu. Und als ob das nicht genug Gewalt war, legte er die Hand auf ihren Hinterkopf und drückte ihr Gesicht auf seine berüschte Brust. Der Stoff verdeckte ihren Mund und die Nase. Sie versuchte, ihm auf den Fuß zu treten, aber entweder wich er ihr immer wieder aus oder sie traf einfach nicht. Durch den blöden Stoff sah sie nichts!

Ihre Lunge begann bereits nach Luft zu schreien und ihr schwindelte.

»Albert …«, knurrte der Wahnsinnige und besaß endlich die Güte sie loszulassen. Sie taumelte zurück und holte keuchend Luft.

»Meine Nähe macht dich also atemlos«, spottete dieses Scheusal.

»Das Chloroform gestern war unnötig, allein dein Körpergeruch betäubt alles. Da fallen sogar die Wanzen aus dem Bett«, fauchte Pauline. Prustendes Lachen ertönte hinter ihr. Sie drehte sich um. »Was gibt es da zu lachen?«

Albert verschluckte sich an seinem unangebrachten Gelächter und setzte eine unbeteiligte Miene auf. Zumindest versuchte er es. Seine Mundwinkel zogen sich immer wieder nach oben.

Pah, wie schön, dass wenigstens einer Spaß hatte.

»Wer von euch ist eigentlich der Butler?«, stichelte Pauline.

Okay, ja, es war eine blöde Frage, aber sie konnte sich diese einfach nicht verkneifen. Albert sah schon affig aus, mit dem schwarzen Anzug und der Fliege, aber Gaylord übertraf das noch um Längen. Entweder war der Typ aus einem Kostümfilm geflohen oder er war modisch im 18. Jahrhundert stehengeblieben. Er trug ernsthaft einen grauen Frack, ein Jabot, und in der Hand hielt er einen Zylinder.

Keines der schwarzen Haare auf Gaylords Kopf wagte es, am Scheitel über seinem rechten Ohr auf der falschen Seite zu liegen. Alles an dem Kerl war geschniegelt. Nun ja, fast alles.

»Deine Weste sitzt schief«, teilte sie ihm lieblich mit.

Schade, sein Blick war ungerührt, als er sie zurechtzog. »Ich kann deine rechte Brustwarze sehen.«

Was? Pauline starrte an sich herab und tatsächlich, das verflixte Kleid hing viel zu weit unten. Sie zerrte es nach oben, bis ihr die Körbchen auf den Schultern hingen und verschränkte die Arme vor der Brust.

»Jetzt kann ich ein Stück deines Slips sehen. Zieht das nicht zwischen den Beinen?«, spottete dieser niederträchtige Kerl.

»Ein bisschen«, erwiderte sie schnippisch.

»Das Kleid steht Mademoiselle ausgezeichnet«, lobte Albert und fing sich einen garstigen Blick vom Hausherrn ein.

»Gib mir den Schlüssel«, verlangte Gaylord von dem Butler und streckte die Hand aus.

Albert zog die Schultern hoch und legte den Schlüssel zögerlich in die Hand seines Arbeitgebers. Pauline wich zurück, einen Schritt, dann einen zweiten. Nur noch einen dritten, dann wäre sie an der Tür und müsste sie nur noch schnell aufreißen, um zu einer verdammten Straße oder einem verflixten Nachbarn zu kommen. Vielleicht begegnete ihr auch einer dieser enthusiastischen Jogger?

Doch bevor Pauline den entscheidenden Satz machen konnte, packte sie Gaylord im Genick, als wäre sie eine ungezogene Katze.

»Ich wette, dem geklauten Wagen hast du nicht die Haare rausgerissen«, maulte Pauline.

»Der wollte auch nicht abhauen.«

»Sicher war der blind.«

Dieser verfluchte Mistkerl zerrte sie mit einer Leichtigkeit die Treppe hinauf, für die sie ihn zusätzlich hasste. Pauline angelte nach dem Treppengeländer und krallte sich mit aller Kraft daran fest. Er musste schon das Geländer abreißen, wenn sie weitergehen sollte. Oder ihr die Arme brechen. Oh, bitte, er würde ihr doch nicht die Arme brechen, oder?

Sie biss sich auf die Lippe und starrte ihn trotzig an. Noch immer hielt er sie am Genick gepackt, aber er hörte auf, an ihr zu ziehen. Stattdessen legte er den Kopf schief.

»Ich frage mich …«, sagte er gedehnt. »… ob du kitzlig bist.«

Moment mal, was?

»Wehe …«, drohte Pauline. Er wäre der erste Entführer, der vor der Drohung seines Opfers zurückzuckte, aber er war bestimmt auch der erste Entführer, der seine Gefangene von einem Treppengeländer loskitzelte. Immer wieder pikste er mit seinem Finger in ihre Seite.

»Hau ab!« Sie versuchte, ihm auszuweichen, stolperte die Stufen nach unten, doch er folgte ihr ungerührt.

Pauline wusste nicht, ob sie lachen oder heulen sollte. Sie prustete, als er eine besonders kitzlige Stelle fand und zog die Arme schützend über ihre Taille. Keine Sekunde später fand sie sich über seiner Schulter hängend wieder. Oh nein, nein, verflucht!

Ihr flehender Blick fiel auf Albert, der sich gerade verstohlen eine Träne aus dem Augenwinkel wischte und sie angrinste. Ja,

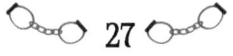

toll. Er erfreute sich an der Vorführung, aber sie nicht! Für sie war das hier bitterer Ernst.

Dieser Psychopath trug Pauline die Treppe hinauf. Wenn er sie wieder in das Zimmer sperrte, kam sie so schnell nicht wieder hinaus.

»Ich muss aufs Klo«, platzte sie heraus. Sie hatte in dem Zimmer keine weitere Tür gesehen, dort konnte es also kein Badezimmer geben. Und wenn sie sich das Ganze genauer überlegte, waren ihre Worte nicht einmal eine Lüge.

Mitten auf der Treppe blieb dieser Spinner stehen. »Dringend?«

»Natürlich dringend, du Idiot«, wetterte Pauline, bevor sie ein wenig verkniffener hinzufügte: »Mir drückt deine Schulter auf die Blase. Ich mach mir gleich ein. Im Zimmer gibt es kein Klo.«

»Das ist ein guter Einwand. Daran habe ich nicht gedacht.«

»Du bist halt ein beschissener Entführer. Besser, du lässt mich laufen, bevor du dich aus Versehen selbst mit Chloroform vergiftest.«

Dieser blöde Kerl legte die Hand auf ihren Rücken und drückte sie auf seine Schulter. Ja, toll, danke schön. Jetzt musste sie erst recht pinkeln!

Sie schlug ihm mit der Faust auf den Rücken, und er lachte. »Sollte ich mich mit Chloroform vergiften, würde ich wenigstens mit einem hübschen Anblick vor Augen sterben. Ich bin sicher, du würdest lächeln als wäre Weihnachten.«

Oh, da hatte er recht. Und wie sie lächeln würde. Sie würde ihm mit einem Lächeln ein Messer ins Herz rammen. Aber halt, Vampire brachte man doch nur mit Holz um? Sie musste unbedingt in die Küche oder zum Schuppen! Draußen hatte sie leider keinen maroden Zaun gesehen, den sie zweckentfremden konnte, aber in diesem Haus gab es sicher einen Kochlöffel.

 28

Der Typ erreichte den ersten Stock und trug sie nun in eine andere Richtung. Er stieß die Tür zu einem gefliesten Raum auf, der, wie alles hier, einschließlich ihrem Entführer, auch schon bessere Tage gesehen hatte.

Die Zinkbadewanne glänzte, aber er schien tatsächlich eine halbwegs moderne Toilette zu besitzen. Kein Plumpsklo.

Er setzte Pauline ab, schob sie zur Toilette und ließ sie los. Aber er ging nicht weg.

Auffordernd starrte sie ihn an, aber er trat nur einen Schritt zurück. Gaylord schob die Tür zu, lehnte sich gegen das Holz und verschränkte die Arme vor der Brust.

»Geh weg«, forderte sie ihn auf.

»Nein.«

Er wollte ihr beim Pinkeln zusehen? Nun, sie konnte es verstehen. Das Fenster war schön groß, der Griff nicht abgeschraubt, der Sims niedrig und der Boden nicht weit entfernt. Sobald er auch nur blinzelte, würde sie aus dem Fenster springen.

»Dann brauch ich ein Kreuzworträtsel.«

Für einen Moment starrte er sie verblüfft an. »Was?«

»Ein Kreuzworträtsel. Ich muss mich von der hässlichen Visage des perversen Spinners ablenken, der mir beim Pinkeln zusehen will und sich dann spätestens in seinem Zimmer einen von der Palme wedelt.«

»Von der Palme wedelt …«, echote der Kerl.

»Masturbieren!«

Wurde er tatsächlich rot? Krass, sie hatte noch nie einen Mann rot werden sehen. War der jetzt wütend oder wurde er schamhaft?

»Entweder du gehst jetzt auf Toilette oder ich schaffe dich zurück in dein Zimmer«, brüllte er plötzlich. Okay, er war wohl eher wütend als peinlich berührt und verlor eindeutig die Geduld. Aber verflucht noch eins, das war nicht ihr Problem.

»Ich kann nicht, wenn jemand zusieht«, fauchte sie zurück.

»Dann eben nicht.« Er trat auf sie zu, aber sie wich zurück, bis sie die Fliesen im Rücken spürte.

Pauline hielt ihm den Finger vor seinen missratenen Zinken. »Wenn ich nicht pinkeln kann, entzündet sich meine Blase, und dann werde ich krank. Du brauchst mich doch bestimmt gesund für deine blöden Experimente.«

Regungslos starrte er sie an. Okay, er brauchte sie nicht gesund?

»Außerdem willst du doch bestimmt nicht, dass ich dir auf deine wertvollen Teppiche pinkle«, platzte Pauline heraus.

Ha, das wirkte. Seufzend strich sich der Penner durch die Haare und öffnete die Tür. Er zuckte vor Albert zurück, der grinsend davorstand. »Bring bitte ein Kreuzworträtsel …«

»Und einen Bleistift«, rief Pauline.

»Und einen Bleistift …«

Warum sah der auf einmal so müde aus? Hey, sie war hier die Gefangene, die Mitleid verdiente!

Sie versuchte, einen Blick auf Albert zu erhaschen, als dieser zurückkehrte. Aber er drückte seinem Herrn nur etwas in die Hand und zog dann wieder ab.

Gaylord wandte sich zu ihr um, reichte ihr eine aufgeschlagene Zeitschrift und einen Bleistift. Ha, dieser Trottel! Der erste Vampir, der an einem Bleistift draufging.

Pauline drückte Bleistift und Zeitung an ihre Brust, als wären sie ein Strauß Blumen.

»Danke«, hauchte sie. Mit weit aufgerissenen Augen sah sie zu Gaylord hinauf, der überrascht einen Schritt zurückwich. Oh, nicht mit ihr! Er entkam ihr nicht. Wenn er sie auf offener Straße gegen ihren Willen küssen konnte, konnte sie ihn auch mit ihrer Nähe belästigen!

Sie trat vor und schlang ihm kurzerhand die Arme um den

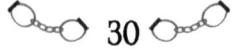

Hals. Er versteifte sich in ihrer Umarmung.

»Du bist doch kein so grausamer Entführer, wie ich dachte«, flüsterte ihm Pauline ins Ohr und schmiegte ihre Stirn gegen seine Wange.

Er zuckte, aber er stieß sie nicht von sich. Sachte lockerte sie den Griff um seinen Hals, ließ die Zeitung fallen und strich über seine Brust. Okay, wo war noch mal das verflixte Herz? Auf der linken Seite und eher mittig, aber wo genau? Verflucht, warum hatte sie in Biologie immer geschlafen? Ja, warum wohl? Weil es immer die ersten beiden Stunden am Montag gewesen waren. Absolut niemand bekam was in den ersten beiden Schulstunden am Montag mit!

Dieser Mistkerl besaß auch keinen Herzschlag, an dem sie sich orientieren konnte. Er atmete, sogar recht schnell, aber sie spürte nicht das Pochen unter ihren Fingern. Er war genauso ein komischer Typ wie ihr Vater. Vampire, und ihre beste Freundin war seit ein paar Tagen auch einer. Wenigstens wusste Pauline, wie man Vampiren wehtun konnte. Sie packte den Bleistift fest und rammte ihn mit der Spitze in Gaylords Brust.

Der Kerl stöhnte, taumelte gegen den Wannenrand, und Pauline gab ihm einen letzten Stoß. Er krachte in die Wanne und starrte fassungslos auf den Stift, der in seiner Brust steckte. Genauso wie sie. Himmel, sie hatte es wirklich getan! Das Ding steckte zur Hälfte drin, aber er lebte immer noch. Mist, warum lebte der noch? Er hob den Blick, und Pauline schrak zurück. Seine hellen Augen glühten scharlachrot. Merde.

Pauline wich zurück. Erst Zentimeter für Zentimeter, doch als er den Stift aus seiner Brust zog, gab es für sie kein Halten mehr. Sie fuhr herum, riss die Tür auf und rannte aus dem Zimmer. Diesmal war der Weg zur Treppe länger, aber es gab niemanden, der sich ihr in den Weg stellte.

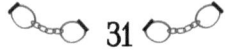 **31**

Sie stolperte die Stufen nach unten und raste zur Tür. Immer noch niemand.

Pauline riss die Tür auf, nur noch ein winziger Schritt in die Freiheit. Sie warf einen kurzen Blick zurück und stürmte nach draußen. Doch da prallte sie gegen eine Frau. Plötzlich bestand Paulines Sichtfeld aus blonden Haaren. Sie schienen überall zu sein.

Pauline packte die Blondine auf der Suche nach Halt am Hals. Kreischend gingen sie zu Boden. Spitze Steine bohrten sich in Paulines Handflächen. Ihr Ellenbogen schmerzte, und neben ihr stöhnte eine weibliche Stimme.

»Tschuldigung«, nuschelte Pauline.

Pauline zog die Knie an und stemmte sich nach oben. Im nächsten Moment fühlte sie sich um die Taille gepackt und hochgezerrt. Gaylord starrte auf sie herab, und seine Mundwinkel zuckten. Aber er hatte keine Mühe, sein Lachen zu verbergen, er sah eher aus, als würde er zu gern die Zähne fletschen. Nur seine Augen waren nicht mehr rot. Sie waren grau.

Er grub seine Finger in Paulines Haare und ballte die Faust. Mist, wenn sie sich nicht selbst skalpieren wollte, musste sie sich wohl oder übel fügen. Er hätte ruhig an diesem verblödeten Stift draufgehen können!

Die Blondine rappelte sich auf und strich sich die Strähnen aus dem Gesicht. Ihr Blick schweifte verwirrt von Pauline zu Gaylord. Dieser blöde Mistkerl ballte seine Faust noch fester. Fuck, wollte er ihr die Haare herausreißen?

Pauline stöhnte und ging in die Knie. Au, tat das weh. Gaylord ließ ihr nicht die Zeit, sich schmerzerfüllt auf dem Boden zu wälzen.

Unbarmherzig zog er sie an den Haaren wieder nach oben. »Wie praktisch, dass ihr euch bereits kennengelernt habt.«

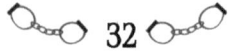

Regel Nr. 3

Auch erfundene Familie kann man sich nicht aussuchen

Es fiel Gaylord schwer, ruhig zu bleiben. Er stand kurz vorm Ausrasten, Himmel, verflucht nochmal! Am liebsten würde er seine Stirn gegen die Mauer schlagen. Nein, besser, er nahm dafür Paulines Stirn! Aber dann lief er nur Gefahr, die Ruine, die sich sein Haus schimpfte, vollends zum Einsturz zu bringen, und wo sollte er dann Pauline einsperren? Diese Frau machte ihn fertig. Was war so schwer daran, sich wie ein verängstigtes Entführungsopfer zu verhalten? Dann könnte er ihr beruhigend zureden. Das würde Pauline zwar nur noch mehr in Panik versetzen, denn Psychopathen taten gern nett, aber es ersparte ihm auch die ständigen Hetzjagden durch sein Haus.

Allerdings hatte alles seinen Preis, und er war bereit ihn zu zahlen. Er würde alles dafür geben. Sein Haus, seinen Butler, Pauline, nur sein Leben nicht. Denn das wollte er ja zurückhaben. Um mit der Frau zusammen sein zu können, die er über alles liebte und unter deren Rocksaum gerade ein schmales Rinnsal Blut ihr Bein entlanglief. Und bei der er sich fragte, was zur Hölle sie hier zu suchen hatte.

Aber alles der Reihe nach. Ein guter Anfang war, Pauline nicht zu erwürgen, auch wenn es sehr schwerfiel, dieser Versuchung zu widerstehen. Pauline jammerte unter seinem festen Griff in ihren Haaren, aber Herrgott, sie konnte froh sein, dass er nicht ihre Kehle gepackt hielt. Pauline brachte selbst den sanftmütigsten Menschen auf die Palme.

Während Pauline ihm die Krallen ins Handgelenk trieb, hielt er Louanne die Hand hin. Louanne hatte sie kaum ergriffen, da

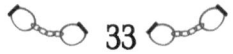

passierte etwas Erstaunliches mit ihm. Eine einzige Berührung von Louanne, ein einziger Blick reichte aus, um seine Welt wieder ein wenig in die Fugen zurückzuschieben, aus denen es in den letzten Stunden geraten war. Der Herr möge ihm beistehen, was liebte er sie.

Trotz der kühlen Temperaturen trug Louanne wie immer einen Rock und eine Bluse. Die feine Strumpfhose war zerrissen, und die blonden Locken fielen ihr unordentlich ins Gesicht. Wenn das Licht richtig fiel, leuchteten sie wie ein Heiligenschein.

Gaylord beugte sich ein wenig hinunter, um einen zarten Kuss auf Louannes Hand zu platzieren. Ein übertriebenes Würgen erklang neben ihm. Er ignorierte es. Neben Louanne verblasste jede andere Frau, erst recht eine Pauline. Wer hatte sie nur so dermaßen verzogen?

Louannes zaghaftes Lächeln hingegen ließ sein Herz hüpfen, und es gab kaum etwas Schöneres auf dieser Welt, als es zu erwidern. Louanne streichelte zart über seine Finger und stellte sich auf die Zehenspitzen, um ihn auf die Wange zu küssen. Ihr Duft umschmeichelte ihn. Sie roch nach frischem Brot. Kein Wunder, sie war auch Bäckerin.

Er bedauerte es wahrlich, Louanne nicht jeden Tag in ihrem Laden aufsuchen zu können. Aber sie würde ihn lediglich dazu nötigen, dort zu essen, und wie feste Nahrung auf Vampire wirkte, hatte er am eigenen Leib erlebt. Dieses eine Mal reichte völlig aus. Er hatte sich zu Leb- und Todzeiten noch niemals so übergeben. Als peinigten ihn ein Dutzend Magen-Darm-Grippen gleichzeitig. Nur der Teufel wusste, warum Vampire tranken wie bodenlose Fässer, aber keine feste Nahrung zu sich nehmen konnten. Vielleicht war der Erschaffer der Vampire ein Diät-Fan und Alkoholiker gewesen.

Aber er schweifte ab. Bei einer solchen Frau wartete er gern

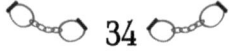

auf ihren Feierabend, um sie zu umwerben. Und Louanne war eine der Frauen, die tatsächlich noch in der Lage waren, das Werben eines Mannes zu akzeptieren.

Louanne überspielte ihre Unsicherheit nicht mit dummen Sprüchen. Im Gegenteil. Es gab kaum einen schmeichelhafteren Anblick für einen Mann, als wenn eine Frau den Blick senkte, um ihn dann doch verstohlen von der Seite zu mustern.

Wie lange kannte er sie nun? Es musste inzwischen fast ein Jahr sein. Wunderbare Monate, in denen er so viele Nachmittage wie möglich mit ihr verbracht hatte. Sie waren redend meilenweit durch Paris gelaufen, mit …

»Könntet ihr vielleicht aufhören, euch anzuschmachten«, maulte Pauline dazwischen und zerstörte diesen Moment. Warum zur Hölle hatte er nur diesen verfluchten Knebel vergessen?

Louannes Blick huschte unstet und verwirrt über Gaylord, über Pauline, über Albert und über den Eingang seines Heims.

»Komme ich ungelegen?«, fragte Louanne zaghaft.

Ja! Aber das konnte er ihr kaum sagen. Louanne wäre entsetzt, wenn sie wüsste, dass er Pauline gewaltsam hier festhielt. Aber sie wäre auch entsetzt, wenn sie wüsste, welches Monster sie liebte.

Was ihn wieder zu der Frage brachte, warum sie sich ausgerechnet jetzt in seinem Haus blicken ließ.

»Nur überraschend«, gab Gaylord zu.

»Ich finde nicht, dass sie ungelegen kommt«, knurrte Pauline.

Louanne schlug die Lider nieder und senkte den Kopf. »Ich möchte nicht stören. Ich gehe wieder. Ich dachte nur, dass wir ein paar Tage zusammen verbringen könnten.« Himmel, ihre Stimme war so warm und sanft wie eine Frühlingsbrise. Eine Stimme, die ihn einlullte, als könnte er bei ihr Erlösung finden,

und sie sagte ausgerechnet das, was er sich schon seit den ersten Treffen mit ihr wünschte. Sie kam in sein Haus, um dort zu bleiben. Erst für ein paar Tage, irgendwann für immer. Nur hatte sie sich dafür einen schlechten Zeitpunkt ausgesucht. Aber was sollte er tun? Wenn er sie wieder nach Hause schickte, mochte sie ihn vielleicht nie wiedersehen. Er würde sich lieber selbst in Weihwasser ertränken, als sie vor den Kopf zu stoßen und ihr das Herz zu brechen.

Gaylord räusperte sich. »Louanne, darf ich dir meine Schwester vorstellen?«

»Schwester?«, echote seine Gefangene. »Ich bin mit diesem Spinner garantiert nicht verwandt!«

Louanne zog die Augenbrauen hoch, und Gaylord beeilte sich hinzuzufügen: »Meine Halbschwester. Väterlicherseits. Leider hat sie auch den mürben Verstand meines Vaters geerbt.«

»MÜRBER VERSTAND? Ich geb dir gleich mürber Verstand, du Bastard. Erst betäubst du mich, dann entführst du mich, und dann habe ich den mürben Verstand?«

Gaylord ließ Paulines Haare los und legte die Hand auf ihren Mund. Die kleine Furie schlug um sich, und Louanne wich zurück.

»Louanne, es tut mir leid, dass du das miterleben musst«, übertönte Gaylord das protestierende Quietschen von Pauline. »Sie leidet unter Schizophrenie und krankhaftem Verfolgungswahn. Manchmal glaubt sie, sie wird nachts von Außerirdischen entführt und jeden Morgen wieder zurückgebracht.«

Er knurrte, als ihm Pauline in die Hand biss und lockerte seinen Griff. Ein schwacher Moment, den diese Furie nutzte, um lautstark über die Wiese zu brüllen: »Du bist kein Außerirdischer, sondern ein verdammter Vampir! Warte, bis ich einen Pflock gefunden habe.«

Merde. Dieses kleine Biest brüllte ungeniert sein Geheimnis heraus. Aber Louanne wich nicht panisch vor ihm zurück, sie starrte lediglich Pauline schockiert an. Wunderbar, seine Lüge wirkte.

»Albert, kümmere dich bitte um Louanne.« Gaylord warf sich Pauline über die Schulter und marschierte geradewegs die Treppen hinauf.

Pauline strampelte, aber er verstärkte seinen Griff nur. Ihre Stimme überschlug sich vor Wut. »Lass mich los, du Hurensohn! Ich werde dir den Pflock so tief in deinen Hintern rammen …«

Gaylord stieß die Tür zu ihrem Zimmer auf und ließ Pauline auf das Bett fallen. Sie stöhnte, aber vermutlich könnte sie noch nicht einmal der Teufel davon abhalten, ihren Satz zu beenden. Sie schnappte nach Luft und presste die Worte heraus: »… dass er an deinem Gaumen wieder rauskommt!«

Gaylord beugte sich über sie, packte Paulines Handgelenke und drückte sie weit auseinander auf die Matratze. Sie keuchte, und als sie begann, nach ihm zu treten, schob er sein Bein über ihre. Aber ihre Wehrlosigkeit ließ sie nicht weniger zappeln. Er spürte, wie sie ihn mit aller Kraft herunterstoßen wollte. Die Mauern des Hauses mochten einsturzgefährdet sein, er war es gewiss nicht.

Gaylord nagelte sie auf dem Bett fest und beugte sich noch näher zu ihr, bis er ihren hektischen Atem an seiner Wange spürte und das Klopfen ihres Herzens in seinen Ohren dröhnte. Mit jeder Sekunde wurde es schneller. Was denn? Bekam das aufmüpfige Ding plötzlich Angst? Entwickelte sie Respekt vor seiner Überlegenheit, oder befürchtete sie, er könnte sie beißen?

Oh, das würde er nicht tun. Er wollte nur vermeiden, dass Louanne womöglich seine Worte verstand.

»Ich wünsche dir«, knurrte Gaylord. »… dass dich eines Tages

37

ein Mann ebenso lieben wird, wie ich Louanne. Ich würde sterben für sie. Aber sie würde niemals akzeptieren, dass ich ein Vampir bin, oder verstehen, dass ich gezwungen bin zu töten, um zu überleben. Der Teufel soll mich holen, wenn ich zulasse, dass ich sie deswegen verliere. Also wirst du mich wieder zu einem Menschen machen.«

Pauline zog die Augenbrauen zusammen, und ihre Iris leuchtete plötzlich heller als zuvor. Hatte er bisher geglaubt, niemals blauere Augen als die von Louanne gesehen zu haben, wurde er nun eines Besseren belehrt. Die von Pauline strahlten wie das Blau eines arktischen Gletschers. Rein, jahrhundertealt und noch nicht von Menschenhand entweiht.

Ein harter Kontrast zu Paulines restlichem Wesen. Er könnte schwören, dass sie bereits einen garstigen Kommentar auf den Lippen hatte, aber zu seiner Überraschung kniff sie diese lediglich zusammen.

»Und wie soll ich das machen?«, stieß sie gepresst hervor.

»Ich werde mir schon was einfallen lassen, und solange bist du mein Gast. Fügst du dich, gebe ich dir Freiraum. Wehrst du dich, lasse ich dich nicht mal aufs Klo, sondern Albert wird dir einen hübschen kleinen Nachttopf bringen.«

Sie schnaubte, aber sie schien sich seinen Vorschlag durch den Kopf gehen zu lassen. Es ratterte sichtlich hinter ihrer Stirn. Ihr Blick ging durch ihn hindurch, und es würde ihn nicht wundern, wenn sie bereits den nächsten Fluchtversuch aussheckte. Sie brauchte sich nicht einbilden, cleverer zu sein als er. Mit Louanne hatte er nicht gerechnet, und er gab gerne zu, dass ihre Anwesenheit alles erschwerte. Aber sie war hier und erinnerte ihn daran, warum er sich und Pauline das alles zumutete.

Pauline krauste die Nase und verzog das Gesicht, als sie eine bequemere Position suchte. Ein Stück weit lockerte er seinen

Griff. Er wollte nicht wissen, wie nörglig sie mit einem verrenkten Arm wurde.

Sie hob den Kopf. Verwirrt ließ er zu, dass sie ihre Wange gegen seine schmiegte. Was hatte sie nun schon wieder vor?

»Ich denke …«, hauchte Pauline leise. »… deine Louanne würde ganz gut daran tun, dich zu verachten. Denn du bist der größte Drecksack aller Zeiten.«

Bitte was? Was bildete sich dieses Weibsstück überhaupt ein? Ja, er war ein Mistkerl, weil er Pauline festhielt, aber er tat es, weil er Louanne liebte. Das war eine beschissene Entschuldigung, aber es war eine.

Wütend verkrampften sich seine Finger um ihre Gelenke, und sie stöhnte unter seinem festen Griff. Sie bog den Kopf zurück, um mehr Kraft in ihr Winden legen zu können. Ihre Haare lagen wie ein Fächer ausgebreitet über den Kissen, und an ihrem Hals konnte er das Leben in ihren Adern pulsieren sehen.

»Du bist es nicht wert, geliebt zu werden«, fauchte sie.

Womöglich hatte sie recht. Vielleicht war er das auch nicht. Er war ein Mörder. Er tötete, um sein eigenes wertloses Leben zu bewahren. Wenn es seinem Ziel diente, würde er Pauline ebenso töten. Was sollte ihn davon abhalten? Ihr reizendes Wesen gewiss nicht. Im Gegenteil. Zum ersten Mal in seinem Leben wollte er einen Menschen nicht nur beißen, um seinen Hunger zu stillen. Zum ersten Mal erfüllte ihn der Gedanke daran nicht mit Abscheu über sich selbst. Er wollte seine Zähne in ihrem Hals versenken, dort, wo der Saft des Lebens durch ihre Vene floss. Er könnte ihr jeden Tropfen des köstlichen Blutes nehmen und ihre Lebensenergie in sich aufsaugen. Aber könnte er ihr damit das Geheimnis ihrer Abstammung entreißen?

Pauline bäumte sich auf und warf den Kopf herum. Ihr bloßer Hals bog sich ihm entgegen. Bevor er selbst so recht wusste, was

ihm geschah, legte Gaylord die Lippen auf die Stelle an ihrem Hals, wo der Geruch ihres Blutes am stärksten war. Sie erstarrte. Immer schneller pumpte ihr Herz das Blut durch ihren Körper. Ihr Geruch intensivierte sich. Er umhüllte ihn und gab ihm einen Vorgeschmack auf den Rausch, der auf ihn wartete.

Mühelos durchstießen seine Zähne Paulines weiche Haut. Er hörte, er roch, er schmeckte sie. Ihr Aroma umschmeichelte seine Sinne und drohte, ihn in den Strudel völliger Hemmungslosigkeit zu reißen. Er wollte mehr, mehr von ihr schmecken, aber er brauchte sie noch. Er durfte sie nicht töten.

Gaylord löste sich von ihr und leckte den letzten Blutstropfen, der aus den beiden winzigen Wunden trat, fort. Ein letzter Hauch ihrer Köstlichkeit.

Schreckerstarrt lag sie unter ihm und rührte sich auch nicht, als er sie losließ.

»Sieh es als Warnung«, sagte er streng und wandte sich ab. Er schlug die Tür hinter sich zu und schloss ab, bevor er die Stirn gegen das Holz lehnte.

Was ritt ihn nur? Seit Jahrhunderten nährte er sich nur widerwillig. Er wusste, dass manche Vampire gerade beim Sex gern unverbindlich zubissen. Nicht jeder Biss musste schließlich den Tod bedeuten. Er hatte es nie verstanden. Bis jetzt. Paulines Blut war schwer und köstlich. Sie war nicht nur eine Mahlzeit. Sie war eine Praline. Sie machte süchtig. Als hätte er nicht schon genug Probleme. Unten hörte er Albert, der Louannes verwirrte Fragen beschwichtigte. Louanne war noch nie spontan gewesen. Bei ihr vorbeizufahren und sie in einen schönen Abend zu entführen, endete mit der Diskussion, dass sie beim Kirchenbasar helfen musste. Und ausgerechnet jetzt tauchte sie unangemeldet bei ihm auf?

»Ich kann Ihnen versichern, dass der Verstand von Made-

moiselle Pauline außerordentlich scharf und klug ist«, tönte Albert durch die Eingangshalle. Innerlich stöhnte Gaylord. Albert, ausgerechnet Albert, fiel ihm auch noch in den Rücken.

Gaylord eilte die Stufen nach unten. Albert hielt mit spitzen Fingern einen Lederkoffer in der Hand, während Louanne eine Locke zwischen den Fingern zwirbelte.

»Ich verstehe das alles nicht«, gestand Louanne leise, als Gaylord näher kam.

»Wenn ich gewusst hätte, dass du kommst, hätte ich es dir vorher erklärt.« Verflucht, wenn er das vorausgesehen hätte, hätte er für Pauline eine hübsche kleine Hütte im tiefsten Wald organisiert, weit weg von Louanne.

Louanne senkte den Blick. »Es tut mir leid. Ich wollte dich nur besser kennenlernen. Mehr Zeit mit dir verbringen.«

»Muss es nicht. Ich freue mich, dass du da bist.« Lüge, aber eine Gefangene im Haus zu haben, zählte auch nicht als normaler Zustand. Denn normalerweise würde er sich freuen. Gaylord streichelte über Louannes Wange, und sie schmiegte sich gegen seine Finger. »Also darf ich ein paar Tage bleiben?«

»Wenn es dich nicht stört, in einem Abrisshaus zu wohnen«, erwiderte Gaylord mit einem gezwungenen Lächeln. Doch, es störte ihn. Andererseits auch nicht. Ach, zur Hölle.

Louanne legte die Arme um ihn und drückte sich gegen seine Brust. »Nein. Es ist wundervoll. Ich liebe alte Häuser. Wenn sie zugig sind, gibt es eine Ausrede für kuschlige Decken und Kakao.«

Gaylord seufzte und drückte Louanne fest an sich. Für diese optimistische Bescheidenheit liebte er sie. Sobald er wieder ein Mensch war, würde er sie heiraten.

Gaylord spähte zu seinem Butler, der Louanne missgünstig anstarrte. Hatte der alte Knabe wieder einmal seine Tage?

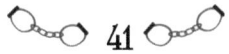

»Albert, bringen Sie den Koffer hoch.«

»Dürfte ich daran erinnern, dass sich nur drei Zimmer in einem bewohnbaren Zustand befinden, und das sind das Ihre, das von Mademoiselle Pauline und mein eigenes.« Alberts Stimme schraubte sich immer höher. Der sollte bloß mal keine Panik schieben, dass er im Keller schlafen musste. Das war schließlich Gaylords Plan B für Pauline.

»Dann bringen Sie ihn in mein Zimmer«, befahl Gaylord.

Albert grinste anzüglich, Gaylord knurrte ihn garstig an, doch keiner von beiden rechnete mit Louanne. Diese warf Gaylord die Arme um den Hals und küsste ihn auf die Wange. »Das ist so lieb von dir, dass du mir dein Zimmer überlässt.«

Äh, was? Er überließ Louanne sein Zimmer? Oh, wie gern Gaylord gerade seinem Butler den Hals umdrehen würde. Dessen Grinsen wandelte sich in pure Schadenfreude. Gaylords Hand krampfte sich um Louannes Taille, und er bleckte die spitzen Zähne. Doch er versteckte sie schnell wieder, als Louanne den Kopf hob, um ihn anzusehen.

»Aber wo schläfst du dann?«, fragte sie.

»Bei mir ist kein Platz mehr«, warf Albert eilig ein. »Nur noch bei Mademoiselle Pauline.«

»Oh«, rief Louanne aus. »Das wird für euch sicher amüsant, zusammen in einem Bett zu schlafen.«

Doch dann riss sie die Augen auf und senkte beschämt den Blick. »Entschuldige bitte. Ich habe für einen Moment vergessen, dass deine Schwester …«

»… eine liebreizende, außerordentlich wohlerzogene Mademoiselle ist?«, ergänzte Albert und besaß nicht im Mindesten den Anstand, unter Gaylords mordlüsternem Blick zu erschauern.

»Wir zwei werden uns einig werden«, murrte Gaylord. Dafür würde er sorgen.

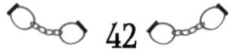 42

Pauline lag noch immer auf dem Bett, alle Viere von sich gestreckt. Sie starrte an die Decke, folgte mit den Augen den Konturen der hässlichen verrosteten Lampe. Die kleine Stelle an ihrem Hals schmerzte. Nicht stark, nur ein klein wenig. Sie konnte es nicht fassen. Gaylord hatte sie gebissen. In den Hals. Einfach so. Oder hatte sie das nur geträumt?

Pauline quälte sich aus dem Bett und wankte zu dem Spiegel. Er war zwar angelaufen, aber sie konnte deutlich zwei kleine rote Punkte sehen. Wurden die blasser? Sie lehnte sich über den Schminktisch. Jetzt waren sie kaum noch zu sehen. Sie strich über die Stelle, die im Spiegel nun so jungfräulich wie eh und je erschien. Ihre eigene Berührung erinnerte sie an das Gefühl seiner Lippen. So unerwartet warm und weich.

Merde! Dieser Typ war irre und gemeingefährlich, und zu allem Überfluss wurde sie auch noch verrückt. Nicht nur, dass der sie gebissen hatte, es hatte sich auch noch gut angefühlt. Gut! Das musste man sich erst einmal auf der Zunge zergehen lassen. Wie konnte sich so etwas gut anfühlen? Der hatte seine Zähne in sie gerammt, das musste doch wehtun! Okay, im ersten Moment hatte es sich angefühlt, als würde jemand dicke Nadeln in ihren Hals bohren, doch dann hatte ein wohliger Schauer den nächsten gejagt. Schauer, die bis zwischen ihre Schenkel …

»Echt jetzt? Muss ich jetzt meinen Eisprung haben?«

Herrgott, so wuschig war sie doch nur, wenn ihre fruchtbaren Tage anstanden. Kopfschüttelnd wandte sie sich von dem Spiegel ab und schlich zur Tür. Ob Albert sich noch einmal zu ihr traute? Er konnte sie doch hier nicht verdursten und verhungern lassen.

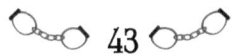

Schritte stampften die Treppe hinauf, und sie hörte Stimmen.

»Mach dir keine Sorgen, Louanne. Sie ist ein wenig verrückt, aber sie tut niemandem etwas. Pauline wird dich die nächsten Tage nicht belästigen. Sie bleibt in ihrem Zimmer.« Das war Gaylords Stimme. Oh, wie sie diesen Kerl hasste.

»Du kannst sie doch nicht einsperren!«

Ha, das war diese blonde Freundin von dem Spinner, die sich da echauffierte. Pauline schloss sie unweigerlich ins Herz. Der Kerl hatte schlechte Manieren und sperrte seine angebliche Schwester ein! Die Antwort Gaylords konnte sie nicht verstehen, aber ihr kam eine Idee. Sie musste die Nörgelei seiner Holden unterstützen. Wenn die mit Vampiren nicht klarkam, dann erst recht nicht mit Entführern.

Pauline lief zum Spiegel, riss ihn aus seiner Halterung und warf ihn gegen die Tür. Es krachte fürchterlich, gefolgt vom Splittern des Glases. Das brachte sieben Jahre Pech, aber entweder das oder sie erlebte die nächsten sieben Jahre nicht. Als ob der Kerl sie nach seinen Experimenten brav zurückbringen würde. Sie kannte solche Experimente aus Filmen, da blieb von dem Versuchskaninchen nie etwas übrig.

Pauline lauschte. Die Stimmen waren verstummt, aber es schien auch niemand zu ihrer Rettung eilen zu wollen. Mist, knutschten die beiden, und Blondie hatte nur eine Gehirnzelle für die Fummelei frei?

Was könnte Pauline noch zerlegen? Das Bett? Nein, verflixt, das brauchte sie noch. Bequemlichkeit ging dann doch vor.

Pauline stampfte mit dem Fuß auf. Moment, das war eine gute Idee. Sie sprang kräftig, sodass der ganze Raum zu wackeln schien. Himmel, sollte sie hoffen, dass der Boden auch verzaubert war? Was brachten verschlossene Türen und Fenster, wenn Pauline ihm eines Morgens beim Aufstehen im Zimmer darunter

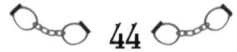 44

auf die Kaffeetasse krachte? Und das nur, weil diese Bruchbude aufgegeben hatte, sich aus Liebe zusammenzureißen.

Sie hielt erschrocken inne, als ein Brett verdächtig knirschte. Mit einem Bein durch den Boden zu brechen, könnte wehtun. Ach, was nützte es?

Sie hob gerade wieder den Fuß, als die Tür aufgestoßen wurde. Gaylord trat ein und warf sie wieder hinter sich zu. »Was glaubst du, was das wird?«

»Ich wollte dich sehen«, erwiderte Pauline lieblich. »Leider hat Albert vergessen, mir die Glocke zu geben, mit der ich nach dir läuten kann.«

»Gott bewahre mich vor dem Tag, an dem du eine Glocke in die Finger bekommst. Dich zu verprügeln, könnte ich nicht mit meiner guten Erziehung vereinbaren.«

Pauline schnaubte. »Sowas zählt unter Notwehr.«

Gaylord hob die Augenbrauen. »Versuchst du gerade, meine Schandtaten zu rechtfertigen?«

Pauline verdrehte die Augen. »Wenn du es selbst nicht hinbekommst.« Ein gehässiges Lächeln huschte über ihre Lippen. »Ist doch sowieso die Aufgabe einer Schwester, den minderbemittelten Bruder auf die richtige Spur zu bringen. Übrigens will mich meine zukünftige Schwägerin doch bestimmt kennenlernen.«

Jetzt war es an Gaylord zu schnauben. »Du kannst von mir aus schreien, brüllen und das Bett zerschlagen. Aber ich lasse dich nicht raus!«

»Das wird deiner Liebsten nicht gefallen. Keine Frau kann ungestört Sex haben, wenn die Schwägerin nebenan brüllt.«

Fasziniert sah sie zu, wie sich seine Wangen ein wenig dunkler färbten. Das gab es doch nicht! Wurde der immer rot, wenn sie das Wort sagte?

»Sex«, sagte sie.

 **45**

»Was?« Seine Wangen färbten sich tatsächlich dunkler.

»Sex!«, rief sie.

Er blinzelte irritiert und ha, er wurde noch dunkler.

»Sex, Sex, Sex.«

Das machte Spaß. Allerdings färbten sich jetzt auch seine Pupillen rot. Ups.

»Pauline«, sagte er mühsam beherrscht. »Vielleicht geben dir die Worte meiner Mutter zu denken: Je öfter eine Frau das Wort Sex sagt, umso weniger hat sie welchen. Denn sonst würde sie nicht permanent darüber reden, sondern genießen.«

Jetzt war sie es, die die Wärme in ihren Wangen spürte. »Mach dir mal keine Gedanken«, zischte Pauline. »Ich sorge schon für meinen Spaß. Dein Butler ist schnucklig. Auf alten Schiffen lernt man das Segeln.«

Gaylord grinste. »Albert ist nicht einmal ansatzweise so alt wie ich.«

Bäh. Wenn der sie abtörnen wollte, war er auf dem richtigen Weg. Reichte doch, wenn Amélie mit einem alten Knacker rummachte.

Pauline sprang an Gaylord vorbei. So unvermittelt, dass dieser verblüfft stehenblieb und ihr erst folgte, als sie bereits halb zur Tür hinaus war. Aber Pauline prallte schon vorher zurück. Schon wieder diese Blondine!

»Was bist du von Beruf? Türsteherin?«, fragte Pauline schnippisch.

Gaylords Schickse riss die Augen auf und zwirbelte nervös eine blonde Strähne zwischen den Fingern. »Tut mir leid. Ich bin doch so neugierig auf Gaylords Schwester.«

Dabei schlug sie tatsächlich die Augen nieder. Herrje. Kein Wunder, dass Gaylord auf die abfuhr. Die beleidigte ihn garantiert nicht. Wo hatte er die überhaupt kennengelernt? Im Second-

Hand-Shop? Er besorgte sich dort seine veraltete Kleidung, und Louanne kaufte dort Kartoffelsäcke?

Louanne trug einen braunen Rock und eine beige Bluse. Beides war mindestens zwei Nummern zu groß. Welche junge Frau trug freiwillig beige? Tarnte sie sich als Sandhaufen?

Schüchtern hob Blondie wieder den Blick und streckte Pauline lächelnd die Hand hin. »Ich bin Louanne.«

Und Pauline war bald weg. Aber Gaylord umklammerte gerade ihren Arm. Pauline versuchte, ihren Arm aus seinem Griff zu reißen. Vergeblich. Also streckte sie Louanne brav die Hand hin. »Pauline.«

»Freut mich, Pauline.« Louanne lächelte sie schüchtern an, und ihr Griff zeugte von der Kraft eines toten Fisches. Pauline verzog das Gesicht, als Louanne näher an sie herantrat und auf beide Wangen küsste. Die knutschte nass. Bäh, und auf sowas stand dieser Irre? Konnte Louanne überhaupt die Stimme erheben? Oder jemanden niederschlagen? Kein Wunder, dass Gaylord befürchtete, Louanne könne in Ohnmacht fallen, wenn jemand was von Vampiren sagte. Sie sah so jung und unschuldig aus wie eine dieser furchtbaren Landpomeranzen, die sich noch nie bei einem Pornoportal angemeldet haben.

Pauline drehte sich zu Gaylord um. »Wie alt ist sie? Fünfzehn? Bist du auch noch pädophil?«

»Ich bin achtundzwanzig!«, protestierte Louanne.

»Dann fangen deine Brüste langsam an zu hängen.«

Gaylord umklammerte ihren Arm so fest, dass Pauline jaulte. »Louanne, würdest du mich bitte mit meiner reizenden Schwester noch einmal allein lassen?«

Louanne nickte verstört. »Aber du isst doch dann mit uns, oder?«

»Als ob ich mir das Vergnügen nehmen lassen würde«,

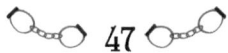

erklärte Pauline liebenswürdig, bevor Gaylord die Tür zuschlug.

»Sie ist ganz …«, setzte Pauline an.

Gaylord packte sie an der Kehle und drückte zu. Seine Augen glühten scharlachrot. Verflucht, sie hatte übertrieben. Was hatte das Fass zum Überlaufen gebracht? Das mit den Brüsten? Okay, Männer wollten nicht hören, dass ihre Weiber langsam anfingen zu verfallen. Es erinnerte sie schließlich daran, dass sie auch über kurz oder lang verschimmelten. Aber das war doch noch lange kein Grund, sie zu erwürgen. Doch bevor sie sich ernsthaft Sorgen machen musste, ließ er sie los.

Pauline taumelte zurück. Mon Dieu. Ihre Kehle fühlte sich an, als wäre ein Laster darübergefahren.

Gaylord lehnte sich gegen die Wand und drückte die Finger gegen die Augen. Vorsichtig ging Pauline ein paar Schritte zurück, Richtung Tür.

»Bleib stehen, oder ich schwöre bei allem, was mir heilig ist, dass ich dich die restliche Zeit hier geknebelt, gefesselt und betäubt im Keller halte!«

Verflixt, das brachte ihr natürlich herzlich wenig. »Was willst du dann deiner Liebsten erzählen?«

»Dass ich dich zurück in die Psychiatrie geschafft habe!«

Dass der aber auch so gute Ausreden haben musste. Diese Louanne würde das nicht misstrauisch machen. Wie sollte sie auch? Nicht einmal Pauline würde sich etwas dabei denken.

Pauline verknotete die Finger ineinander. »Und wenn ich verspreche, brav zu sein und Louanne nicht noch mehr zu verstören?«

Gaylord schnaubte. »Es liegt in deiner Natur, alle um dich herum zu verstören.«

»Das liegt an meinem aktuellen Umgang. Frag Amélie. Bevor ihr alle aufgetaucht seid, war ich schüchtern und

zurückhaltend!«

Gaylord lachte freudlos auf. »Manche Menschen wachsen mit ihren Herausforderungen, andere mutieren zu unausstehlichen Zicken.«

Pauline verengte die Augen. »Wohl immer noch besser als die Zickereien, die dich Feigling bei deinem zarten, blonden Blümelein erwarten, wenn sie herausfindet, dass du ein blutrünstiger, hinterhältiger Mörder und Entführer bist.«

»Sie würde dir ohnehin nicht glauben.«

»Ich weiß«, gab Pauline freimütig zu.

Gaylord zog die Augenbrauen nach oben. Er sollte mal nicht so tun, als ob er ihr diese Schlussfolgerung nicht zutraute. Kein Mensch glaubte beim ersten Mal die Story mit Vampiren. Nicht ohne Beweise. Nicht einmal Pauline hatte sie geglaubt, und Amélie hatte als Kind ständig von Vampiren gefaselt.

Erst als Amélie sie in einer wahnwitzigen Geschwindigkeit durch die Straßen von Paris schleifte, fing Pauline langsam an, wirklich daran zu glauben und Vampire nicht nur als spannende Sagengestalt zu sehen.

»Aber sie wird dich für einen schlechten Menschen halten, wenn du deine Schwester in ein Glas pinkeln lässt«, schob Pauline lieblich hinterher.

Gaylord verdrehte die Augen und griff in seine Tasche. »Dann habe ich ja Glück, dass ich auf alles vorbereitet bin.«

Moment! Was hatte der vor? In der Hand hielt er eine Spritze, die für Paulines Geschmack viel zu groß war. Sie hasste Spritzen. Da ließ sie sich lieber erschießen.

Sie rannte auf die Tür zu, aber im nächsten Augenblick stand Gaylord schon wieder vor ihr. Sie bremste, aber sie prallte trotzdem gegen ihn. Merde. Der war härter als eine Wand. Benommen ließ sie sich aufs Bett zerren. Er drehte sie auf den Bauch und zog

ihren linken Arm auf den Rücken.

Sie versuchte wegzurobben, aber sie erreichte nur, dass er sich rittlings auf sie draufsetzte. Ernsthaft?

»Können wir nicht darüber reden? Ich bin sicher, Louanne wird nie Hängebrüste haben und wenn doch, dann gibt es Ärzte, die das Problem beheben können«, flehte sie.

»Halt still.«

Stillhalten? Der Kerl hatte sie wohl nicht alle! Sie bäumte sich auf, aber sein Gewicht bekam sie nicht abgeworfen. Sie schnaufte nur wie ein Pferd, das sich völlig verausgabt hatte, und wimmerte, als er die Spitze knapp unter ihrer Ellenbeuge ansetzte.

»Muss es immer die größte sein? Du kompensierst doch was.«

»Für deine große Klappe bist du ganz schön wehleidig.«

Gaylord zog das blöde Ding aus ihrem Arm, und für einen Moment strich er sanft über die malträtierte Stelle. Warum tat er das?

Gaylord schwang sich von ihr herunter, und sie setzte sich auf, um ihren Arm zu untersuchen. Irritiert sah sie auf die kleine Beule, die sich unter der Haut abzeichnete.

Gaylord baute die Spritze auseinander und steckte die Teile in seine Hosentasche. »Das ist ein Chip und ein Sender. Innerhalb des Hauses kannst du dich frei bewegen. Aber sobald du zu weit von meinem Empfänger entfernt bist, tritt Betäubungsmittel aus. Also kommst du nicht weit.«

»Chip? Sender? Empfänger?«, kiekste Pauline. Ein verdammter Sender? Was war der? Iron Man?

»Ich bin der, der Jason die Technik zusammenbaut«, grinste Gaylord selbstgefällig. »Pech für seine Tochter.«

Regel Nr. 4

Halsbänder kann man verlieren, Chips nicht

»Das ist unfair«, jammerte die kleine Wildkatze. »Du hast mich wie eine streunende Katze gechipt!«

Ihr giftiger Blick sollte Gaylord sicherlich das Fürchten lehren, doch die Wahrheit war, sie sah eher niedlich als bedrohlich aus. Sie schürzte die Lippen und betastete mit spitzen Fingern die Beule. Zugegeben, schön sah es nicht aus, aber sie würde daran weder zugrunde gehen noch irgendeinen Nachteil haben. Was man von ihm nicht behaupten konnte.

Er hatte Pauline zwar als seine Schwester ausgegeben, aber er durfte in diesem Fall gewiss nicht darauf hoffen, dass Blut dicker als Wasser war. Himmel, allein der Gedanke an ihr Blut brachte seines in Wallung. Die Geste, wie sie sich das lange, braune Haar über die Schulter warf, schürte in ihm das Verlangen, mit den Lippen der Spur ihrer Schulter zu folgen. Ganz leicht, bis sie unter seiner Berührung erschauderte, sich ihm stöhnend entgegenbog und danach bettelte, sie zu erlösen. Mit einem Biss natürlich!

Pauline war auf dem richtigen Weg. Sie schaffte es, ihren Entführer völlig um den Verstand zu bringen. Innerhalb eines Tages, ach was, innerhalb weniger Stunden. Aber was hatte er auch erwartet? Aus Jasons Genen konnte nur ein Fluch für diese Erde werden, selbst wenn die andere Hälfte von einer Heiligen stammen sollte.

»Du wirst Louanne nichts, absolut nichts über Vampire, Blut, Jäger oder Eisenkraut erzählen«, schärfte er Pauline ein.

Doch die hörte ihm überhaupt nicht zu. Immer wieder betastete sie die Stelle, an der der Chip saß. Gaylord beugte sich

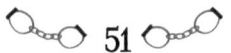

über Pauline und griff nach ihrer Hand. »Hör endlich auf, daran herumzuspielen. Du schaffst es noch, dass sich die Stelle entzündet.«

»Kann dir doch egal sein«, fauchte Pauline und versuchte, ihr Handgelenk aus seinem Griff zu zerren.

»Willst du eine Blutvergiftung?«

»Kann ich überhaupt eine bekommen?«

Gaylord grinste. »Genau solche Dinge möchte ich mit deiner Hilfe herausfinden.«

»Pah«, schnaubte Pauline. Sie kippte zurück auf das Bett, als sie erneut an ihrem Arm riss und Gaylord überraschend losließ. Eilig und mit der Eleganz eines altersschwachen Nashorns robbte sie über das Bett, fiel auf der anderen Seite hinunter und hastete zur Tür. Sie legte die Hand auf die Klinke, doch bevor sie Gaylord, ein Zauber oder das Schloss daran hindern konnten, die Tür zu öffnen, erstarrte Pauline in ihrer Bewegung. Sie drehte sich um und fixierte ihn entsetzt. Was ging jetzt schon wieder in ihrem Kopf vor sich? Sie konnte froh sein, dass er kein Gehirnchirurg war. Wie gern würde er ihren Kopf öffnen und hineinsehen, ob dort ein Affe saß, der zwei Becken immer wieder klingend aneinanderstieß.

»Wenn ich jetzt schreiend nach draußen laufe, falle ich einfach um?«, schrillte Pauline.

»Ja.«

»Das ist unfair!«

»Bin ich immer noch schlecht vorbereitet?«, spottete Gaylord.

Pauline lehnte sich an die Tür. Sie rutschte das Holz hinunter, bis sie auf den Boden plumpste. Zum ersten Mal sah er eine völlig neue Emotion in ihrem Gesicht. Ihre Schadenfreude, ihre Angst und ihre Wut kannte er schon. Aber jetzt sah sie resigniert und traurig aus. Jetzt benahm sie sich wie ein Entführungsopfer.

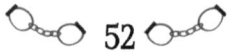

Pauline legte schützend die Arme um sich und starrte auf den zerkratzten Boden. »Was hat Barbie damit zu tun?«

Barbie? Meinte sie damit etwa Louanne? Louanne war doch keine Barbie. Gut, sie war zierlich, blond und mit blauen Augen gesegnet. Aber sie verabscheute pink.

»Louanne ist keine Barbie.« Himmel, klang er gerade trotzig? Pauline zuckte die Schultern. »Gut, ist sie eben keine Barbie.«

Langsam machte ihm Pauline Angst. Sie stritt nicht mit ihm, um unbedingt recht zu behalten?

Gaylord setzte sich neben sie. Sie hielt den Kopf gesenkt, und so still und traurig schaffte sie es, dass sich Mitleid in ihm regte. Er war wirklich ein beschissener Entführer.

»Louanne hat nichts damit zu tun. Sie hat ein paar Tage Urlaub und will ihn mit mir verbringen.«

»Schwer zu glauben«, stichelte Pauline. Sehr gut, sie wurde wieder munter.

»Kommt auf den Intelligenzgrad an«, hielt Gaylord dagegen. Doch der kurze Moment ihrer entfachten Streitlust schien schon wieder vorüber zu sein. Sie ging nicht auf seine Provokation ein. Sie biss sich lediglich auf die Innenseite der Wange, sodass sich dort eine Delle bildete, und starrte ihn sinnierend an. Nur der Himmel wusste, was in dem hübschen Kopf vor sich ging, aber es war gewiss nichts, was ihm zum Vorteil gereichte.

»Ich sage es dir noch einmal«, warnte er sie. »Du wirst Louanne nichts erzählen.«

Gaylord konnte nichts dagegen tun. Als Pauline tatsächlich brav nickte, dachte er im ersten Moment nicht nur, dass er eine Halluzination erlebte, in ihm breitete sich ein ungutes Gefühl aus. Aber was sollte er tun? Entgegen seiner Behauptung konnte er Pauline nicht den ganzen Tag hier einsperren. Wie sollte er das Louanne erklären? Er hatte vergessen, Pauline als

gemeingefährlich zu deklarieren. Idiotisch wie er war, hatte er auch noch beteuert, dass Pauline zwar verrückt, aber völlig harmlos sei. Noch nie hatte die Liebe zu einer Frau dermaßen verheerende Auswirkungen auf seine Intelligenz gehabt.

»Komm«, forderte er Pauline auf, erhob sich und hielt ihr die Tür auf. Pauline schlüpfte an ihm vorbei, zögerte einen Moment im Flur, und plötzlich breitete sich ein strahlendes Lächeln auf ihrem Gesicht aus. »Oh, ich werde ihr die beste Schwester aller Zeiten vorspielen. Barbie wird ihren Urlaub hier nie vergessen.«

Bevor Gaylord reagieren oder sie gar aufs Bett fesseln konnte, marschierte Pauline die Treppen nach unten, genau in die Richtung, aus der Alberts und Louannes Stimmen erklangen.

Er war am Arsch. Das konnte nur schiefgehen. Wenigstens konnte Pauline nicht abhauen. Damit war zumindest ein Risiko eingedämmt. Jetzt musste er ihr nur noch unauffällig den Mund zunähen.

Gaylord eilte Pauline nach und stolperte hinter ihr in das Wohnzimmer, das Albert permanent als Salon betitelte.

Mit einem falschen Lächeln schlang Pauline die Arme um Louannes Hals. »Willkommen in der Familie«, flötete das kleine Miststück.

Was sollte das werden? Versuchte Pauline, sie zu erwürgen? Aber Louanne strahlte wie eine Sonne und erwiderte Paulines Umarmung. Unweigerlich wurde Gaylord warm ums Herz. Paulines Herzlichkeit war albern, nahezu unglaubwürdig, aber sie machte Louanne glücklich. Louanne war tatsächlich zu gut für diese Welt. Entweder sie bemerkte Paulines Falschheit nicht, oder sie ließ sich nichts anmerken. Gaylords Leben dauerte bereits lange an, für seinen Geschmack viel zu lang, aber niemals war ihm eine Frau wie Louanne begegnet. Sie war rein, auch wenn ihm der Anblick ihrer Bibel, die sie ständig in ihrer

Handtasche mit sich herumtrug, jedes Mal Kopfschmerzen bescherte.

Pauline löste ihren Griff um Louanne und stellte sich neben Gaylord. »Na, Bruderherz, mach ich das toll?«

Louanne kramte aus ihrer Tasche ein Smartphone hervor. Seit wann besaß sie eines? Bisher hatte sie immer behauptet, sie hätte kein Handy.

Louanne schwenkte das Ding. »Lasst uns ein Foto machen.«

»Au ja«, Pauline klatschte in die Hände, und während Louanne ihr Handy in die Haltevorrichtung einer langen Stange zu klemmen versuchte, hakte sich Pauline bei Gaylord ein und grinste ihn so breit an, dass sie ihm ihr Zahnfleisch präsentierte.

Gaylord schüttelte den Kopf. »Es ist unfair, den Entführer zu ängstigen«, sagte er leise.

Pauline hob verdutzt die Augenbraue, aber sie senkte ebenso die Stimme. »Wieso hast du Angst?«

»Man könnte dich wirklich für meine bescheuerte Schwester halten.«

Pauline strich über seinen Arm. »Aber liebster Bruder, ich will dir doch nur helfen, dass sich deine Holde in deiner Familie wohlfühlt. Nicht, dass sie auf die Idee kommt, sie könnte mit einem Monster vögeln«, zischte sie. Eilig warf Gaylord Louanne einen prüfenden Blick zu. Aber diese presste immer noch mit angestrengtem Gesichtsausdruck ihr Handy in die Haltevorrichtung der Selfiestange. Paulines Grinsen wurde breiter und hämischer. Hatte er schon erwähnt, dass er diese Frau hasste? Er verzog die Lippen zu einem freudlosen Lächeln, das seine spitzen Eckzähne entblößte, aber Pauline streckte ihm nur die Zunge heraus.

Endlich rastete Louannes Handy mit einem leisen Klicken ein, und Louanne strich sich die Haare aus der Stirn. Ihr Lächeln

erschien Gaylord so penetrant fröhlich wie das von Pauline, doch im Gegensatz zu der ordinären Halbvampirin kannte Louanne keine Falschheit.

Sie drängte sich zwischen Gaylord und Pauline, legte einen Arm um seine vermeintliche Schwester und lehnte ihren Kopf ganz nah an deren.

Warum zum Teufel kuschelte sie lieber mit Pauline als mit ihm? Trotzdem rang er sich ein Lächeln für dieses dämliche Foto ab. Louannes Glück war ihm das allemal wert. Diese jauchzte zufrieden, als der Blitz aufleuchtete und das mechanische Schnarren ertönte.

Albert schlurfte herein und räusperte sich. »Der Tee ist serviert.«

»Ich sterbe vor Hunger!«, prophezeite Pauline.

»Das wäre zu schön«, seufzte Gaylord.

»Hey«, blaffte ihn Pauline an. »Wer soll dir dann helfen?«

Louanne sah irritiert von ihrem Handy auf. Verflucht noch eins. Pauline schaffte es ohne ein Wort über Vampire, Louanne noch am ersten Abend aus seinem Haus zu treiben.

Warum war ausgerechnet Pauline die Halbvampirin, die vielleicht sein Problem lösen könnte? Linetts und Jeremys Kind wäre ihm wesentlich lieber gewesen, doch ein Neugeborenes zu entführen, ging selbst ihm zu weit.

Also trottete er wie der größte Idiot dieses Planeten Pauline und Louanne hinterher. Geradewegs in die Küche, einem Minenfeld für Vampire. Wann hatte ihm Pauline die Zügel in dieser Geschichte entrissen? Wann war er zur Witzfigur verkommen? Ach ja, in dem Moment, als Louanne auf seiner Schwelle aufgetaucht war. Für jeden Mann gab es eine Frau, für die er sein Leben riskieren würde und sich vollständig zum Idioten machte.

Der arme Kerl, der sich eines Tages vor Pauline erniedrigen

 56

durfte, tat ihm jetzt schon leid. Denn Pauline würde jedes Missgeschick höhnisch kommentieren.

Jetzt setzte sie sich erstaunlich still an den Tisch. Was denn? Allein der Anblick von Essen reichte, um ihr den großen Mund zu stopfen?

Der Tisch war mit Teekanne, Tassen und Tellern hilflos überfrachtet. Die abgeschabten Stellen des Holzes waren nicht zu sehen, denn genau genommen gab es keinen einzigen freien Fleck auf der Platte.

Auf einem Teller türmten sich Gurkensandwiches. Als Pauline versehentlich mit dem Knie gegen den Tisch stieß, schwankte der Sandwichturm bedrohlich, aber er kippte nicht um. Dafür hüpften Macarons über den Tisch. Blaue, rote, gelbe und grüne.

Wann hatte Albert die gekauft? Und warum? Die Dinger waren verdammt teuer. Er konnte sich das, verflucht noch eins, nicht leisten. Das Gehalt bei Jason war großzügig gewesen, aber es reichte gerade für die Grundsteuer seiner Anwesen und die Reparaturen, die dafür sorgten, dass ihm nicht eines nach dem anderen über dem Kopf zusammenkrachte. Er konnte froh sein, dass weder er noch Albert sonderlich viel Geld benötigten. Ihren Modestil pflegten sie schon seit Jahrzehnten und damit auch die Kleidungsstücke. Ein Glück, dass die Anzüge damals länger als eine Maschinenwäsche halten sollten. Ihre einzigen Ausgaben bestanden darin, den Scotchvorrat regelmäßig aufzufüllen, und selbst dort suchten sie sich die billigsten Marken. Nicht auszudenken, wenn einer von ihnen feste Nahrung zu sich nehmen müsste. Dann hätte Gaylord Albert schon längst allein in die Welt schicken müssen. Nicht, dass er es nicht oft genug versucht hatte. Doch wollte Albert weder gehen, noch war Gaylord undankbar über dessen Gesellschaft gewesen. Bis heute, bis zu diesem Moment. Was zum Teufel hatte sich Albert bei diesem Einkauf

gedacht?

Pauline brauchte keine Macarons! Die Rechnung für die Patisserie würde Gaylord in der Gesellschaft einer Flasche Absinth bezahlen müssen. Bevor er Gefahr lief, beim Anblick seines Kontostandes in Tränen auszubrechen.

Zum Teufel, wenn er das nächste Mal eine Frau entführte, würde er vorher selbst einkaufen.

Gaylord rückte Louanne den Stuhl zurecht und beäugte missmutig das reichhaltige Speisenangebot.

Es sah verlockend aus, aber das einzige, woran Gaylord in Bezug an Essen denken konnte, war ausgerechnet Paulines Blut. Er meinte, ihren Geschmack immer noch auf der Zunge schmecken zu können. Und er sehnte sich nach mehr.

Der Anblick von Sandwiches und Süßkram hingegen ließ ihn völlig kalt. Für die Dauer von Louannes Aufenthalt musste sich Gaylord wohl oder übel eine Magenverstimmung zulegen. Nur so konnte er begründen, warum er tagelang nichts aß.

Er hatte Louanne ins Kino ausgeführt, ins Theater, aber niemals zum Essen. Bisher hatte sich Louanne nie über seinen fehlenden Appetit gewundert. Doch Gaylords mangelndes Interesse an dem Essen stand nun im krassen Gegensatz zu Paulines Hunger.

Diese schob sich gerade das zweite Gurkensandwich in den Mund und verdrehte genüsslich die Augen.

Albert grinste entzückt und schenkte Pauline Tee ein. Auch Louanne griff zu, nur legte sie Tischmanieren an den Tag. Sie stopfte sich die Sandwiches nicht eins nach dem anderen in den Schlund, um den Brei dann auch noch mit einem Macaron zu garnieren.

Gaylord hielt sich hingegen an seiner Teetasse fest. Wie gern würde er sich jetzt in sein Labor verziehen und endlich damit

beginnen, seinen Plan in die Tat umzusetzen. Aber dazu brauchte er Pauline, und die konnte er unmöglich vor Louannes Augen an den Haaren auf einen Untersuchungsstuhl zerren.

Hier zurücklassen konnte er Pauline ebenso wenig. Am Ende erzählte Pauline Louanne haarklein alles über Vampire. Das fehlte ihm noch. Katholiken und Vampire waren noch nie gut miteinander ausgekommen. Vampirische Katholiken gab es nicht. In Kirchen bekamen Vampire Migräne, Weihwasser verätzte sie wie Säure, und ein goldenes Kreuz um den Hals ließ jeden Blutsauger zurückschrecken. Auch wenn es sie nicht gerade in die Flucht schlug.

Das alles traf im Übrigen auch auf andere Religionsrichtungen zu. Jede einzelne von ihnen verurteilte, in einer konservativen Auslegung der Texte, was ihrer launischen überirdischen Macht nicht in den Kram passte.

Mit Louanne jedoch war ebenjenen Mächten ein Meisterwerk gelungen.

»Möchten Mademoiselle einen Tee?«, fragte Albert.

»Ja, gern«, lächelte Louanne und hielt ihm ihre Tasse hin. Versonnen starrte Albert zu Pauline, während er den Tee geradewegs auf Louannes Rock goss. Diese lief rot an, schrie auf, und Tränen schossen ihr in die Augen. Hektisch rutschte sie mit ihrem Stuhl zurück und presste die Hand auf die verbrühte Stelle.

»Albert«, fluchte Gaylord, sprang auf und schlug seinem Butler die Kanne aus der Hand.

»Huch«, machte der.

Gaylord nahm eine der Servietten, kniete vor Louanne nieder und drückte sie gegen den durchnässten Rock. »Alles in Ordnung?«

»War nur heiß«, hauchte diese und zog die Serviette aus seinen Fingern, um sich trocken zu tupfen.

»Tut mir leid, ich war von dem holden Anblick abgelenkt«, entschuldigte sich Albert in einem Tonfall, der auf alles schließen ließ, nur nicht auf Bedauern. Sein Blick hing an Pauline, die gerade acht Macarons auf ihrem Teller zu einer Pyramide stapelte. Albert verliebte sich doch nicht gerade ernsthaft in Pauline?

»Wenn Sie Ihre Augen nicht für die wesentlichen Dinge benutzen wollen, kann ich Sie Ihnen gern aus den Höhlen reißen«, knurrte Gaylord.

»Es war doch nur ein Versehen«, warf Louanne ein und legte ihre Hand auf Gaylords Arm. »Warum bist du so bösartig?«

»Bösartig?«, widerholte Gaylord verblüfft. Er war bösartig?

»Ja«, erklärte Louanne vorwurfsvoll. »Du packst deine Schwester grob an und bedrohst deinen Butler.«

Paulines Hand erstarrte über den Macarons, und sie warf Louanne einen irritierten Blick zu. Doch Gaylords Erleichterung darüber, dass ihr zu diesem Thema kein Kommentar einfiel, der ihn endgültig in den Misthaufen ritt, hielt nicht lange an. Denn es war Albert, der ihm in den Rücken fiel.

Dieser seufzte theatralisch. »Sie wissen gar nicht, was wir den ganzen Tag erdulden müssen.«

Selbst Pauline klappte die Kinnlade herunter.

»Albert«, knurrte Gaylord warnend, aber sein Butler interessierte sich nur herzlich wenig für die aufkeimende Mordlust seines Herrn. Albert knetete das weiße Tuch zwischen seinen Fingern, verdrehte die Augen zum Himmel und seufzte noch einmal. »Immer heißt es ›Albert, putzen Sie die Küche‹ oder ›Albert, der Garten ist verwildert, warum haben Sie kein Unkraut beseitigt?‹.«

»Das ist Ihre Aufgabe«, donnerte Gaylord.

»Und als ich einmal einen Teller zerbrochen habe, hat er ihn von meinem ohnehin schon kargen Lohn abgezogen«, klagte

Albert unbeeindruckt.

»Hey, wer von uns bekommt meinen letzten Cent?«, blaffte Gaylord.

Albert ließ sich sichtlich angeschlagen auf einem Stuhl sinken. »Wissen Sie, Mademoiselle, meine alten Beine sind nicht mehr so schnell wie früher, aber wehe, wenn ich es versäume, nicht innerhalb von fünf Sekunden an der Tür zu sein.«

Das schlug doch dem Fass den Boden aus. Aber was sollte Gaylord dazu sagen? Dass Albert ein verdammter Vampir war und ihn bis auf chronische Faulheit keinerlei Gebrechen plagten?

»Aber wie er sich erst gegenüber Mademoiselle Pauline verhält …«, fuhr Albert in seiner Anklage fort. Gaylord lehnte mit einem Stöhnen den Kopf gegen Louannes Stuhllehne. Was kam denn jetzt noch?

»Nie hat er Mademoiselle Pauline verziehen, dass wegen ihrer Mutter sein Vater die Familie verließ«, faselte Albert. »Sicher, Mademoiselle Pauline ist ein Wildfang, aber sie ist nicht verrückt. Immer wieder zerrt er sie von einer Ecke in die andere oder schließt sie in ihr Zimmer ein. Nicht einmal mehr Tee darf ich ihr bringen.«

Gaylord rieb sich die Stirn. Er wusste nicht, ob er lachen oder Albert umbringen sollte. Er wusste es wirklich nicht. Er wusste auch nicht, was er Albert angetan hatte, um das zu verdienen, und doch konnte er nicht behaupten, wütend zu sein. Im Gegenteil. Alberts völlig übertriebene Aufführung sorgte dafür, dass Pauline die Hand gegen ihren Mund drückte. In ihren Augen standen die Tränen, und ihre Schultern zuckten. Auf den ersten Blick sah es aus, als weinte sie, aber er wusste es besser. Sie unterdrückte das Lachen, und allein ihr vergnügter Anblick brachte ihn selbst zum Grinsen.

»Ich weiß nicht, wie du lächeln kannst, wenn deine Schwester

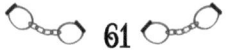

kurz davor ist, in Tränen auszubrechen«, rief Louanne voller Empörung aus.

Wenn Louanne wüsste. Gaylord drückte die Hand gegen die eigenen Lippen, um das hysterische Gelächter zu unterdrücken. Es konnte nur Hysterie sein. Warum sonst sollte er solche Ungeheuerlichkeiten lustig finden?

»Je suis désolé«, presste Gaylord mühsam eine Entschuldigung heraus und versuchte, das Lachen, das seine Kehle hinaufkroch, zu ignorieren.

»Oh, das sollte es auch«, rief Louanne erbost aus. »Und ich dachte, du wärst ein sanftmütiger, geduldiger Mensch, der alle um sich herum mit Respekt behandelt!«

»Er hat auch seine guten Seiten«, mischte sich ausgerechnet Pauline ein. Was kam jetzt? Eine weitere Gemeinheit?

Pauline versetzte ihrer Süßwarenpyramide einen Schubs. »Wenn er es für nötig hält, kann er gut auf einen aufpassen.«

Ach ja? Wo blieb die Pointe? Er wartete vergebens darauf. Pauline schob lediglich schweigend die Macarons über ihren Teller.

Albert schnaubte, wischte sich unter Gaylords mordlüsternem Blick jedoch die Nase. »Der alte Schnupfen.«

Ja, ja, schon klar. Albert bekam immer dann spontane Krankheiten, wenn es darum ging, unangemessene Reaktionen zu vertuschen.

Gaylord reichte Louanne seine Hand. »Ich will mir ansehen, ob du dich verbrannt hast.«

Zögernd stand Louanne auf und folgte ihm in sein Schlafzimmer. »Behandelst du sie wirklich so schlecht?«

Himmel, sie glaubte wirklich jedes Wort, das Albert von sich gegeben hatte? Offenbar schon. Mit weit aufgerissenen Augen sah sie ihn an und biss sich auf die Unterlippe. Gaylord legte

einen Daumen darauf und zog sie zwischen ihren Zähnen hervor. »Albert und Pauline haben ihr eigenes Verständnis von Humor. Sie haben dich nur verladen. Paulines Tränen rührten vom unterdrückten Lachen her, und Albert steht zu seiner Faulheit.«

»Sie haben mich verladen?«, fragte Louanne verdutzt. »Warum?«

»Sie mögen dich, und sie wollten nur ein wenig ihren Schabernack treiben.« Wenigstens war dieser Satz nur zur Hälfte eine Lüge. Albert mochte Louanne nicht. Wusste der Geier, warum das so war. Gaylord teilte seine Einstellung nicht im Geringsten. Louanne war ein sanftes Wesen, nur ein blinder Narr konnte sie nicht mögen.

Wie gern würde er jetzt mehr von ihr berühren als nur ihr Gesicht. Aber Gaylord drehte sich brav um, während Louanne den Rock auszog und sich auf das Bett setzte.

»Kannst schauen.«

Sie hatte die Decke über ihren Schoß gezogen, sodass er nicht mehr als ihre nackten Beine zu sehen bekam. Auf ihrem Oberschenkel prangte ein großer, roter Fleck. Gaylord kniete vor ihr nieder und strich sacht über die verletzte Stelle.

»Tut das weh?«

Louanne nickte und angelte nach ihrer Handtasche, die auf ihrem Koffer neben dem Bett lag. Sie kramte aus den Untiefen des Ungetüms eine kleine Dose, gefüllt mit einer Pillenschachtel und einer Salbe, hervor. Gaylord nahm ihr die Tube aus der Hand. Es war eine simple Heilsalbe, für jede kleine Verletzung geeignet. Gaylord schraubte den Deckel ab, drückte sich etwas von der Salbe auf den Finger und strich sie über Louannes rote Stelle. Louanne seufzte leise, und er hob den Blick, um ihr in die Augen zu sehen. In diese blauen, sanften Augen, die ihm den Frühling seines Lebens versprachen. Gaylord strich ihr sanft über die

 **63**

Wange und beugte sich über sie. Ihre vollen Lippen luden ihn zu einem kleinen gestohlenen Kuss ein. Sachte küsste er sie und versank in der weichen, sanften Berührung.

Sinnierend starrte Pauline den beiden hinterher, als Gaylord seine Holde aus dem Zimmer zerrte.

Sie wurde aus diesem Mann nicht schlau. Einerseits entführte Gaylord Frauen, aber wehe, man schüttete seiner Geliebten Tee in den Schoß. Dann wollte er demjenigen die Augäpfel herausreißen. Und wenn ihn sein eigener Butler diskreditierte, musste er sich das Lachen genauso verkneifen wie Pauline.

Verstohlen wischte sich Pauline eine verbliebene Lachträne aus dem Augenwinkel und strich sich über die Stirn. Dieser Haushalt war verrückt, und der Wahnsinn färbte bereits auf sie ab. Das amüsierte Funkeln in Gaylords Augen hatte ihr gefallen. Es war nicht die übliche Arroganz, verbunden mit Spott und Verachtung gewesen, sondern ehrliches Vergnügen.

Was sollte ihr das nun sagen? Dass auch ein Spinner wie Gaylord Humor besaß? Und was brachte ihr das? Selbst wenn sie ihm den Witz des Jahrhunderts erzählte, würde er sie nicht gehen lassen. Also blieb ihr nichts anderes übrig, als nach einem Weg zu suchen, diesen blöden Sender loszuwerden.

Mit einem kleinen Seufzen schob sich Pauline von ihrem Stuhl.

Die Kanne lag zerschlagen auf dem Boden, der Tee sickerte in den alten Teppich und bildete hässliche braune Flecken auf dem abgewetzten Stoff.

Albert hob die scharfkantige Hälfte mit dem Griff auf und brummte etwas so undeutlich in seinen Bart, dass nicht einmal Pauline ihn verstand. Dabei stand sie nur einen halben Meter von

ihm entfernt.

»Du magst Louanne nicht«, bohrte Pauline vorsichtig nach.

»Sie sieht aus wie ein Engel, aber sie ist durchtriebener als eine Hexe«, knurrte Albert und knallte die aufgesammelten Scherben auf den Tisch. »Ich verstehe nicht, warum er ihr wie ein streunender Köter hinterherläuft und nach Liebkosungen bettelt. Er betet sie an, als wäre sie die Jungfrau Maria.«

»Klarer Fall von Hirn rausgevögelt«, kommentierte Pauline.

Albert warf sein Tuch auf den Fleck und drückte ihn mit dem Schuh fester darauf, bis der Stoff die Flüssigkeit aufsaugte. »Wenn es das wäre. Irgendwann regenerieren sich selbst Männergehirne. Lasterhaftigkeit mag einen nicht auf Dauer zu Fall bringen, die Tugendhaftigkeit ist die Verderbnis des männlichen Geschlechts.«

Äh ja. Davon hatte sie noch nie etwas gehört, aber Albert kannte seinen verrückten Dienstherrn wohl länger wie sie.

»Die Tugendhaftigkeit geht da oben bestimmt gerade flöten«, kicherte Pauline. Wenn man schon Oberschenkel genauer untersuchte, dann blieb der Stier vor dem Tore bestimmt nicht brav.

»Sie schläft in seinem Zimmer, will aber, dass er woanders nächtigt«, echauffierte sich Albert. »In welchem Jahrhundert leben wir? Doch nicht mehr im 18. Heute kann jeder zusammen in einem Bett schlafen, ohne dass jemand gleich gelyncht wird.«

»Bist du auch ein Vampir?«, fragte Pauline neugierig.

»Seit vierundneunzig Jahren.«

Mon Dieu. Wie alt war dann erst der Spinner?

Pauline räusperte sich mühsam. »Und wie alt ist Gaylord?«

»Oh, wesentlich älter. Es müssten um die vierhundert Jahre sein.«

Was? Der Kerl war vierhundert Jahre alt? Himmel, der war ja zu mittelalterlichen Zeiten geboren worden. Gut, das erklärte

auch den seltsamen Kleidungsstil. Irgendwann hatte er wohl keine Lust mehr gehabt, sich an die neueste Mode anzupassen, aber vierhundert Jahre?

Sie war wie schockgefroren. Sie konnte nicht anders, als Albert entsetzt anzustarren.

Dieser lächelte milde und klopfte ihr auf den Rücken. »Seit vierundneunzig Jahren sehe ich zu, wie der Herr das Haus und sein Herz verkümmern lässt. Aber jetzt ist Schluss.« Albert zerrte an seiner Fliege. »Ich weiß auch schon, wer zumindest eines davon wieder auf Vordermann bringen kann.«

Irritiert starrte Pauline den Butler an. Wollte er das Gemäuer persönlich neu aufbauen, oder was redete der da? Und warum stierte er sie so an? Sie war bestimmt nicht zum Malern hier!

Regel Nr. 5

Wer zuerst beißt, hat nicht immer gewonnen

Louanne beendete den Kuss für Gaylords Geschmack viel zu schnell. Aber seine Meinung war auch kein gutes Maß. Wenn es nach ihm ginge, würde der Kuss erst mit dem Morgengrauen enden.

Sie strich sich eine Strähne hinters Ohr und rückte ein Stück von ihm ab. Wenn er es nicht besser wüsste, würde er behaupten, sie zierte sich mit Absicht. Und was sollte er sagen? Diese Masche, ob bewusst oder unbewusst, zog ihn magisch an. Louannes Ruhe, diese stille Zurückhaltung faszinierte ihn. Ihre Güte, ihr liebliches Wesen, wer konnte dem schon widerstehen?

»Ich sollte jetzt auspacken.« Sie deutete auf ihren Koffer, den Albert ans Fußende des Bettes gestellt hatte.

»Soll ich dir helfen?«

»Nein, nein.« Louanne schüttelte den Kopf, bis ihre blonden Locken tanzten. »Kümmere du dich lieber um deine Schwester.«

Ach ja, seine Schwester. Es war einfach, Pauline zu vergessen. Und vor allem war es erholsam, ihrem störrischen Wesen für ein paar Minuten zu entkommen. Da lernte man Urlaub nur umso mehr schätzen.

Er kehrte in die Küche zurück, und das erste, was er dort zu sehen bekam, war Paulines Hintern. Dieser streckte sich vom Boden aus in die Höhe, ihm direkt entgegen. Ob ihr klar war, dass er ihre Unterwäsche sehen konnte, und was zum Teufel trieb sie eigentlich schon wieder?

Neben Pauline kniete Albert. Die blütenweißen Handschuhe lagen neben ihm, und er sammelte hektisch die Scherben ein.

Wann immer Pauline nach einer griff, schnappte er ihr diese weg. »Mademoiselle. Lassen Sie mich die Scherben einsammeln. Sie verletzen sich.«

Gaylord lehnte sich in den Türrahmen und wohnte unbemerkt diesem Treiben bei. Mit dem Finger kratzte Pauline noch die letzten kleinen Scherben zusammen, während Albert seine Beute in dem Müll warf und sich mit einem Lappen wieder neben Pauline kniete. Gemeinsam tupften sie den Tee auf. Es war allerliebst. Aschenputtels holder Prinz trug keine Krone, aber einen Putzlappen.

Pah, ihm sollte diese Liebelei recht sein. Pauline konnte sich dank Alberts Manieren nur verbessern.

Pauline versuchte, sich nach oben zu stemmen, aber Albert hielt sie zurück. »Warten Sie. Ich sehe nach, ob Sie Splitter an den Händen haben.« Als Albert nun nach Paulines Hand griff und ihre Finger untersuchte, war es zu viel des Kitsches. Fehlte ja nur noch die Disney-Musik.

Gaylord räusperte sich und trat näher. »Was denn? Kein Fluchtversuch?«

Pauline hob den Kopf und betrachtete ihn kritisch. »Hat sie dich nicht rangelassen?«

»Es fühlt sich nicht jede Frau von wollüstigen Männern verfolgt.«

»Kein Wunder. Der würde auch kein wollüstiger Mann hinterherrennen.«

»Dir auch nicht.«

Paulines Augen blitzten wütend. Interessant, sie wechselte zwar nicht die Augenfarbe zu Scharlachrot, aber trotzdem meinte Gaylord, in ihren Augen die Veranlagung der Vampire zu erkennen. Ein leicht rötlicher Schimmer, der sich mit ihrem hellen Blau zu einem interessanten Violett mischte.

»Ich habe nie behauptet, dass sie wollüstig sind«, fauchte Pauline.

Gaylord grinste. »Ich habe deine Polizeiakte gelesen. Wie waren eigentlich die Sitzungen beim Psychologen wegen Paranoia?«

»Ich bin nicht mehr hingegangen. Der hatte sich in mich verliebt«, gab Pauline schnippisch zurück.

Ein vertrockneter Psychologe, der sich in Pauline verliebte? Wenn der sich erst einmal von Paulines obszönen Beleidigungen erholt hatte, dann war das gut möglich. Wer konnte es ihm verdenken? Paulines dunkle Haare, die hellen Augen und der Schmollmund stellten allein schon das Sinnbild der Sünde dar.

»Mit Verlaub, mein Herr. Es zeugt nicht von guten Manieren, eine Gefangene zu verspotten«, mischte sich nun Albert ein.

Pauline warf ihm eine Kusshand zu. »Unausgeglichene Männer werden eben gern zänkisch wie alte Waschweiber.«

Albert kratzte sich am Kopf. »Ich glaube, er hat in seinem ganzen Leben noch keine Wäsche gewaschen …«

»Ruhe jetzt«, donnerte Gaylord. Es war reizend, dass Albert und Pauline ein gemeinsames Feindbild fanden und Amor seinen fetten Hintern in diesem Haus platzierte, aber er hatte Pauline nicht hierhergebracht, um Albert zum Liebesglück zu verhelfen.

Albert warf ihm einen besorgten Blick zu, doch Pauline besaß genügend Respekt, um vor Gaylord zurückzuweichen, als dieser auf sie zutrat.

»Ich bin sicher, du willst deinen Aufenthalt hier nicht weiter als nötig ausdehnen, deswegen werden wir jetzt schon mit unserem kleinen Experiment beginnen«, knurrte Gaylord.

Pauline wurde blass, und für einen Moment schalt ihn sein schlechtes Gewissen tatsächlich einen unausgeglichenen Idioten.

Aber Herrgott, starke Nerven waren einem Jason Harris vorbehalten, nicht ihm. Er packte Pauline um die Taille und trug sie einfach davon. Zwar sträubte sich die kleine Furie, doch wer hätte etwas anderes erwartet? Sollte sie strampeln, solange sie Louanne nicht aus ihrem Zimmer brüllte.

Gaylord zerrte Pauline in den einzigen Raum in diesem Haus, in dem nahezu alles neuwertig war. Selbst die Wände waren nicht vergilbt, sondern weiß. Helle Schränke zogen sich die Wand entlang und boten unzähligen Flaschen und Gerätschaften Platz. Mikroskope in verschiedenen Größen, ein Eisschrank für die Proben, Bechergläser, Zylinder, Schalen und Tiegel waren dort fein säuberlich aufgereiht.

In der Mitte des Raumes stand eine Liege, bei deren Anblick Pauline ein leises ›Oh Shit‹ entfuhr.

Gaylord konnte sich ein Grinsen nicht verkneifen. Pauline war doch sonst so taff, und nun mutierte sie beim Anblick einer harmlosen Liege zur Memme? Vielleicht sollte er ihr noch die alte Folterkammer mit den verrosteten Zangen und Ketten zeigen? Oder nein, besser nicht. Es war Pauline zuzutrauen, dass sie in ihrer Panik das ganze Haus zusammen- und Louanne auf den Plan brüllte. Schade. Die Welt war ungerecht, sie gönnte ihm nicht die kleinste Genugtuung.

Je näher Gaylord Pauline an die Liege trug, umso mehr wand sie sich in seinem eisernen Griff.

»Albert, hilf mir«, flehte sie über seine Schulter.

»Ich weiß nicht, was du hast«, spottete Gaylord. »Die Gurte habe ich weggeräumt.«

»Gurte?«, schrillte Pauline.

Gaylord ließ sie los, und prompt versuchte Pauline, sich an ihm vorbeizudrücken. Aber Pech für sie. Er stellte sich ihr immer wieder in den Weg.

 70

»Ich habe noch dringend etwas zu erledigen. Ich muss mir ein Pony kaufen. Und zum Friseur muss ich«, faselte Pauline und wich vor ihm zurück. Vielleicht musste er ihr doch keinen Folterkeller zeigen. Zugegeben, das Spiel war albern, aber Paulines Beunruhigung war eine herrliche Genugtuung. Er trieb sie zu der Liege, und Pauline wusste das. Er sah es an ihren panischen Blicken, die immer wieder zwischen ihm und der Liege hin und her huschten.

Als sie ernsthaft versuchte, unter der Liege durchzuschlüpfen, hob Gaylord sie lediglich hoch. Sie kreischte, strampelte, aber am Ende setzte er sie doch auf der Liege ab. »Halt den Mund, oder ich sorge dafür, dass du keinen Ton mehr rausbringst.«

Pauline klappte den Mund wieder zu, presste die Lippen aufeinander, und der ängstliche Ausdruck in ihren Augen wandelte sich in pure Mordlust. Eine faszinierende Reaktion. Es gab nur wenige Frauen, die in einer Sekunde vor ihrem Entführer ängstlich zurückwichen und ihm dann bei einem falschen Satz die Gedärme herausreißen wollten.

Albert tappte in den Raum und zupfte nervös an seinen Hemdsärmeln. »Das ist doch kein Grund …«

»Raus«, donnerte Gaylord.

Das letzte, was er jetzt noch gebrauchen konnte, war ein Butler, der Gaylords Manieren gegenüber seinem Entführungsopfer kritisierte. Dann war er eben schlecht erzogen. Na und? Je länger sie diskutierten, umso länger hockten sie alle aufeinander. Und umso mehr Zeit hatte Pauline, um ihm die Nummer mit Louanne zu versauen. Und das würde sie, darauf verwettete Gaylord sein kümmerliches, untotes Leben.

Albert zog murrend ab, aber nicht, ohne Pauline vorher noch ein aufmunterndes Lächeln zu schenken. Warum zum Teufel störte Gaylord das so sehr?

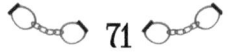

»Du bringst sein vertrocknetes Herz wirklich noch zum Erblühen«, spottete Gaylord. Pauline versuchte gerade wahnsinnig unauffällig, auf der anderen Seite der Liege hinunterzusteigen, aber Gaylord zog sie wieder zurück.

»Wenigstens ist er freundlich«, protestierte Pauline.

»An dich sind alle Höflichkeiten reine Verschwendung.«

»Ach, bin ich dir nicht devot genug?«, fauchte Pauline.

»Gaylord, komme ich ungelegen?«, äffte sie Louannes sanften Tonfall nach.

»Treib es nicht zu weit«, knurrte Gaylord. Pauline riss an ihrem Arm, aber sie sorgte nur dafür, dass er seinen Griff verstärkte.

»Du bist nur keinen Widerspruch gewohnt!«

»Und du besitzt keine Erziehung.«

»Tut mir leid, dass ich nie gelernt habe, mich einem Mann unterzuordnen.«

Diese Frau war doch von der Hölle persönlich geformt. Ihre Wut trieb ihren Puls nach oben, verstärkte den Geruch ihres Blutes und weckte in ihm das unstillbare Verlangen, sie zu beißen.

»Sie ordnet sich nicht unter«, blaffte Gaylord.

»Ach nein, ich vergaß«, höhnte Pauline. »Sie hat dich so im Griff, dass du ihr nicht mal sagen kannst, dass du ein Vampir bist.«

Er zog sie unbarmherzig näher an sich heran und bleckte seine spitzen Eckzähne. Er wusste, dass seine Augen inzwischen eine rote Färbung angenommen hatten. Er spürte seine Wut und sah es auch an der aufkeimenden Panik in ihrem Blick. Angst, die er niemals bei Louanne sehen wollte. Deswegen war Pauline hier und deswegen brachte er sie nicht aus reiner Frustration um. Um Louanne genau diese Angst nicht einzujagen, beherrschte er sich

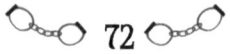

jetzt. Er ließ Paulines Arm los, und sie rieb sich die malträtierte Stelle. Ja, sie würde Blutergüsse davontragen. Schande über ihn. Seine Mutter würde sich im Grab herumdrehen, aber zum Teufel, nicht einmal seine Mutter könnte Pauline ertragen.

Pauline verschränkte die Arme vor der Brust und saß stocksteif auf der Liege. Vielleicht sollte er das als Fortschritt betrachten. Er musste sie nicht darauf festbinden, und sie hielt den Mund.

»Zieh dein Kleid aus.«

Hatte Pauline gerade noch stur auf die weiße Wand gestarrt, drehte sie nun den Kopf, um ihn wütend anzublitzen. »Ich wusste es. Du bist ein perverser Spinner!«

»Ich habe schon viele Frauen nackt gesehen. Du kannst dir sicher sein, dass mich dein Anblick weder erschüttern noch traumatisieren oder erregen wird.«

»Hast du die alle entführt?«

»Nein, die meisten kamen freiwillig. Ich bin seit Jahrhunderten Arzt und Wissenschaftler.«

»Und Laufbursche eines Mafioso.« Pauline schürzte verächtlich die Lippen.

»Ja, ich wusste, dass er mich über kurz oder lang zu dem führen wird, was ich begehre. Er mag viele als Schachfiguren benutzen, aber am Ende ist er selbst auch nur eine.«

Die Gerüchte über Jason Harris' Tochter hatten schon immer existiert. Seit ihrer Geburt, und es gab viele, die ihren rechten Arm dafür gegeben hätten, Jasons Tochter in die Finger zu bekommen. Jeder Vater zog seine vampirischen Beißer ein, wenn die eigene Brut in Gefahr war. Dass Pauline die Mischung eines Vampirs und einer Menschenfrau war, interessierte die meisten noch nicht einmal. Gaylord dafür umso mehr. In ihr vereinten sich das Leben und der Fluch der Vampire.

Pauline schnaubte. »Er wird dir den Hintern abfackeln und glaube mir, ich werde es mir nicht nehmen lassen, den Flammenwerfer höchstpersönlich anzuwerfen.«

»Aber vorher ziehst du dein Kleid aus«, erwiderte Gaylord barsch, bevor ein spöttisches Lächeln seine Lippen kräuselte. »Oder willst du, dass ich es dir ausziehe?«

»Mach doch.«

Das ließ er sich bestimmt nicht zweimal sagen. Pauline rutschte von der Liege, und im nächsten Moment schoss ihre Faust vor, genau auf seine Nase zu. Das kannte er schon von ihrer Freundin. Er packte Paulines Handgelenk und presste die kleine Furie unbarmherzig an sich.

Er spürte das Pochen ihres Herzschlages an seiner Brust. Für einen irritierenden Moment fühlte es sich so an, als wäre es sein eigenes Herz, das so aufgeregt das Blut durch einen Körper pumpte. Ein gesundes Herz besaß sie schon mal. Einmal mehr stieg ihm ihr verführerischer Duft in die Nase. Sein Hals begann zu brennen. Ein untrügliches Zeichen für seinen Durst nach Blut. Aber nein, er würde sie nicht noch einmal beißen.

Pauline stemmte sich gegen seine Brust, drehte sich um und versuchte, zwischen seinen Armen nach unten zu rutschen, aber er hielt sie noch fester.

Er hob sie hoch, bis ihre Füße in der Luft strampelten und seine Lippen nahe an ihrem Ohr waren.

»Du und Amélie habt den gleichen Selbstverteidigungskurs belegt. Euer Lehrer war schlecht«, raunte er.

»Soweit ich weiß, hat sie dir eine verpasst«, fauchte Pauline und rammte ihren Ellenbogen in seinen Magen. Er stöhnte. Vielleicht war ihr Lehrer doch nicht so schlecht gewesen. Aber er tat ihr nicht den Gefallen, sie loszulassen. Im Gegenteil. Während er sie mit einer Hand an sich presste, fuhr er mit der anderen unter

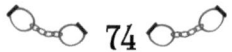

ihr Kleid. Sie schrak unter seiner Berührung zusammen, aber unbeirrt strich seine Hand über ihre weiche Haut und schob den Stoff nach oben. Mit beiden Händen zog er ihr das Kleid kurzerhand über den Kopf.

Sie riss sich von ihm los und stolperte zurück, um dann ein Geräusch von sich zu geben, als müsste sie sich übergeben. Gaylord verdrehte die Augen. Ja, ja, er ekelte sie an. Als ob ihm das nicht bewusst war. Es war bedauerlich, dass Jason sich erst seit vorgestern um seine Tochter kümmern konnte. Dieser hätte ihr wenigstens ein bisschen Stil beibringen können.

Paulines wirre Haare fielen ihr ins Gesicht und umwehten ihre nackte Haut. Und sie bestätigte das Vorurteil, Frauen würden auch gern alte Unterwäsche tragen. Ihr Slip war an den Nähten ausgefranst und die Farbe alles andere als frisch.

Sie verschränkte die Arme vor der Brust und starrte ihn herausfordernd an.

Ein Exemplar ihrer Gattung untersuchen zu können, war ein Privileg, das den wenigsten vergönnt war. Kaum jemand wusste etwas über Halbvampire. Die Mutter überlebte selten bis zur Geburt. Warum eigentlich? Entzogen sie ihren Müttern die Kraft? Oder waren sie stärker als ihre menschlichen Altersgenossen? Verletzten sie die Innereien ihrer Mütter, wenn sie sich bewegten? Niemand wusste genau, welche Fähigkeiten sie in sich trugen.

Pauline erschien mehr wie ein Mensch als ein Vampir. Sie besaß einen Herzschlag, musste offenkundig auf Toilette (oder sie hatte ihn nur hereingelegt) und legte einen enormen Appetit an den Tag, wenn es um Alberts Essen ging.

Doch von ihrer Fresssucht mal abgesehen, besaß sie keinerlei auffällige Merkmale. Ihre Statur war durchschnittlich, und es war wohl ein Kompliment an ihn, dass sie unter seiner Betrachtung den Bauch einzog.

»Du kannst wieder anfangen zu atmen. Auch wenn du den Bauch einziehst, sieht man, dass du kaum Sport treibst«, spottete Gaylord.

Rote Flecken bildeten sich auf Paulines Wangen, und das herausgepresste »Mistkerl« klang ein wenig atemlos.

»Hattest du je Appetit auf Blut?«, fragte Gaylord.

»Sehe ich aus wie ein Psychopath?«

Das hieß dann wohl nein. Ihren Blutdruck brauchte er nicht messen, er hörte ihren Herzschlag ausgezeichnet. Er war erhöht, aber das konnte man getrost der Wut zuschreiben, mit der sie ihn anstarrte. Pech für sie, dass die Legende der Vampire wahr war, die der tödlichen Blicke jedoch nicht.

Aber sie gab endlich ihren kindischen Widerstand auf.

Zwar zuckte sie zusammen, wenn er sie berührte, aber sie ließ seine Untersuchungen über sich ergehen. Er checkte sie von oben bis unten durch, doch sie wies keinerlei Unterschiede zu einem Menschen auf.

War sie am Ende doch nur ein Mensch und hatte nichts von ihrem untoten Vater geerbt? Gab sich der Fluch nicht weiter? Aber verflixt, er musste weitergegeben werden. Wenn sich zwei Vampire paarten, kam ein Vampir heraus. Wenn zwei Menschen sich paarten, kam ein Mensch heraus. Also musste doch die Kreuzung zwischen einem Vampir und einem Menschen eine besondere Mischung darstellen. Oder überwogen in Vampiren die Gene des Lebens, und sie hatte von ihrem Vater nur die große Klappe geerbt? Aber nicht einmal mit dieser ging sie ihm gerade auf die Nerven.

Sie saß still, die Lider zusammengekniffen und den Kopf gesenkt, auf der Liege. Sie erfreute sich bester körperlicher Gesundheit, aber ihren momentanen Zustand vermochte er nicht zu deuten. Sachte berührte er sie an der Wange. »Geht es dir gut?«

Pauline riss die Augen auf. Ihre Augen strahlten in hellem Blau, und bevor sich Gaylord versah, sprang sie auf und ließ ihre Hand klatschend auf seine Wange niedersausen.

»Du fragst mich, ob es mir gut geht? Mich begrabscht die ganze Zeit ein völlig bescheuerter Spinner!«

Mon Dieu, seine Wange brannte, aber noch mehr verursachte ihm ihre schrille Stimme Schmerzen. Es war also reine Notwehr, dass er ihr die Hand auf den Mund legte und sie an sich zog. Ihrem gedemütigten Ego versetzte das nur den nächsten Schlag, aber sein Trommelfell dankte es ihm fiepend.

Nur eines hatte er in seiner Rechnung vergessen: Paulines viel zu spärlich bekleideter Leib drückte sich zwangsläufig an ihn. Je heftiger sie versuchte, sich aus seinem Griff zu winden, umso stärker presste er sie an sich.

»Halt still«, zischte Gaylord leise. »Wenn du nicht ruhig bist, nähe ich dir den Mund zu. Und glaub mir, mir fällt schon etwas ein, wie ich das Louanne erkläre. Hast du mich verstanden?«

Zögernd nickte Pauline, und Gaylord senkte seine Hand.

»Beug dich nach vorn«, befahl er.

»Fick dich!« Sie bleckte wütend ihre Zähne. Als ob er nicht wüsste, dass sie keinerlei unnormal spitze Beißerchen besaß.

»Gib doch zu, du magst es, wenn ich nachhelfe«, raunte Gaylord. Der drehte sie herum, packte sie im Nacken und drückte sie hinunter.

Deutlich zeichneten sich die Wirbel ihres Rückens unter der Haut ab. »Du hast einen außergewöhnlich geraden Rücken«, erklärte er ihr sinnierend. Die meisten Menschen besaßen eine verkrümmte Wirbelsäule. Wenn ihnen nicht die Schulranzen den Rest gaben, dann das ständige Sitzen.

Er strich über ihren Rücken, und sie verlagerte ihr Gewicht, bis er plötzlich ihre Hand an seiner Hose spürte. Was zur Hölle?

Bevor er zurückweichen konnte, packte sie ihn völlig ungeniert im Schritt. Und ja, es tat weh, als er zurückzuckte.

»Lass mich los«, zischte sie.

»Dir ist klar, dass ich dir das Genick brechen könnte?«

»Aber tot nütze ich dir nichts.«

Eines musste man Pauline lassen. Sie kannte ihren Wert, und wie ihr Vater verhandelte sie auch noch, wenn sie nichts besaß. Obwohl das ›Nichts‹ gerade nicht weniger als seine Kronjuwelen waren.

Gaylord löste seinen Griff, genauso wie Pauline.

Sie wirbelte zu ihm herum. Ihre Augen blitzten, ihr Brustkorb hob und senkte sich unter ihren heftigen Atemzügen, und eine Strähne klebte an ihrem Mundwinkel.

In ihren Augen mochte das blanke Misstrauen stehen, doch das Kräuseln ihrer Lippen verriet den kleinen Triumph, den sie gerade empfinden musste. Sie wollte Machtspielchen?

Die konnte sie haben.

Er packte sie an der Kehle, nicht fest, aber doch fest genug, dass Pauline vor Schreck keuchte. Sie umklammerte sein Handgelenk, aber darauf würde sie sich nicht lange beschränken. Nur diesmal war er vorbereitet. Es reichte allein der Gedanke an Louannes weiche Lippen, ihre zarte Haut und die Kurven, die sich in seine Hände schmiegten. Moment. Louanne und Kurven? Es waren eindeutig die von Pauline, die er gerade unter seinen Händen hatte, aber auch wenn es nur Pauline war, die ihm gegenüberstand, so merkte er doch deutlich, wie seine Hose enger wurde.

Und Pauline? Die wollte testen, ob ihr Trick ein zweites Mal funktionierte.

Er merkte, wie Pauline nach seinem Schritt tastete, und noch deutlicher spürte er, wie sie sich in seinen Armen versteifte.

Gaylord nahm die Hand von ihrer Kehle und verschränkte die Arme vor der Brust. Aber Pauline machte keine Anstalten, die Hand von seiner Hose zu nehmen. Sie war völlig erstarrt.

»Ich frage mich, wie es dir gefällt«, schnurrte Gaylord. »Wenn du langsam zudrückst oder einmal schnell und kräftig und der Spaß recht schnell vorbei ist.«

Himmlisch, es hatte ihr die Sprache verschlagen. Er sollte wirklich darüber nachdenken, diese Stille aufzunehmen.

»Gut, benehmen wir uns wieder wie Erwachsene.« Gaylord griff nach Paulines Hand und entfernte sie von seinem Schritt. Sonst gab es wirklich noch ein Happy End für ihn. Ob das Pauline endgültig verstören würde?

Er hob sie auf die Liege und wandte sich ab. Er hörte ihr Murren, aber hey, er war nett. Er ließ ihr eine Verschnaufpause, um ihre Widerspenstigkeit zu finden.

Gaylord ging zu den Schränken, riss eine Packung mit einer Nadel auf und setzte diese auf eine Kanüle.

»Oh, nein, das kannst du vergessen«, maulte Pauline von der Liege her.

»Ich nehme dir lediglich Blut ab«, erwiderte Gaylord. Und darüber ließ er gewiss nicht mit sich diskutieren. Ihre Großmäuligkeit mochte sich schnell regenerieren, aber als er gegen ihre Schultern drückte, damit sie sich auf die Liege legte, wimmerte sie.

»Wieso hast du solche Angst davor?«, fragte Gaylord.

Misstrauisch beäugte sie die Spritze in seiner Hand. »Warum habt ihr Schiss vor Weihwasser?«

»Weil es uns Schmerzen zufügt.«

»Da hast du deine Antwort.«

Gaylord legte ihr den Gurt um den Arm und schnaubte amüsiert. Eine so dünne Nadel verursachte ihrer Meinung nach

Schmerzen? Das war lachhaft. Nicht mehr als Piksen. Sie legte sich schamlos mit ihren Entführern an und jammerte dann über eine Spritze?

»Was gibt es da zu lachen?«, fauchte Pauline.

Unweigerlich hoben sich seine Mundwinkel noch ein wenig mehr. »Es wundert mich, dass du Angst vor Einstichen hast. Meinen Biss hast du doch sehr genossen.«

Pauline wurde erst blass, und dann schoss das Blut wieder in ihre Wange. Blitzschnell griff Gaylord nach ihrem Arm und schob vorsichtig die Nadel in die hervorstehende Ader.

»Du ... Du ... Du«, fauchte Pauline und schnappte nach Luft.

»Und tat das weh?«

»Was?«

Pauline starrte auf die Nadel in ihrem Arm und wurde einmal mehr blass.

»Du wirst doch jetzt nicht ohnmächtig?«, spottete Gaylord. Sie war ein Halbvampir. Beim Anblick von Blut konnte ihr doch kaum schlecht werden. Oder?

»Damit du mich dann währenddessen befummelst? Niemals«, blaffte Pauline. Doch sie wandte den Blick von der Spritze ab und starrte auf ihre andere Hand, mit der sie über den Stoff der Liege strich. Gaylord verkniff sich jeglichen Spott. Die Angst vor Spritzen mochte lächerlich sein, aber sie war nicht selten. Insgeheim nahm er sich vor, immer eine Spritze mit sich herumzutragen. Zur Selbstverteidigung. Damit nötigte man Pauline fast so viel Respekt ab, wie mit einem spontanen Ständer.

Pauline seufzte leise, als die Kanülen voll waren und er die kleine Wunde versorgte.

»Kann ich mich jetzt wieder anziehen?«, maulte Pauline.

Gaylord trat zurück und nickte. Hastig zerrte sie sich das Kleid über den Kopf und starrte sehnsüchtig zur Tür. Durch die konnte

sie in zehn Sekunden flüchten und sich in Alberts schützende Arme werfen.

Gaylord schaltete den Bildschirm ihr gegenüber ein. Unzählige Zeichen in vier Reihen erschienen dort. Mit jeder Reihe wurden die Zeichen kleiner.

»Sag mir, was das dritte Zeichen der untersten Reihe ist.«

Pauline warf einen Blick darauf und verdrehte die Augen. »Ein Büstenhalter.«

Gaylord seufzte. »Zum Glück bin ich kein Psychologe. Wer erkennt schon das Unendlichzeichen als Büstenhalter?«

Pauline zuckte die Schultern, und Gaylord stellte noch kleinere Zeichen ein. Für einen Menschen waren diese aus der Entfernung unmöglich zu erkennen.

»Und welches Zeichen ist es jetzt?«

»Ein Pimmel.«

»Du bist ordinär.«

»Und du ein Idiot!«, blaffte Pauline.

Gaylord schaltete den Bildschirm aus. »Es ist kein Wunder, dass du immer noch unverheiratet bist.«

»Ich bin erst vierundzwanzig.«

»Zu meiner Zeit war man in diesem Alter bereits dreifache Mutter.«

Pauline schnaubte. »Was ist dann erst mit dir verkehrt gelaufen, dass du alter Knacker noch keine abbekommen hast?«

»Ich bin der perverse Stalker, schon vergessen?«

Gaylord setzte sich auf die Liege neben sie, und prompt rückte Pauline von ihm ab.

Er hielt ihr seinen Zeigefinger hin. »Versuch, ihn zu brechen.«

Fassungslos starrte sie ihn an. Sie musste ihn für verrückt halten, und vielleicht war er das auch. Aber er vermisste die Eigenheiten eines Vampirs an ihr. Sicher, ihre Augenfarbe

änderte sich, wenn sie wütend wurde. Aber er war kein Narr. Er wusste, was selektive Wahrnehmung bedeutete. Man bildete sich zu gern ein, etwas zu sehen, wenn man es unbedingt sehen wollte.

Vielleicht gab ihr Blut ihm Hinweise, aber er mochte nicht glauben, dass sie keine übernatürlichen Fähigkeiten besaß.

»Ich will wissen, wie stark du bist«, erklärte Gaylord. »Also brich ihn mir.«

»Das ist doch eine Falle. Am Ende zerrst du mir aus Rache noch das Höschen runter!« Pauline rutschte auf das äußerste Ende der Liege, aber herunterzusteigen schien sie sich nicht mehr zu trauen.

»Es ist keine Falle.«

Die Kraft der Menschen war nicht sonderlich hoch. Zwar hatte ihm Pauline bereits bewiesen, dass sie in der Lage war, einen Bleistift in seine Brust zu jagen, aber wie viel dieser Kraft war durch den Mut der Verzweiflung gekommen?

Zögernd griff sie nach seiner Hand. Eine Berührung, so sanft, dass sie nicht zu ihrem sonst so losen Mundwerk passen wollte. Überhaupt schien es ihr die Sprache verschlagen zu haben. Sie wich seinem Blick aus, aber für den nötigen Ruck schien ihr der Mut zu fehlen.

»Du hast doch sonst keine Hemmungen, dich gegen mich zu wehren.«

»Das ist was anderes«, maulte Pauline. »Es macht keinen Spaß, wenn ich die Erlaubnis habe.«

»Du meinst, du bekommst Schiss, wenn dich das Adrenalin nicht anstachelt.«

Bevor sie protestieren konnte, legte Gaylord die Hand auf ihren Schenkel. Sehr gut, ihr Griff um seinen Finger wurde schon mal stärker.

Sie starrte ihn misstrauisch an, und wieder hörte er ihren

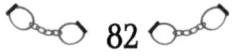

Herzschlag ansteigen. Je höher seine Hand glitt, desto fester packte sie zu. Aber er schien sie nur zu schockieren, nichts ließ darauf schließen, dass sie überlegte, wie sie ihm am besten Schmerzen zufügte.

»Vielleicht sollte ich meinem Ruf als lüsterner Stalker doch einmal gerecht werden«, raunte Gaylord und beugte sich über sie. Doch bevor er ihr einen Kuss aufdrücken konnte, knackte es. Scharfer Schmerz schoss durch seinen Finger in die Hand und in seinen Arm. Er schnappte nach Luft. Noch immer hielt sie seine Hand, aber sie zitterte genauso stark wie er. Für ihn würde der Schock gleich vorbei sein. Es war ein hässliches Gefühl, wenn Knochen zusammenwuchsen, aber es ging schnell. Der pochende Schmerz in seinem Finger ließ nach, und er sah aus wie vorher.

Pauline hob den Blick, und erst jetzt wurde ihm bewusst, wie nahe er ihr noch immer war. Sie roch wirklich verlockend. Zu verlockend. Vielleicht hatte sie mit ihrer Einschätzung recht. Vielleicht war er doch ein lüsterner Stalker. Aber er gierte nicht nach ihrem Körper, sondern nach ihrem Blut.

Regel Nr. 6

Ausflüge gehen immer schief

Konnte sie ihren Entführer umtauschen? Pauline nahm dafür auch zwei andere, die dümmer waren. Aber bitte nicht mehr den. Ihr Herz hämmerte so stark gegen ihre Brust, dass es sie nicht wundern würde, wenn es einfach stehen blieb und sie tot umfiel.

Das könnte sie sogar verstehen, und sie würde es begrüßen. Pauline hätte wirklich nichts dagegen, jetzt das Zeitliche zu segnen. Sie fiel aber nicht tot um. Sie starrte einfach nur in seine Augen. Der leicht rötliche Schimmer machte sie eher interessanter als abstoßender. Und genau das passte ihr nicht in den Kram.

Ihm den Finger zu brechen, war nur halb so lustig gewesen, wie sie erwartet hatte. Gaylord demütigte sie, er befummelte sie an jeder Stelle, und nicht mal seine Freundin im Zimmer darüber hielt ihn davon ab, bei Pauline einen Steifen zu haben. Den er aber nur einsetzte, damit ihr vor Schock die Gehirnwindungen einfroren. Als sie dann die Chance hatte, ihm einen Bruchteil davon zurückzuzahlen, hatte sich alles in ihr dagegen gewehrt. Sie war eigentlich nur erschrocken zusammengezuckt, da hatte sein Finger schon geknackt.

Und jetzt? Wollte der Spinner sie so lange anstarren, bis Pauline die Hand auf seine Stirn legte und ihn selig, äh, menschlich sprach?

Oder veranstaltete er gerade telepathische Experimente? Das fehlte ihr noch, wenn der auch noch ihre Gedanken lesen konnte. Obwohl … viel zu lesen gab es da nicht. Sie konnte ja selbst kaum einen klaren Gedanken fassen. Wie konnte es sein, dass seine Nähe ihren Magen flattern ließ? Das war mehr als nur Angst und Nervosität.

Erbrachte sie damit den Beweis, dass Geisteskrankheiten an-

steckend waren? Färbte seine Verrücktheit auf sie ab? Waren damit seine Experimente beendet? Oder wollte er noch mehr von ihr? Ein Organ vielleicht? Ihr Herz bekam er nicht! Jedenfalls nicht per Transplantation. Eine Niere konnte sie entbehren, sie hatte ja zwei. Ach zum Teufel, welches Organ eines halben Vampirs sorgte dafür, dass Blutsauger wieder zu Menschen wurden? Hoffentlich war es nur das Blut. Dann bräuchte Gaylord sie nur noch einmal beißen.

Der Gedanke verursachte ihr ein leichtes Schaudern. Würden seine Zähne in ihrem Hals wieder dieses seltsame, kribbelnde Gefühl hervorrufen? Aber was dachte sie da eigentlich für einen Unsinn? Sein Biss hatte sich furchtbar angefühlt. Ganz genau! Wie auch sonst? Es hatte sich schrecklich anzufühlen, wenn ein bescheuerter Irrer seine spitzen Beißer in Hälse rammte.

Himmel. Sie bekam Kopfschmerzen. Sie wollte einfach nur weg. Wenn es sein musste, dann eben auch in ihr modrig riechendes Bett. Dann konnte sie sich die Decke über den Kopf ziehen.

»Kann ich jetzt gehen?«, fragte Pauline so schnippisch wie möglich. Sie presste die Finger auf ihre Schläfen. »Ich bekomme Kopfschmerzen, und dann neige ich dazu, etwas unausstehlich zu werden.«

Gaylord zuckte, als hätte sie ihn geschlagen, und richtete sich auf. Vorsichtig warf sie einen Blick auf seinen Finger, aber von dem Bruch war nichts mehr zu sehen. Er sah aus wie zuvor. Es gab keine Beule, die auf einen schief zusammengewachsenen Knochen hindeutete. Gaylord jammerte auch nicht über unmenschliche Schmerzen. Bei dem wuchsen bestimmt auch die Eier nach, wenn man ihn kastrierte.

»Lass dir von Albert kalte Tücher geben, die helfen gegen Kopfschmerzen«, sagte Gaylord. »Oder brauchst du Tabletten?«

Genau solche Stimmungswechsel waren die Ursache für ihre

Kopfschmerzen! Das hielt doch keiner im Kopf aus. Sie stritten, er bedrohte sie, dann beschimpfte sie ihn, dann starrte er sie wie ein Wahnsinniger an, und jetzt wurde er fürsorglich.

»Nein. Gegen Kopfschmerzen hilft bei mir nur Sex. Da mache ich auch vor einem Vampir nicht halt«, gab Pauline heftiger zurück als geplant. Oh Himmel, konnte ihr bitte jemand auf den Kopf schlagen? Hatte sie das gerade wirklich gesagt? Warum nur? Was ging in ihrem Kopf vor sich?

Gaylord hob überrascht die Augenbrauen. »Ich denke, dass Albert dir mit größtem Vergnügen hilft.«

Ähm, was? Albert? Hey, gab ihr der Kerl gerade einen Korb?

Gaylord wandte ihr den Rücken zu, beschriftete die Kanülen, die ihr Blut enthielten, und kratzte sich nachdenklich am Kinn.

Pauline rutschte von der Liege und ging ein paar Schritte Richtung Tür. Diesmal packte er sie nicht, um sie grob zurückzuzerren. Im Gegenteil, Gaylord reagierte nicht einmal, als sie die Hand auf die Türklinke legte. War er so von seinem Sender überzeugt? Die Beule juckte, aber sie wusste selbst, dass das nur Einbildung war. Unschlüssig sah Pauline auf die Tür. Legte er sie mit seiner Erlaubnis nur rein, und sie fiel einfach um, wenn sie das Zimmer verließ?

Sie wusste schließlich nicht, wo der Empfänger war. War er der Ausgangspunkt? Oder ihr Zimmer? Und wie war die Reichweite?

Sie drückte die Türklinke hinunter, und das Scharnier knarzte, als die Tür aufschwang. Jetzt würde er sie gleich packen und ankeifen. Aber Pustekuchen. Ihr Entführer tropfte etwas von ihrem Blut auf einen Objektträger und schob ihn unter ein Mikroskop.

Pauline räusperte sich, aber Gaylord reagierte nicht im Geringsten. Sie verstand sich selbst kaum, aber Gaylords Missachtung störte sie.

Außerdem, was suchte Gaylord überhaupt? Verflixt. Ihre Neugier würde sie noch umbringen, aber sie wollte wissen, was er mit ihren Körperflüssigkeiten veranstaltete.

Also trat sie leise näher. »Und schon was gefunden?«

Er hob den Kopf und musterte sie überrascht. »Nein, noch nicht. Du weist keine Abnormalitäten gegenüber einem Menschen auf.«

Toll, war das jetzt ein Kompliment oder eine Beleidigung?

»Aber dein Erbgut wird sicherlich einige interessante Fakten zutage fördern.«

Unschlüssig blieb sie neben ihm stehen. Am liebsten würde sie all das anzünden. Das waren verdammt noch mal ihre Sachen! Die Datenschutzgrundverordnung sorgte dafür, dass man noch nicht einmal den Eiffelturm fotografieren konnte, ohne dessen Persönlichkeitsrechte zu verletzen, und Gaylord wollte hier ihr Erbgut entschlüsseln.

Erneut sah Gaylord zu ihr. »Geh zu Albert, er wird sich um dich kümmern.« Pah, und jetzt schickte er sie wie ein Kind weg. Aber ihr fiel keine gewaschene Erwiderung ein. Sollte der doch an seinem Papier verzweifeln. Pauline würde sich nach einem Weg umsehen, diesen verdammten Sender loszuwerden. Sie musste unbedingt hier raus. War sie das Ding los, konnte sie bis zur Straße rennen.

Aber erst einmal brauchte Pauline ein Messer.

Auf dem Flur begegnete ihr niemand, und auch Albert stand nicht lauschend mit einem Glas an der Tür. Aber was dachte sie da? Der brauchte kein Glas, um zu lauschen. Als Vampir hörte der bestimmt auch den Wanzen in ihrem Bett beim Dirty Talk zu.

Pauline schlich sich in die Küche und zog wahllos eine Schublade auf. Dort lagen fein säuberlich Ausstechformen aufgereiht. Weihnachtsbäume, Monde, sogar Herzen. Ernsthaft? Plätzchen-

formen in einem Vampirhaushalt?

»Suchst du was Bestimmtes?«

Gaylords Stimme ließ sie herumwirbeln. Sie stieß gegen die Schublade, und klirrend sprangen die Formen über das Holz. Ups, von der peniblen Ordnung war jetzt nichts mehr übrig. Aber egal. Wollte der sie zu Tode erschrecken?

Sie drückte die Hand gegen ihre Brust. »Ich dachte, du willst mich erst später umbringen.« Himmel, ihr Herz.

Gaylord verschränkte die Arme vor der Brust. »Man kann sich auch mit Leichen vergnügen.«

Das war ja widerlich. Pauline deutete auf die Plätzchenausstecher. »Wer von euch backt gerne?«

»Wie sehr würde es dein Weltbild zerstören, wenn ich derjenige bin?«

»Gar nicht«, erwiderte Pauline. Das würde zu dem seltsamen Eindruck passen, den sie ohnehin von ihm hatte. Gaylord tickte nicht ganz sauber, also warum sollte er keine Plätzchen aus den Leichenteilen seiner Opfer backen?

Gaylord grinste. »Dann macht es keinen Spaß. Albert ist der geheime Bäcker. Er wartet dann immer auf Pfadfinderkinder.«

»Um sie auszusaugen?«

»Um sie mit Keksen vollzustopfen.«

Sie hatte noch nie von Vampiren gehört, die ihre Opfer mästeten, aber jeder hatte wohl ein Hobby. Nur sie nicht. Es sei denn, entführt zu werden zählte als ›kreative Freizeitgestaltung‹. Erstaunlicherweise fühlte sie sich gerade recht wenig bedroht. Gaylord packte sie nicht, um sie wie ein Neandertaler in seine Höhle zu schleifen. Im Gegenteil, er hielt gebührenden Abstand zu ihr. Sein Blick war nicht hart, spöttisch und wütend. Er war weich, und für einen Moment täuschte er sogar darüber hinweg, dass Gaylord ein skrupelloser und selbstgefälliger Entführer war.

Seufzend zupfte Pauline an ihrem Kleid. Sie fühlte sich unwohl. Wann hatte sie das letzte Mal Zähne geputzt? Es war erstaunlich, dass Gaylord noch nicht von ihrem Mundgeruch betäubt zusammengebrochen war.

»Kann ich duschen?«

»Ich dachte, du fragst nie.« Gaylords Lippen verzogen sich zu einem spöttischen Lächeln.

Pauline kniff die Augen zusammen. »Tut mir leid, dass ich nicht das wohlduftende Fräulein bin, das sich nur mit gewachsten Beinen entführen lässt.«

»Du bist schlecht vorbereitet.«

»Wenn du mich das nächste Mal entführst, will ich drei Tage vorher vorgewarnt werden.«

Gaylord lachte und führte sie die Treppe hinauf. Vor dem Badezimmer hielt er inne und rief nach Albert. »Pass auf Pauline auf«, wies er den herannahenden Butler an.

Pauline zuckte die Schultern, streifte sich das Kleid über den Kopf, und Albert riss die Augen auf.

»Äh.«

»Ich will nur duschen«, grinste Pauline, zog Albert in das Badezimmer und schloss die Tür hinter ihm. Mit Albert als Zuschauer konnte sie eher leben als mit Gaylord. Bei diesem bekam sie nur das Verlangen, den Duschkopf nach ihm zu werfen.

Albert legte die Hände auf die Augen, während Pauline auch ihr Höschen abstreifte. Sie zerrte den Duschvorhang zu und stellte das Wasser an.

»Heilige Scheiße«, kreischte sie. Verdammt, war das kalt! Hektisch drehte Pauline an dem Temperaturregler. Der Schwall Eiswasser ließ nach, und ihre erfrorenen Glieder kribbelten unter dem wärmeren Wasser.

»Tss«, machte Albert. »Neuerdings werden in diesem Haus

 89

solche Flüche nicht mehr gern gehört.«

»Wieso?«, fragte Pauline scheinheilig.

»Mademoiselle Louannes Gerede über Gottesgefälligkeit verdreht dem Herrn völlig den Kopf. Er haderte schon immer mit seinem Dasein, aber seitdem dieses scheinheilige Weibsbild seine Leine immer enger zieht, stellt er sich wie der erste Vampir an. Das Leben als Vampir ist für ihn ein Fluch, kein Segen. Sich zu nähren heißt, sich gegen Gottes Schöpfung zu versündigen.«

»Aha«, brachte Pauline wenig intelligent hervor.

»Er stand kurz vor seiner eigenen Priesterweihe, als ihn damals ein Vampir tötete und wandelte.«

Kein Wunder, dass er auf diese erzkatholische, langweilige Blondine abfuhr.

»Also will er ein Mensch werden, um selbst wieder Gott dienen zu können, während Louanne seine persönliche Nonne wird?«, fragte Pauline.

»Nein, er will sie zu seiner Frau machen und ein normales Leben führen.«

»Wo ist der Unterschied?«

Albert lachte. »Nirgends. Sex hätten sie so oder so nicht.«

Pauline zog den Duschvorhang auf, und Albert erstarrte. Wer hätte gedacht, dass Albert in seinem Alter noch schüchtern war?

Pauline krallte sich ein Handtuch und wickelte es sich um den tropfenden Leib. Sie marschierte an Albert vorbei und hinterließ nasse Fußspuren. Das tat dem Boden nur gut, wie lange der wohl kein Wasser gesehen hatte?

Pauline ging aus dem Bad, in den Flur und näherte sich den Stimmen von Gaylord und Louanne. Gaylord lehnte an einem Türrahmen, und Louanne? Die starrte sie fassungslos an, als Pauline ihr Handtuch fallen ließ.

»Du hast doch nichts dagegen, wenn ich mir Kleidung von dir

leihe?«

Sie schlüpfte an Louanne vorbei. Das Zimmer sah kaum besser aus als ihr eigenes. Nach dem Koffer zu urteilen, der neben dem Kleiderschrank stand, hatte Louanne sich hier breitgemacht. Pauline öffnete die Tür des Schrankes. Sie liebte es, wenn sie recht hatte. Fein säuberlich hingen dort Hosen, Shirts und Kleider nebeneinander.

Louanne war wesentlich zierlicher als Pauline, doch ihr Hang zu weiter Kleidung kam der Halbvampirin nun gerade recht. Pauline ließ Louannes BH's unbeachtet (bei den winzigen Körbchen würde sie nur Atemnot bekommen), schnappte sich einen frischen Slip, suchte sich einen Pullover aus, in dem Louanne aussehen musste wie ein verhungertes Kaninchen, der aber bei Pauline jede Kurve betonte, und schließlich noch eine Jeans.

»Hübsche Stiefel«, kommentierte Pauline und schlüpfte in die schwarzen Boots. Sie drehte sich um und grinste. Alle drei sahen aus, als hätte sie der Blitz getroffen. Albert verbarg sein Grinsen hinter der Hand über seinem Mund. Louanne schien vergessen zu haben, wie man spricht, und Gaylord? Der lächelte versonnen.

Sollte Pauline jemals auf die Idee kommen, Gaylord für sich selbst haben zu wollen, wusste sie auch schon, wie sie das anstellen müsste. Was tat man, wenn ein Mann von einer frigiden Frau in den Wahnsinn getrieben wurde? Man zeigte ihm, was er verpasste.

»Okay, was machen wir jetzt?« fragte Pauline hämisch. »Hast du noch ein Kreuzworträtsel?«

»Ich habe noch eins.« Louanne reichte ihr eine Zeitschrift. Eine Zeitschrift über Hochzeiten, um genau zu sein. Louanne lief rot an, Gaylord wurde merklich blasser. Pauline konnte sich ein höhnisches Grinsen nicht verkneifen.

»Oh, sieh an«, flötete sie. »Hochzeitskleider, Tischschmuck,

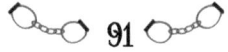

Brautschmuck, Make-up, Kirchen.«

Allein drei dieser Worte brachten einen Mann zum Heulen, aber verflucht, Gaylord schlug sich wacker. Zwar schien er nicht gerade vor Begeisterung durch den Garten hüpfen zu wollen, aber er brach auch nicht zusammen, um Pauline auf Knien um Gnade und Hilfe anzuflehen. Es machte keinen Spaß, jemanden zu ärgern, wenn der nicht kapierte, dass er gerade auf den Hafen der Ehe und das triste Ende seines Lebens zusteuerte.

»Ja, Gaylord und ich werden heiraten«, verkündete Louanne freudestrahlend. »Wirst du meine Brautjungfer?«

»Natürlich«, lächelte Pauline lieblich. Sie würde Gaylord mit Vergnügen Blumen an den Kopf werfen. Im Terrakottatopf! »Heiratet ihr kirchlich?«

Louanne nickte begeistert. »In der Kirche Saint-Aubin in Ajou.«

Wo zum Teufel war das denn? Ajou? Nie gehört.

Pauline rang sich ein Lächeln ab. »Da war ich noch nie.«

»Sie ist wunderschön«, schwärmte Louanne. »Nicht weit von hier. Gaylord, lass uns hinfahren.«

»Äh«, ächzte dieser.

»Ja, lass uns gleich hinfahren. Ich habe ohnehin nichts Besseres zu tun«, warf Pauline ein. Kein Wunder, dass Gaylord diese Frau liebte. Pauline ging es nicht anders. Das verliebte Ding war ihre Fahrkarte hier raus. Der Kerl würde ihr dann diesen blöden Sender entfernen müssen. Wäre schließlich schlecht zu erklären, warum seine ›Schwester‹ in der Auffahrt umfiel und laut zu schnarchen begann. Es sei denn, er brachte sie vorher um, denn seinem Blick nach zu schließen, hob er gedanklich bereits ihr Grab aus.

»Das ist keine gute Idee«, erwiderte er ablehnend.

Louanne strich über seinen Arm und lehnte den Kopf gegen

seine Schulter. »Ein kleiner Ausflug wäre schön.«

Louannes Stimme klang sanft und einschmeichelnd. Sie hatte die Augen weit aufgerissen und himmelte ihn aus zwanzig Zentimeter Höhenunterschied an. Pauline blinzelte irritiert. Okay, sie korrigierte sich. Barbie war nicht zum Verlieben. Diese Frau war grauenvoll. Pauline würde sich lieber selbst mit Salzsäure überschütten, als ihren Willen mit Wimperngeklimper und einem geflöteten ›Biiiiiitte‹ durchzusetzen. Und mal ehrlich? Auf die Nummer sollte Gaylord reinfallen? Aber der sah aus wie ein verliebter Schüler, der soeben seine Anmeldung zum Makrameekurs abgegeben hatte.

Albert verdrehte die Augen und tippte sich auf die Stirn. Aber diese Respektlosigkeit hatte absolut keine Wirkung auf seinen Dienstherren. Der starrte Louanne an, als wäre ihm die heilige Mutter Gottes erschienen.

»Es würde mich sehr glücklich machen«, hauchte Louanne. Oh bitte! Wo war ihr Stolz? Wenn der Kerl nicht schnallte, dass sie der Ausflug zur Kirche glücklich machte, dann war er entweder dämlich oder besoffen.

»Äh«, ächzte Gaylord, und sein Blick glitt hilfesuchend zu Albert. Der wiederum putzte außerordentlich konzentriert die Türklinke. Louanne klimperte noch einmal mehr mit den Wimpern. Das Elend konnte man nicht mit ansehen. Louanne wollte raus. Pauline wollte raus. Was gab es da noch zu diskutieren?

»Du willst sie doch glücklich machen, oder?«, erkundigte sich Pauline hämisch. Gaylords Blick wandte sich ihr zu, und sie konnte deutlich den roten Schimmer darin sehen. Aber die Schadenfreude wollte sich nicht so recht einstellen. Allerdings hielt Paulines Mitleid mit Gaylord nur kurz an. Wer Frauen entführte, kam auch mit anhänglichen Tussen klar.

Gaylord ballte die Fäuste. »Natürlich möchte ich das«,

erwiderte er ruhig.

Woher zum Teufel es auch immer kam – Pauline fühlte einen Stich im Herzen, den nur die Eifersucht heraufbeschwören konnte. Aber Eifersucht? Pah, was für ein Unsinn. Sollte sie auf die schlechte Wahl dieser Blondine eifersüchtig sein? Da würde sie lieber einen Schaukelstuhl heiraten. Der wippte genauso hervorragend, wenn man sich darauf bewegte.

»Ein Ausflug wird die Gemüter der Damen sicherlich erfreuen«, mischte sich auch Albert ein, und im Gegensatz zu Pauline grinste der seine Schadenfreude frei heraus. »Ich bereite inzwischen das Abendessen vor.«

Louanne jauchzte vergnügt und drückte Gaylord einen Schmatzer auf die Wange. Bäh, konnte die nicht ordentlich küssen?

Blondie wirbelte herum und strahlte Pauline an. »Die Hochzeit wird wunderschön.«

»Jahrelang habe ich gut für Sie gesorgt, Albert, und nun rammen Sie mir das Messer in den Rücken«, zischte Gaylord hinter vorgehaltener Hand.

»Rehrücken ist eine hervorragende Wahl für das heutige Abendmahl«, erwiderte sein Butler. »Ich mache mich gleich an die Arbeit.«

Albert zwinkerte Pauline vergnügt zu. Wow, so viel Unterhaltung hatte der die letzten Jahrzehnte sicher nicht gehabt.

Gaylord murmelte etwas von ›Autoschlüsseln‹. Louanne hängte sich an seinen Arm, und Pauline konnte sich gerade noch jeglichen unqualifizierten Kommentar verbeißen. Sie war die liebe, kleine, wenn auch blöde Schwester. Die Verwandtschaft, die man sich nicht aussuchen konnte, und Barbie würde sie jetzt in die Freiheit führen. Pauline wusste zwar noch nicht genau wie, aber ihr würde schon etwas einfallen.

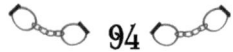 **94**

Während Albert summend das Inventar seines Vorrats-schrankes durchzählte, ging Pauline in die Eingangshalle. So und jetzt? Warten oder rausgehen? Der Ausflug klang zu schön, um wahr zu sein. Hach, es war einfach zu blöde. Der Ausflug kam zu überraschend. Sie konnte jetzt keinen Zettel mehr mit einem Hilferuf schreiben und ihn dann in einem der Gesangsbücher verstecken. Aber es wäre doch gelacht, wenn sie es nicht schaffen würde, Jason eine Botschaft zu senden. Hieß der Slogan nicht immer, rufe zum Herrn und du wirst erhört? Sie wird ganz laut Jasons und Amélies Namen und Telefonnummer rufen.

Aber was, wenn Gaylord wirklich zuließ, dass sie in der Auffahrt bewusstlos in sich zusammensackte? Dann war er sie für ein paar Stunden los und könnte fröhlich seine Freundin in den siebten Himmel vögeln.

»Die Tür ist nicht der Feind«, spottete Gaylord plötzlich hinter ihr.

Louanne stand neben ihm und sah sie verdutzt an.

»Hinauszugehen ist für sie immer eine Herausforderung«, wandte sich Gaylord an Louanne und deutete auf Pauline. »Manchmal ist sie anstrengend.«

»Dabei ist sie doch so hübsch«, flüsterte Louanne und schenkte Pauline einen mitleidigen Blick.

Bitte was? Das würde sie ihm heimzahlen!

Gaylord stieß die die Tür auf und hielt Louanne grinsend seinen Arm hin. Pauline stellte sich in den Rahmen und sah zu, wie er seine Verlobte zum Wagen führte und ihr die Tür aufhielt.

Gaylord drehte sich um und winkte sie zu sich. »Jetzt komm schon. Wir fahren doch nur mit Louannes Wagen. Es beißt keiner. Der Ausgangspunkt der langen Leine bin immer noch ich.«

Warum war sie da nicht selbst drauf gekommen? Er trug den Empfänger. Oh, sie würde ihm das verdammte Ding abnehmen.

Dann würde sie zu Jason fahren, und dann würde sie sich eine verdammte Ponyherde wünschen, die sieben Tage lang ununterbrochen über Gaylord hinwegtrampelte.

Pauline schritt über die Kiessteine zu dem Wagen. Sie wartete auf ein Gefühl des Schwindels, ein Piksen in ihrem Arm, aber nichts geschah. Je näher sie dem Wagen kam, umso deutlicher sah sie Gaylords selbstzufriedenes Grinsen. Nur mit Mühe konnte sie sich dem Verlangen erwehren, ihm die Zunge rauszustrecken.

Er öffnete ihr die Tür, und sie ließ sich auf den Rücksitz fallen. Sehr gut, sie war immer noch bei Bewusstsein. Also trug er diesen Sender wohl wirklich bei sich, oder er verarschte sie und es gab überhaupt keinen Sender. Aber wollte sie das herausfinden? Lieber nicht. Sie mochte ihr Bewusstsein. Wer weiß, ob der Kerl sie wieder aufwachen ließ.

Die Reifen knirschten, als Gaylord den Wagen über den Weg lenkte. Er griff nach dem Schaltknüppel, und Louanne umfasste seine Hand. Gaylord wiederum verschränkte sachte seine Finger mit ihren. Als ob Pauline nicht schon schlecht genug war. Diese bemüht heile, verliebte Welt ließ ihr noch das nicht vorhandene Abendessen hochkommen.

Nur konnte sie sich nicht entscheiden, wer ihr mehr zuwider war. Gaylord, der vermutlich seine Ehefrau entsorgen würde, wenn sie ihm auf die Nerven ging. Oder Louanne, die so unschuldig tat, dass es schon wieder an Scheinheiligkeit grenzte.

Ach, sollten sie doch machen. Ein irrer Ken und eine dämliche Barbie. Das war zwar diskriminierend gegenüber Blondinen, aber in dem Fall passte es sogar.

Pauline lehnte die Stirn gegen das Fenster und sah hinaus. Der holprige Waldweg endete auf einer Straße, doch auch die Straßenschilder gaben ihr keinen Anhaltspunkt. Sie war in

Geografie schon immer eine Niete gewesen. Wie weit waren sie von Paris entfernt? Einhundert Kilometer? Oder mehr?

Nach einer Weile bog Gaylord ab, und sie rumpelten einen unebenen Schotterweg entlang. Er fuhr in ein kleines Dorf, das nach ihrem Geschmack viel zu leer und unbewohnt wirkte. Dann zuckelten sie einen Hügel hinauf, wo neben einem alten Friedhof eine Kirche stand.

Eine stinknormale Kirche. Aber Louanne entfuhr ein begeistertes Quietschen. Pauline verdrehte die Augen. Wie gern hätte sie jetzt mit Albert einen genervten Blick getauscht. Aber mit Gaylord funktionierte das nicht. Der grinste kurz grenzdebil und wechselte dann plötzlich zu merklichem Unwohlsein.

Louanne stieß die Tür auf und sprang aus dem Wagen. »Lasst uns reingehen und beten!«

Ähm. Nein! Warum zum Teufel sollte Pauline beten? Und worum? Dass hier jemand zufällig des Weges kam, der ihr bei der Flucht half? Sie hatte auf dem Weg hierher niemanden gesehen. Die einzigen Menschen hier waren tot. Und Pauline hatte bestimmt nicht das Glück, dass sie just in diesem Moment als Zombies aus ihren Gräbern stiegen. Das wäre zu schön.

Seufzend stieg auch Pauline aus und gesellte sich zu Louanne. Sie hielt die Hände vor der Brust gefaltet und strahlte glücklich.

Zu Paulines Überraschung griff Gaylord nicht nach der Hand von Louanne, sondern nach ihrer. »Geh nur beten. Wir sehen uns hier draußen ein wenig um.«

Machte ihm die Hochzeit solche Sorgen, oder warum war er so blass? Pauline sah den hohen Bau hinauf. Nein, der hatte keine kalten Füße. Er war ein Vampir! Eine verfluchte Kreatur. Eine, die Gottes Segen nicht verdient hatte!

Heute nannte man das Diskriminierung, aber da scherte sich Gott bestimmt nicht drum. Zerfielen Vampire zu Staub, wenn sie

eine Kirche betraten?

Pauline lächelte hämisch. »Och, ich würde die Kirche gern von innen sehen.«

Und vielleicht hatte sie doch Glück, und in der Kirche betete gerade ihr Held in schimmernder Rüstung und erdrosselte Gaylord mit seinem Rosenkranz. Louanne griff nach Paulines freier Hand und zog sie die Stufen hinauf.

Allerdings hielt Gaylord immer noch Paulines andere Hand und die umklammerte er für einen Moment so stark, dass sie vor Schmerz stöhnte.

»Miststück«, knurrte Gaylord. Er lockerte seinen Griff, aber er ließ sie nicht los.

Pauline wollte auch nicht, dass er sie losließ. Himmel, warum wohl? Nicht, weil es sich so gut anfühlte (tat es nicht). Sie wollte wissen, wie Vampire auf Kirchen reagierten.

All ihr Wissen über Vampire hatte sie von Amélie, und die war nicht gerade eine zuverlässige Quelle gewesen. Manche ihrer Erzählungen waren zu absurd gewesen, um glaubhaft zu sein.

Pauline ließ Gaylord nicht aus den Augen, als sie über die Schwelle der Kirche traten. Wieder schoss der Schmerz durch ihre Finger, als Gaylord zu fest zudrückte.

»Au«, fluchte sie.

»Sorry«, nuschelte Gaylord.

Er sah krank aus. Seine Haut war noch blasser geworden und wirkte wie altes Pergament. Schweißperlen standen auf seiner Stirn, und er zitterte leicht. Nur Louanne schien davon nichts zu bemerken. Sie löste sich von Pauline und schritt den Gang bis zum Altar entlang, um sich dort umzudrehen. »Kommt. Wir können zusammen beten.«

»Im Leben nicht«, stöhnte Gaylord.

»Strafe für die verfluchten Monster«, stichelte Pauline. Sie

zerrte an seiner Hand, aber er bewegte sich keinen Millimeter. »Ach, komm schon. Ein kleines Gebet für einen Gott, der doch all seine Schäfchen liebt.«

»Mag sein. Nur mich nicht«, ächzte Gaylord. Mit zitternden Fingern strich er sich über die Stirn.

Louanne kehrte zurück und musterte Gaylord sorgenvoll. »Ist etwas nicht in Ordnung? Bist du krank?«

»Nein.«

»Was hast du dann?«

War die blind oder was? Gaylord sah aus, als brütete er eine handfeste Grippe aus, und die fragte, was los war?

»Du betest, wir sehen uns«, blaffte Gaylord eilig. Louanne schrumpfte unter dem barschen Tonfall zusammen, aber sie diskutierte auch nicht.

Sie drehte sich weg und kehrte zum Altar zurück. Bevor sie sich bekreuzigte und niederkniete, warf sie nur einen kurzen Blick über ihre Schulter.

»Muss doch toll sein, so ein braves Weibchen zu haben«, zischte Pauline.

Gaylord lehnte sich gegen eine der Säulen. »Wer will schon eine Furie wie dich? Du bist laut und obszön.«

»Und gerade ziemlich angefressen.«

»Renitent noch dazu.«

»Ich stehe aber nicht kurz davor umzukippen. Nur weil Madame zu ihrem Gott beten will.«

»Soll sie doch. Wenn es sie glücklich macht.«

»Ruft sie beim Sex deinen Namen oder den vom Allmächtigen?«

Die ohnehin angespannten Gesichtszüge Gaylords entgleisten vollends. Pauline grinste. »Ah, die holde Jungfrau will keinen Testlauf zulassen.«

Sie keuchte, als Gaylord sie herumwirbelte und gegen die Säule drückte.

»Tu dir einmal selbst den Gefallen und halt den Mund.«

Gaylords Hand ruhte an ihrem Hals, und sie schluckte. Seine Finger strichen über die Stelle ihrer Halsschlagader, und er zischte ihr ins Ohr: »Weißt du, was Kirchen bei Vampiren auslösen? Migräne! Weißt du, was bei Vampiren gegen Migräne hilft? Blut. Und dein Blut ist das köstlichste, das ich bisher getrunken habe. Führ mich nicht in Versuchung, all meine Pläne über Bord zu werfen, um an der schmackhaftesten Kopfschmerztablette zu naschen, die ich mir vorstellen kann.«

Oh fuck. Das war nun nicht ihr Plan gewesen. Sie versuchte, sich aus seinem Griff zu winden, aber er drückte nur noch stärker zu. Pauline versuchte zu schreien, doch aus ihrem Mund kam nur ein heiseres Stöhnen. Louanne hockte mit gesenktem Kopf vor dem Altar und würde vermutlich nicht einmal merken, wenn ihr der Kirchturm auf den Kopf fiel.

Der scharlachrote Ton in Gaylords Augen gefiel Pauline nicht. Er atmete nur noch flach und entblößte mit einem hässlichen Lächeln seine Fangzähne. Merde. Das würde wehtun!

Pauline tastete hektisch den kalten Stein entlang, aber das war nichts. Gaylord gab sein Zögern auf und zog sie an sich heran. Er drückte ihren Kopf zur Seite, und sie spürte seinen Atem an ihrem Hals. Nein! Niemals! Ihre Finger stießen gegen kühles Metall. Pauline bekam das Becken mit Weihwasser zu fassen, riss es zu ihrer eigenen Überraschung aus der Verankerung und schlug zu. Aber sie verfehlte Gaylords Kopf. Himmel noch eins, sie war auch schon mal besser darin gewesen, jemandem den Schädel einzuschlagen. Aber er wich trotzdem knurrend zurück. Keuchend rang Pauline nach Luft. Sie presste sich gegen die Säule, bereit, noch einmal mit der Wasserschale zuzuschlagen.

Gaylord schüttelte das Wasser ab. Dort, wo es seine Haut berührt hatte, bildeten sich hässliche Blasen. Es stank erbärmlich, und sie konnte den Schmerz in seinem Gesicht sehen. Ups. Da war sie wohl über das Ziel hinausgeschossen.

Schnelle Schritte hallten über den steinernen Boden. »Was ist passiert?«, schrillte Louanne und starrte Gaylord fassungslos an. Dieser senkte den Blick, und Pauline wusste auch wieso. Er wollte seine roten Augen verbergen.

»Gaylord, was ist passiert. Warum ist deine Haut verätzt?« Louannes Stimme wurde zunehmend hysterischer. Gaylord wich vor ihren Berührungen zurück, aber er gab auch keine Antwort. Für einen Moment warf er Pauline einen Blick zu, der ausgerechnet sie um Hilfe anflehte.

Das war ihre Chance. Sie könnte Louanne von Vampiren und deren Angst vor Weihwasser erzählen. Von den Kopfschmerzen, die es Gaylord bereitete, hier zu sein. Sie könnte Louanne erzählen, dass dieser Mistkerl sie festhielt, weil er sich einbildete, Pauline könnte ihm sein menschliches Leben zurückgeben. Aber kein Wort davon schaffte es über ihre Lippen. Sie blieb stumm und sah zu, wie Louanne Gaylords Hand berührte, und er unter Schmerzen zusammenzuckte. Er schob die verwundete Hand unter seinen Arm und lehnte sich haltsuchend an eine Säule.

Ob er Pauline in diesem Zustand daran hindern konnte, ihn nach dem Empfänger zu durchsuchen und abzuhauen? Okay, er würde bestimmt noch mit einem Pflock in der Brust ihre Hände wegschlagen.

»Wie konnte das nur passieren?«, jammerte Louanne.

Schützend schob sich Pauline zwischen Gaylord und Louanne, die ihn unablässig betatschte. »Jemand muss das Weihwasser gegen Säure ausgetauscht haben«, plapperte Pauline und verzog die Lippen zu einem dämlichen Lächeln.

Louanne schlug die Hände vor den Mund. »Das ist ja schrecklich. Gaylord, wir müssen dich sofort zum Arzt schaffen.«

Na, auf das Gesicht des Arztes war Pauline gespannt.

»Kein Arzt«, ächzte Gaylord. »Das kann Albert verbinden. Es ist nicht so schlimm, wie es aussieht.«

Louanne versuchte, an Pauline vorbeizuspähen, aber Pauline stellte sich auf die Zehenspitzen.

»Geh doch schon mal vor, Louanne«, schmeichelte Pauline und versetzte Louanne einen nachdrücklichen Schubs. Mit großen Augen starrte Barbie sie an, und Pauline bildete sich ein, den Luftzug in dem leeren Gehirn zu hören, aber sie setzte sich in Bewegung und ging nach draußen.

Pauline drehte sich um. »Das war keine Absicht.«

Gaylord schnaubte verächtlich. »Lüg nicht.«

»War es wirklich nicht.« Pauline verschränkte die Arme vor der Brust. »Außerdem hast du mich angegriffen.«

»Du bist dafür verantwortlich, dass ich diese verdammte Kirche überhaupt betreten musste.«

»Lös doch einfach die Verlobung, dann brauchst du nie wieder eine Kirche zu betreten«, fauchte Pauline.

»Das würde dir so passen«, blaffte Gaylord. »Was soll ich dann tun? Dich anknabbern? Wäre dir das lieber?«

»Hey, jetzt tu nicht so, als hätte ich dich entführt. Du bist überhaupt nicht mein Typ! Ich würde dich nicht mal in meinem Keller einsperren.«

»Dabei dachte ich wirklich, ich hätte Potenzial. Schließlich habe ich dich gestalkt und verfolgt.«

»Ich hasse dich«, giftete Pauline.

»Wie schön, dass wir uns wenigstens in einer Sache einig sind.«

Regel Nr. 7

Das Betäubungsmittel in den Mahlzeiten nicht vergessen

Der Teufel sollte dieses Weibsbild holen. Nicht Louanne, Pauline natürlich! Ja, er hatte sie angegriffen, und es war gut, dass sie sich gewehrt hatte. Der Gedanke an ihr Blut brachte Gaylord schier um den Verstand. Niemals hatte ihn das Blut eines Menschen so verlockt. Er liebte Louanne, er mochte ihren Geruch, aber niemals war er kurz davor gewesen, die Beherrschung zu verlieren und ihr seine Zähne in den Hals zu rammen.

Aber bei Pauline war alles anders. Louanne war seine Heilung, Pauline die pure Sünde. In ihrer Gegenwart juckten ihm nicht nur die Hände, um sie zu erwürgen, sondern auch buchstäblich die Eckzähne. Aber warum? Pauline besaß nicht einmal eine besondere Blutgruppe. A positiv.

An all dem mussten diese verfluchten Kopfschmerzen schuld sein. Sein Gehirn schien bei jedem Schritt, den er zum Wagen taumelte, gegen die Schädeldecke zu schlagen. Wie ein Kuckuck, der aus seiner Uhr nicht herauskam. Die verätzten Stellen seiner Haut schmerzten, als hätte er beherzt in eine Schachtel Akupunkturnadeln gegriffen.

Aber das war nicht das Schlimmste. Gaylord hatte Hunger. Dabei hatte er sich doch erst vor zwei Tagen an einem Menschen genährt. Sein Rekord lag bei einer Woche. Aber in jener Woche hatte er sich auch nicht verletzt. Die Selbstheilung der Vampire mochte schnell sein, aber sie erhöhte auch den Blutdurst. Alles in der Natur hatte seinen Preis. Er spürte das Brennen in seinem Hals stärker werden, in gleichem Maße wie seine Kopfschmerzen nachließen. Als er den Wagen startete, waren sie kaum mehr als ein Pochen hinter seiner Stirn.

Gaylord zog, so gut es ging, die Ärmel über seine Hände. Die Stellen hatten aufgehört zu eitern. So besorgt Louanne ihn auch ansah, sie wäre kaum über seine Spontanheilung erfreut. Sie mussten so schnell wie möglich zurück, damit er seine Haut unter Verbänden verstecken konnte.

Gaylord gab Gas und bretterte an den wenigen Häusern Ajous vorbei.

Louanne saß schweigend neben ihm, während Pauline aus dem Fenster sah. Sie sollte nur nicht wagen, schon wieder aus dem Wagen zu springen. Das verfluchte kleine Biest machte ihm schon genug Ärger. Es gab dutzende Frauen, die bei einer Entführung vor Angst nur noch kieksten, aber sonst keinen Mucks von sich gaben. Aber er musste ja ausgerechnet die Nichte des Satans entführen. Wäre zu schön gewesen, wenn die Gene der Mutter und nicht etwa die von Jason überwogen hätten.

Gaylord versuchte, das Brennen in seinem Hals und den Druck, der auf seinen Zähnen lastete, zu ignorieren. Kein Weisheitszahn dieser Welt konnte mit dem Gefühl mithalten, wenn die Reißzähne auf die dreifache Größe anzuschwellen schienen. Glücklicherweise war es nur ein Gefühl. Er könnte es nicht ertragen, wenn Louanne aus Angst vor ihm zurückschreckte. Bereits jetzt war sie still und in sich gekehrt. Louanne war ein Mensch, der sich schnell in sich zurückzog. Es schmerzte Gaylord im Herzen, dass sie es nun ausgerechnet vor ihm tat.

Gaylord griff nach ihrer Hand und drückte sie sacht. Sie lächelte ihn an, ohne Vorwurf oder Gram. Himmel, was für ein reines Geschöpf.

Das blanke Gegenteil von Louanne nieste gerade herzhaft auf dem Rücksitz. Aber vielleicht sollte er schon froh sein, dass Pauline es nicht geschafft hatte, Weihwasser abzufüllen und

mitzunehmen.

Nur kurze Zeit später erreichten sie Gaylords Haus. Albert schoss aus der Eingangstür und riss die Tür zu Paulines Sitz auf, um ihr mit einer galanten Verbeugung beim Aussteigen zu helfen.

Gaylord konnte es Pauline nicht verdenken, dass sie Albert für einen Moment sprachlos anstarrte, bevor sie dessen Hand ergriff. Gute Manieren hatte sie vermutlich nie gelernt, geschweige denn erlebt.

Louanne stieg ebenfalls aus und zupfte seinen Butler am Ärmel. »Albert, Sie müssen sich um Gaylord kümmern. Er ist verletzt.«

Albert musterte ihn erst besorgt, dann überrascht. Gaylord verbarg die Hände hinter seinem Rücken und wandte sich ab. Bisher hatte Louanne die Seite seines Gesichts, die ebenfalls von dem Wasser getroffen worden war, nicht sehen können. Das sollte auch so bleiben.

»Er hat etwas Wasser abbekommen«, erklärte Pauline und klang dabei alles andere als reumütig.

Albert schlug maßlos übertrieben die Hände über dem Kopf zusammen. »Ich rufe einen Krankenwagen.«

»Freut mich, dass ihr euch einig seid«, knurrte Gaylord. Er packte seinen Butler am Kragen und zog ihn mit sich. Hinter sich hörte er Paulines stampfende Schritte. Ach, sie zog seine Nähe also doch der Betäubung vor. Hervorragend. Sie hatte schon mal Respekt vor der Möglichkeit, bewusstlos umzukippen. Wusste der Geier, ob ihm das jemals etwas nutzen würde.

Gaylord zog Albert in sein Labor und knallte die Tür hinter ihnen zu. Genau genommen warf er sie vor Paulines Nase zu, und es war ihm eine tiefe Befriedigung. Oder war es ein Fehler, sie mit Louanne allein zu lassen? Andererseits hatte sie ihn in der

Kirche auch nicht verpfiffen. Zum Teufel, diese Frau brachte ihn noch ins längst überfällige Grab.

Albert kratzte sich am Kopf. »Wer hat Weihwasser über Sie geschüttet, Sir?«

»Pauline.« Gaylord öffnete eine Schublade und holte einen Verbandskasten heraus.

»Warum?«

»Sie fand, ich hätte eine Dusche nötig. Ich wüsste nicht, was es da zu grinsen gibt.«

Albert nahm eine der Mullbinden und wickelte sie großzügig um Gaylords Hand. »Sie ist eine hübsche kleine Mademoiselle.«

»Wer? Pauline?«

Albert nickte und rollte die Binden immer wieder um Gaylords Hand, bevor er sich die andere vornahm.

»Ich bin sicher, Sie schaffen es, sie mit Ihren Reizen zu umgarnen«, spottete Gaylord. Die beiden … Das passte wie die Faust aufs Auge. Seinetwegen durfte Albert das Weibchen mit der großen Klappe behalten. Sobald das alles ausgestanden war, würde er Pauline mit einer großen Schleife um den Hals in Alberts Bett legen.

Doch der schüttelte nun den Kopf. »Die kleine Mademoiselle ist für jemand anderen bestimmt.«

»Albert …«, knurrte Gaylord, um Ruhe bemüht. »Warum fesseln Sie mich?«

Albert hatte zwei Rollen Mullbinden um Gaylords Hände gewickelt. Nicht nur, dass Gaylords Hände nun mehr Bällen ähnelten, Albert hatte Gaylords Hände zusammengebunden. Jetzt zierte eine große weiße Schleife seine verschnürten Gelenke.

»Mademoiselle Pauline würde das sicher gefallen.«

Natürlich würde das der kleinen Furie gefallen, aber nützen würde es ihr nichts! Gaylord zerriss die Stoffstreifen, und Albert

klebte die zerrissenen Enden mit Pflastern fest.

Allein der Himmel wusste, wie er Pauline so noch anpacken sollte, wenn sie abhaute, aber vor Louanne würde es einen guten Eindruck hinterlassen.

Albert klebte ihm noch ein paar Pflaster ins Gesicht. Wenn das nicht für eine Mitleidsfummelei reichte, wusste er auch nicht weiter.

»Wie ist der Hunger, Sir?«, fragte Albert.

»Es geht«, wehrte Gaylord unwirsch ab.

Sein Diener krempelte wortlos den Ärmel hoch und hielt ihm sein Handgelenk unter die Nase. »Ich nehme an, Sie wollen heute Abend nicht noch einmal das Haus verlassen. Und bevor Sie im Hungerrausch unschuldige Frauen anfallen …«

Auch wenn Gaylord Albert für den nicht zu überhörenden Vorwurf einen Schlag ins Gesicht verpassen wollte, so musste er doch zugeben, dass er recht hatte. Alberts Blut würde ihn über eine weitere Nacht bringen, aber morgen musste er sich nähren. Allerdings konnte er sich auch Schöneres vorstellen als an seinem Butler herumzuknabbern. Das »Mhm«, was dieser dann immer von sich gab, gefiel Gaylord nicht. Es klang viel zu genussvoll.

Da ging er lieber auf die verhasste Jagd. Es machte für ihn keinen Unterschied, ob er tötete oder nur einen kleinen Teil des Blutes nahm. Jeder Biss war für ihn eine Qual. Eine Qual, die ihn seit Jahrhunderten begleitete.

Was war in ihrem Leben verkehrt gelaufen? Sie saß in einer heruntergekommenen Küche und starrte die Schublade an, in der sie die Messer vermutete. Aber Louanne quasselte sie ununterbrochen voll. Solange das Weibsbild hier war, konnte sie

sich den verdammten Sender nicht herausschneiden. Sobald sie auch nur ein Messer schief ansah, würde Blondie das Kreischen anfangen und damit ihren ach so tollen Liebsten auf den Plan rufen.

Über den schwärmte sie gerade, dass einem schwindlig werden konnte. Entweder hatte Gaylord eine gespaltene Persönlichkeit und zeigte jeder Frau etwas anderes, oder Louanne hatte bisher einen wesentlich netteren Klon von diesem Spinner kennengelernt.

»Seine Manieren sind bezaubernd. Man könnte meinen, er ist in einem anderen Jahrhundert aufgewachsen«, quasselte Louanne.

Ausgesuchte Höflichkeit hatte Pauline bei Gaylord noch nicht bemerkt, nur im gruseligen Sinne. Wer gab schon einer Frau, die er gerade bedrohte, einen Handkuss? Amélie hatte ihn nicht gemocht, und ihre Freundin besaß eine wesentlich bessere Menschenkenntnis als sie. Oder hieß es Vampirkenntnis?

Im Ofen schmorte der versprochene Rehrücken, und der Geruch ließ Pauline das Wasser im Mund zusammenlaufen. Mochte sein, dass sie ein Entführungsopfer war, aber gerade konnte sie sich wahrlich nicht beklagen. Ihre größte Sorge galt dem Essen, und ihr Magen knurrte, dass einem himmelangst werden konnte. Da hatten andere es schwerer. Wenn man von dieser ewig redenden Quasselstrippe absah. Was fand Gaylord nur an ihr?

Ja, Louanne war hübsch, aber das verliebte Funkeln in ihren Augen sollte doch jedem Mann irgendwann auf die Nerven fallen.

»Ich bin wirklich froh, dass Gott uns zusammengeführt hat«, schwärmte Louanne.

Dann war Louanne also die Strafe Gottes für Gaylord? Mist, jetzt bekam Pauline Mitleid.

 **108**

Aber dieses Gefühl hielt nicht lange an. Gaylord stieß die Küchentür auf, und Pauline schlug sich die Hände vor den Mund. Seine Hände waren so dick eingewickelt, dass er die Finger kaum noch bewegen konnte. Sein Gesicht zierten unzählige Pflaster. Schnaufend versuchte Pauline, das prustende Gelächter zu unterdrücken. Aber es ging nicht. Sie kicherte nur umso höher.

Nicht einmal Gaylords mordlustiger Blick konnte verhindern, dass ihr die Tränen in die Augen stiegen und sie schließlich lachend den Kopf auf den Tisch legte.

»Das ist nicht witzig. Er hat sich ernsthaft verletzt«, warf Louanne empört ein.

Pauline versuchte es ja, aber sie konnte sich nicht beherrschen. Und selbst Gaylords Mundwinkel zuckten. Albert steckte den Kopf in den Ofen, aber den Geräuschen nach zu urteilen, prustete er gerade auf den Rehrücken.

Bis auf Louanne schienen sich die Anwesenden zu amüsieren. Pauline kämpfte vergeblich um ihre Selbstbeherrschung. Wann immer sie Gaylord ansah, wurde ihr Kichern höher und penetranter. Sie ging sich schon selbst auf den Keks, aber sie konnte auch nicht aufhören. Selbst ihr motzender Entführer, der ständig etwas an ihr auszusetzen hatte, grinste.

Als Gaylord endlich Louannes entgeisterten Gesichtsausdruck realisierte, strich er ihr über den Arm. »Entschuldige mich bitte, ich esse im Labor. Ich muss noch etwas fertig machen.«

Ratsch. Der lustige Moment verschwand, als hätte es ihn nie gegeben. Albert rammte sich zwar den Kopf, den er gerade aus dem Herd zog, an den Reglern, aber nicht einmal sein Fluchen schaffte es, das Lächeln auf Paulines Lippen zurückzuholen. Ihr war klar, was Gaylord im Labor wollte. Ihr Blut anstarren und nach einem Weg suchen, wie er sein Leben mit dieser Schnepfe teilen konnte. Weil die offenbar wie Schneewittchen in

Ohnmacht fiel, wenn ihr jemand was von Vampiren erzählte. Warum eigentlich? Pauline kannte nicht viele Menschen, die über Vampire Bescheid wussten, aber jene besaßen wenig Hemmungen, Vampire zu provozieren, wo es nur ging.

Respekt hatten die schon mal nicht.

Gaylord wandte sich gerade ab, um den Raum zu verlassen, als sich ihm Louanne in den Weg stellte. »Du isst mit uns. Du kannst doch so nicht arbeiten!« Sie deutete auf seine verbundenen Hände. Wie Gaylord damit essen sollte, war auch Pauline ein Rätsel. Allerdings wuchs in ihr der Wunsch, Gaylord auffliegen zu lassen. Louannes Scheinheiligkeit ging ihr schwer auf die Nerven. Was fand er nur an ihr? Stand er auf ultrabrave Weibchen? War Gaylord kein Temperament gewohnt?

Pauline schürzte die Lippen und lächelte gehässig. »Wer verletzt ist, muss gut essen.«

Wenn Louanne jetzt nicht auffiel, dass mit ihrem Verlobten etwas nicht stimmte, dann war der Frau nicht mehr zu helfen.

Und nein, Pauline besaß nicht den Anstand, unter Gaylords mordrünstigem Blick demütig und brav zu werden. Im Gegenteil. Er wollte Louanne bis ans Ende seiner Tage ertragen? Vielleicht hatte Gott Pauline ja zur Rettung gesandt.

Pauline sprang auf, nahm eine Schüssel mit Kartoffeln von Albert entgegen und hakte mit der freien Hand Gaylord unter. »Komm, Bruderherz, ich geleite dich ins Esszimmer.«

»Wärst du wirklich meine Schwester, hätte ich dich als Baby in eine Waschmaschine gesteckt«, knurrte Gaylord so leise, dass selbst Pauline Mühe hatte, ihn zu verstehen.

»Das hieße ja, Jason wäre dein Vater.«

»Das würde mir vielleicht den Hals retten, wenn er mich vor der Zeit erwischt.«

Er musste wirklich einen guten Plan haben, wie er als Mensch

der Mafia entgehen wollte. Allerdings war auch noch kein Aufgebot der Mafia hier hereingestürmt. Leider! Dieser Verein war noch unzuverlässiger als die Polizei. Suchte Jason überhaupt nach ihr? Oder hatte er darauf keinen Bock, und sein bekifftes Gehirn redete ihm etwas anderes ein?

Gaylord entwand sich aus Paulines Griff und rückte Louannes Stuhl zurecht. Pah, sehr nett. Und Pauline gab das Aschenputtel, das den Tisch decken durfte. Seit wann waren Geiseln Hausangestellte?

Pauline rauschte zurück in die Küche. »Ich hasse diese Frau.«

Albert reichte ihr lächelnd ein Messer. »Willkommen in meiner Gefühlswelt. Wollen wir sie gleich umbringen oder lieber erst später, wenn er nicht damit rechnet?«

Schade, dass Albert das nicht ernst meinte. Pauline griff nach dem Messer und der Flasche Wein. In ihrer Vorstellung rammte sie das Messer in Louannes unschuldiges Gesicht, und dann füllte sie Gaylord mit dem Wein ab bis … Ja, bis was? Die Entführung schlug ihr langsam aufs Gehirn. Und doch wuchs in ihr der Wunsch, Louanne aus dem Haus zu treiben. Natürlich nur aus reiner Rachsucht. Nicht aus Eifersucht. Mit ihr war eindeutig was kaputt. Warum sollte Pauline eifersüchtig sein? Wer zarte Feen vorzog, der sollte ihretwegen zarte Feen haben. Aber was nützte ein reines Wesen, wenn es nicht belastbar war?

Murrend kehrte Pauline ins Esszimmer zurück. Gaylord war so nahe an Louanne herangerutscht, dass er ihr praktisch auf dem Schoß saß. Und Louanne? Die hielt sittsam die Hände im Schoß gefaltet. Hatten die beiden gerade wild geknutscht, oder warum sahen sie so betont leutselig aus?

Pauline knallte das Messer auf den Tisch.

Gaylord hob die Augenbrauen. »Lebt Albert noch?«

»Natürlich«, fauchte Pauline. »Wir sind ja nicht alle so

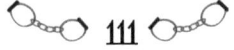

blutrünstig wie du.«

»Blutrünstig?«, wiederholte Louanne verdutzt.

»Sie ist Vegetarierin«, erklärte Gaylord eilig.

Bitte was? Pauline und Vegetarierin? Niemals! Sie mochte Fleisch viel zu sehr. Gut, auf Braten könnte sie verzichten, aber nicht auf rohen Schinken.

Oh, es würde ihr nur zu sehr den Tag retten, wenn Louanne endlich in ihrem zugigen Gehirn die richtigen Schlüsse zog. Pauline hielt Gaylord die Kartoffeln unter die Nase.

»Probier doch mal. Albert sagt, sie seien köstlich.«

»Die kann ich später probieren«, knurrte Gaylord.

Pauline lehnte sich ein Stück über den Tisch und lächelte lieblich. »Er will unbedingt deine Meinung dazu hören, bevor er den Rehbraten aufträgt.«

»Dann wirst du wohl verhungern müssen.«

»Ich bin doch Vegetarierin«, flötete Pauline.

»Dann probier doch einfach, Gaylord«, mischte sich nun auch Louanne ein und zuckte unter Gaylords wütendem Blick zusammen. Aus Familienstreitigkeiten sollte man sich raushalten, solange man noch keinen Ring am Finger trug. Aber Pauline verkniff sich das hämische Grinsen. Sie unterdrückte es auch noch, als Gaylord tatsächlich mit verbundenen Fingern nach der Gabel griff und umständlich eine der Kartoffeln aufspießte.

Pauline hielt unweigerlich den Atem an, als Gaylord die Kartoffel betrachtete. Sie wusste, dass Vampire keine feste Nahrung zu sich nehmen sollten, aber nicht, welche Qualen auf die doch essenden Vampire zukamen. Das kleine Teufelchen in ihr freute sich diebisch darauf, ihren liebeskranken Entführer leiden zu sehen. Im Augenwinkel bemerkte Pauline, dass Louanne Gaylord ebenso gebannt anstarrte. Ein leichter spöttischer Zug umspielte ihre Lippen. Warum? Doch bevor Pauline darüber

nachdenken konnte, kreischte es in der Küche.

»Hilfe, Feuer!«

Albert!

Gaylord ließ die Gabel fallen, die Kartoffel hüpfte über den Tisch und rollte gegen ein Weinglas. So schnell hatte sie Gaylord noch nie rennen sehen. Er raste in die Küche, und Pauline blieb zurück mit Louanne. Die sah so müde aus, als hätte sie zwölf Stunden am Stück Schweinedärme auswaschen müssen.

Missmutig warf Louanne die Serviette auf den Tisch. »Ich lege mich hin.«

»Die Sorge um deinen Verlobten ist wirklich rührend«, spottete Pauline. »Hast du keine Angst, dass er im Feuer umkommt?«

Zum ersten Mal verdüsterte sich Louannes ewig strahlender Gesichtsausdruck. »Ich bezweifle, dass es ein Feuer gibt und wenn doch, dass es ihn umbringen wird. Will ich darüber nachdenken, warum ihr mir alle etwas vorspielt? Nein. Mich interessiert vielmehr die Frage, warum meine zukünftige Schwägerin ihren Bruder wie ein verliebtes Kalb ansieht.«

Mit diesen Worten ließ sie Pauline einfach stehen. Sie hastete aus dem Zimmer, und Pauline hörte sie die Treppen nach oben gehen. Sprachlos starrte Pauline auf die Tür und schüttelte schließlich den Kopf.

Pah, Pauline und ein verliebtes Kalb. Im Leben nicht. Pauline setzte sich und griff nach der Gabel von Gaylord, um eine Kartoffel nach der anderen in sich hineinzustopfen. Den Rehbraten konnte sie abschreiben. Gaylord besaß niemals genug Mumm, mit Essen wiederzukommen.

Paulines Blick fiel auf das scharfe Tranchiermesser. Sie könnte sich jetzt den Sender herausschneiden. Vorsichtig griff Pauline nach dem Messer und drehte es unschlüssig. Sie setzte die Klinge

an die Beule und drückte die Spitze gegen ihre Haut. »Au!« Oh nein, das ließ sie lieber bleiben. Sie kannte sich, sie war ein Weichei. Sie würde fluchen und jammern, wenn sie sich den Sender herausschnitt. Allein der Gedanke trieb ihr die Schweißperlen auf die Stirn.

Sollte sie das Messer einstecken? Mist, nein, Gaylord hielt sich bestimmt für clever und zählte nach. Sie musste einen anderen Zeitpunkt abwarten. Gaylord würde doch bestimmt versuchen, seinen Platz in seinem eigenen Bett zurückzuerobern. Das war dann Paulines Chance.

Pauline stopfte die restlichen Kartoffeln in sich hinein und lauschte. Sie hörte zwar Stimmen in der Küche, aber schön, niemand wollte ihr offenbar Gesellschaft leisten. Auch gut! Pauline stampfte gut hörbar die Treppen nach oben, doch es folgte ihr kein wildgewordener Vampir, um sie an den Haaren in eine andere Richtung zu schleifen. Mist, sie hätte das Messer doch mitnehmen sollen.

Unbehelligt kam sie vor der Tür an, hinter der ihr Zimmer lag. Sie riss ein Stück Stoff von ihrem Ärmel ab und stopfte es in das Schließblech. Wenn es nicht zufiel, wirkte nach ihrer Rechnung der Zauber, der sie in ihrem Zimmer halten sollte, nicht.

Hoffentlich sah niemand zu genau hin.

Müde ließ sich Pauline auf das muffige Bett fallen. Sie schaffte es gerade noch, daran zu denken, dass sie um zwei Uhr in der Nacht aufwachen wollte, da war sie bereits eingeschlafen.

Paulines Stampfen war wahrlich nicht zu überhören. Für einen Moment hatte er gefürchtet, sie würde mit ihrem schweren Schritt durch die morschen Stufen brechen.

Wie sollte er das Jason erklären? Sorry, deine Tochter hat sich auf meiner Treppe das Genick gebrochen, weil ihr niemand beigebracht hat, nicht wie ein Elefant zu laufen?

Zwar könnte er dann auf einen schnellen Tod hoffen, weil er Jason damit endgültig zum Ausrasten brachte, aber auch ein rascher Tod konnte schmerzhaft sein.

»Die Luft ist rein. Niemand mehr zum Essen da«, seufzte Albert und betrachtete traurig seinen Rehrücken. Pauline war ohne Essen ins Bett? Freiwillig?

Bei Louanne wunderte ihn das wenig. Sie war für ihre Größe viel zu schmal. Er könnte wetten, dass sie öfter eine Mahlzeit ausließ. Ob es ihr gut ging? Die Geschehnisse des Tages mussten sie davon überzeugt haben, dass alle in diesem Haus eine Macke hatten. Ihn eingeschlossen.

Sachte klopfte Gaylord gegen seine eigene Schlafzimmertür und lauschte. Er hörte Louannes Schlurfen, und sie öffnete die Tür. Ihre Haare hingen ihr offen über die Schultern, und sie sah zu ihm auf.

»Kann ich reinkommen?«, fragte Gaylord lächelnd.

Louanne zögerte, aber dann trat sie doch zur Seite. Er schlüpfte durch den Spalt und betrachtete sie ruhig. Sie trug einen großen Morgenmantel, unter dem ihre nackten Beine hervorlugten.

»Kann ich dir helfen?«, fragte Louanne.

Ernsthaft? Das hatte noch nie eine Frau zu ihm gesagt, die immerhin in seinem Bett schlief. Erst recht nicht hatte das jemals eine Frau zu ihm gesagt, die er liebte, und die behauptete, diese Gefühle zu erwidern. Allein die Frage war ein Schlag ins Gesicht. War sie tatsächlich so unwissend und unschuldig, oder war das ihre nette Art, ihm mitzuteilen, dass er sich unschicklich verhielt?

Gaylord zwang sich zu einem Lächeln. »Ich wollte noch ein

wenig bei dir sein.«

Louanne lächelte und strich ihm über die Wange. »Du weißt, dass ich gern bis zur Hochzeit warten würde.«

Ja, zum Teufel … »Ich wollte dir auch nicht die Klamotten vom Leib reißen. Ich will dir nur ein wenig nahe sein.«

»Wenn Mann und Frau des Nachts allein sind, hält die Sünde Einzug.«

Schön wär's! Eine tugendhafte Frau war mitunter ein Kreuz. Gaylord küsste sie auf die Stirn.

»Die kann auch tagsüber hier einziehen, aber meine Klingel ist ohnehin defekt.«

Verständnislos starrte Louanne ihn an. Pauline hätte diesen Witz garantiert verstanden, darauf würde er wetten.

»Ich freue mich schon auf unsere Hochzeitsnacht.« Louanne seufzte leise und lehnte sich gegen ihn. Ihre Finger strichen über seine Brust. »Es wird die erste schönste Nacht unseres Lebens. Aber wir brauchen noch ein wenig Geduld.« Himmel noch eins, das machte Louanne doch mit Absicht. Erst kam sie näher, um ihn dann verbal wieder zurückzustoßen.

»Ich schwöre bei Gott, ich kann auch neben dir schlafen, ohne über dich herzufallen!«

Louanne legte ihm einen Finger auf den Mund. »Du sollst den Namen des Herrn nicht missbrauchen!«

Man sollte lieber dessen Gesetze nicht nach Gutdünken auslegen, um seinen Willen durchzusetzen, aber das verkniff sich Gaylord gerade rechtzeitig. Bei solchen Diskussionen konnte man nur verlieren, und was war er schon? Ein Mann, den der unchristlichste Fluch getroffen hatte, den man sich vorstellen konnte. Er war ein Mörder, ein (Ex-)Mitarbeiter eines Mafioso, ein Entführer und was das Schlimmste überhaupt war: Er fuhr tierisch auf das Blut seiner Beute ab.

Louanne zu beißen käme ihm niemals in den Sinn. Bei Pauline überkam ihn dieses Verlangen jedes Mal. Er wollte Pauline schmecken. Das war abstoßend und vor allem abtörnend. Genauso wie das große Mundwerk dieser Frau.

Louanne strich ihm noch einmal über die Wange, bevor sie von ihm zurücktrat. »Ich freue mich darauf, dich morgen früh wiederzusehen, mein Liebster.«

Ja, toll, das war dann wohl ein Rausschmiss vom Feinsten. Aber es war der passende Abschluss für diesen Tag. Er brauchte dringend Urlaub. Und etwas zu trinken. Trinken half bekanntlich auch gegen den Blutdurst.

Er verließ sein eigenes Schlafzimmer und sah sich einem grinsenden Albert gegenüber, der ihm ein Glas und eine Flasche Scotch entgegenhielt und gerade den Mund öffnete.

»Ein Wort und Sie sind fristlos entlassen«, knurrte Gaylord und rauschte an seinem Butler vorbei.

Er ging an Paulines Zimmer vorbei und lauschte. Deutlich hörte er ihre regelmäßigen Atemzüge, und noch deutlicher nahm er ihren Geruch wahr. Er schüttelte über sich selbst den Kopf. Je eher er Paulines Geheimnis entschlüsselte, umso besser war es für sie beide.

Leise, um sie nicht zu wecken, ging er die knarzenden Stufen nach unten in sein Labor.

Der Scotch würde seinen Blutdurst zügeln, auch wenn er ihm kein Vergessen schenkte. Dabei war Pauline sicher in ihrem Zimmer. Bisher hatte er nur immer abgeschlossen, um Albert von diesem Zimmer fernzuhalten. Dem alten Knaben traute er zu, Pauline diese Nacht tatsächlich zu besuchen, aber nur um sie mit Komplimenten zu überschütten oder ihr beim Schlafen zuzusehen.

Sollte Albert das tun. Vielleicht lenkte ihn das von seinem

unverständlichen Hass auf Louanne ab.

Gaylord setzte sich auf den kleinen Hocker und füllte das Glas mit Scotch, um sich einen Schluck zu genehmigen. Ein Genuss war das Gesöff nicht. Es war billig, aber es erfüllte seinen Zweck. Das Brennen in Gaylords Hals ließ nach, und seine Eckzähne fühlten sich nicht mehr an, als stünden sie kurz davor zu bersten.

Gaylord wandte sich der Blutprobe Paulines zu. Ihr Blut wies kaum Anomalien auf. Das einzig auffällige war die hohe Anzahl roter Blutkörperchen. Doch das würde ein Arzt nur seltsam finden. Reines Vampirblut hingegen brachte jeden Mediziner auf die Palme. Ihr Blut lebte genauso wenig wie sie, auch wenn es recht agil wurde, wenn man ihnen Wunden zufügte.

Die Biologie der Menschen war logisch, die der Vampire nicht im Geringsten. Ordnung und Chaos. Zwei natürliche Feinde. Das eine fraß das andere auf, und damit entsprach es schon wieder der Beziehung zwischen Menschen und Vampiren.

Auch die Untersuchung von Paulines DNS überraschte ihn. Sie war völlig anders, als er erwartet hatte. Jason Harris war ein gewandelter Vampir. Er war ein Mensch gewesen und ihre Mutter ebenso. Und doch wies Paulines genetischer Code eklatante Unterschiede zu der DNS eines Menschen auf.

Sollte er nicht nur einen Knick in der Optik haben, dürfte sie gegen jede Krankheit dieser Welt immun sein. Im schlimmsten Falle könnte ihre DNS ein Allheilmittel darstellen. Wenn man die DNS der Menschen verändern und an ihre angleichen könnte, würde niemand mehr an Krebs oder Ebola sterben.

Herr im Himmel. Das durfte niemals geschehen. Gott stehe ihnen bei, wenn es jemals dazu kam. Die heutige Medizin war bereits äußerst fortschrittlich. Ein Fortschritt, der noch einmal vorangehen könnte, wenn die Menschen erfuhren, dass es Vampire mit heilendem Blut gab. Dann könnte jedes Weh-

wehchen mit einer Blutgabe durch einen Vampir geheilt werden. Vampire würden als lebende Blutbanken enden, und gerade Halbvampire wären nicht mehr als Versuchskaninchen, während die Menschen gesund älter und älter und vor allem mehr werden könnten.

Kurz schoss ihm durch den Kopf, dass er in Pauline ebenfalls nur ein Versuchsobjekt sah. Doch er schob den Gedanken weit von sich. Je länger er über Pauline nachdachte, umso mehr verwirrte sie ihn. Es war einfacher, darüber nachzudenken, wie sich das Entschlüsseln von Paulines DNS auf die heutige Welt auswirken könnte.

Die Natur regulierte sich selbst, hieß es. Aber eine Bevölkerungsexplosion der Menschen um ein Vielfaches, das könnte nicht einmal die Natur wiedergutmachen.

Doch wenn Pauline das Heilmittel für Menschen darstellen könnte, wie konnte sie dann seines sein? Sie trug sowohl den Zauber des Lebens als auch des Todes in sich. Wie konnte er ihr den des Lebens entreißen?

Das sachte Knarzen der Dielen holte ihn aus seinen Überlegungen. Es war nicht Albert, der sich da mit der Grazie eines ungelenken Affenbabys die Stufen hinabhangelte. Es war eine Frau. Louanne oder Pauline.

Still hörte Gaylord auf die Geräusche, die im Flur ertönten. Nackte Sohlen tappten über den Holzboden, und die Wanderin steuerte die Küche an.

Gaylord drückte vorsichtig seine Tür auf und schlich in den Flur. Die Dunkelheit war kein Problem für ihn, für die nächtliche Spaziergängerin umso mehr. Sie fluchte leise, als sie gegen etwas stieß. Damit hatte sie sich verraten. Es war Pauline.

Das Schaben von Holz ließ auf eine Schublade schließen, die aufgezogen wurde, und dem leisen Klirren nach zu urteilen,

handelte es sich um den Besteckkasten.

Leise überwand Gaylord die kurze Distanz zur Küche und sah in dem Licht, das von draußen durch die Fenster drang, eine Klinge aufblitzen. Gaylord schoss nach vorn und umklammerte das Handgelenk.

»Oh, verflucht«, stöhnte Pauline.

»Tut mir leid, ich kann nicht zulassen, dass du dir die Pulsadern aufschneidest, um der Pein deiner Gefangenschaft zu entkommen.«

»Pah«, machte Pauline. »Als ob ich dir den Gefallen tun würde. So schlimm bist du nun auch wieder nicht.«

Halt, Moment, hatte sie das wirklich gesagt? Himmel noch eins, dieser Kerl machte sie noch völlig kirre. Ständig tauchte der aus dem Nichts auf. Wie sollte man sich da vernünftig selbst verletzen?

»Kann ich das Messer wiederhaben?«

»Nur, um dir ein Paté-Brötchen zu schmieren.«

Das war eine gute Idee, sie hatte tatsächlich schon wieder Hunger. Aber es entsprach nicht ihrem ursprünglichen Plan.

»Okay«, sagte sie trotzdem, und Gaylord ließ tatsächlich ihr Handgelenk los. Er griff nach einem Korb und hielt ihn ihr unter die Nase. Wie praktisch, darin lagen petit pains.

Pauline nahm eines. Sie hatte noch niemals ein Brötchen mit einem Tranchiermesser erlegt, aber für alles gab es ein erstes Mal. Prompt stieß sie sich die Spitze selbst in den Finger.

»Mist!«

Sie steckte den Finger in den Mund und saugte daran. Autsch, tat das weh. Seit wann leuchtete dieser blöde Chip unter ihrer

Haut? Und warum glühten Gaylords Augen plötzlich rot?

Gaylord riss ihr das Messer aus der Hand und knallte es auf die Küchenablage. Unweigerlich wich sie vor ihm zurück. Der hatte Hunger. Ganz bestimmt.

»Ich mach dir auch ein Paté-Pain«, sprach sie panisch. »Wirklich. Du musst mich nicht beißen.«

Und plötzlich wandte sich Gaylord von ihr ab. Sie hörte ihn tief ein- und ausatmen. Hatte sie ihn mit ihrem Kommentar jetzt schon in die Flucht geschlagen, oder wog er gerade die Vorteile ihres Ablebens mit denen ihrer medizinischen Genetik ab? Hoffentlich gewann die Genetik. Sie wollte nicht noch mal gebissen werden!

Sie schob sich in die Richtung des Messers, doch das unmenschliche Knurren ließ sie innehalten. In dem fahlen Licht stand er mitten im Raum. Wie ein Werwolf kurz vor der Wandlung. Als würde er gleich zähnefletschend auf sie losgehen.

Doch mit einem Mal drehte er sich um und marschierte zum Kühlschrank. Er riss die Tür auf. Verflucht, war das hell! Sie kniff geblendet die Augen zusammen, bis er die Tür wieder zuwarf. Er drückte ihr eine Dose Leberpaté und den Brotkorb in die Hand.

Hä?

Doch bevor sie ihren wahnsinnig intelligenten Gedanken aussprechen konnte, packte er sie bereits an der Taille und trug sie einfach weg.

»Hey«, protestierte sie leise, doch er knurrte nur ein weiteres Mal.

»Du tust mir weh!«

Getragen zu werden, war zwar eine nette Form der Fortbewegung, aber er drückte seinen Arm so fest in ihre Taille, dass ihre Rippen Platzangst bekamen.

»Ach, wenn ich dir Schmerzen zufüge, jammerst du. Aber

wenn du planst, dir selbst den Arm aufzuschneiden, ist das völlig in Ordnung«, höhnte er.

Ups. Erwischt. Aber irgendwie musste sie diesen blöden Chip loswerden.

Gaylord trug sie in ihr Zimmer und warf sie auf das Bett. Das Gestell knirschte, aber es war wenigstens so anständig, nicht sofort zusammenzubrechen. Die Leberpastete rutschte von ihr hinunter, und die Brötchen kullerten aus dem Korb über die Bettdecke. Na super, jetzt spendierte sie den Wanzen auch noch ein mitternächtliches Festmahl.

»Bist du wirklich sauer, weil ich versuche, von hier wegzukommen?«, fragte Pauline. War das logisch, dass sie nicht wie ein braves Frauchen abwartete, dass er sie umbrachte oder irgendwann im Wald aussetzte, damit der böse Wolf sie nach Hause brachte?

»Nein.«

Seine Stimme klang rau an ihrem Ohr, und sie zuckte über die plötzliche Nähe zusammen.

»Wenn Mann und Frau nachts allein sind, hält die Sünde Einzug, wusstest du das schon?«

Pauline schnaubte. »Und tagsüber bleibt sie hinterm Gartenzaun, oder wie?«

Sie konnte sein Gesicht nicht sehen, aber immerhin bleckte er nicht die Zähne. Das war doch schon mal gut, oder?

Doch was nun kam, traf sie unvorbereitet. Er strich ihr sanft über die Wange. Eine zarte Berührung, die ihren Herzschlag hysterisch ansteigen ließ und ihren Alarmglocken nur ein überraschtes Ächzen entlockte.

»Ich glaube, du entwickelst gerade ein Stockholmsyndrom.« Plötzlich verschwand seine Hand von ihrer Wange, und ihr blieb nichts weiter als ein sehnsüchtiges Nachkribbeln, das für einen

Moment sogar seine Worte übertönte. Aber nur für einen Moment.

»Bei einem Bastard wie dir unmöglich«, keifte sie zurück. Sie rutschte zur Seite, doch Gaylord griff erneut nach ihrem Handgelenk. Wenn der ihr jetzt einen Handkuss gab, würde sie ihm die Paté ins Gesicht drücken, darauf konnte er Gift nehmen!

Aber es waren nicht seine Lippen, die sie nun spürte, sondern etwas Kaltes. Ein metallener Ring, der sich um ihr Handgelenk schloss und sie an das Bettgestell kettete.

»Echt jetzt?«, fauchte Pauline. »Glaub ja nicht, dass ich dir verfalle, nur weil du Handschellen bedienen kannst. Wenn du auch nur mit einem Stock oder einer Schnur ankommst oder mit etwas, was nur im Entferntesten einer Peitsche ähnelt, zieh ich dir das Fell über die Ohren!«

Sie zerrte an der Fessel, doch nichts. Weder das Bett konnte sie zerlegen, noch das Ding selbst. Pah, alles an diesem Haus war billig oder schlecht. Das Essen, der Fusel und die Einrichtung, aber beim Sexspielzeug war er plötzlich nicht mehr knausrig.

»Ich kann dir sicher einen Vibrator besorgen, wenn dich allein eine Handschelle bereits so giftig macht. Alles, was recht ist, um dich von eigenhändigen Operationen abzuhalten.«

Er warf die Tür hinter sich zu, und für einen Moment konnte sie den rötlichen Schimmer sehen, der sich um die Tür legte. Na toll. Jetzt nützte ihr nicht einmal der Stofffetzen im Schließblech etwas.

Regel Nr. 8

Der Kronleuchter ist ein ausgezeichnetes Versteck

So ein blöder Mist! Pauline zerrte an der Fessel, aber es wäre auch zu schön gewesen, wenn sie einfach abfallen würde. Der Ring um das Bettgeländer wackelte nur zwischen den zwei Querstreben hin und her und ließ ihr damit einen Spielraum von zehn Zentimetern. Wenn sie es schaffte, mit dieser Voraussetzung zu türmen, war sie wahrlich die Tochter ihres Vaters. Aber wie sollte sie das anstellen? Sie reichte weder an das Fenster heran, geschweige denn an die Tür. Sich den Arm abzuschneiden führte dann doch etwas zu weit, und vor allem, womit sollte sie das tun? Gaylord hatte ihr die Leberpaté und die Brötchen gelassen, aber nicht das Messer.

Es wurde Zeit für einen Plan, aber sie hing sehr an ihrem Arm. Also gerade sprichwörtlich. Gaylord hatte ihn in einer überaus unpraktischen Höhe angebracht. Weder konnte sie ihn abstützen noch auf Kissen lagern. Wenn sich Pauline flach hinlegte, musste sie den Arm halb angewinkelt hochhalten. Das war unfair. Wie sollte sie denn da schlafen?

Egal, wie sie sich drehte, sie fand keine bequeme Position. Im Gegenteil, Taubheit machte sich in der gestreckten Gliedmaße breit. Hoffentlich machte Gaylord sie morgen früh wieder los, sonst war sie aufgeschmissen.

Ha, Gaylord musste sie befreien, sonst stellte seine holde Louanne dumme Fragen. Oder redete er seiner werten Liebsten ein, dass Pauline doch zurück in die Klapse gegangen war? Sie würde es tun. Aber sie war ja auch ordinär und obszön und er der arme Held, der alles tat, um mit seiner Liebsten zusammen zu sein. Wann, zum Henker, war Pauline zum Biest in der Geschichte geworden?

Überhaupt … Das zwischen Louanne und Gaylord sollte Liebe sein? Sollte man sich nicht lieben, egal, was für ein Monster der andere war? Gaylord konnte ja nichts für sein Wesen. Er war ein Vampir. Amélie war auch einer und hatte es sich genauso wenig ausgesucht. Pauline hatte sich auch nicht erst nach reiflicher Analyse für ihre Abstammung entschieden. Oder dafür, dass sie ihren Vater erst mit vierundzwanzig Jahren kennenlernte, und der sich zur Einstimmung auf das Vater-Tochter-Date erst einmal mit einem Mafioso und dann mit einem Hexer prügelte, um dann ihre beste Freundin zu heiraten. Bei einer solchen Familienchronik war Entführung nur noch ein Kavaliersdelikt. Gaylord konnte ebenso wenig etwas für sein Wesen wie sie. Auch er hatte es verdient, geliebt zu werden. Mit etwas Farbe und Dämmmaterial könnte man aus dieser Baustelle ja auch ein lauschiges Liebesnest zimmern.

Aber warum interessierte sie sich überhaupt für Gaylords Beziehung zu Louanne? Das musste an der Handschelle liegen, die ihr langsam das Blut im Arm abschnürte. Das beeinträchtigte das Gehirn. Anders konnte sie sich ihren seltsamen Gedanken nicht erklären. Sie sollte sich schleunigst wieder konzentrieren. Flüchten. Aber wie? Das Metall durchzubeißen war unmöglich. Am Ende büßte sie nur ihre Zähne ein, und hier am Arsch der Welt gab es ganz sicher keinen Zahnarzt. Außer Gaylord, aber den würde sie höchstens als Gynäkologen akzeptieren. Sie würde sich auch brav auf den Stuhl setzen, und wenn er sich bückte, um gewisse Gefilde näher zu betrachten, könnte sie ihm mit einem Tritt die Nase brechen.

O ja, diese Idee verbesserte ihre Laune schlagartig. Aber da kam ihr der nächste Gedanke. Was, wenn er sie dort unten

berührte? Himmel, noch eins, bloß nicht. Sie erinnerte sich noch zu genau an den unseligen Biss. Ihr Körper reagierte allein bei dem Gedanken mit einem wohligen Schaudern und einem sehnsüchtigen Prickeln. Wenn Gaylord ihr mit dem Biss eine Seuche angehängt hatte, dann Gnade ihm sein geliebter Gott.

Pauline hatte keine Ahnung, wie Louanne es mit ihm aushielt, aber vermutlich blieb neben den ständigen Ave Marias schlichtweg kein Platz für unzüchtige Gedanken oder Mordpläne.

Überhaupt war diese Frau seltsam. Sie schwärmte ihr die Ohren über den Kerl voll, aber sie berührte ihn nie. Nur Gaylord fasste sie an, aber andersherum?

Das war eine seltsame Liebe, das ging nicht gut.

Seufzend streckte sich Gaylord auf der Couch im Esszimmer aus. Paulines süßer Duft hing noch immer in seiner Nase, er vernebelte ihm die Sinne, und Gaylord biss sich in die eigene Hand, um der Pein seines Blutdurstes wenigstens für einen Moment zu entkommen. Sollte Gaylord das hier überleben, fiel er über kurz oder lang dem Wahnsinn anheim. Vielleicht sollte er darum beten, dass Jason ihn vorher fand.

Der Schmerz durchzuckte ihn, als seine Zähne auf den Mittelhandknochen trafen, aber es war besser als an Pauline zu denken. Verflucht, da war sie schon wieder. Wie konnte es nur sein, dass eine Frau wie sie seine Gedanken beherrschte?

Warum machte ausgerechnet ihr Blut ihn süchtig?

»Gaylord?«

Louannes zarte Stimme ließ ihn zusammenzucken. Er setzte sich auf und verbarg seine malträtierte Hand hinter dem Rücken. Im Dunkeln leuchtete das Weiß ihres Shirts und ließ ihre

Silhouette noch schmaler wirken. Sie trat zögernd näher und blieb vor dem Sofa stehen.

Gaylord griff nach ihrer Hand und strich mit dem Daumen sanft über ihre Handfläche. »Kann ich dir helfen?«

Louanne verschränkte ihre Finger mit seinen und setzte sich neben ihn. »Es tut mir leid, dass ich schroff zu dir war.«

»Warst du nicht.« Genau genommen war sie ausgesprochen höflich gewesen. Louanne lehnte den Kopf gegen seine Schulter. Ihre Haare kitzelten ihn. Sie waren weich, gepflegt und rochen nach Honig. Sanft strich Louanne über sein Hemd, und ehe sich Gaylord versah, schlang sie die Arme um seinen Hals. Aber dem nicht genug, es kam noch dicker. Sie kniete sich auf das Sofa, beugte sich über Gaylord und küsste ihn. Nicht sanft und liebevoll wie sonst, sondern mit unverblümter Leidenschaft. Man konnte es seinem Gehirn kaum verübeln, dass es nur noch ratlos ächzte. Oder?

Völlig perplex fühlte er der Berührung ihrer Lippen nach. Sie strich über seinen Rücken und seufzte, als Gaylord sie enger in seine Arme zog. Er vergrub die Hand in ihren weichen Haaren. Nur für den Fall, dass sie es sich anders überlegte. So schnell wollte er sie nicht wieder gehen lassen. Aber sie zuckte nicht zurück. Sie versuchte nicht, ihm zu entgehen. Neckend biss sie ihn in die Unterlippe.

»Oh Gaylord«, seufzte Louanne. »Es tut mir wahrlich leid …«

Ja, ja, für ihre übermäßig guten Manieren hatte sich Louanne doch schon entschuldigt. Entschuldigung angenommen. Wenn sie sich immer so entschuldigte, durfte sie gern unerträglich höflich sein.

Erneut küsste er sie, schmeckte die Süße ihrer Lippen und doch … er versank nicht tief genug in ihren Küssen, um nicht aufzuschrecken.

Gaylord lebte seit seiner Geburt in diesem Haus. Er kannte jeden Winkel, jedes Geräusch, jede knarzende Diele. Und er wusste, welche Tiere des Nachts um das Haus strichen. Ja, er wusste sogar, dass Albert genau achtzig Minuten nach dem Einschlafen zu Schnarchen begann. Aber jetzt war etwas anders. Gaylord konnte nicht sagen, was.

Er griff nach Louannes Händen und zog sie von seinem Hals. Angestrengt lauschte er.

Louanne ballte die Hände zu Fäusten und starrte ihn fragend an. »Was ist?«

»Sei still.« Gaylord legte den Kopf schief.

Er hörte Louannes Herz schlagen, auch das von Pauline, doch das andere Pochen wurde ständig lauter. Sie waren nicht mehr allein. Hatte Jason sie gefunden? Aber warum schickte er dann Menschen? Vampire konnten sich viel besser anschleichen.

Louanne zerrte an seinem Griff, und er ließ sie los. Vielleicht täuschte er sich. Womöglich hörte er schon Mücken. Je länger er lauschte, umso weniger hörte er. Das Pochen vermischte sich mit den Herzschlägen der beiden Frauen. Merde. Selektive Wahrnehmung war noch nie praktisch gewesen. Hatte er vielleicht einen Hund oder Katzen gehört?

»Gaylord, was ist los?« Louanne legte die Hand auf seine Wange, um seine Aufmerksamkeit zu erringen. Sie nahm sein Gesicht in beide Hände und küsste ihn erneut.

Halt! Das Knacken draußen gefiel ihm nicht. Aber Himmel, wie sollte er sich konzentrieren, wenn Louannes Lippen so verführerisch über seine glitten? Herrgott, warum wurde sie in den ungünstigsten Momenten anhänglich? Gaylord wollte aufstehen, aber Louanne klammerte sich wie ein Äffchen an seinen Hals.

»Louanne!«

Mon Dieu. Brennende Leidenschaft gut und schön, aber wenn

sie nicht aufpassten, war es ihre erste und letzte heiße Nacht.

Trockenes Gras raschelte, er hörte das Streichen von Sohlen über Kies, Erde und Steine, das ganze Haus war davon umgeben.

Gaylord schoss nach oben, packte Louanne am Arm und zerrte sie mit sich mit. »Albert!«

»Gaylord, du tust mir weh«, protestierte Louanne, aber zum Teufel, darauf konnte er jetzt keine Rücksicht nehmen.

Sein Butler stürzte die Treppe herunter. Sein Hemd stand offen, genauso wie seine Hose, aber Jason würde ihnen auch völlig nackt die Kehle herausreißen.

Albert kratzte sich am Kinn. »Monsieur, ich fürchte, wir sind umzingelt.«

»Wovon redet ihr?«, platzte Louanne dazwischen. »Ist das wieder einer dieser Tricks, das Zusammensein von mir und Gaylord zu boykottieren?«

Ähm, was? Nach Alberts entgleistem Gesichtsausdruck zu urteilen, wusste dieser auch nicht, wovon Louanne sprach. Aber zum Teufel, wenn Jason wirklich das Haus umzingelte, dann hatten sie in spätestens zehn Minuten wesentlich tödlichere Probleme.

»Ihr bleibt hier. Ich hole Pauline«, schnarrte Gaylord. Er versetzte Louanne einen leichten Stoß, der sie in die sicheren Arme Alberts katapultierte.

Es war wirklich bedauerlich. Pauline hing ausbruchssicher an einer Handschelle an ihrem Bett. Louanne fand Geschmack an den Verlockungen der Sünde, und ausgerechnet jetzt musste Jason mit seinem Rettungskommando auftauchen.

Gaylord war nur zwei Schritte vorangekommen, als ein gellender Schrei aus Paulines Zimmer drang, gefolgt vom Klirren zerbrechenden Glases. Sie waren also schon im Haus.

Gaylord jagte die Treppen hinauf, hielt sich am Geländer fest,

um rechtzeitig die Kurve zu bekommen, und stoppte just in dem Moment vor Paulines Tür, als im unteren Stockwerk unüberhörbares Getöse losbrach.

Türen krachten gegen die Wände, das Poltern unzähliger Füße hallte durch das Haus. Louanne kreischte, oder war es Albert gewesen? Erneut kreischte es und diesmal war es eindeutig Louannes Stimme. Himmel, nein, sie durften ihr nichts tun. Aber auf der anderen Seite der Tür hörte er Paulines Stimme. Merde, wozu waren Vampire schnell, kräftig und mordlüstern? Nur, damit sie sich im entscheidenden Moment auch nicht in zwei Hälften teilen konnten.

Er sollte sich Louanne und Albert schnappen und abhauen. Aber dann war Pauline für immer für ihn verloren.

Paulines Tür schwang auf, und Gaylord sprang nach oben. Blieb nur zu hoffen, dass nicht zufällig jemand zum Kronleuchter hochsah. Er schwankte ohnehin bedenklich. Hoffentlich hielt der Deckenhaken. Bei seinem Glück stand nämlich kein einziger Jäger unter dem Kronleuchter, wenn er herunterkrachte.

Aber der Haken knirschte nur. Ein halbes Dutzend bis an die Zähne bewaffnete Männer rannte aus Paulines Zimmer. Sie trugen Schnellfeuerwaffen im Anschlag. Mist, Mist, Mist. Die waren verdammt gut ausgerüstet. Aber es waren keine Vampire. Sie bewegten sich viel zu langsam, und er hörte deutlich das Klopfen ihrer Herzen. An ihren Gürteln hingen Pflöcke, Beile und ernsthaft? Einer trug sogar eine Armbrust!

Das waren nicht Jasons Leute. Jason könnte zwar innerhalb kürzester Zeit eine solche Armee auf die Beine stellen, aber er bevorzugte Vampire als Mitarbeiter. Er würde niemals eine Armee Menschen gegen einen Vampir ins Feld schicken. Nicht, wenn es um seine Tochter ging.

Es blieb also nur eine Möglichkeit übrig. Unter ihm trampelten

Vampirjäger in das untere Geschoss. Hoffentlich war es Albert gelungen, rechtzeitig abzuhauen.

Von seinem Platz aus konnte Gaylord in Paulines Zimmer spähen. Nicht alle Männer waren aus ihrem Zimmer gestürmt. Es standen immer noch fünf um ihr Bett herum, die Waffen angelegt.

»Ihr seid mir als Rettungskommando zu gruselig.« Paulines Stimme überschlug sich. Sie presste sich an das Gestell des Bettes und riss die Augen auf, als sie Gaylord erblickte.

Gaylord legte den Finger auf die Lippen, und Pauline wandte den Blick ab. Braves Mädchen.

Ein Jäger mit raspelkurzen Haaren beugte sich über Pauline. »Bist du die Halbvampirin?«

»Nein, ich bin Dornröschens zickige Cousine.«

Mist, verfluchter! Was sollte Gaylord jetzt tun? Hier oben saß er auf dem Präsentierteller, und doch besaß er keine Möglichkeit, Pauline zu helfen. Er musste zu seiner Technik.

Damit konnte er die Jäger außer Gefecht setzen und ablenken. Aber hatte er überhaupt genügend Zeit?

Der größte der Kerle zog einen Pflock aus seinem Gürtel. Pauline wurde blass und streckte die Hand aus. Ihr Zeigefinger deutete direkt auf Gaylord. »Da ist ein richtiger Vampir.«

Vielen Dank, Pauline. Das hatte ihm gerade noch gefehlt. Gaylord sprang vom Kronleuchter, rollte sich die Treppe hinab und wich dem Trupp aus, der gerade nichts Besseres zu tun hatte, als sein Labor zu durchwühlen und jetzt aus selbigem stürzte.

Gaylord schnappte sich die schwarze Kiste, die neben der Garderobe stand, und schlitterte den Gang zum Keller entlang. Das Schussgeräusch war leise, und doch übertönte es das Getrampel der Jäger. Immer wieder legten sie auf ihn an und schossen. Die Kugeln schlugen in den Wänden, im Holz der Treppe und der Tür ein.

Gaylord knallte gegen die Kellertür, drückte die Klinke hinunter und quetschte sich durch den Spalt.

Der Riegel war aus schwerem Holz und krachte auf den Metallhaken. Das würde die Kerle leider nicht für immer aufhalten, aber es hielt ihm kurzzeitig ihre mit Eisenkraut präparierten Schusswaffen vom Hals.

Gaylord hastete durch den Keller, stolperte über eine hysterische Ratte, die wohl nichts von Besuchern hielt und verlor sich in den endlosen Gängen des Kellergewölbes.

Es gab fünf Ausgänge. Drei davon waren von außen deutlich sichtbar und wurden gewiss schon von den Jägern belagert. Wo zum Teufel waren die eigentlich auf einmal hergekommen?

Pauline konnte sie kaum gerufen haben. Jason? Hatte er mit den Jägern ein Geschäft abgeschlossen? Sie durften Gaylord töten, mussten aber Pauline lebend hier rausbringen?

Aber noch nicht einmal Jason konnte so dumm sein, sich mit Jägern einzulassen. Es gab kaum verlogeneres Gesindel. Ob Halbvampir oder nicht, sie würden Pauline auf Dauer nicht laufen lassen. Und sie würden sich auch nicht die Chance entgehen lassen, Jason Harris zu töten. Dazu war Jason den Jägern viel zu sehr verhasst.

Gaylord stellte den Koffer zu seinen Füßen ab und lauschte. Die dicken Mauern verschluckten die Geräusche, und doch konnte er von fern das Gewirr unzähliger Stimmen vernehmen. Wo war Albert? Was war mit Pauline? Und ging es Louanne gut? Keine dieser Fragen konnte er im Moment beantworten.

Gaylord riss sich die störenden Fake-Verbände von den Händen und die Pflaster von der Stirn. Er konnte sich nicht konzentrieren, wenn ihm ständig ein Pflaster in die Augen hing. Die Verbände ließ er achtlos zu Boden fallen und eilig zerrte er die beiden Drohnen aus dem Koffer. Die Schmuckstücke waren

ursprünglich für Jason gedacht gewesen, inklusive der Betäubungsgranaten. Ein paar von ihnen enthielten neben Eisenkraut auch ein starkes Narkotikum, das Menschen in die Knie zwang. Mit ein wenig Glück rettete ihnen das am heutigen Abend den Hintern.

Gaylord schaltete die Drohnen ein und verband sie mit seinem Handy. Die Verbindung war gut, selbst hier unten hatte er WLAN-Verstärker eingebaut.

Gaylord ließ den Koffer stehen und hob die beiden filigranen Flugobjekte hoch. Wachsam schob er sich durch die Gänge zu einer der verborgenen Türen. Sie klemmte, aber ein liebenswürdiger Fußtritt animierte sie doch zur Zusammenarbeit. Nun ja, fast. Genau genommen fiel sie einfach aus dem Rahmen. Hoffentlich war das nicht ein tragender Bestandteil seines Hauses gewesen, sonst waren die Jäger schneller unter Schutt begraben als Gaylord lieb war. Denn dann war auch Pauline verloren, und das konnte und wollte er nicht zulassen.

Er ließ die beiden Drohnen in den Himmel steigen. Ihr Sirren ging im Knirschen von Rädern und dem Laut einer Autohupe unter. Himmel, fuhr hier eine ganze verdammte Armee vor, oder was sollte das Gehupe?

Gaylord tippte eine Reihe Befehle auf seinem Handy ein. Die Drohnen konnten Ziele selbstständig erkennen und die Granaten abwerfen, die kein Eisenkraut enthielten. Damit wäre zwar auch Louanne betroffen, aber wenn Albert in der Nähe war, konnte der sie raustragen.

Summend machten sich seine Babys davon, und Gaylord kletterte die Fassade nach oben. Der Stein kratzte unter seinen Fingern. Man sollte meinen, dass Vampire rasend schnell Fassaden hochklettern konnten. Er wusste nicht, wie andere Vampire das hielten, aber er war noch nie ein guter Minnesänger

gewesen, und sich an bloßem Stein hochzuhangeln war verdammt schwer!

Erst recht, wenn man in der Hand immer noch das Handy hielt und auf dem zweigeteilten Bildschirm verfolgte, wie die Drohnen über den überraschten Jägern hinwegsausten und sie in feinen Nebel hüllten. Zurück blieben taumelnde Körper, die sich hustend krümmten und schließlich zu Boden fielen.

Die verbliebenen Jäger begannen, auf seine Drohnen zu schießen. Als Gaylord die halbe Strecke hinter sich gebracht hatte, wurde die Hälfte seines Bildschirms schwarz. Fluchend aktivierte er mit einem Daumen den Ausweichmodus bei der übriggebliebenen Drohne. Das Handy rutschte ihm aus der Hand, und es war nur dem schnellen Reaktionsvermögen seines verfluchten Wesens zu verdanken, dass er es rechtzeitig wieder auffing.

Wände mit einer Hand hochzuklettern erforderte Geschick und Ruhe. Er besaß gerade weder das eine noch das andere. Er machte sich Sorgen um Pauline. Hatte ihr Ablenkungsmanöver gewirkt, oder hatten sie sie trotzdem getötet? Himmel, er durfte nicht daran denken.

»Und du hast die ganzen Muckis vom Vampiretöten?«

Dem Himmel sei Dank, das war Paulines Stimme, die aus dem Zimmer drang. Aber irgendetwas stimmte nicht. Sie klang nicht verängstigt. Vielmehr interessiert. Was zum Teufel stellte sie nun schon wieder an?

»Das ist wirklich eine große Knarre.«

Bedrohten die Jäger sie immer noch? Spielten sie mit ihr und ihrer Angst? Er würde ihnen die Kehle rausreißen. Gaylord schob sich die letzten Meter nach oben und bekam das Fensterbrett zu fassen. Vorsichtig zog er sich nach oben und spähte in den Raum.

Die Tür war geschlossen und außer Pauline war nur noch ein

einziger Jäger im Raum. Dessen Bedrohlichkeit war Interpretationssache. Die Knarre hatte er weggelegt, genauso wie sein Hemd und im Übrigen auch seine Hose.

»Ich muss noch einmal prüfen, ob du wirklich ein Mensch bist«, brummte der Kerl. Das Metall an seinen Stiefeln klirrte, als er mit schweren Schritten näher an das Bett trat. Er setzte sich, und die Liegestatt ächzte unter seinem Gewicht. Zum Glück, denn das Geräusch übertönte Gaylords Knurren. Der Kerl packte Pauline doch tatsächlich an den Brüsten. War der Typ bescheuert? So prüfte man keinen Herzschlag!

»Wenn du so fest küssen kannst wie du zupackst, könnte der Abend doch noch perfekt werden«, gurrte Pauline. War das ihr Ernst? Er, Albert und Louanne rannten um ihr Leben, und Pauline zettelte einen Quickie mit einem Vampirjäger an?

Der Jäger beugte sich über Pauline und presste ihr seine Lippen auf den Mund. Gaylord zog sich den Sims nach oben, sprang in das Zimmer, packte den Kerl am Kragen und schleuderte ihn mit aller Kraft herum. Gaylord hörte das Knacken seiner Knochen, die gegen die Mauer keine Chance hatten. Stöhnend rutschte der Jäger nach unten. Blut schoss aus seiner Nase und besudelte Gaylords uralten Teppich. Und doch konnte Gaylord dem Verlangen nicht widerstehen, dem Mann zu noch mehr Nasenbluten zu verhelfen. Der Tritt in sein Gesicht brach ihm nicht nur endgültig den Kieferknochen, sondern schickte ihn auch ins Land der Träume.

Gaylord wirbelte herum. »Wie zum Teufel hast du ihn dazu gebracht, seine Hose auszuziehen?«

Pauline zuckte die Schultern. »Er steht auf Machtspiele, und weil er einen Pudel nicht von einem Hahn unterscheiden kann, hat er mir abgekauft, dass ich ein Mensch bin, der von einem Vampir entführt wurde.«

 135

»Soll ich es als Beleidigung auffassen, dass du bei mir nie versucht hast, dich rauszuflirten?«

»Flirten macht nur Sinn, wenn einen das Gegenüber sowieso schon sexy findet«, giftete Pauline zurück. »Aber du hast ja nur deine Louanne im Kopf. Louanne hier, Louanne dort, die wundervolle Louanne. So brav, hübsch und gehorsam. Und absolut nicht obszön oder laut.«

»Wenn ich dich nicht bräuchte, würde ich dich hierlassen«, donnerte Gaylord.

Pauline schrak zusammen und legte sich den Finger auf die Lippen. »Halt die Klappe, du rufst die alle noch auf den Plan!«

Gaylord zog sein Handy hervor und warf einen Blick auf das Display. »Das Haus ist praktisch ausgeräuchert. Die erfüllen keinen Plan mehr, es sei denn, er besteht aus Schnarchen.«

»Oh, gut.« Ein breites Lächeln huschte über Paulines Lippen. »Machst du mich jetzt los, bevor ich mich wie eine Hure dem ersten Jäger anbieten muss, der aufwacht?«

Zum Teufel mit dieser Frau. Was regte er sich überhaupt so auf? Es konnte ihm doch völlig egal sein, an wen Pauline ihre sprunghafte Zuneigung verscherbelte.

Er löste die Schelle, und Pauline rutschte aus dem Bett. Zögernd trat sie an den Jäger heran und legte den Kopf schief.

»Willst du ihn mitnehmen? Da wo wir hingehen, gibt es einen Keller, in dem ihr euch vergnügen könnt. Soll schließlich keiner behaupten, dass ich meinen Gefangenen kein Entertainment biete«, höhnte Gaylord. Am liebsten würde er sich selbst ohrfeigen. Warum hielt er nicht einfach die Klappe? Die Wahrheit war einfach: Ihn störte das Mitleid, mit dem Pauline diesen unnützen Kerl betrachtete.

Es lagen ihm noch verdammt viele Gemeinheiten auf der Zunge, aber sie alle lösten sich in Wohlgefallen auf, als sich

Pauline umdrehte. Sie sah traurig aus, aber da lag noch mehr in ihrem Blick. Er konnte es nicht benennen, aber ihm verschlug es ohnehin die Sprache. Pauline schlang die Arme um ihn und drückte sich fest an ihn. Sie vergrub das Gesicht im Stoff seines Jabots, und von dem erstickten Murmeln verstand er nur ›dass du es nicht so weit hast kommen lassen.‹

Ein Zittern ging durch ihren Körper. Fest legte er die Arme um sie, strich ihr über die Haare und legte sein Kinn auf ihrem Scheitel ab.

Pauline schaffte es immer wieder aufs Neue, ihn zu überraschen. Sie war taff, sie war laut und scheinbar unerschütterlich, und doch gab es Momente, in denen ihre Barrieren brachen.

Ihre Angst und Panik entluden sich gerade in seinen Armen. Und auch wenn er fürchtete, dass sich in der Zwischenzeit der eine oder andere Jäger von der Dröhnung der Betäubung erholte, würde er einen Teufel tun, Pauline nun zur Eile anzutreiben.

Er wartete, bis sich Paulines Körper nicht mehr verkrampfte und sie sich nach einer Weile von ihm löste. Verstohlen wischte sie sich über die Augen und wich seinem Blick aus.

»Soll ich dich tragen?«, bot er ihr leise an, aber sie schüttelte den Kopf. Sie stieg über den Jäger hinweg und öffnete leise die Tür. Im Haus herrschte unnatürliche Stille. Er kannte diese Stille. Sie herrschte auf Schlachtfeldern, wenn der Kampf verebbte, die Verletzten und Übriggebliebenen sich zurückzogen, und die Toten von der Grausamkeit der Menschen sprachen.

Der Jäger in Paulines Zimmer brauchte leider höchstens die Hilfe eines Schönheitschirurgen, um sein Gesicht zu rekonstruieren, aber tot war er noch lange nicht.

Aber wie stand es um Louanne und Albert? Zu rufen wagte er nicht. Es war gut möglich, dass einige Jäger immer noch putzmunter durch das Haus robbten.

Aber kein Jäger stürmte aus einer Ecke und schoss wild um sich. Gaylord hörte das Sirren seiner Drohne, während die zweite zertrümmert in der Eingangshalle lag.

Die Spuren des Betäubungsmittels rochen bitter, und Pauline begann zu husten. Sie presste den Ärmel ihres Pullovers vor den Mund, und zusammen stolperten sie zur Vordertür hinaus.

Was es im Haus zu ruhig war, war es draußen viel zu laut. Zwei Wagen schossen an ihnen vorbei. Am Steuer von Louannes rotem Mazda hockte Albert und lenkte den Wagen Runde um Runde um das Haus. Er hoppelte über die vertrockneten Blumenbeete, quetschte sich am Wintergarten vorbei und nutzte die umgefallene Umzäunung des Komposthaufens als Rampe, um ein wenig Vorsprung zu gewinnen. Der Audi der Jäger war zerschrammt und zerbeult, und doch ließen sie sich nicht abschütteln.

Albert bremste abrupt in der Auffahrt. Gaylord riss die Tür auf, um Pauline hineinzustoßen und sich selbst auf die Rückbank zu werfen.

»Runter!« Er zog Pauline in den Fußraum. Auf dem Beifahrersitz ruhte Louannes Kopf. Sie hielt die Augen geschlossen, und ihr Kopf wippte bei jeder Kurve hin und her.

Albert scherte auf den Kiesweg aus, der zur Straße führte, und gab Gas. »Sie hat zu viel von dem Betäubungsmittel eingeatmet.«

Das Metall ihres Wagens kreischte, wenn eine Kugel darüber hinweg schrammte. Er erzitterte unter den Einschlägen, und Albert streckte die Hand nach hinten aus, um Gaylord eine Knarre unter die Nase zu halten. »Tun Sie mir einen Gefallen und schießen Sie nicht erst fünf Mal daneben.«

Der nächste Kugelhagel, den die Jäger auf Louannes Wagen schickten, ließ die Rückscheibe zerspringen.

Man konnte über Jäger sagen, was man wollte, wenn sie

Gaylord in die Hände spielten, waren sie gar nicht so übel. Er stützte sich auf der Rückbank ab und zielte auf die Reifen. Die ersten drei Schüsse gingen daneben, aber der vierte traf. Der Fahrer trat auf die Bremse, der Wagen schlingerte und schlitterte in einen schmalen Graben.

Gaylord ließ sich zurücksinken und lehnte den Kopf gegen den Sitz. »Hervorragend.« Seufzend fuhr er sich durch die Haare. »Geht es euch gut?«

Albert brummte zustimmend, Pauline hickste, nur Louanne blieb stumm. Kein Wunder, sie lag noch immer bewusstlos neben Albert.

»Bei ihr kannst du schon mal sicher sein, dass sie keinen Jäger angeflirtet hat«, tönte Pauline neben ihm.

Regel Nr. 9

Wenn die Gefangene sich verliebt, bleibt sie freiwillig

Bon Dieu. Was für eine Nacht. Paulines Kopfhaut kribbelte, und sie war dankbar, als ihr Gaylord über die Wange strich und sie an sich zog. Sein Geruch vermittelte ihr ein Gefühl, an das sie sich gewöhnen wollte. Ein Gefühl der Sicherheit. Aber es war trügerisch.

Gaylord streckte die Hand nach der schlafenden Louanne aus. Die Art, wie er für einen Moment mit ihren Locken spielte, gefiel Pauline nicht. Es versetzte ihr einen Stich, aber sie war zu müde, um zickig zu werden.

Sie wollte sich mit Gaylord nicht streiten, sondern die geschenkte Nähe genießen. Wer wusste schon, wann er sich daran erinnerte, dass man mit Gefangenen nicht kuschelte?

Die Umgebung schaukelte an ihnen vorbei, Dunkelheit umgab sie, und nur ab und an blendeten sie die Lichter der vorbeifahrenden Autos.

Pauline wusste nicht, wie lange sie fuhren. Sie wusste auch nicht, ob sie zwischendurch eingenickt war, aber sie hob den Kopf, als sich Gaylord von ihr löste und umständlich aus dem Wagen kletterte.

Seine Haltung war angespannt, und er lauschte. Rechnete er hier mit weiteren Jägern? Hoffentlich nicht. Pauline wollte nur noch ins Bett. Schlafen und vergessen. Gaylord schritt auf das Haus zu. »Ihr kümmert euch um Louanne. Ich überprüfe das Haus.«

Pauline stolperte aus dem Wagen und wurde von Albert aufgefangen, der sie mit einem milden Lächeln auf die Beine stellte.

»Alles in Ordnung, Mademoiselle?«

»Ja«, sagte sie leise.

Das Anwesen war kleiner als das erste Haus von Gaylord. An den Seiten besaß es kleine Türmchen, deren Dächer mit Planen abgedeckt waren. Die Fenster waren mit Brettern vernagelt und die niedrige Mauer, die das Grundstück eingrenzte, zur Hälfte eingefallen.

»Wir verbessern uns ungemein«, seufzte Pauline.

»Er will sich von keinem trennen. Und die Unterhaltskosten sind horrend«, flüsterte Albert.

Pauline öffnete die Beifahrertür. Louanne würde morgen mit Sicherheit Rückenschmerzen haben. Sie lag zur Hälfte auf dem Sitz und völlig verkeilt im Fußraum. Albert beugte sich in den Wagen und zerrte sie nach draußen, um sie dort achtlos auf die karge Wiese fallen zu lassen. Lediglich einen Arm hielt er fest und stiefelte los, Louanne hinter sich her schleifend.

»Albert«, protestierte Pauline. »Sie ist seine Verlobte.«

»Pah«, schnaubte der Butler.

Pauline fasste Louanne um die Taille und hob sie hoch. Huch, aß diese Frau überhaupt etwas? Sie war ja federleicht. Murrend ließ Albert Louannes Hand los und trottete hinter Pauline her.

Die Stufen der Eingangstreppe waren so brüchig, dass ein Stück davon unter Paulines Fuß wegbröselte. Sie strauchelte, kreischte auf und plumpste samt Louanne zu Boden.

»So ein blöder Mist!« Wie ein Käfer, der von einer Hummel umgeschubst worden war, lag sie auf dem Rücken, während Louannes Haare in Paulines Gesicht fielen und ihr die Luft zum Atmen nahmen. Das hatte sie von ihrer Hilfsbereitschaft. Als Pauline den Mund öffnete, um zu fluchen, verstopfte ihr Louannes Löwenmähne die Kehle. Verflucht noch eins, Louanne konnte froh sein, dass Pauline keine Schere eingesteckt hatte.

 141

Wütend schlug sie die Haare weg, und ja, sie konnte es sich nicht verkneifen, an den Locken zu ziehen. Wer wusste schon, wann sie das nächste Mal die Gelegenheit bekam.

Das Gewicht von Louanne schwand. Über ihr stand Gaylord und trug Louanne im wahrsten Sinne des Wortes auf Armen. Toll. Sie trug er, aber Pauline konnte zu Fuß gehen!

Gaylord reichte ihr seine Hand. »Alles in Ordnung?«

Pauline rappelte sich auf und klopfte sich den Dreck vom Hintern. »Es geht so. Warum sind alle deine Häuser kurz vorm Einsturz?«

Die Antwort Gaylords bestand darin, sich umzudrehen und ihr seinen Hintern entgegenzustrecken. Gut, das erklärte zwar nicht den Zustand der Häuser, aber der Anblick stellte eine kleine Entschädigung dar.

Gaylord richtete sich wieder auf und drehte einen länglichen Gegenstand in den Fingern. »Kannst du mir verraten, warum dir eine Spritze herunterfällt?« Er zerdrückte die Kanüle bis die farblose Flüssigkeit über seine Finger lief. Angewidert verzog er das Gesicht. »Eine Spritze mit Eisenkraut?«

Fassungslos starrte Pauline auf die zerstörte Kanüle. »Das ist nicht von mir!«

Warum sollte sie freiwillig eine Spritze mit sich herumtragen? War sie bescheuert? Das Ding war spitz. Und was sollte sie damit anstellen? Oh, ach ja, sie könnte damit einen Vampir betäuben. Gaylord zog diese Schlussfolgerung offenbar wesentlich schneller. Den scharlachroten Schimmer in seinen Augen kannte sie zu gut. Entweder er wollte sie beißen oder erwürgen. Oder beides.

»Das ist nicht meine Spritze. Woher soll ich sie haben?«

»Von deinem flirty Jäger?«

Verdammt, das war ein gutes Argument. Und vor allem war es ein genialer Plan. Sie bat einen Jäger um Eisenkraut, um sich

 142

von ihrem Entführer befreien zu können. Warum fiel ihr so etwas nie ein?

»Auf die Idee bin ich nicht gekommen«, gab sie freimütig zu.

Sie schob auch noch einen unschuldigen Augenaufschlag hinterher, aber sie könnte wohl gerade jeden Heiligen und höchsten Gott als Zeugen herzitieren, Gaylord glaubte ihr kein Wort. Sein finsterer Blick wünschte sie in die Abgründe der Hölle, und doch war da noch etwas anderes in seinem Blick. Für einen Moment bildete sie sich ein, dass er enttäuscht aussah.

Langsam schob Gaylord die Spritze in seine Jackentasche. Noch immer ruhte sein Blick voller Wut auf ihr.

Sie gab es zu, sie starrte das Ding sehnsüchtig an. Na und? Es war ihr gutes Recht, an Flucht zu denken. Und trotzdem war die Spritze nicht von ihr. Vielleicht sollte sie Gaylord bitten, die Spritze auf Fingerabdrücke zu untersuchen. Sie beschlich das Gefühl, dass Louanne die Spritze aus der Tasche gefallen war. Aber das konnte sie Gaylord kaum sagen. Er würde lieber Pauline mit Spott und Hohn überziehen als darüber nachdenken, dass seine liebreizende Verlobte ein Miststück sein könnte.

»Komm«, knurrte Gaylord und wandte sich mit seiner ach so wertvollen Fracht im Arm um.

»Ich trau mich nicht«, giftete Pauline. »Deine Laune ist fürchterlich.«

»Du wärst genauso sauer, wenn du dich der hirnlosen Illusion hingibst, die Frau, die du entführt hast, könnte …«

Er hielt inne. Hey, neugierig machen und dann nicht weitersprechen?

»… könnte was?«, bohrte Pauline nach, doch Gaylord schüttelte den Kopf.

»Vergiss es.«

»Nein!«

Gaylord verdrehte die Augen. »Jetzt komm.«

»Hol mich doch«, blaffte Pauline zurück. Ja, sie verhielt sich völlig kindisch. Das wusste sie selbst. Aber was sollte sie tun? Brav hinter Gaylord hinterherstiefeln? Zusehen, wie er sein Dornröschen ins Bett legte und verzweifelt versuchte, sie wieder wachzuküssen? Weil schlafend der einzige Zustand war, in dem Louanne ihn ranließ? Immer mit dem Gedanken im Hinterkopf, dass Louanne doch nicht so unwissend war, wie sie tat? Nein, danke. Pauline geilte sich nicht an der Selbsterniedrigung anderer auf.

Gaylord legte Louanne in Alberts Arme. »Bring sie ins Bett.«

Ein winziger Funken Schadenfreude keimte in Pauline auf. Albert ließ Louanne bestimmt wieder fallen und zerrte sie hinter sich her. Pauline schämte sich selbst ein wenig für die Enttäuschung, die sich in ihr breit machte, als Albert Louanne stoisch ins Haus trug.

Gaylord verschränkte die Arme vor der Brust. »Was denkst du, was das jetzt wird? Willst du noch fünf Minuten Fangen spielen, bevor ich dich an den Haaren hineinschleife? Oder soll ich dich gleich hinter mich herzerren?«

»Du löst auch jedes deiner Probleme mit Gewalt«, stellte Pauline schnippisch fest.

»Eine Frau wie dich auf andere Art zu bändigen, dazu fehlt mir die Geduld.«

»Du bist ein Weichei!« War sie so furchtbar anstrengend? Niemals. Er zankte doch immer mit ihr! »Vielleicht hilft ja schon ein ›Bitte‹. Nicht jede Frau steht darauf, wie ein Hund herumkommandiert zu werden.«

Zu Louanne war er unterwürfig wie ein Straßenköter, der hoffte, adoptiert zu werden. Aber bei Pauline ... Da war er streitlustig, dominant, und er machte sie völlig wirr im Kopf. Mit

seiner Nähe und der Erinnerung an den Biss.

»Gut«, erwiderte Gaylord. »Könntest du jetzt bitte ins Haus kommen?«

»Wenn du weniger genervt klingst, überlege ich es mir«, blaffte Pauline.

Gaylord trat auf sie zu, aber Pauline wich misstrauisch einen Schritt zurück. Was hatte er vor?

»Würdest du bitte aufhören, mich in den Wahnsinn zu treiben?« Seine Stimme klang sanft und einschmeichelnd.

Pauline kniff die Augen zusammen. »Vielleicht.«

Sie blieb stehen, als er erneut nähertrat. Sie rechnete fest damit, dass er sie nun am Arm packte und wie einen bockigen Esel hinter sich herschleifte. Aber er tat es nicht. Er beugte sich lediglich ein wenig näher zu ihr.

»Würdest du bitte aufhören, meine Gedanken zu beherrschen?«

Pauline beherrschte bitte was? Sie starrte ihn verblüfft an. Sprachlos ließ sie zu, dass er noch näher rückte. Sein Atem bewegte die Haare an ihrem Pony und strich über ihre Wange. Ihr blieb die Luft weg.

»Könntest du bitte aufhören, meine Sinne zu vernebeln? Mich mit deinem Duft zu verführen, bis ich nichts mehr möchte, als dich zu schmecken? Dich zu beißen, dich zu berühren, dich zu küssen?«

Der nahm sie doch auf den Arm, oder? Das konnte er unmöglich ernst meinen. Gaylord liebte doch diese eiserne Haus- äh Jungfrau. Es musste so sein. Er machte sich über sie lustig. Er wusste ganz genau, wie sehr sie sich nach der Berührung seiner Lippen sehnte. Erst recht, als er ihrem Gesicht immer näher kam. Sie brauchte sich nur ein wenig auf die Zehen stellen, dann könnte sie ihn küssen.

»Und könntest du bitte aufhören …«, raunte er leise. »… dir hinterhältige Fluchtpläne auszudenken.«

Sie hatte es doch gewusst. Gaylord richtete sich wieder auf und grinste sie süffisant an. Mistkerl!

»Es war nicht meine Spritze«, presste sie heraus.

»Pah«, schnaubte Gaylord. »Es liegt in der Natur deiner Widerspenstigkeit, dir jede Gelegenheit zur Flucht zu sichern. Ich möchte nicht wissen, welche seiner nervtötenden Charaktereigenschaften dir Jason noch vererbt hat.«

»Aber … Ich kann doch ohnehin nicht weg, ohne den Empfänger.«

»Ist auch wahnsinnig schwer, den einem betäubten Mann aus der Tasche zu nehmen.«

Ups, da hatte er wohl recht.

»Sehr schön, dann war es eben meine«, fauchte Pauline. Das war doch das, was er hören wollte. Bitte schön! Wenn es ihn glücklich machte. Dann war sie eben so clever wie er dachte. Die Wahrheit würde ihn ohnehin nur enttäuschen. Aber das konnte ihr völlig egal sein.

Pauline stapfte wortlos an ihm vorbei, und diesmal fiel sie die Treppen nicht wieder rücklings hinunter. Sie trat in eine muffig riechende Eingangshalle, die nicht einmal über Licht verfügte. Gaylord legte die Hand in ihren Rücken und dirigierte sie in ein Zimmer, das nach alten Möbeln, Holz und abgestandener Luft roch.

Er öffnete eines der Fenster, und Pauline sog unweigerlich die frische Luft ein, die zwischen den Vorhängen und den Holzbrettern hindurchwehte. Gaylord betätigte den Lichtschalter, und eine staubige Lampe über ihnen flammte flackernd auf. Die Möbel waren mit weißen Tüchern bedeckt, und als Gaylord eines beiseite zog, tauchte darunter ein Bett auf.

»Leg dich schlafen.« Seine Stimme war hart, aber das traf hoffentlich nicht auf das Bett zu. Doch ihr schoss noch ein ganz anderer Gedanke durch den Kopf. Das Zimmer war bestimmt nicht verzaubert. Also musste er bei ihr bleiben, vielleicht sogar mit ihr im gleichen Bett schlafen.

Gaylord zog ein weiteres Tuch fort und setzte sich in den Sessel. Die Füße legte er auf dem Bett ab. Wirklich? Sie sollte schlafen, während er sie anstarrte? Das Schlimme war: Sie war tatsächlich so müde, dass es funktionierte. Ihr fehlte die Kraft, sich zu widersetzen. Sie schob die Decke beiseite und zog sie sich anschließend über den Kopf.

Das Licht schaltete Gaylord aus, doch ihre Gedanken konnte er nicht auslöschen. Sie presste das Handgelenk gegen ihre Stirn. Warum hatte sie das Gefühl, völlig durchzudrehen? Er saß hier bei ihr, und es war ihr furchtbar unangenehm. Nicht, weil sie ihn verabscheute, sondern weil er sauer auf sie war. Zu unrecht. Sie hatte sich da draußen wirklich gewünscht, er würde sie küssen. Das war der Beweis: Sie entwickelte aufgrund des Stresses eine Vollmeise. Eine, die ihr nicht nur den Verstand raubte, sondern ihr Herz schmerzen ließ. Es verkrampfte sich, und Pauline zog die Beine an. Sie rollte sich zusammen wie ein Baby, dabei wollte sie nur eines - eine tröstende Umarmung spüren.

So leise wie möglich zog sie die Nase hoch. Er sollte ja nicht denken, dass sie weinte. Halbvampirische Mädchen heulten nicht. Auch nicht, wenn sie zum zweiten Mal entführt und von einem halben Dutzend Jägern mit angelegten Schusswaffen bedroht wurden. Ein Rascheln ließ Pauline innehalten. Sie kippte ein wenig zur Seite, als etwas die Matratze eindrückte. Plötzlich fühlte sie sich samt der Decke umarmt. Gaylord drückte sie an sich und zog den Stoff von ihrem Gesicht. »Es tut mir leid, dass du das heute erleben musstest. Ich schwöre dir, ich werde nicht

zulassen, dass dir jemand Schaden zufügt. Es wird dir nichts geschehen. Weder durch mich noch durch einen anderen.«

»Okay«, sagte sie leise.

»Ich meine es ernst. Du hast vor mir nichts zu befürchten. Ich bleibe lieber ein Vampir, als auch nur ein Haar von dir zu opfern.«

»Okay.«

»Und jetzt schlaf.«

»Okay.«

»Dazu musst du die Augen schließen.«

»Okay.«

»Kannst du auch noch etwas anderes sagen?«

Kurz überlegte Pauline. »Okay?«

Gaylord wickelte sie fester in die Decke, bis sie wie ein Kokon um sie lag. »Du bist wirklich wie dein Vater«, lachte er an ihrem Ohr. Sie wollte noch darüber nachdenken, wie es sich anfühlte, von ihm im Arm gehalten zu werden. Doch die Müdigkeit übermannte sie, und ihr letzter Gedanke war: Er kann doch Gedanken lesen.

Regel Nr. 10

Unterzuckerung ist der Tod eines jeden Entführers

Erst die frühen Krähen am nächsten Morgen holten Pauline aus dem erholsamen Dämmer. Die Entspannung ging mit dem hysterischen Gekrächze flöten, und sie drückte sich das muffige Kissen gegen die Ohren.

Himmel noch eins. Genau deswegen wollte sie nie aufs Land ziehen, sondern wohnte seit jeher in der Stadt. Laute der Natur, pah. Diese Vögel mobbten völlig legal Langschläfer.

Es interessierte Pauline einen Scheiß, ob die gerade ihr Nest bauten, eine Vogeldame beglückten oder besoffen vom Junggesellenabschied zurückkamen. Sie wollte schlafen!

Pauline wollte sich herumdrehen, aufstehen, das Fenster aufreißen und den Vogel in die Flucht brüllen. Aber etwas hielt sie fest. Gaylord hatte sie doch nicht wieder angekettet, oder? Pauline hob den Kopf, aber das war keine Handschelle, die ihren Arm festhielt. Es war Gaylord selbst.

Er umklammerte ihr Handgelenk, aber wenn er nicht ein sehr guter Schauspieler war, dann schlief er. Er atmete tief und regelmäßig.

Nur ein einziger Lichtstrahl schaffte es zwischen den Holzbrettern vor dem Fenster hindurch. Wann immer ein Luftzug mit den Vorhängen spielte, wurde er breiter oder schmaler oder verschwand ganz.

Ein stärkerer Luftzug strich über Paulines Wange, stieß die Vorhänge zur Seite und machte den Weg für den Lichtstrahl frei. Diesmal reichte er über den Rand des Bettes bis zu Gaylord heran.

Seine dunklen Haare schimmerten im Licht, doch plötzlich

stieg ein seltsamer Geruch in Paulines Nase. Es stank nach verbranntem Fleisch. Gaylord knurrte und rutschte ein Stück nach unten, weg von dem Lichtstrahl. Über seine Stirn zog sich eine schmale dunkle Linie. Himmel, die Sonne verbrannte seine Haut, aber Gaylord schlief einfach weiter.

Pauline zog seinen Kopf heran und die Decke über ihn, bis ihn der Stoff vollends vor der Sonne schützte.

Während sie den Sonnenstrahl beobachtete, strich sie wie von selbst durch Gaylords Haare. Sie waren genauso weich wie sie aussahen, und zu ihrer eigenen Überraschung musste Pauline feststellen, dass sie es mochte, mit den Fingern darin zu spielen.

Noch immer hielt Gaylord ihren Arm fest, aber sein Griff lockerte sich, und er zuckte zurück, geradewegs wieder Richtung Lichtstrahl. Pauline legte den Arm um seinen Kopf und drückte ihn wieder zurück.

»Pauline«, stöhnte Gaylord erstickt. »Warum drückst du mein Gesicht auf deine Brüste?«

Ups. Sie ließ ein wenig locker, und Gaylord schob sich nach oben. Er war ihr so nahe, dass sich ihre Nasenspitzen berührten.

Pauline schluckte. »Da war ein Sonnenstrahl, er hat dich verbrannt.« Sie deutete auf den Tunichtgut, und Gaylord drehte den Kopf, um ihrem Fingerzeig zu folgen.

»Wirklich rührend, deine Sorge.« Der Spott in seiner Stimme versetzte ihr einen Stich. »Ich dachte eher, du hast vergessen, dass man Vampire nicht ersticken kann.«

Er setzte sich auf und zog aus der Tasche seines Hemdes eine schmale Phiole mit einer goldenen Flüssigkeit. Er stürzte das Zeug hinunter und verkorkte das Fläschchen wieder.

Als er aufstand, ans Fenster und damit in die Sonne trat, machte sich nicht wieder der verbrannte Geruch breit. Die Sonne schien ihn nicht mehr zu stören. Er zerrte an einem der Bretter,

bis die Nägel nachgaben und das Licht den Raum flutete.

Pauline kniff die Augen zusammen. Okay, sie zerfiel in der Sonne zwar nicht zu Asche, aber merde, war das hell. »Warum gehst du nicht in Flammen auf? Gibt es irgendein Klischee über Vampire, das wahr ist?«

»Hat dir das Weihwasser nicht gereicht?«

Ach ja, das hatte sie fast vergessen. Gaylord baute sich vor ihr auf, die Arme verschränkte er vor der Brust, und er sorgte dafür, dass sie die Sonne nicht mehr blendete. Auch wenn er gerade beleidigt wirkte, sie musste ihn einfach dafür mögen. Aber erst jetzt fiel ihr auf, wie schlecht er aussah. War er in der letzten Nacht um zwanzig Jahre gealtert? Seine Haut war blasser als sonst, dunkle Schatten lagen unter seinen Augen, und trotz des roten Tons wirkten seine Augen stumpf. Er sah krank und überarbeitet aus.

Sollte sie ihn danach fragen?

»Kann ich auf die Toilette?« Ups, machte sich ihr Mund schon wieder selbstständig?

»Mach nur.« Klang seine Stimme schon immer so müde? Gaylord wandte sich ab, aber Pauline sprang auf und hielt ihn am Hemdsärmel zurück.

»Halt!«

Gaylord blieb stehen, und er wich zurück, als Pauline sich vor ihn auf die Zehenspitze stellte, um ihn näher zu betrachten.

Pauline kniff die Augen zusammen. »Bist du krank?«

»Wird das wieder eine dieser plumpen Unterstellungen, ich wäre geisteskrank?«

»Das wird die direkte Frage, ob du krank bist? Erkältet? Überarbeitet? Unterernährt? Du siehst aus als würdest du gleich in den Sarg fallen.«

»Danke, du siehst heute auch bezaubernd aus.« Wenn das

Hohn sein sollte, sollte er vielleicht das Gähnen dabei lassen.

Pauline griff nach seiner Hand. »Wir machen jetzt einen Ausflug.«

»Einen Ausflug«, wiederholte Gaylord stumpfsinnig. »Wolltest du nicht gerade noch auf Toilette?«

Verflucht, musste er immer so gute Argumente haben?

»Okay, ich geh erst auf die Toilette, und dann machen wir einen Ausflug.« Sie wirbelte herum und stürzte aus dem Zimmer. Natürlich nur, damit er nicht widersprechen konnte. Nicht, weil sie wirklich verflucht dringend auf Toilette musste.

Gaylord musste etwas Entscheidendes verpasst haben. Seit wann legten die Entführten fest, wann sie einen Ausflug machten?

Er hörte Pauline auf der Suche nach der Toilette durch das Haus trampeln, und er hörte auch Alberts Stimme, die Pauline den Weg erklärte.

Dann nieste Pauline, bevor das eindeutige Plätschern ertönte. Normalerweise hörte er seinen Mitbewohnern nicht zu. Aber Gaylord war müde und überreizt. Ihr beim Aufwachen so nahe zu sein, hatte ihm einen Adrenalinschock versetzt. Sie ließ seinen Magen flattern, und sie war auf dem besten Weg, ihn völlig um den Verstand zu bringen. Und er half ihr auch noch dabei. Er nährte sich nicht und verlor immer mehr Energie.

Noch machte ihn sein Durst nicht wahnsinnig, das kam immer erst nach der Müdigkeit.

Er hätte Alberts Angebot annehmen sollen, von ihm zu trinken. Dann würde er nicht wie ein traumatisierter Zombie hinter Pauline her schlurfen, als diese zurück in den Raum stürmte, ihn an der Hand packte und hinter sich herzog.

Vage fiel ihm etwas ein. Sollte er sich nicht um Louanne kümmern?

Er stemmte sich gegen Paulines Zug und blieb stehen. »Ist Louanne schon wach?«

Pauline schürzte abschätzig die Lippen, aber die Frage war ohnehin an Albert gerichtet, der soeben das Schlafzimmer betrat. Wie schaffte es Albert, dass keine einzige Fussel seinen Anzug beschmutzte? Geschweige denn Dreck, Blut oder Staub. Sein Butler überreichte Pauline ein Sandwich, in das die Halbvampirin hungrig hineinbiss. Woher hatte er die Zutaten? Gaylord rieb sich die Stirn. Er konnte nicht über zu viele Dinge auf einmal nachdenken. Er hatte schon wieder seine eigene Frage vergessen.

»Mademoiselle Louanne schläft noch. Sie hat gestern eine beträchtliche Dröhnung abbekommen«, erklärte Albert.

Ach ja, Louanne. Sie würde mit barbarischen Kopfschmerzen aufwachen. Es tat ihm leid, aber er war auch froh, dass sie ihn nun nicht mit besorgten Fragen behelligen konnte.

Pauline setzte sich erneut in Bewegung. In der einen Hand hielt sie das Sandwich, mit der anderen zog sie ihn Richtung Tür. Sie war unvergleichlich. Sie türmte, während sie ihren gähnenden Entführer hinter sich herzerrte.

Allerdings könnte sie ihn auch in Folie einwickeln, um ihn vor seiner eigenen Haustür zu vergraben, seine Gegenwehr wäre nur halbherzig.

Er wusste selbst nicht, wie er es geschafft hatte, aber plötzlich standen sie vor Louannes Auto, und Pauline öffnete die Fahrertür. Gaylord streckte die Hand aus und knallte die Tür wieder zu. »Was wird das, wenn es fertig ist?«

»Du hast Hunger. Wir besorgen dir etwas zu essen.«

Fassungslos starrte er Pauline an. Äh, wie bitte?

Pauline wippte ungeduldig auf den Zehenspitzen und

schnippte mit den Fingern vor seiner Nase. »Deine Gehirnzellen brauchen unbedingt neues Blut. Du siehst ziemlich zurückgeblieben aus.«

»Du kannst mir nichts zu essen besorgen. Es gibt keinen McDonalds für Vampire.«

»Ich hatte auch nicht vor, dich zum romantischen Dinner einzuladen«, blaffte Pauline. »Aber wenn du nicht trinkst, fällst du am Ende noch über mich her, und ich will dich nicht mehr als nötig an meinem Hals haben.«

Sie versuchte, die zerbeulte Wagentür zu öffnen, doch Gaylord drückte immer noch dagegen. »Wieso willst du mitkommen?«

»Weil ich betäubt umfalle, wenn ich zu weit weg von dem Empfänger bin. Schlimm genug, dass ich dir das noch erklären muss. Du bist der unfähigste Entführer, der mir je untergekommen ist. Schon mal was von Blutkonserven gehört?«

»Ich bin allergisch gegen kaltes Blut.«

Jetzt starrte ihn Pauline verblüfft an. »Ernsthaft? Eine Lebensmittelunverträglichkeit?«

»So ungefähr.«

Ein breites Grinsen bildete sich auf Paulines Lippen, und sie kicherte. »Ein Vampir, der gegen Blut allergisch ist. Das ist bitter.«

Ja, das war es tatsächlich. Vampire, die sich ständig von kaltem Blut ernährten, wurden zwar schwächer, aber so könnte er wenigstens die Zeiten bis zum nächsten Töten dehnen. Aber nicht einmal diese Möglichkeit war ihm vergönnt. Trank er kaltes Blut, übergab er sich keine zwei Minuten später. Er konnte nur frisches, warmes, lebendes Blut trinken. Und er hasste es. Hatte er das schon erwähnt?

Zu seinem Leidwesen musste er jedoch gestehen, dass sowohl Albert als auch Pauline recht hatten. Je länger er zögerte, desto

unberechenbarer wurde er. Am Ende fiel er noch über Louanne her, und das würde er sich zeit seines Lebens nicht verzeihen.

»Dann komm«, forderte er Pauline auf und wandte sich ab. Pauline zögerte, aber im nächsten Moment hörte er ihre Schritte hinter sich.

Gaylord führte sie zu den Bäumen, dorthin, wo ein Weg erst über eine Wiese und schließlich in einen Wald führte.

»Was passiert, wenn du Blutkonserven trinkst?«, fragte Pauline.

»Ich muss mich übergeben.«

Pauline schnaufte bereits, und Gaylord verlangsamte sein Tempo. Die Aussicht auf Blut machte jedem Vampir Beine, auch wenn es ihn noch so anwiderte.

Er griff nach ihrer Hand, als sie über einen Stein stolperte. Fest schlossen sich ihre Finger um seine, und ihr Blick war für einen Moment so erschrocken, als wenn er ihr wieder mit den Zähnen zu nahe gekommen wäre.

Es war vernünftig von ihr, Angst vor ihm zu haben, und doch kam es ihm falsch vor. Sie hatte schon genug erlebt, und ihr Weinen gestern Nacht zeigte nur, dass auch eine Pauline Grenzen besaß.

Der Weg wurde schmaler. Grasbüschel und Steine ließen ihn unebener werden. Nur deswegen hielt er noch immer Paulines Hand, und nur deswegen hatte sie ihn noch nicht von sich gestoßen.

Immer tiefer drangen sie in den Wald vor, und der Lärm der Straßen wurde schließlich so leise, dass sogar sein Vampirgehör das Raunen der Motoren nicht mehr wahrnahm.

»Meinst du, hier läuft zufällig ein Mensch rum?«, fragte Pauline.

»Kein Mensch. Aber Rehe bestimmt.«

Pauline stoppte so abrupt, dass er sie für einen Moment an der Hand mit sich zerrte. Irritiert hielt Gaylord inne. »Was ist los?«

»Du willst Bambi töten?«

»Bambi ist ein Weißwedelhirsch und kein Reh.«

Für einen Moment schien Pauline irritiert, doch dann schüttelte sie den Kopf und stieß mit dem Finger gegen seine Brust.

»Du willst keine Menschen töten, aber Tiere sind in Ordnung?«

»Eigentlich nicht. Tierblut macht mich krank. Es erhält Vampire am Leben, aber dafür ist ihnen übel und sie werden schwächer, wie bei einer Lebensmittelvergiftung. Aber bis ich ein Mensch geworden bin, reicht es vollkommen«, erwiderte Gaylord.

»Das meine ich nicht, du Idiot«, fauchte Pauline. »Ein Tier zu töten, ist für dich weniger schlimm als einen Menschen?«

Gaylord blinzelte irritiert. Worauf wollte sie hinaus?

»Besser ein Tier als ein Mensch, oder nicht?«

»Tiere sind nicht weniger wert als Menschen«, blaffte die kleine Furie. Von ihrer Angst vor ihm war nichts mehr zu sehen, stattdessen begegnete sie ihm mit einer Verachtung, die ihn überraschte. Was war los mit ihr? Sie war doch keine dieser neuzeitlichen Ernährungsverwirrten, oder?

»Wenn ich mich recht erinnere, hättest du den Rehrücken mit größtem Genuss und ohne schlechtes Gewissen in dich reingestopft.«

»Ja, und? Menschen töten Tiere, um sie zu essen. Das ist nun mal so. Aber ich stehe dazu, während du feige bist.«

Fiel ihm gerade die Kinnlade aus dem Gesicht? Das war durchaus im Bereich des Möglichen. Denn was bitte redete sie da? Gaylord war feige, weil er keine Menschen töten wollte und sich

lieber an einem Tier nährte?

»Du nennst mich feige?«

Pauline kniff die Augen zusammen. »Bist du doch! Feige und wehleidig. Du jammerst darüber, ein Vampir zu sein. Weil es ja auch keine Vorteile hat. Nie wieder krank zum Beispiel oder ewiges Leben. Nein, du jammerst darüber, dass du in der Nahrungskette den falschen Platz hast. Ich wette, du warst früher einer von denen, denen sie zuerst den Stein an den Kopf geworfen haben, damit er Ruhe gibt.«

»Ich hasse es nun einmal, Menschen zu töten«, knurrte Gaylord. »Menschen, die nichts anderes haben als Pech, wenn sie auf mich treffen. Mag sein, dass es scheinheilig ist. Aber es zerreißt mir die Seele, einen Mann zu töten, der vielleicht gerade auf dem Weg zu seiner Frau war.«

»Ach, und das Reh ist wohl Single?«

Ihre Worte trafen ihn wie ein Schlag ins Gesicht. Konsequenz war noch nie einer seiner Stärken gewesen. Er hasste sein Leben als Vampir, aber er beendete es nicht. Er entführte eine Frau, aber sie führte sich auf wie die verzogenste Gefangene, die diese Welt je gesehen hatte. Und er ließ es zu.

Er liebte Louanne, aber er vertraute ihr nicht genug, um ihr sein Wesen zu offenbaren und darauf zu hoffen, dass sie es verstand.

»Außerdem gibt es keine oder kaum böse Tiere. Böse Menschen hingegen schon.« Pauline blitzte ihn listig an, aber Gaylord schüttelte den Kopf.

»Komm mir jetzt nicht damit, dass nur Verbrecher sterben sollen. Ich bin nicht Gott. Ich urteile nicht über die Menschen.«

Pauline zuckte die Schultern. »Immer noch besser als nach dem Zufallsprinzip.«

»Wenn es danach ginge, wäre es nur fair, wenn dein Vater

schon längst tot wäre.«

»Dann hat er ja Glück, dass er auch ein Vampir ist.«

Kopfschüttelnd wandte sich Gaylord ab. Ihre Weltanschauung war naiv, und sie teilte ihre Welt so engstirnig in Gut und Böse ein, dass sie sich von Louanne kaum unterschied.

In einem jedoch hatte sie recht: Selbst wenn er jetzt ein Tier tötete, so zögerte er das Unvermeidliche nur hinaus. Es gab keine Garantie dafür, dass es ihm gelang, sich mit Hilfe von Pauline in einen Menschen zu verwandeln.

Pauline stupste gegen seinen Arm. »Ich weiß einen guten Ort, wo sich um die Zeit eine Menge Vergewaltiger rumtreiben.«

Er bezweifelte, dass sie ihm etwas Neues zeigen konnte, aber seufzend gab er doch nach. »Also gut. Wohin müssen wir?«

Paulines triumphierendes Grinsen verstärkte seinen Kopf-schmerz, aber welche Wahl hatte er schon? Pauline hatte recht, so sehr er sich auch das Gegenteil wünschte.

»Nach Paris«, rief Pauline aus und erstarrte, als er seinen Arm um sie legte und sie hochhob.

»Schließ die Augen«, empfahl er ihr, bevor er sich in Bewegung setzte.

Gaylord stampfte zwischen den Bäumen hindurch, bis er schließlich freies Feld erreichte. Es war taghell. Es gab keine Dunkelheit, die sie vor den Blicken Neugieriger schützte. Doch als der Vampir seine volle Geschwindigkeit erreichte, war er für das menschliche Auge ohnehin nur noch als schnelle Bewegung zu erkennen.

Er spürte Paulines Atem an seinem Hals. Sie verkrampfte sich in seinen Armen. Von einem Vampir getragen zu werden, war für die meisten gewöhnungsbedürftig. Linett wurde bereits grün, sobald man auch nur die Vampirgeschwindigkeit erwähnte. Pauline hielt sich wesentlich tapferer. Sie schrie und wimmerte

 **158**

nicht. Sie würgte nicht einmal, als er schließlich stoppte und sie vorsichtig auf ihre Füße stellte.

»Alles in Ordnung?«, fragte er.

Pauline nickte und taumelte gegen eine Hausmauer, um sich daran abzustützen. »Du läufst so, wie Amélie fährt. Warum haben es alle immer so eilig?«

»Der Hubschrauber war leider kaputt.«

Pauline atmete noch einmal tief ein, bevor sie sich umsah. »Wo sind wir?«

»Barbès – Rochechouart. Einer der schlimmsten Orte von Paris. Du wolltest doch über die Menschen richten.«

Auf der gegenüberliegenden Straßenseite donnerte gerade ein Metrozug über die Gleise. In der Unterführung lungerten Teenager, Obdachlose, Drogenjunkies von der harmlosen aber auch der übelsten Sorte herum. In der Nacht herzukommen war gerade als Frau ein Risiko, doch auch am Tage geschahen vor den Nasen der ignoranten Passanten genügend Verbrechen. Drogenhandel, Erpressung, Prostitution, Vergewaltigung. Die Station und die Unterführungen boten genügend Ecken, um seinen düsteren Lastern nachzugehen.

Kurzum, es war der perfekte Ort für einen Vampir.

Pauline lächelte. »Ist doch immer schön, wieder nach Hause zu kommen. Aber früher sah es noch heruntergekommener aus.«

Irritiert runzelte Gaylord die Stirn. »Du willst aus einem der schlimmsten Viertel von Paris stammen?«

Pauline schlang die Arme um sich und beobachtete die Passanten. »Ursprünglich nicht. Aber im Alter von acht Jahren ist meine Mutter mit mir hierhergezogen, weil ihr damaliger Kerl sie ausgenommen hat und sie die Miete nicht mehr bezahlen konnte. Wir haben sieben Jahre hier gewohnt.«

»Wie hat sie es geschafft, wieder zu Geld zu kommen?«

»Sie hat den Typen rausgeschmissen.«

»Dafür hat sie sieben Jahre gebraucht?«, fragte Gaylord perplex.

»Liebe kann eben nicht nur blind machen. Sie friert auch gern das Gehirn ein.« Pauline zuckte die Schultern, bevor sie ihm einen vielsagenden Blick zuwarf. »Lebende Beispiele begegnen einem praktisch tagtäglich.«

Wollte er sich angesprochen fühlen? Lieber nicht. Das hieße, sich gegen diese infame Unterstellung zur Wehr setzen zu müssen, und für diese Diskussion fehlte ihm die Kraft. Nicht nur, dass es schwer war, ihren sprunghaften Argumenten zu folgen, am Ende behielt sie sogar noch recht. Und für diese Erkenntnis besaß er wiederum zu wenig Energie.

Er folgte Pauline, welche die Straße überquerte und an den Obdachlosen und Bettlern vorbei ging, als würde sie den Tulerienpark entlangflanieren.

Es stank fürchterlich. Abgase, Alkohol, Schweiß, Exkremente. Er wünschte sich das Riechvermögen eines Menschen mit grippalem Infekt. Die wussten nicht, wie gut sie es hatten.

»Habt ihr euch verlaufen?«, schnurrte plötzlich eine Frauenstimme mit starkem, osteuropäischem Akzent hinter ihm. Sie roch nach viel zu viel billigem Parfum, aber bevor Gaylord sich von dem Duftschock erholen konnte, sprang Pauline ein. »Der gehört schon zu mir. Ist noch ein Anfänger, der kriegt Angst, wenn man ihn zu hart anpackt.«

Damit griff Pauline nach seiner Hand und zog ihn mit sich. Wie? Was? Anfänger?

»Ich bin kein Anfänger«, protestierte Gaylord.

»Dann warst du schon mal bei einer Nutte?«

»Was? Nein!«

»Also doch ein Anfänger«, grinste Pauline.

 **160**

Mist, verfluchter.

»Ich hoffe, deine Mutter musste niemals so tief sinken«, sagte er jedoch leise.

Paulines Griff um seine Hand verstärkte sich, bevor sie leise seufzte. »Nein, zum Glück nicht. Sie bekam jeden Monat Geld. Sicher von Jason. Es reichte nur eben nicht, um ihren Typen zu bedienen und zusätzlich noch die Miete für eine anständige Wohnung zu bezahlen.«

»Jason hätte ihr sicher mehr gezahlt«, protestierte Gaylord. Man konnte ihrem Vater viel vorwerfen, aber Geiz gehörte nicht dazu.

»Ich denke, sie war zu stolz, ihn um mehr zu bitten.« Pauline blieb stehen und deutete auf ein Paar. Die hohen Absätze der Frau klackerten über den Asphalt. Ihr Gefährte hielt ihren Arm gepackt und hatte es merklich eilig. Sie bogen in den Eingang der Station ab.

Pauline lief schneller, Gaylord folgte ihr, und sie erhaschten gerade noch einen Blick auf die beiden, bevor sie hinter der schweren Tür einer Männertoilette verschwanden. Von dem Silber der Tür war nicht mehr viel übrig. Sie war schwarz, schmutzig und abgewetzt. Die bunten Sprayfarben konnten an dem heruntergekommenen Zustand nichts mehr ändern. Wie konnten Menschen an einem solchen Ort Sex haben? Allein der Anblick der Klinke ließ Übelkeit in ihm aufsteigen.

Pauline zupfte an Gaylords Ärmel. »Ich glaube, da passiert gleich was. Mehr als ausgehandelt war.«

»Und ich soll sie jetzt retten?«, seufzte Gaylord.

»Das wäre eine gute Tat, und nebenbei erledigt sich dein Hunger.«

»Willst du mich nicht doch lieber zum Candle-Light-Dinner einladen?« Ja, er war wehleidig und pingelig. Na und? Wer

wollte schon freiwillig in einem vollgepinkelten kleinen Raum sein Mittagessen einnehmen? Es war abstoßend und widerlich.

»Jetzt mach schon. Je eher du fertig bist, umso eher bekomme ich auch was zu essen.« Pauline stapfte an ihm vorbei und legte die bloße Hand auf die Türklinke. Hatte sie keine Angst, sich etwas einzufangen? Er wollte sich nicht vorstellen, wie die wesentlich jüngere Pauline ihre Nachmittage in dieser heruntergekommenen Gegend verbracht hatte. Wie oft hatte sie sich gegen solche Idioten zur Wehr setzen müssen, die mit ihr genauso gern in diese Toilette verschwunden wären?

Der Vampir hielt die Tür fest, bevor sie hinter Pauline wieder zufiel und schob sich ebenfalls in den Raum. Ein kleiner, knochiger Mann stand am Pissoir und suchte vergeblich den Inhalt seiner Hose. Er drehte immer wieder den Kopf in Richtung der hintersten Toilettenkabine.

Gaylord packte den Spanner am Kragen. Dessen Hose fiel ihm bis zu den Knöcheln hinab, und er kreischte wie ein Mädchen, als Gaylord ihn zur Tür hinauswarf. Doch von dem Aufschrei ließ sich das Paar in der einzigen verschlossenen Kabine nicht stören. Gaylord roch den Schweiß und das Adrenalin, das in der Luft lag. Ließ ihn das übertrieben lüsterne Gesäusel der Frau noch zögern, sollte sich das schnell ändern. Es krachte, die Frau stöhnte, und mit rauer Stimme sagte der Mann: »Halt's Maul, sonst stopf ich es dir. Wenn ich normal ficken will, mach ich das mit meiner Alten.«

Gaylord packte den Knauf der Tür und riss daran. Das Plastik knirschte, die Schrauben gaben nach, und die Tür krachte zu Boden. Die Hure lehnte über der versifften Toilette, die Spitzen ihrer künstlichen Haare tunkten in dem stinkenden Wasser des Toilettenbeckens. Auf ihren Armen und ihrer Wange zeichneten sich dunkle Flecken ab. Diese Blutergüsse waren älter, sie würden schon bald vergehen. Was man von der Erinnerung, wie der Kerl seinen Penis gegen ihren Hintern drückte, sicher nicht behaupten konnte. Dessen Hose lag achtlos neben der Toilette, aber es hielt den Mann nicht davon ab, sich vor Gaylord aufzubauen. Er hob die Faust, zielte mehr schlecht als recht auf Gaylords Nase und keuchte erstickt, als ihn der Vampir an der Kehle packte und von den Füßen hob.

Schweißtropfen rannen von dem kahlen Schädel über seine Stirn, und in den Gestank seines Körpers mischte sich der verlockende Geruch von Blutgruppe A negativ.

»Verschwinde«, knurrte Gaylord und trat samt seiner Beute einen Schritt zurück. Die Prostituierte rappelte sich auf. Unter ihrem Haar sickerte ein wenig Blut hervor. Taumelnd griff sie sich an den Kopf, aber sie raffte sich auf und stürmte an Gaylord und Pauline vorbei. Mochte sie auch tief gefallen sein, ihren Verstand hatte sie noch nicht eingebüßt.

»Ey, Mann, was soll das?«, krähte der Glatzköpfige und zappelte in Gaylords Griff.

»Man schlägt keine Frauen«, knurrte der Vampir. Er bleckte die Zähne, und sein Opfer zuckte zurück. Gaylord konzentrierte sich auf das zarte Aroma seines Blutes. Nicht so verführerisch wie das von Pauline, aber es rief nach ihm. Gaylords Hals brannte wie Feuer, und doch konnte er sich nicht überwinden zuzubeißen. Sein Hunger war noch nicht stark genug. Alles in ihm sträubte sich dagegen.

»Jetzt beiß schon«, drängte Pauline.

Gaylord knurrte. »Das hilft mir kein bisschen.«

»Hat er die falsche Blutgruppe?«

Nein, verdammt, hatte er nicht. Es gab keine falsche Blutgruppe. Es gab nur die, die einen mehr um den Verstand brachten als andere. Selbst jetzt verlockte ihn Paulines Blut mehr

als das dieses Mannes.

Was sagte ihm das? Dass er schleunigst diesen Mann beißen musste, bevor ihn der Blutrausch packte und er über Pauline herfiel. Gaylord atmete ein und zog den Kerl näher an sich. Er drückte ihm die Hand auf den Mund, und seine Zähne durchstießen die Haut an seinem Hals.

In dem Moment, in dem das Blut seinen Mund berührte, schwanden alle Zweifel. Das taten sie immer. Für einen Augenblick verharrte die Welt am gleichen Fleck, erstarrte die Zeit und bestand Gaylords Körper aus nichts weiter als reiner Zufriedenheit.

Ein kurzer Moment des Glücks, der mit dem Leben des Mannes schwand. Leblos sackte sein Opfer in sich zusammen.

Endlich fühlte er sich stärker, weniger gepeinigt und nur noch halb so kraftlos. Mist, musste er jetzt Pauline danken?

Gaylord drehte sich um, doch der Platz, an dem Pauline eben noch gestanden hatte, war leer.

Regel Nr. 11

Wer auf Regel Nr. 9 hereinfällt, sollte Friseur werden

Männer waren so leicht zu manipulieren. Erst recht, wenn sie hungrig und unglücklich verliebt waren. Gaylord war der gutgläubigste Verbrecher, der ihr jemals untergekommen war.

Wie hatte er es geschafft, dermaßen alt zu werden? Stellte er sich so dumm und war in Wirklichkeit ein gemeingefährlicher Killer, oder brachten es Vampirjäger bei Gaylords Hundeblick nicht übers Herz, ihm einen Pflock in die Brust zu rammen?

Pauline stolperte auf die Straße. Hoffentlich reichte der Signalumkreis von dem Sensor aus. Sie wartete auf ein Schwindelgefühl, doch nichts geschah. Sie landete ungeschoren und auf beiden Beinen im Getümmel der Passanten. Suchend sah sie sich um und rannte ein Stück, um dann unter einem Bogen der Unterführung zu verschwinden.

Himmel, Pauline war schon ewig nicht mehr hier gewesen.

Sie musste Florence finden. Sie war die einzige Prostituierte, der Pauline ihr Leben anvertrauen würde. Früher war hier ihr Revier gewesen.

Pauline warf sich wieder in das Gewühl, stellte sich auf die Zehenspitzen und spähte über die Passanten hinweg, immer auf der Suche nach der langen Löwenmähne, die Florence so unbarmherzig blondierte, bis sie silbern schimmerte.

Aber Pauline sah sie nicht. Sie sah nur andere Huren. In hohen Absätzen und kurzen Röcken und mit langen, falschen Wimpern. Auf dem Boden hockten die Bettler, und die Drogendealer beäugten Pauline schon misstrauisch.

Mist, hatte Florence ausgerechnet heute ihren freien Tag? Aber

halt. Pauline sah da eine andere Gestalt. Eine männliche. Sie verbarg sich im Schatten eines Hauses, Pauline konnte nicht mehr als seine Silhouette erkennen, aber sie kam ihr bekannt vor.

Pauline winkte, aber der Mann rührte sich nicht. War der blind, oder irrte sie sich einfach?

Pauline schob sich zwischen zwei parkende Autos, bereit, eine Lücke im Verkehr zu nutzen, um die Straße zu überqueren.

»Wenn du abhauen willst, solltest du schneller rennen.«

Gaylords Stimme ließ sie herumwirbeln. Innerlich stöhnte sie. Sie hatte gehofft, sie bekäme mehr Zeit, um Hilfe zu suchen. »Ich wollte nicht abhauen. Ich wollte dir nur nicht beim Menschentöten zusehen.«

Gaylord zuckte zurück. Ernsthaft? Litt er wirklich darunter, Menschen töten zu müssen? Er war ein Mann und ein Vampir. Warum benahm er sich wie eine verwöhnte Topfpflanze?

Andererseits töteten Priester sicher nur ungern. Gaylord und Priester. Das gehörte zusammen wie Wildleder und Schlammschlacht. Dafür hatte er viel zu viel Spaß daran, sie zu befummeln und zu beißen. Das passte zu keinem Priesteranwärter, der einst vorgehabt hatte, im Zölibat zu leben. Pah, er täuschte sie doch. Ausgerechnet ihr Entführer sollte der einzige Vampir mit überhöhten Moralvorstellungen sein? Lachhaft.

Gaylord schüttelte den Kopf und rieb sich über die Stirn. »Es fällt mir schwer, dir zu glauben.«

Pauline verschränkte die Arme vor der Brust und spähte zu der Gestalt auf der gegenüberliegenden Straßenseite, die ihr so schmerzlich bekannt vorkam. »Geht's dir besser?«

»Hast du es so eilig, wieder in mein trautes Heim zu kommen?«, spottete Gaylord.

»Ich habe Sehnsucht nach Albert.«

Gaylord zog die Augenbrauen hoch. »Wirklich?«

Mist, die Silhouette des Mannes bewegte sich. Aber sie konnte sein Gesicht nicht sehen, und zum Teufel, er ging einfach weg. Hatte er sie nicht gesehen? Oder täuschte sie sich, und sie kannte ihn gar nicht?

Pauline presste die Lippen zusammen und konzentrierte sich auf Gaylord. Dessen Laune schien immer mehr einen Tiefpunkt anzusteuern. Er zog die Augenbrauen zusammen, als sie ihm endlich antwortete: »Ich mag ihn.« Das war nicht einmal gelogen. Sie mochte Albert tatsächlich. »Er besitzt Manieren.«

»Dann passt ihr nicht zusammen.«

»Wieso?« Verflixt, wo war der Kerl? Wo war Florence? Pauline stand hier auf offener Straße mit ihrem Entführer, und niemand half ihr.

»Weil du keine besitzt.«

Ähm, was? Paulines Blick richtete sich unweigerlich wieder auf Gaylord, der sie hämisch angrinste.

»Gegensätze ziehen sich an«, hielt Pauline dagegen. »Sieht man doch an dir und dem blonden Flittchen.«

»Sie ist kein Flittchen.«

Pauline lachte. »Ach ja, sie lässt dich ja nicht ran.«

Gaylords Knurren sollte ihr vielleicht eine Warnung sein. Aber diese schlug sie in den Wind. Sollte er doch knurren. Was wollte er schon tun? Sie entführen? Sie beißen? Wenn ja, dann wäre es ziemlich langweilig. Denn das alles hatte sie schon mit ihm erlebt.

Gerade setzte sie an, ihm eine gepfefferte Antwort entgegenzuschleudern, da knallte es fürchterlich. Gaylord wurde zur Seite gerissen, und es knallte erneut. Oh, nein, das waren Schüsse. Die Menschen um sie herum kreischten und begannen zu rennen. Einer rempelte in seiner Eile Pauline an, doch die fühlte sich um die Hüfte gepackt und hochgehoben.

Sie schrie auf und landete auf einer Schulter. Das war nicht

Gaylords Jacke. Der hatte einen grauen Frack getragen. Der Stoff, der ihre Nase streifte, war schwarz. Und ernsthaft? Ihr Gesicht drückte sich gegen den Hintern eines fremden Mannes. Sie zappelte, aber der Kerl legte den Arm über ihre Beine und nagelte Pauline in ihrer unwürdigen Position fest.

Wer auch immer das war, ob Retter oder ein neuer vertrottelter Entführer, dafür würde sie ihn umbringen!

Pauline stemmte ihre Arme gegen den fremden Rücken. Wo war Gaylord? Sie konnte ihn nicht sehen. Dafür verschwamm die Umgebung. Die Häuser, die Laternen, die Menschen, auch die Autos zogen an ihr vorbei, und es drückte ihren Magen nach oben. Sie verrenkte sich, aber sie konnte nicht erkennen, wer sie trug. Wer war das? Wenn das noch ein Entführer war, war sie geliefert. In mehr als einer Hinsicht. Denn er zerrte sie direkt aus dem Bereich des Empfängers. Sie wollte nicht ohnmächtig werden. Warum hatte er Gaylord nicht gleich auf seine andere Schulter geworfen?

»Bleib stehen«, kreischte Pauline. Doch bevor sie eine Beschimpfung hinterherschieben konnte, überkam sie bleierne Müdigkeit, und die Welt um sie versank in Schwärze.

Das Geschrei der Menschen klingelte in Gaylords Ohren. Ihre Leiber bildeten einen Schutzschild um den gestürzten Vampir. Die erste Kugel hatte Gaylords Schulter durchschlagen, aber in dem Getümmel hätte sein Angreifer mit weiteren Schüssen nur Unschuldige verletzt.

Gaylord warf sich herum und kam wieder auf die Füße. Mitten auf der Straße, zwischen Autos, Fahrrädern und Motorradfahrern rannte ein Vampir weg. Paulines braune Haare wehten

wie eine Fahne hinter ihm her.

So ein verfluchter Mist! Er hatte Pauline unterschätzt. Was war er auch für ein Idiot. Gaylord hatte Pauline die Fürsorge abgenommen. Er hatte wirklich geglaubt, sie mitten in Paris unter Kontrolle zu haben.

In den zwei unbeobachteten Minuten war es ihr offenkundig gelungen, Hilfe zu holen. Hilfe, die sich einen Dreck darum scherte, dass sich die Menschen an einem Vampir stören könnten, der mit seinem halsbrecherischen Tempo sogar die Pariser Motorradfahrer überholte.

Gaylord stürzte in die gleiche Richtung, sprang über Autos und mobilisierte seine gesamten Kräfte, um das flüchtende Paar einzuholen.

Die Umgebung schoss pfeilschnell an ihm vorbei. Er sah nur aus dem Augenwinkel, wie Menschen verwirrt taumelten, wenn die Vampire an ihnen vorbeirannten. Die morgigen Schlagzeilen würden sich wie Verschwörungstheorien lesen. Er konnte es schon vor sich sehen.

»Geheime Fortbewegungstechnologie des französischen Militärs getestet. Unglaubliche Geschwindigkeiten möglich.«

Eines Tages würden ihnen die Menschen wegen solch unbedachter Aktionen auf die Schliche gekommen. Das hier verbuchten sie hoffentlich unter spontanen Sinnestäuschungen oder besser noch unter Dreharbeiten für einen Hollywoodstreifen.

Gaylord sprang über einen Kinderwagen, wich einem Bus aus und erspähte zwischen zwei Vorgärten die rennende Gestalt des Vampirs. Über seiner Schulter hing die bewusstlose Pauline. Ihre Arme baumelten kraftlos herab. Kein Wunder, der Vampir hatte sie aus dem Bereich des Sensors getragen, und um ein Haar wäre er ihm entkommen.

Gaylord rannte schneller, bog in eine Straße ab, um einen

Bogen zu schlagen und vor dem flüchtenden Vampir aufzutauchen.

Wieder knallten Schüsse über die Straße, und Gaylord hechtete in den Schutz parkender Autos.

Ein zweiter Vampir sprang über einen Polo und stürzte sich auf Gaylord. Er packte Gaylord an der Kehle, riss ihn herum, und gemeinsam krachten sie in einen Stromverteilerkasten. Das Plastik gab knirschend nach, genauso wie Gaylords Nasenknochen, als die Faust seines Gegners darauf landete. Schmerz schoss in seine Stirn und ließ ihn stöhnen. Zu allem Überfluss hing auch noch das lange dunkle Haar seines Rivalen in Gaylords Gesicht.

Wie sollte man dem Kerl vernünftig eine verpassen, wenn der seine Nase hinter einem Vorhang fettiger Haare verbarg?

Im Augenwinkel nahm Gaylord die hastige Bewegung wahr, als der andere Vampir mit seiner Last an ihnen vorbeischoss.

Verflucht, er durfte Pauline nicht aus den Augen verlieren.

Gaylord hob den Arm, um sich gegen die Schläge seines Gegners zu schützen, und boxte diesem in die Magengrube. Stöhnend wich der Kerl zurück. Gaylord griff in dessen Haare und drückte seinen Kopf mit einem schnellen Ruck zur Seite. Das Genick des Vampirs knackte, und er sackte in sich zusammen. Gaylord warf ihn auf die jämmerlichen Reste des Verteilerkastens, bevor er herumwirbelte und erneut die Verfolgung aufnahm.

Aber fuck, wie schnell hatten sich Jasons Leute versammeln können? Ein weiterer Vampir stellte sich zwischen Gaylord und den flüchtenden Vampir. Die bullige Gestalt war unverkennbar. Es war niemand Geringeres als Jeremy. Oh, was hatte er nur verbrochen? Ja, er hatte Pauline entführt, aber doch nur, um selbst nicht mehr töten zu müssen. War das so verwerflich, dass Gott

oder Jason - irgendeiner war sicherlich schuld - ihm gleich Jeremy auf den Hals schickte? Den konnte er am wenigsten brauchen. Als geborener Vampir verfügte Jeremy über eine körperliche Stärke, von der selbst Vampire in Gaylords Alter nur träumen konnten.

Gaylord versuchte, ihm auszuweichen, doch Jeremy schnitt ihm den Weg ab. Jeremy raste auf ihn zu und streckte den Arm aus. Gaylord konnte sich nicht rechtzeitig ducken. Jeremys Arm krachte gegen seine Kehle, und der Zusammenprall brachte Gaylord zu Fall.

Jeremy packte ihn am Kragen und schleifte Gaylord rasend schnell hinter sich her. Der raue Asphalt zerfetzte den Stoff seines Anzugs. Dort, wo der Stoff nachgab, riss der Untergrund Gaylords Haut auf.

Brennender Schmerz jagte durch Gaylords Nervenbahnen. Er zappelte, bis er Jeremys Hand zu fassen bekam und riss daran.

Der Ruck brachte Jeremy aus dem Gleichgewicht, doch ehe sich Gaylord versah, schleuderte Jeremy ihn gegen eine Laterne. Das Metall knarzte. Gaylord hörte das Knacken seiner eigenen Knochen. Aber Jeremy war nicht so gnädig, ihm eine Verschnaufpause zu gönnen. Erneut wirbelte er ihn herum, und diesmal endete Gaylords Flug mit dem Gesicht voran an einer Hausmauer.

Zu Boden zu sacken und liegen zu bleiben, bis der letzte unvermeidliche Schmerz folgte, wenn Holz sein Herz durchdrang, klang im Moment wahrlich verführerisch. Aber nicht einmal das gönnte ihm Jeremy. Er drückte Gaylord mit dem Gesicht voran gegen die Mauer, riss seine Arme auf den Rücken, und trotz des reißenden Schmerzes spürte Gaylord deutlich einen Metallring um sein Handgelenk.

Jeremy wollte ihn nicht töten. Er wollte ihn nur fesseln und

lebend zu Jason bringen. Der Himmel stand ihm bei, wenn der ihn in die Finger bekam. Einen solchen Tod wollte Gaylord nicht sterben. Er würde qualvoll und lang werden. Gaylord riss den noch freien Arm aus Jeremys Umklammerung und rammte dem Vampir den Ellenbogen in die Rippen. Ein wütendes Knurren war die Antwort auf seinen Treffer.

Gaylord packte Jeremy am Hals und warf sich mit ihm zu Boden. Jeremys Hinterkopf krachte auf den Asphalt, und dunkles Blut verfärbte den Straßenbelag.

»Wie habt ihr sie so schnell finden können?«, knurrte Gaylord.

Jeremy verzog die Lippen zu einem hässlichen Lächeln. »Das spielt keine Rolle. Simon ist mit ihr schon über alle Berge.«

Zum Teufel. Warum musste der Kerl immer recht haben? Jeremy packte Gaylords Handgelenk und verdrehte es, bis der Knochen brach. Stöhnend lockerte Gaylord seinen Griff. Bon Dieu. Auch wenn die Knochen schnell heilten, es tat im ersten Moment verflucht noch mal weh!

Gaylord sprang auf und jagte in die Richtung, in die der Vampir mit Pauline gelaufen war.

Endlich ließen sie die Häuser der Stadt hinter sich, und Gaylord erspähte die rennende Gestalt des Vampirs über dem freien Feld. Noch immer hing Pauline über seiner Schulter.

Gaylord jagte dem Flüchtenden nach, als Jeremy erneut neben ihm auftauchte. Er scherte aus und rempelte Gaylord an. Gaylords Antwort war einfach wie simpel. Er rammte Jeremy die Faust ins Gesicht, doch auch das ließ Jeremy nicht langsamer werden. Im Gegenteil. Jetzt zog er auch noch eine Pistole hervor. Gaylord versetzte ihm einen Stoß, der ihn vor einer niedrigen Mauer ins Stolpern brachte, und der Blutsauger krachte über das Steingebilde.

Dafür verschwand der andere Vampir mit Pauline zwischen

den Bäumen eines Waldes, und erneut hängte sich Jeremy an Gaylords Fersen. Er hörte deutlich Jeremys Fluchen. Doch bevor es diesem gelang, ihm ein paar Kugeln in den Leib zu jagen, erreichte Gaylord den Waldrand.

Holz knackte, und erst als Gaylord nichts als seine eigenen Schritte hörte, wurde er langsamer, bis er schließlich innehielt.

Stille senkte sich über das Wäldchen. Nur der Wind rüttelte an den blattlosen Zweigen. Kein Holz knackte, kein Stein knarzte unter den Schritten der anderen.

Seine Gegner hielten sich für wahnsinnig clever. Sie standen ebenso wie er zwischen den Bäumen, lauschten und rührten sich nicht. Nicht einmal ihr Atem war zu hören, doch dafür durchbrach etwas anderes viel lauter die Stille: Paulines Puls.

Gaylord mochte in all den Jahren von den Vampiren nicht sonderlich viel gelernt haben und wenn, dann nur widerwillig, aber eine Fähigkeit hatte er perfektioniert: das lautlose Anschleichen. Gaylord strich über den weichen Waldboden und näherte sich über kleine Umwege dem lautstarken Pochen. Hinter einer großen Weide hörte er deutlich das Schlagen von Paulines Herz. Nur den Vampir konnte er nicht sehen. Gaylord stürzte aus dem Dickicht hervor, genau auf die Stelle zu, von der das sachte Klopfen des Herzens erklang.

Er prallte gegen einen massiven Körper und holte mit der Faust blindlings aus. Das Stöhnen sagte ihm, dass er getroffen hatte. Er packte seinen Gegner an den Haaren und bog seinen Kopf zurück. Das war einer von Jasons Mitarbeitern, der ihm gerade Zähne fletschend entgegenlächelte, aber verflucht, wo war Pauline?

»Zum Teufel, wo ist sie?«

Er hörte doch deutlich das Pochen ihres Pulses. Dieser Kerl hatte keinen Puls mehr. Er war ein Vampir, tot, und doch ging

das Klopfen von ihm aus. Gaylord ließ ihn los, und der Kerl holte sein Handy hervor. Das Handy, welches das verfluchte Geräusch von sich gab.

»Die Segnungen der modernen Technik, und nun bist du dran mit sterben.«

Gaylord würde bestimmt nicht stillhalten. Er legte keinen Wert auf eine Auseinandersetzung, wirbelte herum und brachte schnellstmöglich viele Bäume zwischen sich und Jasons Mitarbeiter.

Zum Teufel, wie hatte er so dumm sein können? Als ob sich Pauline um ihn sorgen würde. Seine Selbstheilung zu strapazieren, war von Anfang ihr Vorhaben gewesen. Erst der Bleistift in seiner Brust, dann das Weihwasser. Womöglich hatte ihr Albert auch noch seine Probleme beim Nähren unter die Nase gerieben. Nur so konnte sich Gaylord erklären, dass sie ihn zu einem Ausflug überreden konnte. Er hatte den Verstand verloren. Vor Hunger, und weil ihr verführerischer Duft ihn schier wahnsinnig machte. Und zum Schluss hatten ihn die Segnungen der Technik überlistet. Aber nicht mit ihm. Wenn es um Technik ging, war er immer noch besser ausgestattet als der verdammte KGB.

Gaylord zog sein eigenes Handy hervor und rief die App auf, die mit Paulines Sender verbunden war.

Er biss vor Ungeduld in seine Hand, bis er sein eigenes Blut schmeckte, während er den langsamen Verbindungsaufbau verfluchte.

Blöde Technik. Wenn man es nicht brauchte, lud es rasend schnell, aber wehe, man hatte es eilig. Dann waren alle Elektronen plötzlich im Urlaub oder krank.

Auf dem Satellitenbild wurde schließlich ein kleiner leuchtender Punkt angezeigt. Hoffentlich hatten sie Pauline den Sender noch nicht entfernt.

Gaylord rannte als wäre der Teufel hinter ihm her. Über Felder, Wiesen, an Wohnsiedlungen vorbei. Der Punkt auf seinem Handy bewegte sich, aber Gaylord kam ihm beständig näher. Wer trug sie? Jeremy? Gaylord konnte nur hoffen, dass er die beiden einholte, bevor er Jasons Heim erreichte.

In der Nähe der Seine sah er endlich Jeremys Gestalt vor sich, und über seiner Schulter hing Pauline!

Gaylord mobilisierte seine letzten Kräfte, um noch mehr Speed aufbringen zu können. Die Umgebung rauschte an ihm vorbei, und schwer atmend stoppte er vor Jeremy.

Dieser zuckte noch im Laufen zusammen, aber er schaffte es nicht, rechtzeitig zu stoppen und prallte gegen Gaylord. Der riss Pauline aus seinem Klammergriff, doch bevor er sich umdrehen und davonlaufen konnte, packte Jeremy seinen Knöchel und zerrte an seinem Bein.

Gaylord verlor den Halt und schlug auf dem harten Boden auf. Pauline kullerte zur Seite. Fuck, hoffentlich hatte sie sich nichts getan.

Schwerfällig kam Gaylord auf die Füße und fühlte sich im nächsten Moment von Jeremy gepackt. Dieser rammte sein Knie in Gaylords Gesicht. Die ohnehin bereits düstere Beleuchtung der Umgebung wurde noch dunkler, und auch die Sternchen vor seinen Augen halfen ihm nicht, mehr zu erkennen. Schmerz schoss durch seine Nervenbahnen, und ehe sich Gaylord versah, drückte ihn Jeremy auf den Boden.

Vampire brauchten nicht mehr atmen, und doch rang Gaylord instinktiv nach Luft, als ihm Jeremy die Kehle zudrückte. Gaylord sah den Schlag gegen seine Schläfe kommen, aber er konnte nicht ausweichen. Eine Explosion schieren Schmerzes schoss durch seine Stirn, und für einen Moment wurde die Welt um ihn herum schwarz.

Wieder aufzuwachen war der größte Fehler, den Gaylord begehen konnte. Er lag auf dem Bauch und atmete versehentlich Erde ein. Doch als er hustete, drückte Jeremy sein Gesicht noch fester auf den Boden.

Jeremy saß rittlings auf ihm, und es klickte, als sich die zweite Schelle unwiderruflich um Gaylords Handgelenk schloss. Gaylord bäumte sich auf, doch er wusste selbst, wie nutzlos seine Gegenwehr war. Der Kraft eines geborenen Vampirs hatte er nichts entgegenzusetzen. Weder gefesselt noch frei. Ein gewandelter Vampir könnte tausend Jahre alt sein, und er wäre selbst einem geborenen Vampirsäugling unterlegen. Die Natur war der Vorreiter der Diskriminierung.

Merde. Was war nur passiert? Ihr Kopf fühlte sich an, als wäre ihr Gehirn nicht weich und matschig, sondern ein schwerer Felsbrocken. War das ein Eichhörnchen in ihrem Mund oder ihre Zunge? Ihr war kalt, und sogar ihr Rücken schmerzte ein wenig. Kein Wunder. Sie tastete mit den Fingern und stellte fest, dass sie auf dem nackten Boden lag. Kleine Steinchen drückten ihr in die Seite. Benommen hob sie den Kopf. Es war dunkel, aber in der Ferne konnte sie die Umrisse von Paris sehen. Ein Krachen ließ sie zusammenzucken, und sie blickte in die andere Richtung.

Zwei dunkle Gestalten standen sich gegenüber. Einer davon schwankte, der andere holte zum Schlag aus. War es jetzt schon so weit? Prügelten sich die Entführer um sie? Aber halt! Einer davon war doch Gaylord!

Er hielt die Arme hinter seinem Rücken, und sein Gegner hieb ihm in den Nacken, sodass der Vampir ächzend auf die Knie fiel.

»Eigentlich wollte er es ja übernehmen, aber damit muss er

jetzt leben«, knurrte der Kerl.

Hm, seine Stimme kam Pauline bekannt vor. Doch bevor sie ihre Zeit mit nutzlosen Überlegungen vertrödeln konnte, zog der Fremde einen Pflock hervor. Wollte der einen Zaun bauen? Ach nein, Pflöcke brauchte man für Vampire. Himmel noch eins, warum war ihr Denken nur so schwerfällig?

Und plötzlich kam ihr die Erkenntnis. Pflöcke, Holz, Vampire. Der wollte Gaylord töten!

Was? Nein!

Sie wusste selbst nicht warum, aber Pauline rappelte sich auf und taumelte auf den Ast zu. Sie hob ihn hoch und hieb ihn auf den Kopf des Kerls, der gerade ausholte, um Gaylord den Pflock zwischen die Rippen zu stoßen.

Einem dumpfen Krachen folgte ein Stöhnen. Hatte sie ihn erwischt? Pauline schlug zur Sicherheit noch einmal zu. Diesmal brach der Ast und der Kerl in sich zusammen.

Gaylord hockte auf seinen Knien, das Gesicht blutverschmiert. Wie sah er überhaupt aus? Seine Klamotten waren ja völlig zerfetzt. War der unter einen Mähdrescher geraten? Konnte er überhaupt etwas alleine?

»Auf dich muss man auch aufpassen wie auf ein Tamagotchi«, schimpfte Pauline.

Die Umgebung schwankte ein wenig, aber Pauline kniff angestrengt die Augen zusammen, um Gaylord zu fixieren. Ha, das sah gleich viel besser aus! Warum starrte er sie eigentlich so an?

»Du hast deinen Retter bewusstlos geschlagen.«

Pauline starrte ihn fassungslos an. »Äh, was?«

»Jeremy wollte dich retten. Vor mir.«

»Ups.«

Sie hatte also selbst ihre Rettung vergeigt. Na wunderbar. Jedoch … Gaylord auf den Knien vor ihr, war ein Anblick, der

selbst verschwommen recht annehmbar war. Dass er die Hände hinter dem Rücken halten musste, betonte lediglich seine breiten Schultern.

»Warum lächelst du?«, fragte Gaylord misstrauisch.

Pauline beugte sich zu ihm herunter, jedoch nur, um im nächsten Moment selbst auf die Knie zu krachen. Autsch. Sie rieb sich mit schmerzverzerrtem Gesicht die Beine.

»Ich glaube, ich bin betrunken.«

»Das ist die Nachwirkung des Betäubungsmittels. Sie geht bald vorbei.«

»Schade«, murmelte Pauline. Gegen einen kleinen Schwips hatte sie nichts. Selbst die Kopfschmerzen waren ein wenig zurückgegangen. Solche Zustände waren mitunter toll. Vor allem dann, wenn die Welt für einen Moment stillzustehen schien, und alle Probleme sich auflösten. Sie waren gerade nicht wichtig.

Viel lieber sah sie Gaylord in die Augen. Das Gefühl der dichten, weichen Watte wich ein wenig aus ihrem Kopf, dafür zog weiter unten eine Magenverstimmung samt nervösem Kribbeln ein. Es zog sich ihre Speiseröhre hinauf und schien auf ihren Hals zu drücken. Sie konnte kaum schlucken.

Pauline beugte sich nach vorn und legte ihre Lippen sachte auf seine. Erst zögerlich und schließlich mutiger. Herrlich. Ein Kuss, der einem sprichwörtlich die Sinne schwinden ließ.

Regel Nr. 12

Bewusstlos küssen gilt sehr wohl!

Küsste Gaylord so gut? Oder so unfassbar schlecht? Was auch immer der Grund war, Pauline seufzte inbrünstig und kippte zur Seite. Zu allem Überfluss begann sie auch noch zu schnarchen.

Gaylord sank ein wenig in sich zusammen. Wann hatte sein Leben angefangen, jeglicher Logik zu entbehren?

Er war dem Tod gerade ein weiteres Mal von der Sensenklinge gesprungen, und das verdankte er allein Pauline. Zugedröhnt schlug sie ihren eigenen Retter nieder. Liebte oder hasste Gott ihn? Vielleicht mochte er Gaylord nicht, aber Pauline ebenso wenig, und so gestand er Gaylord mehr Glück als Verstand zu.

Gaylord starrte auf den bewusstlosen Jeremy. Hätte sich Pauline nicht selbst die Rettung vergeigt, könnte sie in knapp zehn Minuten in den Armen ihres Vaters und ihrer besten Freundin liegen. Spätestens morgen bereute sie ihre Dummheit mit Sicherheit ausgiebig. Oder nicht?

Noch immer meinte er, Paulines Lippen auf seinen zu spüren. Hatte er bisher geglaubt, dass sie ihn nicht noch mehr in den Wahnsinn treiben konnte, musste er nun eines feststellen: Er hatte sich geirrt. Doch jetzt machte sie ihn nicht mit frechen Sprüchen fertig, sondern nonverbal. Die kurze Berührung ihrer Lippen hatte sein Gehirn leider nicht zum Schmelzen gebracht. Das wäre auch zu schön gewesen, denn das hieße ja, dass ihm das Denken erspart blieb. Aber jetzt jagten sich seine Gedanken im Kreis, bissen nach ihrem eigenen Schwanz und sorgten dafür, dass Gaylord wie hypnotisiert den Blick von Jeremy abwandte und auf die schlafende Pauline hinuntersah. Nur mühsam konnte er sich von dem Anblick lösen, und das wiederum bewies nur, wie sehr ihn Pauline durcheinanderbrachte. Wenn er nicht langsam in Bewegung kam, wachte Jeremy auf. Und dann gab es keine Pauline, die Gaylords kümmerliches Leben rettete.

Gaylord robbte zum bewusstlosen Jeremy und durchsuchte dessen Taschen nach dem Schlüssel für die Handschellen.

Er hielt den Atem an, als er den Halt verlor und rittlings auf dem niedergeschlagenen Vampir landete. Jeremy stöhnte zwar leise, aber er wachte nicht auf.

Gaylord ertastete in seiner Sakkotasche den kleinen Schlüssel und brach sich beinahe selbst das Handgelenk, als er versuchte, das verflixte Ding in das winzige Schloss zu stecken.

Vielleicht sollte er beten, dass Jason genau in diesem Moment eintraf. Womöglich versöhnte ihn der unwürdige Anblick Gaylords, der mit der Nase voran im Dreck lag und seine Arme verrenkte, doch ein wenig, und er ließ seinen Tod gnädiger ausfallen.

Endlich klickte es leise hinter seinem Rücken, und die erste Schelle löste sich. Gaylord zog die verspannten Schultern hoch und hievte sich auf die Füße.

Eile war geboten. Jeremy begann zu husten, und Gaylord zögerte nicht länger. Er hob Pauline hoch und raste mit ihr davon.

Unbehelligt kehrten sie zu Albert und Louanne nach Grand Est zurück. Gaylord wollte gerade die Tür aufstoßen, aber Albert war schneller. Er riss sie so hektisch auf, dass sie an die Wand krachte.

»Kreuzdonnerwetter!«, fluchte sein Butler inbrünstig. »Ich war krank vor Sorge.«

»Mir ist nichts passiert.«

Albert musterte ihn entgeistert und presste dann die Lippen aufeinander. »Meine Sorge gilt natürlich immer erst Ihnen, Monsieur.« Er deutete auf Pauline. »Warum kommt Made-

moiselle Pauline in den Genuss Ihrer guten Manieren?«

Toll. Sein eigener Butler interessierte sich nicht für den Verbleib oder das leibliche Wohlbefinden des Geldgebers, sondern für das der schlafenden, aber meist obszönen Prinzessin. Aber letztendlich war es nur eine perfekte Zusammenfassung von Alberts Arbeitsweise. Er hielt die Häuser notdürftig in Schuss und seinen Herrn ebenso. Bei allem stand die Fassade jedoch kurz vorm Einsturz.

Gaylord trug Pauline in das Zimmer, in dem sie auch gestern geschlafen hatte, und legte sie auf dem Bett ab. Der Sender leuchtete schwach. Das Serum war leer, weiteres lag in seinem Labor. Im Maison de Lys.

Allerdings musste Gaylord zugeben, dass er das Serum nicht nachfüllen wollte. Nicht einmal, wenn er es könnte.

Wenn es Paulines Plan gewesen war, in ihm Gefühle für sie zu wecken, um die Skrupel zu erhöhen, konnte sie sich gratulieren. Es war ihr gelungen. In Sachen Berechnung war sie dann wahrlich die Tochter ihres Vaters. Aber Gaylord mochte nicht daran glauben. Pauline war direkt, überfahrend, und sie zeigte ihre Abneigung genauso unverblümt wie ihre Zuneigung.

Sie schaffte es, dass er sich schäbig fühlte. Was auch immer in Paulines vernebeltem Gehirn vorgegangen war, es hatte gereicht, um ihm das Leben zu retten.

Unbewusste Handlungen sagten über den Charakter eines jeden Wesens wesentlich mehr aus als die geplanten. Das Unterbewusstsein ging seinen eigenen Weg. Es entschied über Sympathie, über Träume und darüber, in wen man sich verliebte.

Sachte strich er Pauline eine Strähne aus der Stirn und zog die Decke über sie. Von der Falte, die sich immer dann zwischen ihren Augenbrauen bildete, wenn sie zornig war oder schmollte, war gerade nichts zu sehen. Sie lenkte nicht von ihrer

aristokratischen Nase ab, die nur der Wegweiser und die Einladung waren, ihre vollen Lippen zu betrachten. Und vielleicht ein wenig mehr.

Das Mehr würde einen Mann eines Tages sehr glücklich machen. Aber nicht ihn. Eine Frau, die sich in ihren Entführer verliebte, litt unter dem Stockholmsyndrom und sollte in psychiatrische Behandlung. Es war eine Krankheit, und das Letzte, was er wollte, war, dass Pauline wegen ihm krank wurde. Er wusste nicht einmal, ob er ihr noch ihr Geheimnis entreißen wollte. Zu Beginn seines Planes war ihm klar gewesen, dass Pauline kaum ungeschoren aus der Sache herauskommen würde. Irgendetwas würden sie beide opfern müssen, um den Weg der Natur umzukehren. Es gab immer einen Preis. Aber in Bezug auf Pauline war er immer weniger bereit, diesen zu zahlen. Nicht einmal für Louanne.

Gaylord wandte sich zum Gehen. Dieses Mal ließ er die Tür offen stehen. Zwar wusste sie nicht, dass das Serum in ihrem Sender leer war, und wenn sie gehen wollte, würde er sie nicht daran hindern, aber doch hoffte er, dass sie es nicht tat. Sonst hätte er sie bei Jeremy liegen lassen. Die Wahrheit war viel komplizierter. Er wollte, dass sie freiwillig blieb.

Pauline schreckte hoch. Ihre Faust schoss nach vorn, aber sie boxte ins Leere. Wusste der Geier, was ihr gerade in den Sinn gekommen war. Kein Einbrecher stöhnte unter ihrem Hieb auf, nicht einmal Gaylord. Das Zimmer war leer. Nur eines war anders als sonst: Die Tür stand offen, aber Gaylord lag nicht neben ihr und umklammerte ihren Arm.

Pauline blinzelte verwirrt. Hatte Gaylord vergessen, die Tür

zu verbarrikadieren? War das eine Falle? Oder ein Test?

Pauline schlang sich die Decke um die Schultern und schob sich aus dem Bett. Noch immer war ihr ein wenig schwindlig, und sie taumelte. Dabei stieß sie sich den Zeh am Bettpfosten. So ein Mist!

Aber so sehr sie gerade das verflixte Bett verwünschte, der Schmerz ließ ihren Adrenalinspiegel steigen und die Wut ihren Blutdruck. Der Schwindel verflüchtigte sich, und Pauline tapste zur Tür.

Sie spähte nach draußen, der Flur war leer. Sie konnte auch nichts hören. Alle Bewohner schienen im Bett oder nicht im Haus zu sein.

Zögernd schob sie sich durch den Spalt. Nichts hielt sie davon ab, das Zimmer zu verlassen. Weder ein Zauber, den Gaylord während ihrer Bewusstlosigkeit bei ebay ersteigert haben könnte, noch ein zähnefletschender Vampir, der wissen wollte, warum sie noch nicht aus dem Fenster geklettert war.

Himmel, würde Gaylord ihr Fragen stellen? Zum Beispiel: ›Ich will nicht undankbar sein, aber warum hast du mich gerettet? Und geküsst?‹

Oder machte er sich darüber lustig? Merde. Keine dieser Optionen sorgte für Fröhlichkeit.

Im Licht der Sonne tanzten die Staubpartikel und kitzelten sie in der Nase. Pauline kniff ihre Nase, um ein Niesen zu unterdrücken. Doch es war vergebliche Liebesmüh. Ein leises Hatschi entfuhr ihr, das mit Sicherheit sofort Gaylord auf den Plan rief.

Sie wartete und lauschte. Aber nichts geschah. War Gaylord doch wieder von Jeremy überwältigt worden, und jemand anderes hatte sie hergebracht? Ergab das Sinn? So recht nicht.

Sie könnte versuchen abzuhauen. Aber da war immer noch der bläuliche Schein unter ihrer Haut. Vielleicht war das

Betäubungsmittel nicht vollständig ausgetreten, und es gab mehrere Kammern? Sie wollte nicht noch einmal ein Nickerchen auf dem harten Boden halten.

Die Farbe am Treppengeländer blätterte ab, und als Pauline ihren Fuß auf die erste Stufe setzte, knarzte es fürchterlich. Das Holz gab ein Stück nach, und eilig zog sie ihren Fuß zurück. Diese Treppe kletterte sie schon mal nicht hinauf. Sie wollte sich nicht den Hals brechen.

Gut, sah sie sich eben unten um. Das war leichter gesagt als getan. Von Gaylords erstem Haus hatte sie außer dem Labor, der Küche und ihrem Zimmer nicht viel gesehen. Hier fand sie nicht mal das Badezimmer wieder, geschweige denn eine Küche. Sie streunte durch Räume, deren Möbel allesamt mit weißen Tüchern abgedeckt waren. Die Tapeten waren ähnlich bunt und abgeschabt wie in dem anderen Haus. Der Boden knarzte überall unter ihren Füßen. Mehr als einmal blieb sie stehen und zog den Bauch ein, als würde genau das die Dielen davon abhalten, sie in den Keller durchbrechen zu lassen.

Als sie die nächste Tür öffnete, erwartete sie, genau das gleiche langweilige Zeug vorzufinden wie in den anderen Zimmern. Aber sie irrte sich gewaltig. Die späte Nachmittagssonne strahlte durch eine breite Fensterfront in den Raum. Die Spiegel an den Wänden reflektierten die Strahlen und tauchten den Raum in fast schon überirdisches Licht. Wow. Pauline trat ein, ihr Blick klebte an den Fenstern, die zu dem wilden, heillos überwucherten Garten hinauszeigten. Er war ungepflegt, aber er war wirklich hübsch.

Im Augenwinkel nahm sie die Umrisse eines Sofas wahr, aber sie konnte den Blick einfach nicht von dem Spiel des Sonnenlichts abwenden. Langsam aber sicher färbten sich die Strahlen rot. Völlig hypnotisiert wollte sich Pauline hinsetzen. Sie tappte zu

der Stelle, an der sie das Sofa vermutete und trat zurück, bis ihre Wade an das Polster stieß.

Etwas zerrte an ihren Beinen, und bevor sie einen Blick auf die Klette werfen konnte, verlor sie den Halt. Mit einem Aufschrei fiel sie nach hinten und landete auf etwas, was sich zugleich hart und weich anfühlte. Aber die Decke war im Weg. Pauline konnte ihre Arme nicht ausstrecken, sich herumdrehen und nachsehen, zu wem die Arme gehörten.

Sie sah nur die verflixte Zimmerdecke. Erst als ihr die Arme einen Schubs gaben, gelang es ihr, sich umzudrehen.

Sie sah schwarze Haare, direkt vor sich ein glattes Kinn und einen schwarzen Anzug. War das Gaylord? Dessen Kleidung war doch zerfetzt gewesen. Das war doch kein anderer Verrückter, oder? Sie versuchte, sich auf der Männerbrust nach oben zu stemmen, aber er drückte sie wieder hinunter. Verflixt noch eins, was sollte das?

»Bist du es?«, platzte Pauline heraus.

»Nein, der Räuber Hotzenplotz.«

»Sehr witzig. Sehr erwachsen«, schnaubte Pauline.

Sie zappelte und sträubte sich gegen seinen Griff, doch als er mit der anderen Hand durch ihre Haare fuhr, hielt sie inne. Verwirrt blinzelte sie. Es fühlte sich erschreckend schön an, von ihm berührt zu werden.

Je öfter er ihr durch die Haare strich, umso mehr entspannte sie sich, bis sie ihre Nase von selbst gegen seine Halsbeuge schmiegte.

»Warum liegst du hier auf der Couch?«, fragte sie leise.

»Die anderen Zimmer sind noch renovierungsbedürftiger als deines. Den Bodendielen ist nicht zu trauen. Wenn ich schon einen Durchbruch erleben will, dann wenigstens in der Forschung.«

»Ja, aber warum bist du nicht bei Louanne?«

»Louanne hat sich immer noch nicht von dem Betäubungsmittel erholt, das ich auf die Jäger losgelassen habe. Sie muss eine ganze Wolke abbekommen haben. Aber ob bewusstlos oder nicht, will sie ihre Jungfräulichkeit lieber nicht in einem Bett in meiner Nähe wissen.«

»Eine weise Entscheidung«, spottete Pauline.

»Findest du? Man kann mir vieles vorwerfen, aber nicht, dass ich eine Frau vergewaltige.«

Ups, er klang tatsächlich sauer.

»Dann hat sie vielleicht Sorge, sie könnte über dich herfallen«, neckte Pauline also in die andere Richtung.

Gaylord schnaubte und rutschte unter ihr hin und her. Sie konnte sich nicht vorstellen, dass das Ding bequem war.

»Wie alt ist das Sofa?«

»An die dreihundert Jahre.«

»Und das findet dein noch älterer Rücken gut?«

»Vampire verfügen über Selbstheilungskräfte. Meine Bandscheiben regenerieren sich innerhalb von Minuten.«

»Also ist es bequem«, bohrte Pauline.

»Besser als auf dem Boden zu schlafen.«

»Du könntest aber auch in einem Bett liegen.«

Gaylord lachte. »Ich traue Albert nicht. Ich würde mich niemals zu ihm ins Bett legen.«

»Warum liegst du nicht in meinem? So wie gestern?«

Gaylord zögerte. Was denn, wurde er auf einmal schüchtern? Warum stellte er sich an wie ein verdammter Priester? Ach ja, weil er fast einer geworden wäre.

»Vielleicht wollte ich dir deine Privatsphäre lassen«, erwiderte Gaylord gedehnt.

Pauline schnaubte. »Sagt der Mann, der mir beim Pinkeln

 **186**

zusehen wollte.«

»Touché.« Gaylord lehnte seine Wange gegen ihre Stirn. Mehr schien er dazu nicht sagen zu wollen. Er schwieg, und seine Finger streichelten unbeirrt weiter durch ihre Haare. Wenn das jeder Entführer machte, würde sie sich öfters klauen lassen. Wenn er so weitermachte, fing sie an zu schnurren.

Pauline stützte sich auf seiner Brust ab, um ihm ins Gesicht zu sehen. »Ich hätte gedacht, du suchst krampfhaft nach einer Lösung, wie du durch mich zum Menschen werden kannst.«

Gaylord seufzte. »Das Problem ist, dass ich nicht weiß, wonach ich suchen soll. Anatomisch bist du nicht anders als ein Mensch. Genetisch trägst du aber ein Heilmittel für viele Krankheiten mit dir herum.«

Pauline setzte sich auf. »Was?«

»Deine DNS sorgt zum Beispiel dafür, dass sich Krebszellen selbst zerstören, sobald sie entstehen.«

Fassungslos starrte sie ihn an. Und das erzählte er ihr, als würde er übers Wetter reden? »Aber dann kann ich doch …«

»… viele Menschenleben retten? Ein schöner Gedanke, den du niemals wahr werden lassen solltest. Die Menschen würden deinen Einsatz nicht zu würdigen wissen. Du und jeder Halbvampir wärt nur noch Versuchskaninchen und Forschungsobjekte. Kaum freier als die Mäuse, denen sie Mikrochips ins Gehirn pflanzen.«

Oh, okay. Pauline ließ sich wieder auf seine Brust sinken. Nein, sie wollte kein Versuchskaninchen sein. Es war schon schlimm genug, dass sie seines war. Zumindest zu Beginn, doch jetzt … Jetzt war sie sich nicht mehr sicher, was sie denken sollte. Sie lag auf ihm, sie lud ihn freiwillig in ihr Bett ein, und sie war nicht im Mindesten enttäuscht, dass er noch nichts gefunden hatte. Denn das hieß, dass sie noch länger bei ihm bleiben musste.

»Mich zu klonen wird kaum die Lösung sein. Oder gar meine eigene DNS zu verändern. Es wird dein Blut sein, das das Rätsel löst. Bei Vampiren ist es immer das Blut. Der Saft des Lebens, das Objekt unserer immerwährenden Begierde.« Gaylord lachte auf, und die Bitterkeit beunruhigte Pauline. Sollte es wirklich so einfach sein? Ihr Blut?

»Du willst mich noch mal beißen?«, fragte sie zaghaft und sah auf, aber sie sah nur sein Kinn, das sich nach links und nach rechts bewegte, als er den Kopf schüttelte.

»Nein. Ich habe dich schon gebissen. Auch wenn ich …«

Gaylord setzte sich auf, sodass sie auf seinen Schoß rutschte. Sein Daumen strich über ihre Wange bis zu ihren Lippen. »Ich würde dich zu gern beißen. Nicht nur einmal, sondern immer wieder. Ich will dein süßes Blut schmecken, den Rausch genießen, den du damit schenken kannst. Wenn ich dich beiße, empfinde ich keinen Ekel vor mir selbst. Dein Blut zu kosten ist ein Geschenk.«

Sprachlos starrte sie ihn an. Jetzt war es amtlich. Der Junge war ein blutrünstiger Psychopath, der ausgerechnet bei ihr seine Skrupel ausschaltete. Warum? Weil sie angeblich so gut schmeckte. Sagten das Kannibalen zu ihren Opfern?

Sie schluckte hart und rutschte zurück. Sie wich seiner Berührung aus, und für einen Moment meinte sie, Enttäuschung in seinem Blick zu sehen. Ja, Enttäuschung, weil sie ihm nicht ihren Hals anbot.

»Ich werde dir nichts tun«, sagte er leise.

Pauline krallte sich in die Lehne des Sofas. »Ich hatte bis vor ein paar Tagen überhaupt nichts mit Vampiren am Hut. Ja, klar, Amélie hat immer davon erzählt. Aber das hat sie schon seit frühester Kindheit getan. Ich dachte, sie spinnt einfach. Und plötzlich taucht Jason auf. Der ist ein Vampir, und dann ist

Amélie auch einer. Anschließend werde ich von einem entführt, und der erzählt mir, dass er zu gerne an mir herumkauen will!« Nein, sie klang nicht hysterisch! Sie zählte nur die Fakten auf. Fakten, die ihr genau genommen viel zu spät einfielen. Das hatte man davon, wenn man zur Ruhe kam. Kaum hörten die Streitereien mit Gaylord auf, begann Pauline über alles nachzudenken. Sie konnte sich auf die Schulter klopfen, dass sie über den ganzen Wahnsinn noch nicht durchgedreht war. Das Schlimmste war ohnehin etwas anderes: Eine perverse Ecke ihres Seins wünschte sich, Gaylord möge sie beißen. Pauline bildete sich sogar ein, dass die Stelle, an der Gaylord das letzte Mal seine Zähne versenkt hatte, juckte.

Gaylord seufzte leise. »Es tut mir leid, Pauline.«

»Was denn?«

»Alles.«

Eine wahnsinnig konkrete Aussage.

Pauline zupfte gedankenverloren an Gaylords Ärmel. Er hatte wirklich die zerfetzte Kleidung gegen neue getauscht. Oder nun ja, halbwegs neue. Sie musste aus den Schränken hier stammen, denn sie roch leicht muffig. Aber genau das störte sie nicht. Der Geruch von Altem passte zu ihm. Er war wie einer dieser unsäglich kitschigen Märchenprinzen, Gentlemen, ihretwegen auch Highlander, die durch einen Fehler im Zeitgefüge in der heutigen Welt landeten und dem Mädchen, dem sie zuerst in den Schoß fielen, hoffnungslos den Kopf verdrehten. Es fühlte sich schön an, wenn er mit ihren Haaren spielte, und sein sanfter Blick sorgte dafür, dass in ihrem Bauch die Schmetterlinge eine Party mit Sangria und Discokugel feierten.

Sie war auf dem besten Weg, sich zu verknallen. Die Erkenntnis verkrampfte ihren Magen. Sie hatte selten beschissenere Ideen gehabt. Sich in seinen Entführer zu verlieben war krank.

Sich in Gaylord zu verlieben war hoffnungslos, denn dieser liebte seine tugendhafte Louanne.

Es tat ihm leid, sie so zu sehen. Pauline hielt den Blick gesenkt und starrte auf seinen Hemdsärmel. Was war los mit ihr? Doch bevor er fragen konnte, hob sie den Kopf.

»Wolltest du wirklich Priester werden?«

Gaylord hob verblüfft die Augenbrauen. Woher wusste sie das schon wieder?

»Albert hat es mir erzählt«, schob sie zögernd hinterher. Irgendwann würde er dem alten Tratschweib die letzten Haare vom Kopf zupfen!

»Ja, wollte ich«, erwiderte Gaylord.

»Warum?«

»Ich war der vierte von sechs Söhnen. Der erste erbt, vielleicht noch der zweite. Wenn es eine Tochter gegeben hätte, hätte sie ebenfalls etwas geerbt. Aber so blieb für mich nichts. Solche überflüssigen Söhne wurden damals meist Priester. Dann hatten sie ein gesichertes Auskommen. Außerdem hatten es Priester leichter, an Universitäten angenommen zu werden, um Medizin zu studieren.«

»Also wolltest du eigentlich gar nicht Priester werden?«

Gaylord runzelte die Stirn. Warum klang sie so hoffnungsvoll? »Doch. Es ist eine schöne Aufgabe, Gottes Liebe unter den Menschen zu verbreiten.«

Paulines Wangen färbten sich rosig, und sie presste die Hand auf den Mund, um ein Husten zu ersticken. Oder war es ein Lachen?

»Was ist so lustig?«

»Gottes Liebe verteilen …«, kicherte Pauline. »Unter persönlichem, körperlichem Einsatz?«

Gaylord verdrehte die Augen, aber er konnte nichts dagegen tun, seine Mundwinkel hoben sich. »Unter diesen Gesichtspunkten hätte ich eine Menge Spaß gehabt.«

Pauline räusperte sich und schob eine Strähne hinter ihr Ohr. »Und deine Familie ist …?«

»Allesamt gestorben. Deswegen gehören mir die Häuser.«

Pauline sah sich um. »Aber sie haben dir nicht das nötige Kleingeld hinterlassen.«

»Nein«, Gaylord schüttelte den Kopf. »Sie gaben das vorhandene Geld schneller aus, als es durch die Pächter der Ländereien wieder hereinkam. Zwei meiner Brüder hatten Kinder, diese konnten noch gut vom Familienvermögen leben. Aber sie starben kinderlos und fanden es deswegen nicht nötig zu sparen. Also erbte ich die Häuser und nur wenig Geld. Den Erhalt finanzierte ich notdürftig von den Einnahmen als Arzt. Ich war nie so geschickt darin, gute Geschäfte zu machen, wie dein Vater.«

Pauline schwang sich von ihm herunter. Leichte Enttäuschung machte sich in ihm breit, als ihr Gewicht von ihm verschwand und damit auch ihre Wärme. Er setzte sich auf, während Pauline vor die Spiegel trat.

Vorsichtig betastete sie die goldgeprägten schmalen Rahmen. »So was habe ich schon mal in Versailles gesehen.«

»Das Gebäude wurde 1715 gebaut. Auch nach dem Vorbild Versailles.«

»Also wurde hier getanzt?«

»Ja.«

Pauline drehte sich im Kreis. »Das muss toll gewesen sein.«

Gaylord schwang die Beine über den Rand des Sofas, schob die Decke beiseite und stand ebenfalls auf. Pauline drehte sich

erneut um die eigene Achse. Ihre Haare wirbelten um sie herum, und ein ›Ups‹ entfuhr ihr, als sie gegen ihn stolperte.

Er legte seine Arme um sie, und ihr ansteigender Blutdruck pumpte das Blut stärker durch ihren Körper, umwehte sie mit einem köstlichen, verführerischen Aroma. Es war keine Lüge, wenn er behauptete, sie immer wieder beißen zu wollen, aber Gaylord hatte auch nur die Hälfte der Wahrheit preisgegeben. Er wollte sie nicht nur beißen. Mit jedem Moment, den er sie im Arm hielt, wuchs das Verlangen, sie zu küssen.

Aber das war eine schlechte Idee.

»Willst du tanzen?«

Überrascht riss sie die Augen auf, bevor sie nickte. Gaylord zog sein Handy aus seiner Sakkotasche und scrollte durch seine Playlist. Man könnte meinen, er war auf jeden Fall vorbereitet. Die Wahrheit war jedoch schlicht, dass er einfach jedes Lied, das er hörte und das ihm gefiel, darauf abspeicherte.

Die Klänge eines klassischen Walzers hallten durch den Raum. Paulines Augen weiteten sich, und sie wurden noch größer, als Gaylord eine Hand auf ihre Taille legte und mit der anderen die ihre ergriff.

Er trat einen Schritt auf sie zu, sie schrak zurück und trat ihm im nächsten Moment auf den Fuß.

Ihre Wangen färbten sich puterrot. »Tut mir leid«, nuschelte sie. Allerdings brachte ihnen diese Erkenntnis herzlich wenig. Im Gegenteil.

Bei jedem zweiten Schritt trat sie ihm auf den Fuß, und egal, wie nahe er sie an sich zog, sie stolperte ständig über seine und ihre Füße. Als sie sich selbst auf die Zehen stieg, hielt Gaylord inne.

»Du bist die einzige Frau, die trotz hervorragender Führung durch mich keinen Walzer tanzen kann.«

»Ich habe es nie richtig gelernt. Es ist auch kompliziert. Vor, zurück, zur Seite«, klagte Pauline.

»Du müsstest dich führen lassen und dich nicht ständig gegen mich wehren«, wandte Gaylord ein und zog sie erneut an sich. »Schließ die Augen und lass dich fallen.«

Sie kniff die Augen zusammen, und unweigerlich huschte ein Lächeln über Gaylords Züge. Sie krauste dabei die Nase, während sich ihre Haltung trotz ihres Lächelns immer mehr verspannte. Für ihn war es, als würde er ein verrostetes U-Boot durch den Raum schieben. Und das besagte U-Boot ließ ihm ständig einen Torpedo auf den Fuß fallen.

»Merde«, knurrte er, als sie zum achten Mal seinen linken großen Zeh erwischte.

»Désolé«, murmelte sie zum wievielten Mal? Ihre Wangen glühten rot, und sie hatte sich so heftig auf die Lippe gebissen, dass Blut hervortrat.

Eilig wandte er sich von ihr ab und widmete sich seinem Handy. »Gut, dann eben ein wenig Geschichtsunterricht. Zu solcher Musik wurde damals unter Ludwig dem Sonnenkönig getanzt.«

Unzählige Violinen reihten ihre Töne zu einer schwungvollen Melodie auf.

Gaylord verbeugte sich, streckte den Arm aus und reichte ihr seine Hand. »Du musst knicksen.«

»Du verkohlst mich doch.« Pauline verzog missmutig die Lippen. »Ich hüpfe auf und nieder, und du lachst dich kaputt.«

Gaylord seufzte leise. Vielleicht war das höfische Protokoll doch ein wenig zu kompliziert für Pauline. Sie könnte zwar ihre Füße so setzen wie sie wollte, solange sie einigermaßen im Takt blieb, aber in ihm keimte die Ahnung, dass sie keinerlei Gefühl für Rhythmus und Timing besaß. Und doch war sie schön genug,

dass ein Sonnenkönig ihr jeglichen Affront verziehen hätte. Schlimmer noch, der notorische Weiberheld hätte es sich nicht nehmen lassen, Pauline persönlich jede Regel näherzubringen. Besonders, was den respektvollen Umgang mit dem König betraf. Kurz gesagt, was es hieß, sich von ihm küssen zu lassen, ohne angewidert über seinen Mundgeruch das Gesicht zu verziehen.

»Hast du schon mal Charleston getanzt?«, erkundigte sich Gaylord. Pauline verzog den Mund zu einem unsicheren Grinsen. Gut, das hieß dann wohl nein.

»Swing?« Himmel, er konnte praktisch alles tanzen. Gut, außer Ballett. Wie kam es, dass Pauline niemals einen einzigen Standardtanz gelernt hatte? Pauline schüttelte den Kopf und senkte den Blick. Sie verknotete die Hände ineinander und ging zurück zum Sofa. Sie wollte so einfach aufgeben?

Gaylord fasste nach ihrer Hand. »Ich weiß etwas.« Er wählte auf seinem Handy ein neues Lied aus und zog Pauline an sich.

»Wir pendeln jetzt lediglich hin und her.«

Pauline zog skeptisch die Augenbrauen zusammen. »Ist das ein richtiger Tanz, oder machst du das nur, weil du Angst um deine Füße hast?«

»Das ist Wiener Walzer.«

»Haben wir das nicht gerade getanzt?«, fragte Pauline verdutzt.

»Nein, das war klassischer Walzer. Beim Wiener gibt es keine komplizierte Grundfolge. Da kann man einfach nur pendeln.« Und einen guten Moment erwischen, an dem man die Mademoiselle ein wenig herumwirbeln konnte, ohne sie in die Reichweite empfindlicher Gelenke zu lassen.

Sie traten einen Schritt zur Seite, wippten, und Gaylord fasste schließlich den Mut, sie beide dabei noch ein wenig im Kreis zu drehen. Mit jedem Schritt entspannte sich Pauline. Sie fühlte sich

mit dieser simplen Schrittfolge sicher. Aber der Teufel sollte ihn holen, wenn er das Finale der Melodie ungenutzt ließ. Das Tempo des Liedes zog an, wurde schneller und erfasste die Tanzenden im Rausch seiner Melodie.

Pauline schrie erschrocken auf, als er sie in die schnellen Drehungen zog. Sie stolperte ihm hinterher, doch wirbelte er sie so schnell herum, dass sie automatisch halbwegs richtig ihre Schritte setzte. Paulines Hand verkrampfte sich um seine. Doch sie hatten noch nicht das Ende des Saales erreicht, als sich Pauline wieder entspannte. Sie stolperte weniger und folgte seiner Führung, und selbst als das Lied verklungen war, stoppte Gaylord nicht. Denn Pauline hatte sichtlich Gefallen an dem Tanz gefunden. Ihre Augen blitzten, die Haare fielen ihr weich ins Gesicht und strichen über ihre geröteten Wangen. Ihre leicht ge-öffneten Lippen stellten eine Einladung dar, der er nur mit Mühe widerstehen konnte. Obwohl, wollte er das überhaupt?

Vor vielen Jahrhunderten hatte es eine Frau in seinem Leben gegeben, die es wie Pauline geschafft hatte, sein Leben in den Grundfesten zu erschüttern.

Sie war ihm auf dem Fest begegnet, das Gaylords Eltern gegeben hatten, um ihn in sein Leben als Priester zu verabschie-den. Sie war schön, adlig und voll unverblümter Leidenschaft gewesen. Sie hatte ihn verlockt, doch mit einer einzigen Nacht wollte sie sich nicht zufriedengeben. Er sollte auf nicht weniger als seine Priesterweihe verzichten, dafür bot sie ihm ein Leben an ihrer Seite.

Damals war es die Treue zu Gott gewesen, die in Gefahr gewesen war. Diesmal war es die zu Louanne.

Er hatte die Frau von damals schon längst aus seinem Gedächtnis gestrichen. Sie war eine Versuchung gewesen, aber eine, der er widerstanden hatte. Genauso gut konnte er doch auch Pauline widerstehen, oder? Egal, wie sehr ihr Blut ihn lockte.

Ihr Blut, das ihn nur daran erinnerte, welcher Fluch auf ihm lastete und wem er diesen Fluch zu verdanken hatte.

Dem Abt des Klosters, in das Gaylord eingetreten war. Gaylord hatte dieses Kloster mit Absicht gewählt. Es war offen für jedermann gewesen und voller Heilkundiger. Doch was er nicht gewusst hatte, war, dass Bernard Perrin seine Wunderheilungen mit Vampirblut vollführte.

So lange hatte sich Gaylord nicht daran erinnert. Es war schließlich der Anfang eines Lebens, das er hasste.

Bernard hatte Gaylords Entsetzen nicht verstanden, als dieser die Hintergründe zu Bernards Wunderheilungen aufdeckte. Noch lauter hatte er über die Drohung gelacht, seinen lästerlichen Betrieb beim Bischof anzuzeigen.

Idiotie war schon immer eine von Gaylords herausragendsten Eigenschaften gewesen. Anstatt schnellstens zu verschwinden, hatte er einen Brief an den Bischof geschrieben. Bernard hatte ihn abgefangen und beschlossen, nicht seinem eigenen Treiben, sondern Gaylords Leben ein Ende zu bereiten. Er sperrte ihn zu einem der Vampire, die er wegen ihres heilenden Bluts festhielt.

Doch der Vampir tötete Gaylord nicht. Er verfluchte ihn und wandelte ihn zu einem seiner Rasse. Und wie heute hörte Gaylord Bernards spöttisches Lachen. Die kreidige Stimme des Mannes in Gaylords Gedanken übertönte sogar die erneut einsetzende Musik.

»Du wolltest heilen, dann heile. Du hast jetzt genügend Zeit, dir alles Wissen anzueignen, das ein Mensch in einem Leben nicht erwerben kann. Aber deine Heilung liegt weit in der Zukunft. Blut besitzt Macht. Aber was weißt du schon. Du kennst nur die Fakten. Aber die Lösung liegt im Unlogischen.«

Gaylord hielt mitten in der Bewegung inne. Die Lösung lag im

Unlogischen? Der Todfeind der Wissenschaft war der Glauben. Und die Magie.

»Was ist?«, fragte Pauline.

Nur mit Mühe schaffte es Gaylord, wieder zurück in die Realität zu finden. Sollte Bernard wirklich die Lösung gekannt haben? Es ergab einen gewissen Sinn. Die Vampire waren mit einem Zauber und Blut erschaffen worden. So behauptete es die Legende. Warum sollte die Umkehrung nicht ebenso erfolgen? »Es braucht mehr als dein Blut. Es braucht noch einen Zauber«, platzte Gaylord heraus, und wenn er sich nicht täuschte, kannte Bernard sogar den Zauberspruch.

Regel Nr. 13

Regel Nr. 1 gilt auch für die eigene Verlobte

Pauline starrte ihn verdutzt an, und Gaylord würde keinen Eid darauf schwören, dass sein Gesichtsausdruck von mehr Intelligenz sprach.

Pauline blinzelte und senkte den Blick. »Dann ruf ich mal Cinderellas gute Fee an.«

Ihre Stimme klang nicht nur spöttisch, sondern auch traurig. Es tat ihm leid, dass sie sich nur als Versuchskaninchen sah. Aber was sollte er ihr sagen? Dass er sie nicht einmal nach einer erfolgreichen Wandlung gehen lassen wollte? Was war dann schließlich mit Louanne? Ihr gehörte sein Herz. Zumindest war er sich bis vor wenigen Tagen noch sicher gewesen. Jetzt war er größtenteils verwirrt, aber das konnte auch daran liegen, dass er als Entführer unschuldiger Jungfern eine Niete war.

Ein Seufzen erreichte seine Ohren. Es war nicht Pauline, die diesen Ton von sich gab. Er kam aus dem oberen Stockwerk, genau genommen aus dem Zimmer, in dem Louanne lag.

Wachte sie endlich auf? Himmel, welche Dröhnung hatte sie abbekommen, dass sie fast zwei Tage lang durchschlief? Gut, das Betäubungsmittel war ein paar Monate überlagert gewesen, aber an Chemie konnte selten etwas schlecht werden.

Louannes Bett knarzte, und sie stöhnte erneut.

Gaylord ließ Pauline los und eilte an ihr vorbei. Er konnte sich vorstellen, wie verwirrt Louanne sein musste. Verflucht, er hatte so viel Zeit gehabt, aber erst jetzt fiel ihm ein, dass er Louanne das Geschehen erst einmal erklären musste. Was sollte er ihr sagen?

›Sorry, ein paar Punks, bewaffnet mit Maschinenpistolen und Pflöcken haben versucht, meinen Safe mit der Fünf-Euro-Note zu knacken.‹

Überaus überzeugend.

Er hörte das Quietschen der Dielen hinter sich, als Pauline ihm die Treppe hinauf folgte. Weit vor ihr erreichte er Louannes Zimmer. Die Möbel waren, wie überall im Haus, bis auf das Bett mit weißen Tüchern bedeckt. In der Mitte wippte eine einsame Glühlampe in dem Wind, der durch die Ritzen fuhr und das Zimmer auskühlte.

Es war kalt hier, aber Albert hatte Louanne mit jeder Decke versorgt, die er wohl gefunden hatte. Unter dem Wust lugten Louannes blonde Haare hervor. Eine Hand schob sich durch die Decken und drückte die Last beiseite, bis sich Louanne aufsetzte und stöhnend den Kopf in den Händen barg.

»Geht es dir gut?«, fragte Gaylord und setzte sich neben sie auf das Bett.

Louanne schrak zurück und drückte ihr Handgelenk gegen die Stirn. »Was ist passiert?«

Merde. Musste das die erste Frage sein, die sie stellte? Gaylord zog ihre Hand zurück und sah ihr in die Augen. Sie waren glasig, Louanne war noch nicht ganz bei sich, doch je länger sie ihn ansah, umso klarer wurde ihr Blick.

»Was ist passiert?«, fragte sie erneut, doch dieses Mal wesentlich schärfer.

»Louanne …«, setzte Gaylord an. Zum Teufel, er hatte immer noch keine gute Ausrede parat. Vielleicht, weil er sie nicht belügen wollte. Aber mit der Wahrheit käme sie nicht zurecht.

Pauline räusperte sich und huschte vom Türrahmen auf Louannes andere Seite. Louanne drückte sich gegen die Kissen, aber sie zog ihre Hand nicht rechtzeitig zurück, als Pauline

danach griff.

»Du hast einen Dachziegel auf den Kopf bekommen. Deswegen sind wir auch hierher umgezogen. Der Sturm hat das halbe Haus abgedeckt«, quasselte Pauline und verzog die Lippen zu einem übertrieben fröhlichen Lächeln.

»Welcher Sturm?«, fragte Louanne. Das wüsste Gaylord auch gern. Wenn er eines wusste, dann dass man sich bei Lügen möglichst nah an der Wahrheit halten sollte.

»Pauline«, wandte Gaylord ein, doch es war Louanne, die ihn unterbrach.

Sie zerrte ihre Hand aus Paulines Griff und rutschte zwischen ihnen zum Fußende des Bettes. »Wo ist mein Handy?«

Gaylord blinzelte verwirrt. »Ich weiß es nicht.«

Louanne wurde blasser. Sie befreite sich von den Decken und stolperte aus dem Bett. »Ich habe genug von euch!«

Von der ruhigen, zurückhaltenden Persönlichkeit war nichts mehr zu sehen. Die Haare hingen ihr ins Gesicht, und ihre Augen waren rotgerändert und blutunterlaufen.

»Ich fasse es nicht«, fauchte Louanne.

»Was genau?«, fragte Gaylord verwirrt.

»Du Lügner! Dieses Miststück ist nicht deine Schwester!«

»Ups«, murmelte Pauline, und Gaylord starrte sie entgeistert an.

»Hast du es ihr gesagt?«, blaffte Gaylord. Zum Teufel mit dieser Frau, und er war ein so großer Volltrottel, dass er ernsthaft darüber nachdachte, ob er sich in Pauline verliebt hatte. Direkt und unverblümt, so hatte er Pauline eingeschätzt. Was war er nur für ein Idiot. Sie war hinterhältig.

Pauline starrte ihn mit großen Augen an, aber es war Louanne, die laut auflachte.

»Sie musste nichts sagen. Es reichte zu beobachten, wie sie

dich ansieht.«

Himmel, man konnte wohl sagen, dass er aufgeflogen war.

»Louanne.« Gaylord trat auf seine Geliebte zu, doch sie wich vor ihm zurück. »Lass es mich erklären. Ja, ich habe dich angelogen. Sie ist nicht meine Schwester. Sie ist …«

»Ich weiß, wer sie ist. Ich habe das Foto von uns an meinen Vater geschickt. Er hat euch beide überprüft. Ihr seid nicht verwandt«, blaffte Louanne.

Zum Henker, wer war Louannes Vater? Der französische Präsident? Nur Geheimdienste und die Mafia hatten die notwendigen Mittel, um per Gesichtserkennung alles über eine Person herauszufinden.

Bei ihm gab es nicht viel zu finden. Selbst seine Häuser liefen nicht auf Gaylord La Goutte, sondern auf Namen, die er sich irgendwann ausgedacht hatte. In einer Zeit, in der man noch problemlos Dokumente fälschen konnte. Aber sie kannte seinen vollen Namen und diesen wiederum gab es in der Geschichte nicht sonderlich oft.

»Ich weiß, wie alt du bist«, fauchte Louanne. Ihre Hand zitterte, als sie sich selbst durch die Haare fuhr. »Ich bin nicht blind. Du isst nie etwas. Du wirst mit Wasser bespritzt und das soll Säure sein. Du hast Geheimnisse vor mir. Bei deinen Verbänden drückt sich nie das kleinste bisschen Blut durch. Du bist kein Mensch und sie auch nicht.«

Louanne deutete auf Pauline, die eine der Decken an sich gezogen hatte und Louanne mit großen Augen anstarrte.

»Ich weiß nicht, was sie ist«, brüllte Louanne. »Aber sie ist genauso ein Monster wie du.«

»Sie ist kein Monster«, knurrte Gaylord. »Und ich auch nicht. Sie ist ein halber Vampir. Ich ein ganzer. Es ist fraglich, ob ich jemals etwas daran ändern kann. Du kannst dir sicher sein, dass

ich diese Existenz genauso verabscheue wie du.«

Er wusste nicht, was Louanne erwartet hatte, aber unter jedem seiner Worte wurde sie noch ein Stückchen bleicher. Sie schwankte. Besorgt trat er auf sie zu und legte die Arme um sie. Doch Louanne schrie nur auf, entwand sich seiner Umarmung und wich vor ihm zurück.

»Louanne, hör doch zu«, bat er sie. »Ein Vampir zu sein macht einen nicht zwangsläufig zu einem schlechten Menschen. Wer weiß, wie vielen du schon begegnet bist und es nicht einmal gemerkt hast.«

Louanne schüttelte den Kopf. Zitternd hob sie die Hand und strich sich fahrig die Haare aus der Stirn. »Also gehört ihr zu den Vampiren, die nicht töten?«

»Ich schon«, erwiderte Gaylord leise. »Pauline trinkt kein Blut. Sie isst normal.«

Louannes Augen füllten sich mit Tränen. Ihr trauriger Anblick zerriss ihm das Herz.

»Wie konnte ich nur so dumm sein?«, fragte sie mit zitternder Stimme. »Er hat mich gewarnt, aber ich dachte wirklich, er irrt sich.«

»Wer?«, fragte Gaylord verwirrt. Wovon redete sie da? Wer hatte sie gewarnt? Sie kannte doch keinen der Jäger, oder? War sie mit einem verwandt? Oh Himmel, war ihr Vater etwa einer? Aber im nächsten Moment wollte er sich selbst eine Ohrfeige verabreichen. Wäre sie mit einem Jäger bekannt oder gar verwandt, hätten die sich nicht erst gestern auf ihn gestürzt. Er kannte Louanne nun ein ganzes Jahr, und in dieser Zeit hatten sich genügend Gelegenheiten ergeben, ihn zu töten.

Louanne griff sich an die Brust. Sie bekam doch jetzt keinen Herzinfarkt, oder?

»Ich habe einen Vampir geliebt«, murmelte sie.

»Louanne, deswegen bin ich doch nicht anders als vorher.«

Klang er flehend? Wahrscheinlich schon. Aber die Würde eines Mannes ging regelmäßig verloren, wenn eine Frau beschloss, die Wahrheit über einen herauszufinden. Sie sah aus, als hätte sie einen Geist gesehen. Einen, der sie anwiderte. Die Verwirrung in ihren tränenverhangenen Augen wich Abscheu. Doch noch etwas anderes kam hinzu. Etwas, das ihm die Seele in tausend Scherben brach. Als er erneut auf sie zutrat, sprang Louanne zurück, wie von der Tarantel gestochen. Sie hatte Angst. Angst vor ihm. Ausgerechnet vor ihm. Er würde sie beschützen. Vor allem. Vor Menschen, vor Krankheiten, vor sich selbst, und wenn es sein musste, auch vor dem Teufel persönlich.

So oft war Louanne ihm nahe gewesen, und nun auf einmal hatte sie Angst vor ihm.

»Louanne«, bat er sie leise. »Lass uns in Ruhe darüber reden.«

Doch seine Geliebte schüttelte nur hektisch den Kopf. »Nein. Ich will nicht. Ich will dich nie wiedersehen!«

Louanne wandte sich um und stürzte an Albert vorbei, der gerade den Raum betrat.

»Mademoiselle Louanne wird also nicht zum Frühstück bleiben?«, fragte er scheinheilig, zuckte aber unter Gaylords mordlüsternem Blick zurück.

Zum Teufel mit diesem Kerl. Zum Teufel mit Pauline. Gaylord spürte, wie sie ihn anstarrte, und so vorlaut, wie sie manchmal war, im Moment war sie klug genug, den Mund zu halten.

Gaylord stürzte ebenfalls an Albert vorbei. Louanne trampelte die altersschwache Treppe hinunter.

Er könnte sich ihr in den Weg stellen. Während sie sich noch auf der Treppe den Hals brach, könnte er bereits die Eingangstür blockieren. Aber was sollte das bringen?

Wenn er Louanne den Weg versperrte, entwickelte sie noch

mehr Angst vor ihm. Jetzt endlich sah sie das Monster, das er auch war. Er hatte sie nie verdient, doch die Zeit mit ihr war eine schöne Illusion gewesen.

Eine, die niemals hätte enden müssen. Noch ein paar Tage, ein wenig Glück, und mit Pauline wäre ihm die Rückwandlung gelungen. Dann hätte er Louanne heiraten und mit ihr eine Familie gründen können. Keine getrennten Betten mehr, keine flüchtigen Berührungen, die so viel verhießen und die Geduld doch so bitter auf die Probe stellten.

Wäre Gaylord nur schneller gewesen. Er hatte zu viel Zeit vertrödelt. Statt Pauline sprichwörtlich in ihre einzelnen Bestandteile zu zerlegen, hatte er sich nur nach ihrem Blut gesehnt und sich von ihr die Sinne verwirren lassen.

Louanne riss die Tür auf und rannte nach draußen. Er folgte ihr, aber wesentlich langsamer. Es hatte keinen Sinn, sie aufzuhalten. Sie wollte nicht hören. Wenn er Glück hatte, musste Louanne lediglich darüber nachdenken und verstehen, dass sein Dasein als Vampir nichts an seiner Persönlichkeit änderte. Aber würde sie es einsehen? Er verstand es, wenn es sie abstieß. Es stieß ihn ja selbst ab.

In den Rahmen der Eingangstür gelehnt, sah Gaylord zu, wie Louanne in ihren Wagen sprang. Ob sie in ihrer Eile gesehen hatte, dass der Wagen von Einschüssen durchsiebt war? Aber er lief noch. Sie würgte ihn mehrfach ab, der Wagen stotterte und ächzte, aber schließlich gelang es ihr, das verdammte Ding zu starten.

Ohne einen Blick zurückzuwerfen, wendete sie den Wagen und fuhr mit quietschenden Reifen davon. Von diesem Moment hatte er schon oft geträumt. Immer dann, wenn ihn die Verzweiflung über sein eigenes Wesen so sehr plagte, dass er sich nur noch unruhig herumwälzte. Und doch fühlte es sich anders

an als erwartet. Es zerriss ihm das Herz, aber es brachte ihn nicht um, so wie in seinen Träumen.

Regel Nr. 14

Der Angriff lauert hinter jeder Ecke

Gaylord wandte sich um und zuckte im nächsten Moment zurück. Nur wenige Zentimeter vor ihm stand Pauline. Himmel, machte sie ihm im Schleichen neuerdings Konkurrenz?

Ihre Nase kräuselte sich. Sie öffnete den Mund und schloss ihn dann wieder, bevor sie mit den Schultern zuckte.

»Die spinnt doch.«

»Sie spinnt nicht«, wehrte Gaylord ab. »Ist ihre Reaktion so unverständlich für dich?« Was sollte man von einer Frau erwarten, die gerade herausgefunden hatte, dass er sie nach Strich und Faden belog? Würde Pauline anders reagieren?

»Du bist ein Vampir, kein Alien mit fünf Penissen.« Pauline verdrehte die Augen.

»Ich töte Menschen.«

»Und die Menschen töten Kühe, Schweine, Schafe und was weiß ich. Wir roden den Regenwald, rotten fremde Völker aus, vermüllen die Erde und entwickeln immer neue dämliche Allergien. Menschen sind großes evolutionäres Kino. Und uh, wie furchtbar, wir stehen nicht ganz oben in der Nahrungskette. Nieder mit sämtlichen Vampiren, damit wir uns wieder sorgenfrei gegenseitig bekriegen und umbringen können.«

Pauline schnaubte verächtlich. Albert hob die Hände und schlug sie zusammen. Mehrfach.

»Hören Sie auf damit«, knurrte Gaylord.

»Aber sie hat doch recht.«

Natürlich hatte sie recht. Irgendwie. Auf eine seltsame, verdrehte Art und Weise. Es gab genügend Menschen. Aber Schweine und Rinder würden diese mit Sicherheit so gern abschaffen, wie die Menschen jede Gefahr bekämpften. Und es

änderte nichts daran, dass er Louanne belogen hatte.

»Du würdest mir an der gleichen Stelle auch nicht die Hand schütteln«, fügte Gaylord hinzu.

»Ich würde dir die Eier abreißen und sie Albert als Frühstückseier andrehen«, erklärte Pauline trocken.

Sein Butler hüstelte schockiert, aber Gaylord wunderte diese Antwort wenig. Ehe Pauline litt, ließ sie andere leiden.

Gaylord schüttelte den Kopf. »Gewalt ist keine Lösung.«

»Aber die Vorstellung baut bereits viel Stress ab.«

Wenn sie das sagte. Vielleicht hatte er Glück, und ihr Vater baute allein mit der Vorstellung, wie er Gaylord die Gedärme herausriss, genügend Stress ab, um die Henker des Mittelalters nicht in Sachen brutaler Foltermethoden zu übertreffen.

Seufzend wollte Gaylord an Pauline vorbeigehen, doch sie griff nach seiner Hand.

»Weißt du schon was über den Zauber?«

»Nicht genau. Ich muss noch etwas nachsehen.«

Und was nützte ihm das Wissen jetzt noch? Louanne war weg. Es gab keinen Grund mehr, Pauline hier festzuhalten. Es war Zeit, sie in ihr eigenes Leben zurückkehren zu lassen, während er mit Albert den Alltag eines Vampirs ertrug, bis er einem Vampirjäger in die Arme lief. Oder Paulines Vater. Doch bevor er seine Gedanken äußern konnte, hatte Pauline einen ganz anderen Vorschlag: »Dann lass uns zusammen nachsehen.«

»Du willst doch nur wieder abhauen«, sagte Gaylord lahm. Denn zum Recherchieren müssten sie nach Paris, und der Himmel bewahre ihn davor, wenn Jeremy und Konsorten dort auf ihn warteten. Es wunderte ihn, dass Jason noch nicht hier war. Im Gegensatz zum Maison de Lys war dieses hier völlig ungeschützt. Es gab keine Zauber, die das Haus vor den neugierigen Blicken Fremder schützte und jeden Ortungszauber

unterbanden. In Jasons Gefolge befand sich eine talentierte Hexe. Inzwischen war es für diese sicher ein Leichtes, Pauline mit einem Lokalisierungszauber zu finden.

Pauline stupste Gaylord am Arm und lenkte seinen selbstvergessenen, starren Blick vom Boden wieder auf sich.

»Ich will nicht abhauen«, erklärte sie und untermauerte jedes ihrer Worte, indem sie seinen Arm durchschüttelte. »Diesmal wirklich nicht. Ich will es auch endlich wissen. Und …« Sie zögerte und ließ seinen Arm los. »Ich will, dass du ein Mensch wirst. Oder es zumindest versuchst.«

»Warum?«

»Weil ich von Natur aus neugierig bin. Und ich will dich nicht mehr so unglücklich sehen. Ich will keine Angst haben müssen, dass du dich in der nächsten Viertelstunde selbst pfählst. Wer räumt dann die Sauerei weg?«

Er verstand es immer noch nicht. Warum war es ausgerechnet Pauline wichtig, ob er ein Mensch oder ein Vampir war? Was ging Pauline sein Glück an? Reine Schadenfreude sollte in ihr toben, ihn unglücklich zu sehen. Das könnte jeder nachvollziehen. Selbst er.

Erneut zupfte Pauline an seinem Ärmel. Diesmal so heftig, dass sein gesamter Anzug verrutschte. »Ich haue nicht ab. Ich gebe dir mein Wort.«

Wenn ihr Wort genauso viel wert war wie das ihres Vaters, dann stand ihm der schlimmste Teil des Tages noch bevor. Aber ihr Blick stellte jegliche Rehe, sämtliche Welpen und seinen eigenen Willen in den Schatten.

»Also gut«, gab er seufzend nach. »Aber ich muss dich tragen. Es ist zu weit, um in normalem Tempo nach Paris zu laufen.«

Den Wagen hatte Louanne für ihre Flucht genutzt. Ihm war der Fuhrpark ausgegangen.

Pauline nickte zögernd und trat mit ihm vor das Haus. Ehe sich Gaylord versah, legte Pauline die Arme um seinen Hals und schmiegte sich vertrauensvoll an ihn.

Er hob sie hoch und setzte sich in Bewegung. Die ersten Meter lief er langsam, kaum schneller als ein rennender Mensch. Die Übelkeit war nicht so stark, wenn sich der Getragene nach und nach an die Geschwindigkeit gewöhnen konnte. Mit jedem Meter steigerte er sein Tempo, bis er schließlich über Felder und Wiesen raste.

Er spürte ihren Atem an seinem Hals. Sie lehnte den Kopf gegen seine Wange. Ihre Wärme durchströmte ihn und brachte ihn für einen Moment aus dem Gleichgewicht. Ein Straucheln, das Pauline mit einem erschrockenen Keuchen kommentierte. Ihr Griff um seinen Hals wurde fester, bevor sie sich wieder entspannte.

Während er lief, ging die Sonne hinter dem Horizont unter, und es mochte vielleicht eine Stunde vergangen sein, da begann Pauline zu würgen. Gaylord stoppte nicht weit von einem Dorf entfernt und setzte Pauline ab. Sie zitterte, und er legte seine Arme um sie, bevor sie vollends auf den Boden sackte.

»Atmen«, sagte er leise. »Dann beruhigt sich dein Magen wieder.«

Pauline atmete bemüht tief ein und wieder aus. Ihre Brust spannte sich unter den tiefen Atemzügen, und das trockene Würgen ließ nach. »Hast du keine Angst, dass ich dir auf dein Hemd kotze?«

»Das verliehe dem heutigen Tag nur den richtigen Ausdruck.«

Pauline lächelte matt und löste sich von ihm. Sie strich die wirren Haare aus dem Gesicht und sah sich um. »Und jetzt?«

»In einem geklauten Auto wird dir hoffentlich nicht schlecht«, erwiderte Gaylord mit einem feinen Lächeln.

»Wir klauen ein Auto?« Pure Abenteuerlust blitzte in Paulines Augen auf und ließ sie noch blauer erscheinen. »Ich habe noch nie ein Auto geklaut!«

Schön, dass wenigstens noch Pauline Spaß an der Sache hatte. Als er sich wohl für ihren Geschmack viel zu langsam in Bewegung setzte, um auf das Dorf zuzusteuern, packte sie seine Hand und zog ihn einfach hinter sich her.

Sie grüßte die Kühe auf der Weide mit einem ›Na, du Süße‹, hielt aber nicht zum Flirten an.

Sie landeten auf einem Schotterweg, der sie zu einem Hof führte. Der Bauer weilte offenbar schon in seinem verdienten Schlaf. Nichts rührte sich auf dem Gelände. Nur eine Katze lief über das Dach der Scheune.

»Können wir nicht einen Traktor klauen?«, fragte Pauline sehnsüchtig und wanderte um das riesige Gefährt herum.

»Das nächste Mal«, tröstete Gaylord sie und trat zu dem dunkelblauen Peugeot.

»Darf ich die Tür aufbrechen?«

Pauline stürzte an ihm vorbei und durchwühlte ihre Haare.

»Was tust du da?«, fragte Gaylord verdutzt.

Pauline schrie triumphierend auf. »Ha!« In der Hand hielt sie eine winzige Haarnadel, mit der sie sich vor die Fahrertür hockte.

Pauline mochte zwar über räuberischen Enthusiasmus verfügen, ein Schloss hatte sie aber vermutlich noch nie erfolgreich geknackt. Wahllos stocherte sie darin herum. »Auf Youtube sah das einfacher aus.«

»Lass mich.«

Pauline trat zur Seite und hielt ihm die Haarnadel hin. Pah, mit solchem Firlefanz gab er sich gewiss nicht ab. Er riss an der Tür, und knackend gab das Schloss unter der rohen Gewalt des Vampirs nach.

 **210**

»Du cheatest«, protestierte Pauline. »Darf ich ihn wenigstens kurzschließen?«

»Nein!«

Der Himmel bewahre ihn davor, dass sich Pauline mit der Haarnadel noch elektrischen Kabeln näherte. Er lehnte sich in den Wagen, drückte die Tür zur Beifahrerseite auf und bückte sich in den Fußraum.

Alte Autos besaßen den Vorteil, dass man sie wirklich kurzschließen konnte. Pauline hatte sich kaum gesetzt, da knatterte bereits der Motor.

Seinem triumphierenden Blick begegnete sie mit einem müden Lächeln. Ihre wechselnden Stimmungen machten ihm Sorgen. Erst war sie aufgedreht, und jetzt schien sie völlig in sich gekehrt. Während er den Wagen lenkte, betrachtete sie die Umgebung.

Sie heckte doch gerade einen neuen Fluchtplan aus. Sollte sie. Dieses Mal würde er sie nicht aufhalten. Er fühlte sich zu müde, um ihr hinterherzulaufen, und sie hatte sich ihre Freiheit redlich verdient.

Allerdings klang ihr Seufzen eher traurig als hoffnungsvoll. Aber warum sollte sie traurig sein? Sie war Zeuge davon geworden, wie er grandios scheiterte. Und doch hatte sie bisher noch kein Wort des Spotts von sich gegeben.

»Was ist los mit dir?«, fragte Gaylord.

»Kennst du das nicht? Himmel hoch jauchzend und dann wieder zu Tode betrübt?«, erwiderte Pauline leise. Also hatte Pauline ihre Menstruation?

»Auf dem Rückweg können wir dir Schokolade besorgen«, bot Gaylord an, aber Paulines entgeisterter Blick sorgte dafür, dass er sich mit weiteren Vorschlägen zurückhielt. Sie würden einfach die Schokolade kaufen, das war bei menstruierenden Frauen

immer die beste Strategie.

Niemand verfolgte sie, als Gaylord den Wagen nach Paris lenkte und sich in den abendlichen spärlichen Verkehr einreihte.

Er parkte dicht am Eingang der Bibliothèque nationale de France. Der eckige, scharfkantige Bau barg nicht nur für Menschen unzählige Schätze der Literatur. In den Tiefen des Gebäudes existierte eine Abteilung, die allein Vampiren, Hexen und anderen übernatürlichen Wesen vorbehalten war.

Er bot Pauline seinen Arm und führte sie zum Eingang der Bibliothek. Prüfend musterte er die Menschen, die sich mit ihnen in die Hallen der Bibliothek drängten.

Die Bibliothek hatte noch für etwa zwei Stunden geöffnet. Sie würden im Getümmel der Menschen nicht auffallen.

Aber wenn Jason ihn hier aufspürte, bekam er Gaylord praktisch auf dem Silbertablett präsentiert. Ein geschlossenes Gebäude, Menschen, vor denen man die Kräfte nicht voll entfalten konnte, und eine Menge, in der er Pauline schnell verlieren konnte, sobald er sie nur aus den Augen ließ.

Und doch konnte Gaylord nicht umhin, das Betreten der riesigen Lesehalle zu genießen. Es war als träte man in eine andere Welt ein. Die kühle, gläserne und gerade Fassade des Gebäudes war nicht mehr als eine Farce des Architekten, um den Kontrast zu der barocken, opulenten Einrichtung zu verstärken. Für den Innenausbau hatte er sich seine Inspiration bei den größten Bibliotheken der Welt geholt. Licht drang durch die Glasscheiben der Kuppel. Meterhohe Säulen trugen das Dach, unter denen an unzähligen Tischen Bücher gelesen und auch geschrieben wurden.

Sie durchschritten den großen Saal und durchquerten die einzelnen Abteilungen, bis sie an eine Tür gelangten, die so unscheinbar war, als führe sie zu einem Abstellraum. Gaylord

biss sich selbst in den Finger und tropfte das Blut in einen Scanner neben der Tür. Die Lampe leuchtete rötlich, bevor sich die Tür klickend entriegelte.

»Ein Zugangscode war wohl zu einfach?«, spottete Pauline.

»Es wäre nicht zielführend. Jedes Wesen soll die Abteilungen der Bibliotheken nutzen können. Zugangscodes können an Menschen verraten werden, und gerade frisch gewandelte Vampire bekommen selten eine Liste mit Passwörtern in die Hand gedrückt.«

Pauline verzog die Lippen zu einem kleinen Lächeln. »Okay, dann ist es eben nicht umständlich.«

Ein großer, runder Saal offenbarte sich vor ihnen. Es gab keine Fenster. Alte, flackernde Glühlampen erhellten den Raum. Über dem einzigen Schreibtisch hing das Portrait eines alten, grauhaarigen Mannes.

Den Rest des Raumes nahmen zwei Dutzend Regalreihen ein. Die Holzböden bogen sich unter den zahlreichen Büchern. Alte, neue, graue, bunte, zerrissene und angebrannte sowie makellose. Jedes von ihnen beherbergte ein Geheimnis. Von Menschen, Vampiren, Hexen und Werwölfen geschrieben enthielten sie persönliche Erfahrungen, Zauber, Wissen und Geschichte über das Leben der Wesen.

Gaylord bog in einen Gang ein, und sein Blick huschte von Zahl zu Zahl.

Er wusste genau, wo er suchen musste. Schließlich war er derjenige, der das Buch einst hiergelassen hatte.

Gaylords Blick huschte die Inventarnummern auf den Bücherrücken entlang. 3495, 3497, 3566. Das war es. Gaylord zog vorsichtig das Buch heraus. Zwei Handlängen hoch konnte man es getrost als unhandlich betiteln. Doch vor allem war es sehr alt. Vor sechshundert Jahren sammelten Hexen hier die Zauber, die

 213

über Generationen hinweg weitergegeben wurden, und die Geheimnisse der Vampire. Über Halbvampire gab es nur spärliches Wissen, auch hier. Aber Gaylord kannte dieses Buch viel zu gut. Der letzte Besitzer war Bernard gewesen. Der Abt hatte sich vorrangig für die schwarzmagischen Zauber interessiert. Alles, was ihm half, seinem Ruf als Wunderheiler gerecht zu werden, sodass die Kranken und Bedürftigen zu seinem Kloster pilgerten, in der Hoffnung auf Heilung. Die meisten erhielten diese auch, aber sie ahnten nichts von dem Leid der Vampire, die Bernard in seinem Kloster gefangen hielt. Mit magischen Ketten und Flüchen sperrte er sie ein und gab ihnen gerade ausreichend Blut, um sie am Leben zu erhalten, aber niemals genug, um satt zu werden oder wieder zu Kräften zu kommen. Das Leid und die Not der Kranken füllten Bernards Kassen, mehrten seinen Wohlstand, bis er mit Mitte fünfzig beschloss, selbst ein Vampir zu werden.

Einige der Seiten hatte Bernard selbst gefüllt. Seine Schrift war schnörkelig und schön. Viel zu schön für einen Mann solcher Grausamkeit.

»Was ist das?«, fragte Pauline.

»Das Grand Grimoire.«

Die Seiten waren brüchig. Die Ränder zerfielen zu Staub, sobald man sie berührte. Lange schien es in den Massen der Bücher vergessen gewesen zu sein, bis sich ein ehemaliger Schüler dessen erinnerte. Ein Schüler, der von einem gottesgefälligen Leben geträumt hatte und den Fluch ewigen Lebens aufgehalst bekam. Gaylord hoffte inbrünstig, dass Bernard inzwischen in der Hölle schmorte.

Gaylord schlug das Buch zu und fasste Pauline an der Hand. »Wir sehen es uns zu Hause genauer an.«

Verblüfft zog Pauline die Augenbrauen hoch. »Du klaust ein Buch?«

»Ich leihe es mir aus«, erwiderte Gaylord sanft. Er würde es zurückbringen. Irgendwann. Pauline ging vor, noch immer hielt sie seine Hand, und langsam liefen sie die Regalreihe zurück.

»Na, auf die Überziehungsgebühr bin ich gespannt. Du kommst doch hier nicht mehr rein, wenn du ein …« Pauline brach ab und stoppte. Ihr Herzschlag stieg sprunghaft an, und Gaylord trat hinter ihr aus dem Gang.

Zuerst konnte er nichts Ungewöhnliches entdecken, doch als er den Blick der Tür zuwandte, löste sich eine Gestalt aus dem Schatten des Vorsprungs.

»Glaub jetzt ja nicht, dass ich dir in die Arme falle, nur weil du endlich mal auftauchst«, fauchte Pauline, bevor Gaylord abhauen, wie ein Mädchen schreien oder einfach nur den Kopf einziehen konnte.

»Wie schnell hätte ich sein müssen, um in den Genuss zu kommen?«, fragte Jason.

Pauline legte den Kopf schief. »Du hast das Limit um zehn Minuten überschritten.«

Je näher Jason kam, umso weiter trat Gaylord zurück. Allein Pauline blieb, wo sie war. Sie zögerte, ging einen Schritt auf Jason zu, trat einen zurück, bevor sie ›Was soll's‹ murmelte. Jason sah ebenso überrascht aus wie Gaylord sich fühlte, als Pauline die Arme um Jason schlang und den Kopf an seine Brust legte.

Kein Lächeln zeigte sich auf Jasons Gesicht, als er die Arme um Pauline legte. Im Gegenteil. Sein Blick ruhte seelenruhig und kalt auf Gaylord.

Jetzt war ein guter Zeitpunkt, sich all der Gebete zu erinnern, die Gaylord früher inbrünstig gesprochen hatte. Doch sein Gehirn wollte nicht beten. Es überlegte fieberhaft, wie es sich samt seinem Besitzer an Jason vorbeidrücken könnte, und die Möglichkeiten wurden zunehmend halsbrecherischer. Ein

Lüftungsschacht, durch den er sich zwängen konnte, käme Gaylord jetzt sehr gelegen.

Jason strich seiner Tochter übers Haar und begann schließlich wahnsinnig unauffällig, sie nach Verletzungen abzutasten.

»Hör auf damit!«, empörte sich Pauline und schlug seine Hand weg. »Du willst doch nur fummeln!«

»Du bist meine Tochter. Das wäre selbst für mich seltsam.«

Pauline grummelte etwas so leise, dass es vermutlich besser war, dass es niemand verstand, und nickte schließlich. »Na gut, dann bist du eben doch nicht so pervers.«

Jason schob Pauline in Richtung Tür. »Geh raus, dort wartet Jeremy auf dich.«

Zögernd tat Pauline einen Schritt auf die Tür zu, doch dann blieb sie stehen.

»Woher wusstest du, dass wir hier sind?«

»Das erkläre ich dir später«, knurrte Jason.

Pauline trat unruhig von einem Bein auf das andere. »Was hast du vor?«

Musste sie das wirklich fragen? Gaylord fiel dazu eine Menge ein und nichts davon brachte sein untotes Herz dazu, vor Freude zu hüpfen. Im Gegenteil. Langsam aber sicher breitete sich eine Schockstarre in ihm aus, als würde sich sein Körper bereits auf den nahenden Tod vorbereiten und seinem Geist das Schlimmste vorenthalten wollen.

Jason verschränkte die Arme vor der Brust. »Wir unterhalten uns.«

»Du bringst ihn also nicht um?«

»Nein, noch nicht«, erwiderte Jason mit einem Lächeln, das seine Eckzähne überdeutlich präsentierte. Bevor Pauline protestieren konnte, packte er seine Tochter um die Hüfte, stellte sie vor der Tür wieder ab und schlug ihr schließlich selbige vor

der Nase zu.

Die Automatik, die Jason hervorzog, strafte seine Worte Lügen, aber Gaylord hatte nichts anderes erwartet. Selbst der Teufel flunkerte weniger als ein Jason Harris. Nur wer lebensmüde war, glaubte ihm. Unterhaltungen bestanden bei Jason ohnehin nur aus Sprüchen, die einem den Weg in den Tod noch zusätzlich verleideten.

Und Gaylord saß in einer Falle fest. Der Raum besaß keine weiteren Ausgänge. Zumindest keine, die ihm bekannt waren.

Jason schoss auf ihn zu, packte Gaylord und drückte die Mündung gegen seine Taille.

Erst zerriss ein lauter Knall sein Trommelfell, dann brüllender Schmerz seine Eingeweide.

Blind vor Pein packte Gaylord Jason am Kragen und schoss mit ihm auf die Tür zu. Krachend brach das Holz unter der Wucht der beiden Männer, und Jason stöhnte, als er rücklings gegen eine Säule prallte und Gaylords Polster darstellte. Der Stein bröckelte, und taumelnd rappelte sich Gaylord wieder auf. Sein Bauch schmerzte noch immer, doch seine Selbstheilung arbeitete auf Hochtouren. Ein Mensch würde nun elendig verbluten. Gaylord jammerte innerlich mehr über seine Knochen, die über den Zusammenprall mit der Tür ächzten.

Jasons Rückgrat musste es jedoch wesentlich schlimmer gehen. Fluchend und stöhnend wand dieser sich auf dem Boden.

Ein Moment, den Gaylord nutzte, um sich umzusehen. Aber von Pauline war nichts zu sehen.

Dafür tauchte ein wütender Jeremy auf. Gaylord rauschte den Gang entlang, der in die andere Richtung führte und bog in einen weiteren Gang ein. Er folgte dem Gewirr der Gänge, das in den Flügel führte, in dem der große Lesesaal war. Erst als er diesen erreichte, blieb er stehen. Verflucht. Er hatte Pauline verloren.

Noch immer hielt er das Grand Grimoire gegen seine Brust gedrückt. Da drin stand der Zauber, der ihn wieder zum Menschen machen konnte, und ausgerechnet seine wichtigste Zutat wurde soeben von ihrem Vater nach Hause geholt.

In der Mitte des Lesesaals standen unzählige Tische. Das Deckenlicht war gedämpft, dafür spendete auf jedem Tisch eine einzelne Lampe genug Licht für die Lesenden.

Auf den Emporen, die sich an den Seiten des Raumes entlang zogen, standen weitere, unzählige Regale mit Büchern.

Hier hatte niemand den Schuss und die berstende Tür gehört. Die Menschen hockten stumm über ihren Büchern, und doch summte die Bibliothek wie ein Bienenstock. In der Masse der dröhnenden Pulse konnte er den von Pauline nicht herausfiltern. Vielleicht hatte sie das Gebäude schon längst verlassen.

Gaylord ließ das Buch sinken und hielt es über den riesigen Blutfleck an seiner Seite. So unauffällig wie möglich schob er sich an den Tischen vorbei, immer in der Erwartung, dass Jason oder Jeremy auftauchten. Er gab sich lieber keiner Illusion hin. Das gesamte Gebäude war videoüberwacht, und er wusste, wie schnell Jason Kameras anzapfen konnte. Er wusste auch, dass Kameras Alarm geben konnten, wenn sie ein bestimmtes Gesicht erkannten. Er hatte Jason den Zugang selbst eingerichtet. So musste er Gaylord hier gefunden haben.

Es knallte fürchterlich neben ihm. Ein Regal krachte zu Boden, Jeremy rollte herunter und sprang über das Geländer der Empore, um sich auf ihn zu stürzen. Gaylord wich aus, als Jeremy nach ihm griff, und raste zu den Emporen auf der anderen Seite. Er ächzte, als er sich hinaufschwang. Der doch dumpfe Schmerz in seiner Seite hinderte ihn nicht daran, das nächste Regal hinaufzuklettern und darauf entlangzulaufen. Seine Position war ohnehin verraten, von hier aus hatte er wenigstens einen guten

Blick. Wann immer ihm Jeremy zu nahe kam, sprang er auf das nächste Regal.

Menschen erhoben sich von ihren Plätzen oder kamen aus den anderen Gängen angelaufen, um den Grund für das Getöse herauszufinden und das seltsame Schauspiel zu verfolgen.

Die Anwesenheit dieser Menschen war Fluch und Segen zugleich. Ein Mord in dieser Runde war für Jeremy und Jason zu riskant. Einige zückten bereits ihre Handys und filmten sie. Beweismaterial, das nicht einmal ein Mafiaboss ohne Weiteres entsorgen konnte.

Und so durfte Gaylord seine Kräfte nicht nutzen, um mit der Schnelligkeit eines Vampirs, der trotz allem an seinem Leben hing, durch die Tür nach draußen zu rauschen.

Gaylord sprang von dem Regal und sah sich plötzlich einer Gruppe Studenten gegenüber. Verwirrt wichen sie keinen Millimeter, als Gaylord sich an ihnen vorbeidrücken wollte. Fluchend wandte er sich um und rannte wahllos auf eine der Türen zu, die aus dem Lesesaal führten.

»Gaylord!«

Er fuhr herum und sah sich einer atemlosen Pauline gegenüber.

»Komm mit.« Sie packte ihn an der Hand und zog ihn zurück zu der Tür, durch die er in den Lesesaal gekommen war.

»Dahinter wartet doch nicht Jason auf mich, oder?«

»Bist du wahnsinnig? Natürlich nicht!«, widersprach Pauline.

Tatsächlich sprang ihn kein wütender Jason an. Er folgte Paulines Zug durch die Gänge, und es fiel auch niemand über ihn her, als Pauline eine weitere Tür aufstieß. Vor ihnen erstreckte sich lediglich ein dunkler Gang mit steinernen Mauern, die von wenigen Deckenleuchten erhellt wurden und mit Sicherheit zum Lieferanteneingang führten. Und in die Freiheit.

»Warum tust du das?«

»Weil ich durchgeknallt bin. Deine Worte.«

Wie schön, jetzt hielt sie ihm vor, dass er sie für verrückt hielt? Wenn sie etwas beweisen wollte, dann sollte er ihr wohl dankbar sein. Aber Himmel noch eins, das ergab doch alles keinen Sinn!

Sie half ihrem Entführer zu verschwinden. Bevor er das nächste Mal eine Frau entführte, belegte er einen Kurs. Wie ging man mit Entführungsopfern um, die sich für ihre Situation absonderlich benahmen?

Durfte man sie heiraten?

Himmel, sie machte ihn schon so kirre, dass er daran dachte, sie zu heiraten? Dankbarkeit nahm mitunter seltsame Formen an.

Durch die kleinen Fenster in der Tür drang spärliches Licht, und Gaylord wagte einen Blick hinaus.

»Mist«, fluchte er inbrünstig.

»Was ist?« Pauline stellte sich auf die Zehenspitzen. Um das Fenster zu erreichen, legte sie die Hände auf seine Schultern und stemmte sich noch ein wenig nach oben. Ihre Haare kitzelten seine Wange, und der Anblick ihrer leicht geöffneten Lippen weckte Gelüste in ihm, die sich nicht für einen Mann gehörten, der erst heute Nachmittag von seiner hysterischen Freundin verlassen worden war, und erst recht nicht für einen Mann, dessen größte Sorge es sein sollte, unbeschadet aus diesem Gebäude zu kommen. Mit Pauline.

Doch gerade das stand zunehmend in den Sternen. Vor dem Eingang wartete ein schwarzer SUV. Die meisten von Jasons Mitarbeitern fuhren solche Autos. Außer Jason selbst. Dieser bestand auf seinem Smart for four.

Hinter den Scheiben konnte Gaylord die Umrisse zweier Männer erkennen. Das allein reichte schon, um das Verlangen zu unterdrücken, an dieser Tür sein Glück zu versuchen. Jason hatte das Gebäude umstellen lassen und Gaylord würde seine Häuser

darauf verwetten, dass auf dem Dach Scharfschützen standen und sich gelangweilt am Hintern kratzten.

»Wie kommen wir jetzt hier raus?«, fragte die Halbvampirin.

»Mit Chaos«, erwiderte Gaylord. Er zog Pauline zurück, den Gang entlang. Dort hatte er einen kleinen Kasten gesehen, den Handfeuermelder. Mit einem Schlag zertrümmerte Gaylord die kleine Scheibe und drückte den Knopf. Schrill tönte die Sirene aus den Lautsprechern und zerriss ihm schier das Trommelfell. Ein Feueralarm war nie ein Vergnügen für einen Vampir, aber wenigstens gingen Jason und Jeremy nun gleichermaßen in die Knie. Selbst Pauline legte sich die Hände auf die Ohren, aber sie zögerte nicht, ihm zu folgen, als er den Gang entlanglief. Er stieß die Tür auf, und gemeinsam rannten sie zurück in den Lesesaal. Dort waren die meisten Menschen. Dort konnten sie sich in der anonymen Masse verstecken.

Ohrenbetäubender Lärm empfing sie in dem Saal. Vor dem Notausgang hatte sich eine Menschentraube gebildet. Die Besucher drängelten und schubsten sich gegenseitig voran.

Gaylord legte den Arm um Pauline und presste sie gegen sich. Sie durchquerten eilig den Raum und quetschten sich zu den Menschen. Die Köpfe gesenkt, riskierte nur Gaylord hin und wieder einen Blick, um nach Jason und Jeremy Ausschau zu halten.

Als das Gedränge sie in die Eingangshalle schob, sah er die zwei Vampire auf einer Empore stehen. Eilig senkte Gaylord wieder den Blick. Pauline musste die beiden auch gesehen haben. Sie drückte seine Hand so fest, dass sein Knochen bereits knackte. Aber er würde einen Teufel tun, sich von ihr loszumachen.

Eilig zog er Pauline hinter einen Hünen, dessen wildes, schwarz gelocktes Haar sie vor den Blicken der Vampire verbarg.

»Es funktioniert«, flüsterte Pauline.

 221

Sie ließen sich von der Menge nach draußen schieben, und dort rannten sie zum Wagen. Pauline warf sich auf den Beifahrersitz und atmete tief aus, als Gaylord den Wagen startete und auf die Straße lenkte.

»Du hast schon wieder deine eigene Rettung versaut«, sagte Gaylord.

Doch Pauline zuckte nur die Schultern. »Vielleicht haben die beiden beim nächsten Mal mehr Glück.«

Regel Nr. 15

Wer den Entführer rettet, darf ihn küssen

Pah, sie würde niemals zulassen, dass jemand Gaylord umbrachte. Niemand durfte ihn töten. Das erledigte sie immer noch selbst, wenn sie es für nötig hielt!

Jedoch war fraglich, ob Jason das interessierte. Wer diskutierte schon erfolgreich mit einem Vampir? Das hatte Amélie versucht, und nun war sie selbst eine Vampirin.

Also blieb nur der umständliche Weg – die Flucht. Und was für eine. Pauline umklammerte den Gurt und stemmte die Beine in den Fußraum. Himmel, warum hatte Gaylord sie nicht einfach auf seine Arme geladen und war davongerast? Das würde ihren Magen weniger überfordern als die halsbrecherischen Manöver, die er Fahrstil nannte.

Gaylord fuhr dermaßen unkonzentriert, dass es selbst in dem chaotischen Pariser Verkehr auffiel. Sie entgingen einigen Zusammenstößen nur, indem er mit Schmackes auf die Bremse trat.

Er umklammerte das Lenkrad so fest, dass seine Knöchel weiß hervortraten. Na hoffentlich wusste er, was er da tat. Wenn er das Lenkrad abbrach, konnten sie nur noch jemandem das Fahrrad klauen.

Pauline fühlte das Pochen ihres eigenen Herzens. Es raste und pumpte das Adrenalin durch ihre Adern. Sie war völlig wahnsinnig. Warum war sie nicht mit Jeremy mitgegangen? Wenn Gaylord sie nicht bei einem Autounfall umbrachte, was geschah dann?

Irgendwann würde ihre Neugier Pauline das Leben kosten, aber sie wollte wissen, wie Gaylord seine Menschlichkeit

zurückerhalten konnte.

Es war wie ein Horrorfilm. Sie fürchtete sich vor dem Ende, und doch konnte sie den Blick nicht abwenden. Vielleicht war sie auch naiv. Das war schon immer ihr größter Fehler gewesen.

Gaylord ließ die Straßen der Pariser Innenstadt hinter sich, fuhr auf die Schnellstraße, und endlich entspannte er sich. Er begann wieder zu atmen, auch wenn es weniger nach Atmen als nach einer Lungenentzündung klang. Warum rasselte sein Atem so?

»Warum keuchst du wie eine fünfzigjährige Waschmaschine?«, fragte Pauline.

»In meinem Bauch steckt eine Kugel«, japste Gaylord. »Auch auf die Gefahr, wehleidig zu klingen, aber das tut weh!«

Pauline zog das Grimoire weg, das zwischen seiner Taille und dem Gurt klemmte, und riss die Augen auf. Himmel, der Blutfleck war ja riesig. Pauline löste ihren Gurt und rutschte näher.

»Schnall dich wieder an«, befahl Gaylord.

»Warum denn?«

»Ich will nicht, dass du durch die Windschutzscheibe fliegst.«

»Dann fahr ordentlich.«

Gaylords Hände klammerten sich erneut um das Lenkrad, und er keuchte unter Paulines Berührungen. Sie knöpfte die Weste auf und schob das Hemd beiseite. Gaylord war definitiv wehleidig, denn seine Haut war zwar blutverschmiert, aber makellos. Darunter spannten sich die Muskeln, und er seufzte bestimmt nicht vor Schmerz, als Paulines Finger vorsichtig über seine Haut tasteten, um dann seine Seite entlang zu streichen. Waren alle Vampire so gut trainiert? Wurde man ohne Sixpack nicht zum Vampirdasein zugelassen? Oder hatte der Kerl, der Gaylord gewandelt hatte, ihn wegen dieser Muskeln anknabbern wollen? Himmel, Pauline konnte es ihm nicht verdenken. Ihn zu

berühren weckte in ihr nur ein Verlangen: ihn noch länger zu berühren. Überall.

Erneut strich sie über seinen Bauch, und wieder seufzte Gaylord inbrünstig. »Pauline …«

»Da ist nichts.«

Gaylord fluchte unterdrückt, als Pauline kräftig auf der blutverschmierten Stelle herumdrückte. »Die Wunde ist verheilt und hat die Kugel eingeschlossen.«

»Du trägst eine Kugel in deinen Organen herum?«, fragte Pauline entsetzt.

»Ich denke nicht, dass sie in einem Organ steckt. Wenn es so wäre, würde ich mich nicht nach mehr von deinen Berührungen sehnen, sondern heulen wie ein Mädchen.«

»Das ist sexistisch.«

»Was?«

»Zu denken, dass nur Mädchen heulen.«

»Dann eben wie ein Kleinkind«, rief Gaylord aus.

Pauline wusste ehrlich nicht, was sie mehr verstörte. Das Bild eines Gaylords, der vor Schmerz in Tränen ausbrach. Oder dass er sich nach ihren Berührungen sehnte. Sie zog die Hand weg und setzte sich gerade auf ihren Sitz. Hatte er das wirklich gesagt? Er sehnte sich nach ihren Berührungen? Nicht nach denen von Louanne? Oder war er nur dankbar, dass ihn überhaupt mal eine anfasste?

Doch bevor sie auch nur eine dieser Fragen loswerden konnte, zog Gaylord sein Telefon hervor und hielt es sich ans Ohr.

»Albert. Wir treffen uns in zwei Stunden im Maison de Lys. Sehen Sie zu, dass Sie von Grand Est wegkommen. Es würde mich nicht wundern, wenn Jason dort auftaucht.«

Maison de Lys? War das sein erstes Haus? Oder gar noch ein drittes? Gaylord schob das Telefon wieder in seine Hosentasche.

»Maison de Lys?«, fragte sie leise.

»Ja, so heißt das erste Haus, in dem wir waren. Im Frühjahr ist der Garten mit Lilien übersät, deswegen heißt es so.«

Gaylord überholte einen Lastwagen und rauschte an ihm vorbei, anstatt wie eine Schildkröte über die Landstraße zu schleichen.

»In Maison de Lys ist mein Labor«, erklärte Gaylord. »Dort kann ich mir die Kugel entfernen und …«

»Und was?«

»Wir könnten herausfinden, ob ich recht habe und du mich tatsächlich zum Menschen machen kannst.«

»Und wenn die Jäger auf uns warten?«

»Ich denke nicht, dass sie in Maison de Lys auf uns warten werden.«

Was machte ihn so sicher? Was machte ihn überhaupt so unheimlich selbstsicher? Trotz der Kugel in seinem Bauch schien er glänzende Laune zu haben. Er drückte auf dem Radio herum, bis es eine blecherne Melodie von sich gab, und summte auch noch mit!

»Was steht in dem Grimoire?«, fragte Pauline.

»Die magischen Worte, die gesprochen werden müssen, während sich dein Blut mit meinem vermischt.«

»Aber kann das nicht nur eine Hexe?«

»Oder ein Hexer«, stimmte Gaylord zu.

Pauline fuhr sich durch die Haare. Wo zum Teufel sollten sie jetzt einen Hexer hernehmen? »Stehen die wie Nutten an jeder Straßenecke und bieten ihre Dienste an?«

»Nein. Aber wir brauchen niemanden. Ich sollte ausreichend sein.«

Verblüfft hob Pauline den Kopf. »Wieso das?«

»Ich stamme von einer Hexe ab.«

 **226**

»Du bist der Sohn einer Hexe?«, wiederholte Pauline. Himmel, klang sie wirklich so dümmlich?

»Trotz der Wandlung zum Vampir sind mir minimale magische Kräfte geblieben.«

»Na, was für ein Zufall«, stöhnte Pauline. »So löst sich jedes Problem in Wohlgefallen auf.«

»Nicht ganz …«, widersprach Gaylord. »Wir benötigen dein Blut, ein wenig Hexerei, aber der Zauber verlangt noch etwas anderes.«

»Sag jetzt nicht, dass wir dafür eine Ziege opfern müssen.«

Gaylord schüttelte den Kopf. »Die arme Ziege.«

Pauline kniete sich auf den Sitz. »Welche Zutat ist es also?«

»Setz dich ordentlich hin«, rügte Gaylord.

Sie streckte ihm die Zunge heraus und zog den Gurt um sich. »Also, was braucht es noch?«

Sie sah Gaylords Zögern. Och nö, der Zauber forderte jetzt nicht noch Paulines Leber oder?

»L …«, setzte Gaylord an.

»Oh nein, nicht meine Leber«, schrillte Pauline.

»Liebe, nicht Leber.«

Liebe? Das ergab doch überhaupt keinen Sinn. Liebe konnte man nicht herausoperieren und jemand anderem einpflanzen. Wer wusste das besser als sie? Denn dann wüsste sie, was sie Gaylord in das Loch stopfte, das die Kugel hinterlassen würde, wenn er ebenjene herausoperierte.

Gaylord bremste ab, wechselte die Spur und hängte sich hinter einen schleichenden Lastwagen. Er drehte sich zur Seite, und sie konnte nicht anders. Sie starrte gebannt in die dunklen Augen. Plötzlich trugen sie einen Ausdruck, den sie noch niemals so bei ihm gesehen hatte. Nicht einmal, als Louanne gegangen war. Verletzlich.

»Was empfindest du für mich?« Er sagte diese Worte leise, und doch sprang ihr Puls an, als hätte er ihr ins Ohr geschrien.

Sie schluckte. Himmel, was sollte sie jetzt sagen? Sie wusste es doch selbst nicht so richtig. Gaylords Blick wanderte immer zwischen ihr und dem Lastwagen hin und her. Wegen ihr brauchte er nicht darauf achten, dem LKW nicht hinten rein zu krachen. Ein Zusammenstoß, am besten noch tödlich, käme Pauline jetzt ungemein gelegen.

Sie wollte es nicht einmal vor sich selbst zugeben. Erst recht nicht wollte sie es ihm sagen. Aber wer feige war, gewann nichts. Das war schon immer ihr Motto gewesen, und doch schluckte sie nur trocken.

»Hast du dich in mich verliebt?« Seine Stimme klang so sanft. Fuhr er gegen den LKW, wenn sie ›ja‹ sagte oder wenn sie alles leugnete?

»Ja«, presste Pauline heiser hervor. »Ja, ich habe mich in dich verliebt. Ich weiß nicht warum, aber es ist so.«

Ein schmales Lächeln erschien um Gaylords Lippen. »Ich fühle mich geehrt.«

Seine Worte waren zwar ohne Spott, aber wie bitte? Er fühlte sich geehrt? Er konnte sich geehrt fühlen, wenn ihm die Queen ein Schwert auf die Schultern donnerte und ihn zum Sir Pudel ernannte, aber doch nicht, wenn Pauline ihm gestand, verliebt zu sein!

Sie wartete vergeblich auf mehr. Gaylord zog an dem Lastwagen vorbei und drückte wieder aufs Gas.

Pauline schürzte die Lippen. »Diejenige, die das Blut also gibt, muss es aus Liebe tun? Das ist ziemlich kitschig.«

Gaylord lächelte versonnen. »Ich weiß.«

Hey, Moment, was grinste er so? »Du nimmst mich doch auf den Arm.«

Gaylord zuckte die Schultern, und wie gern würde sie ihm dieses Grinsen mit einem Skalpell aus dem Gesicht schneiden. »Erwischt. Liebe ist keine Voraussetzung für die Magie. Ich wollte nur meinen Verdacht bestätigt wissen.«

»Ich hasse dich«, fauchte Pauline.

»So gern ich dich ärgere, ich musste wissen, ob du mir vertraust.« Er griff nach ihrer Hand, aber sie schlug sie weg.

»Jetzt nicht mehr.«

»Pauline«, sagte er ernst. »Ich werde dir nichts zuleide tun. Niemals.«

Ja, ja. Das hatte sie jetzt von ihrer Gefühlsduselei. Er spielte mit ihr und erfreute sich an ihrem gestammelten Liebesgeständnis. Und was war der Dank dafür? Ein debil vor sich hin grinsender Gaylord und das Gefühl, verraten worden zu sein.

»Ich mag dich sehr, Pauline.« Seine Worte waren leise, und doch sorgten sie dafür, dass sie sich wie von Eiswasser übergossen fühlte. Er mochte sie, aber sie wusste nicht, ob sie das toll finden sollte. Sie wollte von ihm nicht nur gemocht werden.

Sie verschränkte die Arme vor der Brust und starrte auf die Straße. »Aber Louanne magst du mehr.« Sie hasste sich selbst für ihren emotionslosen Ton, aber noch mehr hasste sie Gaylord, dass er ihr nicht widersprach.

Er seufzte nur leise und sagte nichts mehr. Nur mit Mühe konnte sie die Tränen der Wut und der Enttäuschung unterdrücken. Was war sie auch so dumm und ließ sich hereinlegen? Warum glaubte sie auch nur einen Moment, er könnte Louanne einfach vergessen? Oder feststellen, dass diese Frau so nutzlos war wie eine Herde Giraffen in der Arktis.

Letztendlich erreichten sie jedoch ohne weitere Zwischenfälle sein Haus. Weder brachte sie ihn um, noch schlug sie seinen Kopf gegen das Lenkrad, bis er gestand, ebenfalls in sie verliebt zu sein.

Gerade zweiteres nötigte ihr eine Menge Selbstbeherrschung ab. Gaylord parkte in Sichtweite des Hauses. Albert schoss zwischen den Bäumen hervor und riss, kaum dass Gaylord den Wagen zum Halten gebracht hatte, Paulines Tür auf, um ihr seine Hand zu reichen.

»Mademoiselle, willkommen zurück. Möchten Sie einen Tee?«

»Ich glaube, er kann gut einen vertragen. Mit einem großen Teelöffel Arsen«, schimpfte Pauline und deutete auf Gaylord.

Aber der sah gerade selbst für einen Vampir ungesund blass aus. Er presste das geklaute Buch an sich, als wäre es eine sprechende Bibel.

Sein unruhiger Blick streifte Albert. »Sind Sie durch Dornenhecken gerobbt?«

Erst jetzt bemerkte Pauline Alberts zerfetzte Kleidung. An seinem Hemdkragen klebte Blut, genauso wie an seinen Ärmeln. Doch er winkte ab. »Nur einige Komplikationen. Kaum der Rede wert.«

Gaylord näherte sich vorsichtig dem Haus, legte den Kopf schief, aber was immer er hörte, es schien ihn nicht zu beunruhigen. Zögernd folgte ihm Pauline bis ins Labor. Es war völlig verwüstet. Die Gläser waren zerbrochen, die Liege aufgeschlitzt, und einige der Schranktüren hingen nur noch mit einer Schraube im Scharnier.

Im Labor legte Gaylord das Buch vorsichtig auf dem Tisch ab. Neugierig schob sich Pauline neben ihn, jedoch nur, um enttäuscht die Lippen zu verziehen.

Es handelte sich nicht um ein gedrucktes Buch. Das Buch war mit Hand geschrieben worden und wenn man sie fragte, mit einer Sauklaue, die verboten gehörte.

»Wer hat das geschrieben?«

»Der Abt des Klosters, in dem ich meine Ausbildung zum

Priester ablegte.«

»Von Schönschrift hat der auch noch nie was gehört, oder?«

Gaylord schenkte ihr einen schiefen Blick. »Die damalige Schreibschrift unterscheidet sich von unserer. Er pflegte zwar eine sehr verschnörkelte Schrift, aber es ist lesbar.«

Na, wenn er das sagte. Sollte er tatsächlich einmal Arzt gewesen sein, dann gehörte das Lesen von Sauklauen zur Grundausbildung. Konnte ja nicht sein, dass ein Patient das Gekrakel entzifferte.

Gaylord knöpfte sein Hemd auf und tastete über seinen Bauch, bis er schmerzerfüllt das Gesicht verzog.

»Er hat eine Kugel im Bauch«, flüsterte Pauline Albert zu. Der nickte gewichtig. »Waren Sie das, Mademoiselle?«

»Was? Nein!«

»Oh, schade«, murmelte Albert. Er griff nach einer silbernen Schale und einer kleinen Taschenlampe. Den Strahl richtete er auf die Stelle an Gaylords Bauch, an der dieser gerade ein Skalpell ansetzte. Pauline schlug sich die Hand auf den Mund. Es war so widerlich. Blut floss aus der Wunde in die Schale.

»Weiter links«, kommandierte Albert, und Gaylord schnitt in die angegebene Richtung. Machten die so etwas öfters?

Gaylord lehnte sich gegen die zertrümmerten Schränke und stöhnte unterdrückt. Seine Hand zitterte, als er auf Alberts Nicken die Klinge tiefer in sein Fleisch bohrte. Die Schale war fast voll, und Pauline stürzte zu einem der Schränke, riss eine weitere Schale an sich und hielt sie neben die von Albert. Der stellte Gaylords Blut weg, als wäre es Suppe.

Pauline konnte kaum hinsehen. Die Wunde war ausgefranst, völlig zerschnitten von Gaylords Gestocher.

»Soll ich?«, presste sie wagemutig hervor, doch da ertönte bereits Gaylords erleichtertes Stöhnen. Die Kugel fiel klirrend in

Paulines Schale, die ihr Albert aus den bebenden Händen nahm. Die Blutung ließ nach, nur wenige Tropfen rannen aus dem Loch und versickerten in Gaylords Hosenbund. Sie sah zu, wie das Fleisch nachwuchs, das Loch verschloss und die Haut sich darüber wieder rosa färbte, bis die Stelle so unberührt aussah wie zuvor.

»Wow«, hauchte Pauline. Sie hob den Blick und starrte in Gaylords rötlich schimmernde Augen. Oh, oh.

Albert stupste Pauline in den Rücken. »Ihr Blut könnte helfen.«

Was? Oh, nein, nein! Gaylord schüttelte heftig den Kopf. »Wenn es funktioniert, brauche ich nie wieder Blut.«

Albert schnaubte und wischte sich über die Nase. »Das ist wahr. Allerdings kämen weder Mademoiselle Pauline noch Sie wieder in den Genuss eines Bisses. Mademoiselle Pauline scheint den Biss sehr geschätzt zu haben.«

Pauline spürte, wie die Röte in ihre Wangen schoss. Ihr ganzer Kopf schien zu glühen. »Wie kommen Sie darauf?«

»Sie haben die vergangenen Tage immer wieder diese Stelle an Ihrem Hals gerieben.« Albert tippte genau auf die Stelle, an der Gaylord seine Zähne versenkt hatte. »Mit einem, meiner bescheidenen Meinung nach, sehnsüchtigen Lächeln. Und Monsieur, Sie mögen doch ihren Geschmack.«

Gaylord rieb sich die Nasenwurzel. »Ich will nicht wissen, wie Sie darauf kommen.«

Zögernd betrachtete Pauline Gaylord. Er mochte ihr Blut, und jetzt gerade brauchte er welches. Es war womöglich die letzte Gelegenheit dazu. Unwillkürlich fuhr ihre Hand zu der Stelle, an der Albert sie zuvor berührt hatte.

»Ein Abschiedsbiss?«, sagte sie leise, und Gaylord hob den Kopf. »Der dafür sorgt, dass du nach einer Wandlung zum

 232

Menschen nicht doch noch innere Blutungen bekommst?«

»Du willst also nur mein Wohlergehen sicherstellen?«, fragte Gaylord. Ja, das war eine hervorragende Idee.

»Wer setzt mich sonst im Wald aus, damit Jason mich abholen kann?«

Pauline trat näher an Gaylord heran. »Außerdem will ich wissen, ob ich dir vertrauen kann.« Es war eine lausige Ausrede, aber offenbar brauchten sie beide gerade jede, die ihnen einfiel, um das zu tun, was sie beide wollten. Er wollte noch einmal naschen und sie … sie wollte noch einmal das unglaubliche Gefühl spüren.

Gaylord senkte den Kopf, und seine Lippen strichen über ihren Hals. Sie krallte sich in sein Hemd und stellte sich auf die Zehenspitzen, drückte sich seinen Lippen entgegen. Jetzt, wo sie so kurz davor stand, sehnte sie sich mehr denn je nach diesem Biss.

»Pauline, das ist …«, setzte Gaylord an, aber sie drückte sich ihm nur mehr entgegen.

»Mach endlich.« Ihr Tonfall war scharf und ungeduldig. Himmel, wenn er weiter so zögerte, brachte er sie dem Herzinfarkt immer näher. Und mit einem Mal fuhr ein kurzer, süßer Schmerz durch ihre Schulter. Es wandelte sich in ein Ziehen, ein prickelndes Gefühl, das durch ihren gesamten Körper wanderte. Gaylord packte sie fester, sie bog den Kopf zur Seite, entblößte ihren Hals noch weiter und ein Stöhnen entschlüpfte ihrer Kehle. Sie hatte das Gefühl, kurz vor einer Explosion zu stehen. Sie wollte ihm die Klamotten vom Leib reißen, sich auf ihn setzen, ihn reiten, bis der Rausch übermächtig wurde.

Doch mit einem Mal endete das Gefühl. Sein Griff lockerte sich, er hob den Kopf, und was Pauline blieb, war nur ein sehnsüchtiges Gefühl und Enttäuschung.

Gaylord trat zurück, seine Augen waren so grau wie sonst.

Pauline schluckte. »Und was jetzt?«

»Du wirst mir dein Blut spenden. Dein Blut und dieser Zauber verwaschen den Fluch in meinen Adern, bis er vollends verschwindet.«

Gaylord zog Spritzen und einen Schlauch hervor.

»Moment!« Pauline wich zurück. Nicht schon wieder Spritzen!

»Pauline«, sagte Gaylord so sanft, dass sich die Härchen an ihren Armen aufstellten. Verdammt, der wusste aber auch ganz genau, welchen Ton er bei ihr anschlagen musste. »Es wird dir nichts passieren. Es ist nicht mehr als eine Blutspende. Ich würde dich auch beißen. Aber ich kann dich nicht beißen und gleichzeitig den Zauber sprechen.«

Er griff unter die Liege und zog sie aus, bis sie Platz für zwei Personen bot. Was wurde das? Eine Spielwiese?

Himmel, wann hörte ihr Gehirn endlich auf, ihr solche Assoziationen zu bieten? Er wollte nicht mit ihr schlafen. Er wollte seine Sterblichkeit zurück. Nicht ihre Liebe.

»Leg dich hin.«

Pauline schüttelte den Kopf und wich noch weiter zurück. Das alles war falsch. Mit einem Mal wollte sie nicht mehr wissen, ob sie ihn zum Menschen wandeln könnte. Sie wusste selbst nicht warum, aber sie wollte sich umdrehen und davonrennen. Doch bevor sie das tun konnte, stand Gaylord vor ihr. Er strich ihr so zart über die Wange, dass das Gefühl sie beinahe in die Knie zwang.

Warum? Er liebte sie ja doch nicht, er mochte sie nur. Dieser Gedanke hämmerte immer wieder in ihren Gehirnwindungen, drehte sich in Endlosschleife in ihrem Kopf. Hatte sie sich wirklich solche Hoffnungen gemacht? Offenbar. Gut, sie war noch nie sehr realitätsnah gewesen. Aber es war ihr neu, dass eine

Abweisung so schmerzen konnte.

»Pauline«, sagte er leise. »Sobald du dich auch nur ansatzweise in Gefahr befindest, brechen wir ab. Du bist der Grund, warum mich Louanne nicht als gebrochenen Mann zurückgelassen hat. Ich würde mich lieber selbst töten, als zuzulassen, dass dir etwas geschieht.«

Pauline schluckte. »Du legst mich doch nur wieder rein.«

»Nein, Pauline.« Sein Daumen strich über ihren Mundwinkel. »Ich lüge dich nicht an, damit du mir hilfst.«

»Weil Liebe dafür nicht Voraussetzung ist.«

»Aber es ist ein schöner Bonus. Ein Geschenk.«

Er rückte noch ein Stückchen näher, und sie hielt den Atem an. Ihr dummes Herz grinste genauso debil wie Albert, der hinter Gaylord herumlungerte. Beide sollten sich was schämen, und doch presste sich Pauline näher an Gaylord. Ihr verräterischer Körper suchte seine Nähe, sehnte sich nach seinen Berührungen und erschauerte, als seine Finger über ihren Rücken fuhren.

Sie schmiegte ihr Gesicht gegen seine Hand und hielt unweigerlich die Luft an, als seine Lippen ihre berührten. Ein zarter Kuss. Das sanfte Gefühl weicher Haut, voller Zärtlichkeit.

»Möchtest du wirklich wieder ein Mensch werden?«, fragte sie zögernd, als sie sich von ihm löste. »Vampir zu sein hat Vorteile. Du könntest mich so oft beißen, wie du willst.«

Gaylords Blick verdunkelte sich, und er senkte die Lider. »Eines Tages müsste ich dir beim Sterben zusehen. So wie vielen anderen auch.«

Verflixt, er hatte aber auch gute Argumente. Der Gedanke verursachte ihr Unbehagen. Er hatte jeden seiner Familie überlebt. Selbst die Kinder seiner Brüder. Sie war kaum über den Tod ihrer Mutter hinweggekommen. Sie wollte sich nicht vorstellen müssen, was er durchlebt hatte. Was war eine winzige Spritze

dagegen? Ein Witz.

Pauline löste sich von ihm und ging zu der Liege. Ihre Finger glitten über die herausquellende Polsterung, bevor sie ihren Hintern darüber schob. »Dann tun wir es.«

Ihr Herz begann nervös zu klopfen, und zu ihrer Schande musste sie gestehen, dass sie zitterte, als Gaylord ihren Ärmel nach oben schob und ein Band fest um ihren Oberarm zog.

Albert pirschte sich heran, stellte sich an Paulines Kopfende und starrte seinen Herrn so misstrauisch an, dass Pauline nur noch nervöser wurde. Wenn Albert ihm schon nicht vertraute, wie sollte sie das erst tun?

Sie verkrampfte sich für einen Moment, als die Spritze ihre Haut durchbohrte. Ein kurzer Schmerz, den sie über Gaylords Streicheln schnell wieder vergaß. Ja, richtig. Er streichelte sie. Immer wieder strich er über ihre Handfläche und drückte ihre Faust auf, wenn sie sich die Nägel ins eigene Fleisch grub.

Der kleine Schlauch füllte sich mit dunklem Blut, aber ein Stopfen verhinderte, dass es am anderen Ende herauslief.

Gaylord krempelte seinen eigenen Ärmel hoch und entblößte einen muskulösen Unterarm. Mit einem Gurt klemmte er sich selbst das Blut ab, legte eine Kanüle und zog schließlich einen Stuhl heran. Den Arm stützte er neben sie auf die Liege, bevor er den Stopfen von Paulines Schlauch löste und das Ende an seine Kanüle steckte. Nur ein, zwei Blutstropfen fielen daneben. Machte es einen Vampir nicht kirre, neben verschüttetem Blut zu hocken? Aber Gaylord schien es nicht zu stören.

Er balancierte das Buch auf den Knien und griff nach ihrer Hand. Eine beiläufige Berührung, die ihr den Atem stocken ließ. Aber vielleicht waren es auch nur die fremdartigen Worte, die er aussprach.

»Spiritibus de sanguine qui est ad me hodie, cum vindictam.

Ut praeterita et futura tempora oblivione cuncta quae pura et purgare.«

Was zur Hölle bedeutete das? Hilfesuchend starrte sie Albert an. Dieser stellte sich neben sie und raunte leise:

»Geister des blutigen Volks, steht mir heut bei mit aller Macht. Vergangnes soll vergessen sein, die Zukunft werde hell und rein.«

Gaylord rutschte ein wenig auf seinem Platz hin und her und warf Pauline einen prüfenden Blick zu, bevor er weitersprach.

»Et sanguis non participatur, uno eodemque metallo sunt sanguine, et cor meum, et semen vitae.«

»Das Blut haben wir geteilt, Blut und Herz sind eins, der Samen des Lebens gedeiht.«, flüsterte Albert beinahe im gleichen Atemzug. Ein Schaudern ging durch Pauline, die Worte verursachten ihr Gänsehaut.

Gaylord stieß hart die Luft aus. »Qui recipit auferetur quæramus, et revertamur ad carmina cantare corda nostra.«

»Er weichet fort und kehret wieder, zu singen unserer Herzen Lieder«, sagte Albert schnell.

»Danke, Albert«, sagte Gaylord mit einem verkniffenen Lächeln.

Das Blut in der Kanüle verfärbte sich. Es leuchtete erst heller, dann wechselte es zu grün.

»Ist das gut?«, fragte Pauline irritiert.

Gaylord runzelte die Stirn. »Ich weiß es nicht. Wie fühlst du dich?«

Wie sie sich fühlte? Am liebsten würde sie schreiend aus dem Haus laufen. Allein die Lähmung in ihren Gliedern hielt sie hier. Dass sich das Blut nun blau färbte und dann wieder orange, half auch nicht gerade, sie zu beruhigen. Ihr Blut wechselte die Farbe wie ein bekokstes Chamäleon!

Erst Gaylords Berührung an ihrer Wange sorgte dafür, dass sie den Blick von dem Zeug löste. Sie schluckte.

»Es geht mir gut«, krächzte sie. Das war eine Lüge. Es ging ihr überhaupt nicht gut. Die Einrichtung seines Labors war schon mal stabiler gewesen. Überhaupt fühlte sie sich, als würde sie auf einem verdammten Schiff festhängen und auf die nächste Sturmflut warten. Ihr Kopf schmerzte, ihre Zunge schien taub zu sein, und je mehr sie atmete, umso schwerer schien sie an Sauerstoff zu kommen.

»Pauline?«

Sie nahm Gaylords Stimme nur noch aus der Ferne wahr. Seine Augen sah sie klar und deutlich, aber der Rest von ihm schwankte so stark, dass ihr Magen irritiert rülpste. Oder war sie es?

Paulines Kopf sank zur Seite. Er schob ihre Lider nach oben, aber nichts regte sich in ihrem Blick. Nein, Mist, verfluchter! Wie hätte er ahnen sollen, dass eine solche geringe Menge Blut ihr bereits das Leben aus den Adern saugte?

Gaylord löste die Kanüle aus ihrem Arm und drückte auf die kleine Wunde, bis die Blutung erstarb. Er hörte ihren Herzschlag, war er erst schwächer geworden, begann er nun zu stolpern.

Fluchend brachte er sie in eine Position, die ihr Blut besser zirkulieren ließ. Er brauchte kein EKG, um zu hören, wie ihr Herz der Belastung nicht länger standhalten wollte.

»Komm schon, Pauline. Du kannst mir nicht unter den Fingern wegsterben! Albert, rufen Sie Jason an!«

»Was?«

»Er besitzt heilendes Blut.«

Er hob Pauline von der Liege und legte sie auf den Boden. Albert stolperte zum Telefon, und er konnte ihn fluchen hören, dass die verdammten Tasten auch schon mal größer gewesen waren.

Sachte hob er Paulines Kopf an, um ihn zu überstrecken und schob den Stoff ihres Shirts nach oben. Der Himmel steh ihm bei. Er sorgte hoffentlich dafür, dass Jasons Blut noch Gelegenheit dazu bekam, seine Tochter zu heilen.

Verflucht. Warum hatte er nicht damit gerechnet, dass es für Pauline gefährlich werden konnte? Er hatte jedes Medikament da. Aber nichts konnte gegen einen magischen Fluch helfen.

Wenigstens blieb ihr Herz unter seiner Druckmassage nicht stehen, und er drückte die Lippen auf ihre, um den Sauerstoff in ihre Lungen zu blasen.

»Ich glaube, er ist unterwegs«, vermeldete Albert. »Er hat geknurrt und aufgelegt.«

Seine Stimme zitterte. Gaylord konnte es ihm nicht verübeln.

»Verschwinden Sie. Wenn er sauer ist, möchte ich nicht, dass Sie darunter leiden müssen.«

Dass Albert unschuldig war, brachte Jason nicht von einem Mord ab, der seine Nerven beruhigte. Würde ein Toter ihn doch so weit beruhigen, um sich ausführlich mit Gaylord beschäftigen zu können. Aber Gaylords Leben war nicht einmal ansatzweise so viel wert wie das Paulines.

Die Hölle sollte die schlimmste Marter für ihn bereithalten, wenn Pauline seinetwegen starb.

Erneut blies er ihr die Luft in den Mund. Er hörte, wie sich ihr Herzschlag normalisierte. Ihre Atmung setzte wieder ein, und sie holte tief Luft. Paulines Lider flatterten erneut, doch diesmal gaben sie den Blick auf ihre hellen Augen frei. Gaylord beugte sich über sie und sah sie prüfend an.

»Wie geht's dir?«

»Wenn ich dann immer wachgeküsst werde, ist kurzzeitiges Abkratzen vielleicht gar nicht so schlecht.« Ihre Stimme klang rau, aber sie lächelte zaghaft. Bevor Gaylord verstand, was ihm geschah, schlang sie die Arme um seinen Hals. Verdutzt ließ er sich nach unten drücken, und da waren sie wieder. Ihre weichen, vollen Lippen.

Gott sei Dank, wenn sie sich Männern schon wieder unsittlich nähern konnte, ging es ihr gut. Gaylord schlang die Arme um sie und drückte sie an sich.

Er war immer noch ein Vampir. Er besaß noch immer keinen Herzschlag, doch der von Pauline schlug kräftig und freudig genug, dass es für zwei Herzen reichte. Vielleicht sogar für seines.

Regel Nr. 16

Die Rettung kommt immer in der ungünstigsten Sekunde

Es gab schlimmere Arten aus dem Koma aufzuwachen. Okay, sie übertrieb. Sie war nicht im Koma gewesen. Zumindest hoffte sie das. Wachgeküsst zu werden erträumte sich jedoch jedes Mädchen. Von einem Märchenprinzen geweckt zu werden, würde jeder geschlechtsreifen Mademoiselle ein feuchtes Höschen bescheren.

Louanne war Pauline schon immer suspekt gewesen. Aber jetzt hatte Pauline den Beweis, dass Louanne eine Idiotin war. Sie verabscheute diesen wundervollen Mann. Und das nur, weil das in der Bibel stand. In einem Buch! Wenn es wenigstens ein Erotikratgeber gewesen wäre. Aber Pauline war Louanne sogar dankbar. Denn nun gehörten diese Lippen nur ihr.

Paulines Herz klopfte so schnell, als würde es die fehlenden Schläge aufholen wollen. Seine Lippen waren so weich und seidig. Sie schlang die Arme fester um seinen Hals und genoss das Gefühl. Ein Kuss, der bitteschön niemals enden sollte. Wenn es nach ihr ging. Sie genoss gerade, wie er sein Zögern aufgab und sie inbrünstig küsste, als Gaylord plötzlich aus ihren Armen gerissen wurde. Es krachte fürchterlich.

Pauline schoss nach oben, aber so schnell, dass ihr für einen Moment schwindelte.

In den Trümmern eines Schrankes krümmte sich Gaylord. Blut lief aus der Wunde an seiner Stirn und aus seiner Nase. Angriffslustig wie ein ausgehungerter Terrier starrte Jason auf ihn herab. Seine Augen glühten rot, und selbst Pauline packte bei dem Anblick die Angst. Aber nicht die Angst davor, dass er ihr etwas

 241

antun könnte. Sondern die Sorge um Gaylord.

»Lass ihn in Ruhe!« Pauline rappelte sich auf, und erneut wurde ihr schwarz vor Augen.

»Pauline!« Die Stimme kannte sie doch! Pauline blinzelte die Schwärze weg und erkannte ihre beste Freundin. Blass sah sie aus, aber das war bei Vampiren doch normal, oder?

»Geht's dir gut?«, fragte Pauline besorgt.

Amélie riss die Augen auf und Pauline in ihre Arme. »Du fragst mich, ob es mir gut geht? Wie geht es dir?«

»Bis vor dreißig Sekunden konnte ich mich nicht beklagen.«

Warum rauschte die Kavallerie immer im unpassendsten Moment an? Das war doch Mist. Erst kamen sie ewig nicht, und dann gab sie ihrem Stockholmsyndrom und ihren sabbernden Hormonen nach, schon standen alle wie Gouvernanten in der Tür.

Sie glaubte immer noch, Gaylords Lippen auf ihren zu spüren. Aber nix da. Ihr Vater ließ sich jahrelang nicht blicken, und jetzt verprügelte er ihren Ver- äh Entführer.

Jason packte Gaylord an der Kehle und zog ihn auf die Knie. An Gaylords Arm baumelte immer noch der Schlauch, und die Blutstropfen, die auf den Boden fielen, schienen Jason noch rasender zu machen.

»Tu's …« ›Nicht‹ wollte Pauline schreien. Aber in diesem Moment setzte Jason seine Pistole an die Stirn von Gaylord und drückte ab. Der Knall klingelte in Paulines Ohren, und fassungslos starrte Pauline auf die Mischung aus Blut, Gehirn und Schädelsplittern, die auf dem zerbrochenen Schrank klebte. Gaylord schwankte für einen Moment, bevor er zur Seite kippte. Dieser verfluchte Mistkerl von Erzeuger hatte ihm in die Stirn geschossen!

Amélie würgte, bevor sie die Arme so fest um Pauline schlang,

dass diese wiederum ihre eigenen Knochen ächzen hörte.

Wieso konnten Vampire an einem Kopfschuss sterben? Warum wollte man sie dann immer unbedingt pfählen? Das ergab doch überhaupt keinen Sinn!

Aber der starre Blick Gaylords ließ keine Fragen offen. Blut sickerte aus dem klaffenden, schwarzen Loch auf seiner Stirn. Er war tot. So tot, wie ein Vampir nur sein konnte.

Tränen schossen Pauline in die Augen. Aber die verschleierte Sicht hielt sie nicht davon ab, sich loszureißen. Sie stürzte auf Jason zu und hieb ihm die Fäuste gegen die Brust. Aber verflucht, sie könnte auch auf eine Betonwand einschlagen. Der Bastard spannte seine Muskeln an, anstatt wimmernd unter ihren Schlägen zusammenzusacken.

»Schaff sie hier raus«, knurrte Jason, und wieder fühlte Pauline die Umarmung ihrer Freundin. Sie war sanft, aber unnachgiebig. Pauline zappelte, aber Amélie schaffte es trotzdem, sie auf den Flur zu zerren.

»Lass mich ihn umbringen«, brüllte Pauline, um sich danach an ihren eigenen Tränen zu verschlucken.

Bevor die Labortür zuschlug, erhaschte Pauline einen Blick auf Albert. Der Vampir hockte zusammengesunken auf einem Drehhocker und betrachtete gottergeben die Mündung einer Pistole, die ihm Jeremy vors Gesicht hielt.

»Albert!«

Aber da schob Amélie sie bereits durch den Haupteingang und vor das Haus.

»Lass mich los!«, forderte Pauline.

»Pauline, was ist denn nur mit dir los?«

»Was mit mir los ist? Ihr stürmt hier rein und bringt alle um!«

»Aber …«

»Nichts aber! Seid ihr Kolonisten und das Haus hier Amerika?

Wenn er Albert auch nur ein Haar krümmt …!«

Den mitfühlenden Blick konnte sich Amélie im Übrigen sonst wohin stecken!

»Was ist denn los?« Eine weitere weibliche Stimme ließ Pauline herumfahren.

Linett hielt ein Baby im Arm und schürzte kritisch die Lippen. »Für eine Gerettete bist du ziemlich hysterisch.«

»Was machst du denn hier?«

»Glaubst du, ich lass mir den Spaß entgehen? Ich habe in sicherer Entfernung gewartet, und allein war ich auch nicht.« Linett deutete auf mehrere Männer, die sichtlich gelangweilt die Umgebung sondierten und gegen den geklauten Wagen von Gaylord lehnten.

»Albert hat nichts gemacht! Er hat mir geholfen. Er soll ihn nicht umbringen!« Klang sie ein wenig weinerlich? Himmel, ja! Aber was sollte sie tun? Ihre Freundin hing so schwer wie ein Zementsack an ihr und rammte die Hacken in den Boden, wann immer Pauline Anstalten machte, zurück ins Haus zu stürmen.

»Ich hol dir deinen Prinzen raus«, versprach Linett und drückte Pauline ihr Baby in den Arm. Schockstarre setzte bei Pauline ein. Sie hatte noch nie ein Baby im Arm gehalten! Aber das kleine Wesen mutierte nicht plötzlich zum Drachen oder entwickelte Fallsucht. Es gluckste nur kurz, pupste, schloss die Augen und pennte selig ein. Gott, was war sie neidisch.

Linett stolzierte geradewegs ins Haus. Stimmengewirr drang zu ihnen hinaus. Während Amélie das Gesicht verzog, konnte Pauline kein einziges Wort verstehen. »Was sagt sie?«

»Sie brüllt gerade Jason an.«

»Feuer sie an!«

»Sie ist ein Mensch. Sie kann mich nicht von hier draußen hören.«

Mist, elender.

Nervös wippte Pauline auf den Zehen. Beten war noch nie ihr Ding gewesen, aber jetzt tat sie es. Albert hatte doch nichts weiter gemacht, außer seinem verblödeten Herrn treu zu sein, der jetzt auch noch die Frechheit besessen hatte zu sterben. Sie zu küssen war doch kein Grund, sich ohne Gegenwehr einfach töten zu lassen.

Pauline presste die Hand gegen den Mund und kämpfte gegen die Tränen an. Wozu war Gaylord ein Vampir, wenn man ihn auf so simple Art umbringen konnte wie einen Menschen? Das ergab keinen Sinn, und doch konnte sie Gaylords starren, toten Blick nicht vergessen. Sie war daran schuld. Hätte sie ihn nicht geküsst, hätte er Jason rechtzeitig kommen hören.

»Es wird alles wieder gut«, sagte Amélie leise.

»Nein, wird es nicht.« Nicht einmal tote Vampire konnte man wiederbeleben. Oder? Wenn ja, dann wüsste sie nicht wie.

Sie schluchzte, und eine große Träne rollte von ihrer Wange herunter und landete ausgerechnet im Gesicht des Babys.

Dieses öffnete die Augen und brüllte schließlich empört die nicht anwesende Nachbarschaft zusammen.

»Sssscht«, machte Pauline

»Er ist doch keine Katze«, rief Linett empört. Sie zerrte einen sich sträubenden Mann hinter sich her. Seine Fliege hing schief unter seinem Kinn.

»Albert!«, rief Pauline erleichtert aus. Oh, sie dankte dem Herrn. Wenigstens hatte sich Jason nicht auch noch an Albert vergriffen.

Seine Hände hielt er hinter dem Rücken, aber Pauline konnte weder Blut noch Verletzungen an ihm entdecken.

»Jason hat gesagt, du darfst ihn mitnehmen, aber die Hand-schellen bleiben dran.« Linett nahm Pauline ihr Baby ab und

musterte Albert kritisch. »Also ich weiß ja, dass ich mit Steinen im Glashaus werfe, schließlich ist der Vater meines Kindes älter als mein Großvater, aber ich hatte mit einem jüngeren Traumprinzen gerechnet, den ich retten soll. Du hast doch keinen Sugar-Daddy-Komplex, oder?«

»Lasst uns lieber fahren«, fiel Amélie dazwischen.

Sie schob Pauline zum Wagen, doch diese krallte sich an Albert fest und zog ihn mit sich. Es tat ihr leid, dass Albert Handschellen tragen musste, aber immer noch besser als ebenfalls mit einer Kugel in der Stirn gesegnet zu werden.

Amélie setzte sich hinter das Steuer, und erneut drängten sich die Tränen aus Paulines Augen, als sie einen Blick zurück zu dem baufälligen Gebäude warf.

Albert rutschte auf der Rückbank ein wenig heran. »Bitte nicht weinen, Mademoiselle Pauline. Der Plan war von Anfang an zum Scheitern verurteilt, und er hat es gewusst.«

Ja, super, das sollte sie jetzt trösten?

»Wenn Sie vielleicht in meine Hemdtasche … da ist ein Taschentuch.«

Schniefend zog Pauline das Stück Stoff aus seiner Tasche und tupfte sich die Tränen weg. »Danke.«

»Sie sind so viel mehr eine wahre Mademoiselle als diese Louanne.«

Pauline lehnte sich ein wenig gegen Albert und schniefte leise.

Die Blicke von Amélie konnte sie nicht deuten, aber zum ersten Mal war ihr auch egal, was ihre Freundin dachte. Innerhalb von nur fünf Minuten hatte sich ihr Leben völlig auf den Kopf gestellt. Das Bauchkribbeln während des Kusses war mehr als nur eine Magenverstimmung gewesen. Und ausgerechnet in dem Moment traf das Rettungskommando ein.

Sie hatte schon immer ein schlechtes Händchen für Timing

gehabt.

Pauline achtete nicht darauf, wo sie hinfuhren. Und wenn sie per Auto nach China führen, es wäre ihr völlig egal. Sie fühlte sich betäubt und leer und fürchterlich verwirrt.

Die Welt zog nur in verschwommenen Konturen an ihr vorbei, und als der Wagen stoppte, musste Albert sie erst sachte anstoßen, damit sie sich überhaupt bewegte.

Sie standen vor einem Landhaus, das nicht einmal zu einem Drittel so groß war wie das Anwesen von Gaylord. Aber es sah auch nicht aus, als würde es beim kleinsten Niesen in sich zusammenfallen.

Amélie half Pauline beim Aussteigen und dirigierte sie in das Innere des Hauses und ins Wohnzimmer. Sanft strich sie über ihre Wange und über ihre Stirn. »Hast du Verletzungen?«

Pauline schüttelte den Kopf und zuckte zurück, als ihr Linett ein Glas unter die Nase hielt. Das scharfe Aroma ließ ihre Augen tränen. Mal wieder. Ihre Augen waren bereits so wund, als hätte man sie mit Sand ausgewaschen. Dabei hatte sie noch nie viel vom Heulen gehalten. Man sah aus, als hätte man in Wodka gebadet, und bekam keine Luft.

Noch immer hielt sie Alberts Taschentuch in den verkrampften Fingern. So sehr sich Linett und Amélie auch bemühten, Pauline versank in ihrer eigenen Welt. Die letzten Stunden kamen ihr vor wie ein schrecklicher und zugleich schöner Traum. Ein Traum, der sie auf eine Gefühlsachterbahn geschickt hatte, von der ihr immer noch schlecht war. Für einen winzigen Moment war alles so gewesen, wie es sein sollte. Gaylord liebte sie, er küsste sie, und wie der Zauber behauptet hatte, waren ihr Blut und ihr Herz eins gewesen. Ein kleiner Augenblick, der den Kummer der letzten Tage wert gewesen war, und nun war dieser so schnell und unwiderruflich verpufft.

Wann immer Pauline Alberts traurigen und sorgenvollen Blick sah, liefen die Tränen noch ein wenig schneller über ihre Wangen.

»Mademoiselle Pauline, er würde nicht wollen, dass Sie um ihn weinen«, sagte Albert leise, als sie sich an ihn drückte. Das tröstete sie nicht im Geringsten. Pauline war nicht froh, gerettet zu sein. Es fühlte sich furchtbar an. Als hätte man ihr etwas gestohlen. Und was nun fehlte, wog mehr als ein wenig Freiheit und die Herausforderung, den eigenen Entführer in den Wahnsinn zu treiben.

Regel Nr. 17

Schwiegerväter stellen keine Fragen, sie holen die Schaufel

Was war schon Zeit für jemanden, der mehr oder weniger tot war?

Im ersten Moment spürte Gaylord nichts. Außer, dass er wieder bei Bewusstsein war. Aber dieser winzige Moment schwand viel zu schnell. Die süße Gefühllosigkeit wich alles einnehmendem Schmerz. Gaylords Kopf dröhnte, als hätte ihm jemand den Schädel eingeschlagen. Stechender Schmerz durchzuckte ihn, und es fühlte sich an, als würde jemand gegen seine Augäpfel drücken.

Warum musste er aufwachen? Er hätte gut darauf verzichten können. Jeder seiner Sinne konzentrierte sich auf den dumpfen Schmerz in seinem Kopf und die aufkeimende Übelkeit in seinem Bauch.

Sie kroch langsam hinauf, allerdings kam sie nicht bis zu seinem Hals. Denn dieser war regelrecht zugeschnürt. Gaylord hatte schon vieles in seinem Leben mitgemacht, aber noch nie hatte ihm jemand eine Kugel durch den Kopf gejagt. Die Selbstheilung heilte den Knochen, sogar das Gehirn und brachte über kurz oder lang das Bewusstsein zurück, doch dass die Nachwirkung die schlimmste Migräne aller Zeiten war, hatte ihm niemand gesagt.

Wo war er eigentlich? Etwas drückte ihm noch immer die Kehle zu. Aber was?

Mühsam hob Gaylord die Lider, gerade so weit, wie es nötig war, um etwas zu erkennen. Sein Blick war verschwommen, aber zunehmend klärte sich das Bild. Die Umgebung kam ihm bekannt vor.

Das sah aus wie sein Garten. Sein Garten, bei dem sich nie jemand die Mühe machte, Rasen zu mähen, Unkraut zu jäten oder die Brennnesseln einzudämmen. Noch ein paar Monate, und die Lilien würden sich ihren Weg an die Erdoberfläche suchen.

Er wusste nicht, was er erwartet hatte, aber vermutlich nicht, dass er mindestens einen Meter über seinem Garten schwebte.

Es war stockdunkel, trotzdem erkannte er den verlassenen Teich und den Efeu, der sich an der Hausmauer festklammerte und nach oben kletterte. Gaylord versuchte, sich zu bewegen, aber die Bewegungen wurden von Fesseln gestoppt. Seine Arme waren fest zusammengeschnürt und zwangen ihn zu einer verkrampften Haltung, deren Schwerpunkt ausgerechnet an seinem Hals lag. Gaylord hing mit seinem gesamten Gewicht an einem Seil. Die rauen Fasern pressten seine Kehle zusammen. Hervorragend. Sie hatten ihn an seinem eigenen Baum aufgehängt. Aber wieso?

Einen Vampir konnte man nicht erhängen. Die unterbrochene Luftzufuhr ließ Gaylord nicht einmal ohnmächtig werden. Leider. Die Migräne sprengte ihm schier den Schädel. Als wäre Gaylord besoffen in eine Kirche getaumelt und dort auf dem Altar eingeschlafen.

Gaylord wand sich vorsichtig in den Fesseln. Die Kette, die seine Fußknöchel verband, klirrte leise. Doch jede Bewegung war eine zu viel. Seine Muskeln krampften, das Pochen in seinem Kopf nahm zu. Die beste Lösung war, sich einfach hängen zu lassen.

Aber mit jeder Minute, die Gaylords Gehirn Zeit hatte, sich den Weg ins Bewusste zurückzukämpfen, nahmen auch die Schmerzen zu.

Er fühlte das sachte Streicheln des Windes auf seiner Haut. Der Wind bewegte die Härchen an seinem Körper, die jeden

Luftstrom an seine Nerven weitertrugen, den Schmerz für einen Moment überdeckten und ihm Zeit für eine erschreckende Erkenntnis ließen. Er war nackt. Bis auf seine Unterhose hatten sie ihm den Rest seiner Würde genommen. Innerlich stöhnte Gaylord.

Das Hämmern in seinem Kopf wurde zunehmend stärker. Nur hin und wieder löste es ein stechender Schmerz in seinem Kopf ab, wenn Gaylord doch den Fehler beging, sich nur einen Millimeter zu bewegen. Auch der Übelkeit wurde er sich immer bewusster. Bis er sie irgendwann nicht mehr ignorieren konnte.

Vielleicht sollte Gaylord für den Strick um seinen Hals dankbar sein. Er verhinderte nicht nur, dass Luft in Gaylords Lungen kam, sondern sorgte dafür, dass dessen Mageninhalt gefälligst unten blieb.

Jason konnte stolz auf sich sein. Es bestand für Gaylord nicht der Hauch einer Chance zu fliehen. Die Fesseln ließen ihm nur wenige Zentimeter Bewegungsspielraum, und Gaylord zweifelte nicht daran, dass diese verzaubert waren. Kein Vampir konnte sie zerbrechen. An den Händen aufgehängt, könnte Gaylord versuchen, sich an dem Seil nach oben zu ziehen, doch auch diese Möglichkeit hatte ihm Jason genommen. Verflucht, warum musste Jason auch so viel Erfahrung als Verbrecher besitzen?

»Ah, unser Märchenprinz ist wach.« Gaylord konnte Jason nicht sehen, doch er schien auf dem Ast zu sitzen, an dem Gaylord hing. Eine Antwort zu geben war schlichtweg unmöglich. Nicht nur, dass eine entsprechende Bewegung Gaylord das Hirn zerreißen würde, es kam auch nichts als ein Gurgeln aus seiner Kehle. Eine Antwort herauszupressen war ohnehin nicht die Mühe wert. Wenn Jason reden wollte, dann nur, um Gaylord zu verhöhnen und seinen Tod so unangenehm wie möglich werden zu lassen.

Neben Gaylord tauchten in der Luft Jasons Schuhe und seine Hosenbeine auf.

»Ein schöner Platz, um auf den Sonnenaufgang zu warten, nicht wahr?« Die Sanftheit in Jasons Stimme war nicht mehr als eine Farce. Eine, die in Gaylord pures Entsetzen auslöste. Mit diesem flapsigen Spruch verriet Jason seinen Plan und die Art, wie er Gaylord töten wollte. Jason ließ ihn hier hängen, bis die Sonne aufging. Bis die Strahlen Gaylords Garten erreichten und dessen Besitzer.

Der Trank der Hexen hatte schon längst seine Wirkung verloren. Es waren mehr als vierundzwanzig Stunden vergangen, seit Gaylord den letzten getrunken hatte.

Sobald ihn die Sonnenstrahlen erreichten, würden sie ihn verbrennen. Doch sie würden ihm nicht den Gefallen erweisen, ihn bei der ersten Berührung zu Staub zerfallen zu lassen. Dafür war Gaylord schon längst zu alt. Seine Selbstheilung war stark, sie würde sich der Wirkung der Sonne widersetzen, bis die Schwäche überhandnahm.

Wenn also die Sonne über den Himmel wanderte und ihre Strahlen über Gaylords Garten ausstreckte, würde sein Leben auf schmerzhafte Weise enden.

Langsam zu verbrennen war ein Tod, den man nur seinem ärgsten Feind wünschte. Diesen Status hatte er sich bei Jason mit allen Ehren verdient.

Das gleichmäßige Ticken der Uhr weckte Pauline. Ihr linker Arm war taub und begann zu kribbeln, als sie sich aufsetzte. Amélie lag neben ihr auf der Couch. Ihr Atem hielt kurz inne, als sich Pauline bewegte, doch dann drehte sich Amélie auf die Seite und

schlief weiter.

Blinzelnd sah sich Pauline um. Es war dunkel, nur die kleinen Lämpchen der elektrischen Geräte sorgten für ein wenig Helligkeit.

War das Jasons Wohnzimmer? Die Couch war riesig. Ein Attribut, das man auch auf den Fernseher anwenden konnte. Kompensierte Jason etwas? In den Regalen erkannte Pauline die Umrisse von Büchern, Schallplatten und kleineren Schachteln. Aber nirgends erkannte sie Bilderrahmen, in denen Familienfotos sein könnten. Über dem Sofa hing nur ein riesiges Bild von einem Motorrad.

Pauline setzte sich auf und strich sich die Haare aus dem Gesicht. Neben dem Sofa stand ein Sessel, und für einen Moment setzte ihr Herz erschrocken einen Schlag aus, als sich ein Schatten in dem Sessel bewegte. Ein Kopf hob sich von der Rundung der Lehne ab, und ein kleines Seufzen, gefolgt von einem unterdrückten Fluch erklang. Es war die Silhouette von Albert, die sich gegen das Fenster abzeichnete. Seine wenigen Haare standen wirr vom Kopf ab, er beugte sich nach vorn und rutschte auf dem Sessel hin und her. Amélie hatte offenkundig nicht den Mut und das Rückgrat besessen, einfach Jasons Anweisung in den Wind zu schlagen. Oder sie wollte nichts riskieren. Albert hielt seine Arme hinter dem Rücken. Er trug also immer noch die Handschellen.

Albert drehte den Kopf, als Pauline vorsichtig das Sofa entlang in seine Richtung robbte.

»Ich habe das nicht nur geträumt?«, fragte Pauline leise.

Albert schüttelte den Kopf.

»Wo sind die anderen?«

»Das Kind und seine Eltern schlafen oben. Ein seltsames Kind. Erst ein paar Tage alt, und es scheint schon durchzuschlafen.«

Vermutlich hatte die Tatsache, dass man Mensch und Vampir gekreuzt hatte, doch was Gutes. War Pauline früher auch ein Vorzeigebaby gewesen?

»Weißt du, wo die Schlüssel sind?«, hauchte Pauline. »Dann kann ich dich losmachen.«

Doch Albert schüttelte nur wieder den Kopf. »Und dann? Wir haben so viele Jahre miteinander verbracht. Als Vampir war ich nicht einen Tag ohne ihn. Wohin sollte ich fliehen?«

Sprachlos starrte Pauline ihn an. Äh, wie bitte? Albert klang fast so als ob …

»Ihr wart ein Paar?«, platzte sie heraus und ohrfeigte sich im nächsten Moment selbst. Amélie regte sich murrend, aber ihre Freundin drehte sich nur ein wenig, fluchte leise über das Sofa und schnarchte weiter.

Albert kicherte leise. »Wir waren kein Paar. Nie gewesen. Einem so gottergebenen Mann, den das eigene Dasein belastet, würde die Sündhaftigkeit der Homoerotik den Rest geben.«

»Also hast du es ihm nie gesagt?«

»Er hat einmal gemerkt, wie ich verstohlen auf seinen Hintern gestarrt habe. Er war zutiefst erschüttert. Ich dachte, er ruft einen Exorzisten.«

»Was hat ihn davon abgehalten?«, fragte Pauline neugierig.

»Ich habe behauptet, er hätte einen Fleck auf der Hose. Es ist so leicht, einem eitlen Mann die Hose auszuziehen.«

Pauline legte die Hand auf den Mund, um das Kichern zu unterdrücken. Wenn der Exorzist auch noch hübsch gewesen wäre, wäre für Unterhaltung in dem abgewrackten Gebäude gesorgt gewesen. Die baufälligen Mauern hätten das nie und nimmer ausgehalten.

Doch dieser Moment der Heiterkeit verflog so schnell wie er gekommen war.

»Aber was wird jetzt?«, fragte Pauline.

Albert zuckte die Schultern. »Ich weiß es nicht«, gestand er. »Dein Vater sagte, er will ihn in die Sonne hängen. Sobald sie aufgeht, wird sie ihn töten.«

Ähm, was? Paulines Kopf ruckte nach oben. »Töten? Aber er ist doch schon tot!«

Ihre Stimme war einen Ticken zu laut. Aber zum Teufel, sie verstand das alles nicht. Gaylord war durch einen Kopfschuss gestorben. Ihn konnte die Sonne nicht noch einmal töten. Selbst als Vampir konnte man nicht unbegrenzt sterben. Gaylord war doch keine Katze.

»Er ist noch nicht tot«, flüsterte Albert.

»Aber … aber …«, stotterte Pauline. »Er hat ihm in die Stirn geschossen.«

»Und damit Monsieur La Gouttes Schädel und Gehirn verletzt, sodass er das Bewusstsein verlor. Aber das bringt einen Vampir nicht um. Sowohl das Gehirn als auch die Knochen bilden sich neu. Die Wunde heilt. Das Ergebnis ist eine fürchterliche Migräne, aber es bringt einen nicht um. Auch wenn man es sich wünscht, wenn man damit aufwacht.«

Pauline beugte sich näher zu dem Vampir, um Alberts geflüsterte Worte besser hören zu können. »Also können wir ihn noch retten?«

»Ich bezweifle, Mademoiselle Pauline, dass ihn irgendetwas vor Ihrem Vater retten kann«, seufzte Albert. »Er war sehr erzürnt. Kein Wunder, er ist auch Ihr Vater.«

Pauline rieb sich über die Stirn. Sie hatte Mühe, alles zu verstehen. Gerade noch war Gaylord tot gewesen, und jetzt wollte ihn Jason umbringen. Erneut. Ohne ihre Erlaubnis! Oh, sie würde Jason davon abhalten, und wenn es das letzte war, was sie tat. Und doch … Gaylord hatte bisher nur an dem einen Morgen

Verbrennungen durch die Sonne davongetragen. Doch als er den Trank genommen hatte, hatte sie ihm nicht mehr geschadet.

»Schützt ihn das Zeug, das er getrunken hat?«, flüsterte Pauline.

»Nur ein paar Stunden lang, je nach Zusammensetzung mal länger, mal kürzer. Dann verbrennt die Sonne einen Vampir bei lebendigem Leib. Ein junger Vampir stirbt recht schnell, ältere Vampire brauchen länger. Ich hörte mal von einem, der in Monsieur La Gouttes Alter war und eine halbe Stunde brauchte, um zu sterben.«

»Wann verliert der Trank seine Wirkung?«, fragte Pauline.

»Er hat den letzten gestern früh eingenommen. Ich weiß nicht, ob sie bis auf die Minute genau vierundzwanzig Stunden wirken. Es ist möglich, dass er jetzt schon keine Wirkung mehr hat, aber es ist ja auch noch dunkel.«

»Das heißt, bei Sonnenaufgang …?«

»Ist er tot, ja. Es ist sehr pathetisch, dass es ausgerechnet bei Sonnenaufgang ist. Andererseits gibt es auch schlechtere Tageszeiten, um zu sterben. Die Mittagszeit zum Beispiel. Da ist es bekanntlich am wärmsten, man hat meistens Hunger, oder wenn man keinen mehr hat, dann hat man zu viel gegessen …«

Himmel, Alberts Gefasel machte sie völlig kirre. Wie spät war es? Sie musste unbedingt mit Jason sprechen! Pauline rüttelte an ihrer schlafenden Freundin, bis diese sich murrend aufsetzte.

»Was ist los?«, nuschelte Amélie.

»Wir müssen Gaylord retten«, brüllte Pauline und schüttelte Amélie an den Schultern.

»Aber was? Wie? Wieso?« Amélie fuhr sich durch die wirren Haare und tastete nach dem Schalter der Tischlampe. Das Licht flammte auf und tauchte den Raum in warmes Licht.

Pauline kniff geblendet die Augen zusammen. »Weil Jason ihn

umbringt!«

»Und das ist nicht richtig?«

Gott, war das Mädchen heute wieder mit wenig Intelligenz gesegnet!

»Bist du wahnsinnig? Natürlich ist das nicht richtig!«

Pauline packte Amélie am Kragen ihres Shirts. »Ruf sofort deinen verbrecherischen Ehemann an und sag ihm, wenn er Gaylord auch nur ein Haar krümmt, sorge ich dafür, dass er seinen ehelichen Pflichten nur noch mit Hilfe eines Dildos nachkommen kann!«

Ha, das machte Amélie Beine. Sie stolperte in den Flur, griff ihr Handy und wählte eine Nummer. Selbst Albert schlurfte ihnen hinterher. Mit angehaltenem Atem lauschten sie dem gleichmäßigen Tuten des Freizeichens.

Im gleichen Moment erklang im Haus die Melodie ›Highway to hell‹.

»Sag mir nicht, dass er sein Telefon hier liegengelassen hat«, stöhnte Pauline.

Amélie ließ das Telefon sinken. »Naja, er ist ziemlich überstürzt los. Schließlich musste er ja seine Tochter vor einem Irren retten!«

»Kein Grund mich anzubrüllen. Was kann ich dafür, dass er überreagiert?«

»Überreagiert? Er hat die letzten Tage nicht eine Stunde geschlafen!«

»Und das ist jetzt meine Schuld?«

Amélie griff sich seufzend in die Haare und massierte ihren Kopf. »Nein, aber es wird schwer sein, einen übermüdeten Mann von seinem Mordplan abzubringen.«

»Lenk ihn mit Sex ab«, gab Pauline patzig zurück.

»Hast du schon einmal etwas vom Tod der tausend Schnitte gehört?«, erklang Jasons spöttische Stimme. »Ich denke, er wird eine hübsche Einstimmung auf den Sonnenaufgang darstellen.«

Resigniert schloss Gaylord die Augen. Mit keinem Wort, mit keiner Bewegung konnte er Jason von seinem Vorhaben abbringen. Selbst wenn Jason ihm die Gelegenheit zum Sprechen gäbe, würde es nichts nützen. Nichts, was Gaylord zu sagen hatte, konnte einen wütenden Vater beruhigen.

Gaylord hatte Pauline entführt, sie gebissen, gedemütigt und für seine Zwecke missbraucht. Wenn Gaylord dann auch noch gestand, dass er Gefühle für Pauline hegte, deren Herkunft er sich nicht erklären konnte, würde Jason vollends ausrasten und Gaylord als brennenden Eunuchen in den Tod schaukeln lassen.

Jason sprang vom Baum. Das Mondlicht spiegelte sich für einen Moment in der Klinge, die Jason hervorzog. Bon Dieu, warum konnte er Gaylord nicht einfach bis Sonnenaufgang ein Nickerchen halten lassen? Ein letztes? Oder ihn über sein endendes Leben nachdenken lassen? Gaylord bestand ja noch nicht einmal auf eine Henkersmahlzeit!

Jason packte die Fesseln an Gaylords Fußgelenken, setzte die Klinge an der Wade an und zog sie Stück für Stück nach unten bis zu Gaylords Knöchel. Das Seil erstickte das Stöhnen in seiner Kehle, und schmerzgepeinigt kniff Gaylord die Augen zusammen.

Mit Gaylords anderer Wade verfuhr Jason ebenso. Seit wann hatte ausgerechnet Jason einen Hang zur Symmetrie?

Gaylord wand sich, versuchte, seine Beine aus Jasons Zugriffsbereich zu ziehen, doch dieser hielt Gaylord an den Fesseln unerbittlich an Ort und Stelle.

Der nächste Schnitt führte quer über Gaylords Bauch. Es waren nur flache Schnitte, die Jason ihm zufügte. Schnitte, die schnell heilten. Nichtsdestotrotz waren sie schmerzhaft. Gaylord spürte das eigene Blut über seine Hände laufen, als Jason seine Finger aufschnitt. Empfindliche Stellen und Nervenenden. Und jeder einzelne Nerv leitete ihm seinen unverblümten Eindruck von der Situation weiter.

Gaylord keuchte unterdrückt. Jason hielt ihn nicht mehr fest. Er schritt um Gaylord herum und setzte nach reiner Willkür einen Schnitt nach dem anderen. Wenn Gaylord zu sehr zappelte, kommentierte er es mit einem höhnischen ›So empfindlich heute?‹.

Pauline stampfte aus dem Haus, direkt zum Wagen. Wer fuhr denn bitte einen Smart? Sie riss die Tür auf, startete den Motor und warf einen Blick auf die Tankanzeige. »Bon Dieu. Der Tank ist fast leer.«

Was sollte das? Bestrafte sie jemand? Musste Murphy unbedingt jetzt beweisen, dass sein Gesetz galt, wann immer es einen verdrehten Vampir vor seinem sicheren Untergang zu bewahren gab? In keinem Film passierte so etwas. Die tankten nie, aber blieben liegen, wenn es darum ging, die Spannung zu erhöhen. Das passierte meistens an einer vielbefahrenen Straße, wo man noch mit einem Hüftschwung oder einer Knarre einen anderen Wagen anhalten konnte.

»Kannst du mich hintragen?«, blaffte Pauline ihre beste Freundin an.

»Ich habe das schnelle Laufen immer noch nicht unter Kontrolle«, gestand diese kleinlaut.

»Pah, die Ausrede haben doch nur Jungs um die sechzehn Jahre. Dann öffne Alberts Fesseln.«

Albert wusste, wo Gaylords Haus war, und er war schnell genug. Jedenfalls, wenn sie endlich seine Fesseln lösten.

Amélie rang die Hände. »Ich habe keinen Schlüssel.«

»Als Retterin bist du eine Niete«, fauchte Pauline.

»Ich konnte doch nicht ahnen, dass du unbedingt deinen Entführer retten willst.«

»Lies mehr Bücher. Da ist das immer so.«

Hatte Jason das vielleicht sogar vorausgeahnt? Hatte er Amélie mal wieder mit einem fast leeren Tank losgeschickt, damit Pauline keine Möglichkeit besaß, rechtzeitig zur Rettung einzutreffen? Sie würde Jason umbringen!

Aber was sollte sie jetzt tun? Wenn Amélie sie trug, krachten sie nur gegen jeden verfügbaren Baum. Albert war mit gefesselten Händen kaum sicherer unterwegs. Mit dem Wagen kamen sie nie weit genug. Aber vielleicht bis zur nächsten Tankstelle.

Pauline schnallte sich an, und Amèlie hielt Albert die Tür auf, damit sich dieser auf die Rückbank quetschen konnte, bevor sich ihre Freundin beeilte, um auf dem Beifahrersitz Platz zu nehmen.

Denn Pauline drückte bereits das Gaspedal durch, da hatte Amélie kaum einen Fuß in den Wagen gesetzt.

»Hilfe«, kreischte Amélie und klammerte sich an der Tür fest.

»Setz dich gefälligst hin«, blaffte Pauline. Sie beugte sich zur Seite, packte Amélie am Arm und zerrte sie in den Wagen. Gerade rechtzeitig riss sie das Lenkrad herum und schrammte am Weidezaun entlang. Im Rückspiegel sah sie die vierschrötige Gestalt von Jeremy auftauchen. Er starrte hinter ihnen her, aber dem Himmel sei Dank, er verfolgte sie nicht.

»Du darfst nicht so rasen, wenn du Sprit sparen willst«, rief Amélie. Mist, sie hatte recht. Aber es war bereits sieben Uhr. Viel

Zeit blieb ihnen nicht mehr. In einer halben Stunde ging die Sonne auf.

Pauline umklammerte das Lenkrad, bis sie meinte, das Plastik knirschen zu hören. »Wie lange sind wir hierhergefahren?«

»Ungefähr eine Stunde.«

Mist, das schafften sie doch nie!

Der Wagen holperte über den unebenen Weg, der sie hoffentlich bis zur Hauptstraße führte. Die Nadel der Tankanzeige wackelte bedrohlich zur roten Linie hin. Aber er stotterte nicht. Er würgte auch nicht ab.

Mit zitternden Fingern aktivierte Pauline das Navigationssystem.

»Ich brauch die Adresse«, brüllte Pauline nach hinten.

Albert verzog das Gesicht. »Ich höre Sie sehr gut, Mademoiselle Pauline. Ich bin gefesselt, nicht taub.«

Dann besaß er endlich die Güte, nicht mehr weise Sprüche von sich zu geben, sondern die Adresse.

Es war stockdunkel, die Scheinwerfer hüpften wie Kaninchen auf Speed über die Umgebung und gaben gerade genug Licht, damit Pauline erkennen konnte, ob sich vor ihnen ein Stück Weg befand.

»Noch achtundvierzig Minuten bis zum Ziel«, verkündete eine tiefe, rauchige Frauenstimme.

»So viel Zeit haben wir nicht«, fauchte Pauline.

»Der Weg ist das Ziel«, ertönte erneut die Frauenstimme.

»Dein Weg führt gleich in einen Müllcontainer.«

»Der nächste Wertstoffhof befindet sich in etwa fünf Kilometern Entfernung.«

Tief atmete Pauline ein und aus. Wer hatte dieses Mistding programmiert? »Ich will zu Gaylord. Also halt die Klappe.« Nicht zu fassen, sie stritt sich mit einem Navigationssystem.

Hatte sie geglaubt, das letzte Wort haben zu können, so hatte sie sich gründlich geirrt. Das Navi knackte, bevor die Stimme sich erneut meldete. »Der nur zehn Minuten längere Weg führt eine landschaftlich äußerst reizvolle Strecke entlang. Hier kann man die typischen, sanft geschwungenen Wiesen …«

»Ich will den kürzesten Weg. Wage es ja nicht, auch nur eine Sekunde zu vertrödeln«, fauchte Pauline.

Amélie hustete unterdrückt. »Es ist sinnlos, mit diesem Ding zu diskutieren. Jason hat ihr jeden seiner dummen Witze beigebracht.«

»Mit Jason kann sie das auch machen. Aber doch nicht mit mir!«

Sie holperten über einen schmalen Kiesweg, die Steine knirschten unter den Rädern. Pauline wagte es kaum, den Blick von der Tankanzeige zu lösen.

»Jason«, röhrte das Navigationssystem mit der Stimme einer Telefonsexmitarbeiterin. »Du klingst verspannt. Das nächste Bordell befindet sich nur vierzehn Minuten entfernt.«

»Ich fasse es nicht«, stöhnte Pauline. »So was lässt du ihm durchgehen?«

Amélie zuckte mit den Schultern. »Er hat für mich eine männliche Stimme einprogrammieren lassen.«

»Zum Bordell bitte rechts abbiegen«, soufflierte das Navi.

»Nein«, rief Pauline aus. »Ich will zu Gaylord.«

»Der nächste Nachtclub mit Callboys ist zwanzig Kilometer entfernt.«

»Schalt es um«, flehte Pauline. »Ich will einen Mann. Die haben sowieso einen besseren Orientierungssinn.«

Bevor dieses durchgeknallte Navigationssystem auch nur einen Ton von sich geben konnte, drückte Amélie darauf herum, und nun gehörte die tiefe Stimme eindeutig einem Mann.

»Noch fünfunddreißig Minuten bis zum Ziel.«

Himmel, bei dieser Stimme wurde selbst Pauline wärmer. Sie merkte, wie sich ihr Puls beruhigte. Das Display zeigte wieder den direkten Weg zu Gaylord an.

»Das ist wesentlich besser«, seufzte Pauline und drückte wieder ein wenig mehr aufs Gas.

»Bitte verraten Sie mir Ihren Namen«, tönte der elektronische Mann.

»Pauline«, erwiderte ebenjene zögernd. Der wollte sie doch nicht an ein Bordell verschachern, oder?

»Pauline«, sagte diese himmlische Stimme sanft. »Du klingst verspannt. Lass mich dir helfen.«

»Ich will nicht in ein Bordell«, brüllte Pauline. Was war nur mit dieser verflixten Technik los? Wieso dachte die, sie wäre verspannt? Und wieso dachte die, Sex würde ihr Problem lösen?

»Schließ die Augen«, kommandierte die elektronische Stimme.

»Ich muss fahren«, protestiere Pauline.

»Stell den autonomen Fahrmodus ein«, kommandierte der Telefonstripper. Einen Teufel würde sie tun.

Amélie seufzte leise, und entgeistert sah Pauline zu, wie sie die Augen schloss. Nur einmal hob Amélie noch mal die Lider, um Pauline anzutupsen. »Schau gefälligst auf die Straße.«

»Stell dir vor, wie meine Finger langsam über deinen Nacken streichen, erst sanft, dann fester. Sie kneten deine Muskeln …«, faselte die männliche, elektronische Stimme.

Sie würde diesem verflixten Kerl zu gern etwas anderes kneten, aber leider konnte sie keinen Computercode verprügeln.

»Ich fahre deinen Rücken hinab, bis zu deinem Po.«

Von der Rückbank tönte etwas, das wie ein genussvolles ›Mhm‹ klang. Albert fuhr eindeutig auf diese Stimme ab. Nur mit Mühe widerstand Pauline der Versuchung, ihren Kopf

 263

fest auf die Hupe zu drücken, um diesen pseudoerotischen Sermon zu übertönen.

»Du wirst absolut nichts bei mir anfassen«, erklärte Pauline so ruhig wie es ihr möglich war, ohne die Zähne ins Lenkrad zu schlagen. »Du wirst mir nur noch den Weg ansagen. Sonst besuche ich dich das nächste Mal mit einer Axt.«

»Im Umkreis von fünfzig Kilometern gibt es achtzehn psychotherapeutische Praxen«, verkündete der Kerl alles andere als beeindruckt. Aber er verkündete wenigstens nicht, was er als Nächstes von ihr anfassen wollte. Albert seufzte enttäuscht, genauso wie Amélie.

Das Navigationssystem ließ sie zehn Minuten über die Landstraße brausen, bis es mit dieser unerträglich hochnäsigen Stimme verkündete, dass es ganz bestimmt eine gute Idee wäre, jetzt abzubiegen.

»Jetzt? Das ist mitten in der Pampa!«, protestierte Pauline, aber es beharrte darauf.

Pauline lenkte den Wagen nach links und betete, dass der kleine Hügel nicht das Todesurteil für ihren fast leeren Tank darstellte.

Aber der Wagen schnurrte weiter, als würde er mit Liebe und Gebeten ausreichend betankt.

»Jetzt erklär mir das mal einer«, seufzte Amélie. »Du liebst diesen Verrückten?«

»Ja.«

Mehr konnte Pauline nicht dazu sagen. Sie war froh, dass sie in ihrer Hysterie nicht das Lenkrad verriss und den Wagen in den Graben lenkte. Die Straße führte halbwegs geradeaus und über einen Fluss. Dann mussten sie einen Kilometer die Schnellstraße entlang und wieder abbiegen. Danach waren nur noch ein paar Kurven eingezeichnet, und schon würden sie bei Gaylords

Maison de Lys ankommen.

»Und du bist sicher, dass du ihn liebst?«, zweifelte Amélie. »Ich meine, viele Entführungsopfer bilden sich ein, dass sie ihren Entführer mögen.«

»Wie viele fünfjährige Mädchen wissen, dass der Mann vor ihnen steht, den sie später mal heiraten werden?«

Amélie rieb sich die Stirn und hüpfte bei einem Schlagloch auf ihrem Sitz nach oben. »Ich glaube, das war ein Scherz vom Universum?«

»Dann war es sicher auch ein Scherz vom Universum, dass es einen Priester kurz vor der Weihe zum Vampir machte, damit er Zeit genug hat, sich jahrhundertelang in Selbstmitleid zu ergeben, um einen Weg zu finden, wie er zum Menschen wird, nur damit sich sein Heilmittel in ihn verknallt«, gab Pauline zurück.

»Äh«, machte Albert.

»Ich finde, er hätte sich ruhig gleich von seinem Heilmittel besteigen lassen können, dann wären uns einige schlaflose Nächte erspart geblieben«, fauchte Amélie.

»Er ist nicht sonderlich helle«, gab Pauline zurück.

Vor ihr müsste nun eine Brücke auftauchen und tatsächlich, der Kiesboden wich einem hölzernen Steg.

Hm, hoffentlich hielt das Holz den Wagen aus. War das etwa eine Brücke, die nur Schafe tragen konnte?

Zur Sicherheit drückte Pauline noch ein wenig mehr aufs Gas. Hauptsache, sie schafften es über das wackelige Ding.

Es holperte, und im nächsten Moment sah Pauline ein seltsames Glitzern im Scheinwerferlicht.

Moment! Wo war die verdammte Brücke?

Der Wagen sackte ab, und Paulines Magen wurde nach oben gedrückt.

Einem lauten Platschen folgte Wasser, das ihre Füße umspielte.

»Hu«, machte Albert und fröstelte. »Ich hätte nie gedacht, dass ich mal kalte Füße bekomme.«

»Du hast uns versenkt«, rief Amélie.

Ach, nein! Wirklich? Der Motor stotterte, würgte, bis er schließlich vollends ausging.

»Komm, mach schon. Bei Harry Potter könnt ihr doch auch fliegen«, flehte Pauline den Wagen an, doch nichts. Er blieb still. Pauline schlug gegen das Lenkrad, was ein lautes Hupen zur Folge hatte.

Das Wasser stieg immer weiter, schwappte über die Motorhaube und ihre Beine. Beklemmende Angst stieg in Pauline auf. Amélie zog ernsthaft die Beine hoch und starrte angewidert auf das eiskalte Nass. Amélie und Albert konnten nicht ertrinken, aber wie stand es um Halbvampire? Das wollte Pauline nun wirklich nicht herausfinden. Sie mussten hier raus.

»Mach die Tür auf«, rief Pauline und schubste Amélie gegen die Wagentür.

»Nein«, rief Albert von hinten. »Dann kippt der Wagen, und Sie kommen nicht mehr ohne Weiteres heraus.«

Oh, Mist, Mist. Sie war noch nie auf einem sinkenden Schiff gewesen, geschweige denn in einem untergehenden Auto. Aber was hatte sie gelernt? Man musste warten, bis der Wagen vollends versunken war, sonst bekam man die verdammte Tür nicht auf.

Das Wasser stieg ihr im wahrsten Sinne des Wortes bis zum Hals. Sie löste den Gurt und hielt die Luft an.

Panisch spürte sie ihren eigenen Herzschlag im Hals, und sie zerrte an der Verriegelung, bis die Tür schließlich nachgab.

Noch mehr eisiges Wasser umfing sie, und Pauline strampelte sich nach oben. Sie durchstieß die Wasseroberfläche und schnappte nach Luft. Ein paar Meter entfernt sah sie Amélies

Kopf aus dem Wasser ragen.

»Hast du Albert?«, keuchte Pauline.

Amélie verdrehte die Augen und zog einen spärlich behaarten Kopf nach oben. Albert!

Am Horizont sah Pauline bereits das schillernde Rot der aufgehenden Sonne. Verflucht. Pauline schwamm auf das Ufer zu und taumelte aus dem Wasser. Ihre Schuhe quietschten, als sie den Hügel nach oben rannte. Dort war die Hauptstraße. Himmel, wenigstens etwas.

Pauline rannte auf die vorbeizischenden Lichter zu.

»Warte auf uns«, tönte Amélies Stimme hinter ihnen.

Pauline ruderte heftig mit den Armen und sprang todesmutig einem Motorradfahrer in den Weg.

Seine Reifen quietschten, er schlingerte und hinterließ eine schwarze Bremsspur, als er in die Leitplanke donnerte. Stöhnend rappelte sich der Fahrer wieder auf und rieb sich das linke Knie.

»Verflucht noch eins, bist du völlig wahnsinnig?«

»Ich stehe kurz davor«, gab Pauline zu. »Kannst du mir helfen? Ich muss jemanden retten.«

»Soll ich dich in die Klapse fahren?«

»Nein, zu dem Mann, den ich liebe.«

»Hat zufällig beides die gleiche Adresse?«

Gott, was redete der Kerl so lange? Pauline packte ihn am Arm, und er stolperte mit einem überraschten Aufschrei zu seiner Maschine, als sie ihn in die Richtung schubste. Ups.

Pauline schwang sich hinter ihm auf die Maschine. War es gut, dass die Knie dieses Kerls immer noch verdächtig zitterten? Pauline war das völlig schnuppe. Hauptsache, er fuhr sie.

Er startete das Motorrad und brauste los.

»Fahr schneller!«, feuerte sie ihn an. »Ich hab's eilig!«

Am Himmel tasteten sich die Sonnenstrahlen vorsichtig über

den Himmel. Herrgott noch mal. Das Wetter war in den letzten Tagen so mies gewesen, und ausgerechnet jetzt war der klarste Tag seit Langem. Das war unfair!

Dem Wettergott würde sie die Hammelbeine lang ziehen, wenn sie Gaylord wegen diesem Idioten verlor.

»Steht er kurz davor zu heiraten?«, fragte ihr Fahrer neugierig.

Schön wäre es. Wenn sie ihn nur aus der Ehe mit einer unerträglichen Louanne rauspauken müsste, würde sie noch einen Umweg über die Malediven und den einen oder anderen Poolboy einlegen.

»Nein, es geht um Leben und Tod«, fauchte Pauline.

Ihr Fahrer lachte. »Weiber. Müssen immer übertreiben.«

Der Kerl konnte froh sein, dass er vorne saß und sie ihn noch brauchte. Zu gern hätte sie ihm einen kräftigen Schlag auf den Kopf gegeben. Nun blieb ihr nichts anderes übrig, als den letzten Rest ihrer Geduld zusammenzukratzen und die Adresse zu nennen.

Während ihr der Fahrtwind um die Ohren sauste, starrte sie gebannt auf das Rot des Morgens, das sich immer strahlender über dem Himmel ausbreitete. Sie konnten es schaffen. Es war nicht mehr weit. Sie könnte sogar noch ankommen, bevor sich die Sonne vollends über den Horizont geschoben hatte.

Doch plötzlich verlangsamte der Biker seine Fahrt. »Wo müssen wir lang?«

Was? Der Kerl wusste nicht, wo es zu diesem verflixten Haus ging?

»Hast du kein Navi?«, rief sie nach vorn.

»Nee, noch nicht mal ein Handy!«

Verfluchter Mist. Wie sollten sie die Adresse finden?

»Die Kirche. Das Dorf hieß Ajou«, rief Pauline aus.

Vielleicht konnte sie von dort den Weg zu seinem Haus finden.

Ihr Fahrer wendete und brauste in das verflixte Dorf mit der Kirche, in der sie Gaylord mit Weihwasser überschüttet hatte.

»Bleib hier«, befahl sie ihrem Fahrer und stieg von der Maschine. Pauline schob die Tür der Kirche auf und trat ein.

An dem Weihwasserbecken hatten Gaylord und sie sich gestritten. Dann war Louanne dazu gekommen, und dann, ja, verflucht, was hatten sie dann getan?

Er hatte sie rausgezerrt, zurück zum Wagen, aber sie hatte zu sehr mit sich zu tun gehabt, um auf den Weg zu achten.

Sie waren geradeaus gefahren und dann links. Das reichte vielleicht schon.

Pauline stürmte nach draußen, doch dort sah sie nur noch die Rücklichter des wegfahrenden Motorrads.

»Du Mistkerl«, schrie sie dem Fahrer hinterher. Tränen der Wut und Verzweiflung stiegen in ihre Augen.

Wie sollte sie jetzt Gaylord rechtzeitig finden?

Das schaffte sie doch niemals. Die Sonne hatte den Horizont bereits zur Hälfte überschritten. Wenn er schon in der Sonne war, dann hatte sie maximal eine halbe Stunde.

Ein verzweifeltes Schluchzen stieg in ihrer Kehle auf.

»Kann ich Ihnen helfen?« Eine heitere, sonore Stimme erklang hinter ihr. Sie drehte sich um, vor ihr stand niemand geringeres als der Priester dieser Kirche. Was hatte der eigentlich den ganzen Tag zu tun? Die Schafe segnen?

»Wenn Sie nicht gerade wissen, wo der Spinner mit dem piekfeinen Anzug wohnt, dann nicht«, erwiderte Pauline niedergeschlagen.

Der Pfarrer legte den Kopf schief. »Sie meinen nicht zufällig einen Mann, der mit Vorliebe Zylinder, Weste und Gehstock trägt und gerne auf den Stufen dort sitzt?«

Pauline folgte seinem Zeig, der auf die Stufen des

 269

gegenüberliegenden Pfarrhauses deutete. Die Kleider-
beschreibung stimmte schon mal, und ein erzkatholischer
Mensch, pardon Vampir, suchte doch bestimmt auch gern die
Nähe einer Kirche auf.

»Ja«, rief Pauline. »Er war vor ein paar Tagen hier!«

»Das weiß ich nicht, da war ich leider krank.«

»Müsste Gott Sie nicht davor schützen?«, platzte Pauline
heraus.

Der Pfarrer lächelte nachsichtig. »Ich glaube, er hat Besseres
zu tun, als auf meine Verdauung zu achten. Meine Essgewohnheiten würden ihm graue Haare bescheren.«

»Wissen Sie, wo er wohnt?«, drängte Pauline. »Ich muss ihn
unbedingt finden!«

»Gott wohnt in jedem von uns«, erwiderte der Pfarrer milde.

»Herrgott, nein. Der Mann mit dem Zylinder.«

»Etwa zehn Autominuten vor hier. Darf ich fragen, warum Sie
es so eilig haben?«

»Das erkläre ich Ihnen unterwegs! Haben Sie ein Auto?«

»Äh, so etwas ähnliches, dort drüben.«

Pauline packte den Pfaffen am Arm und zerrte ihn hinter die
Kirche. »Das ist ein Tandemfahrrad!«

»Besser als zu Fuß, oder?«

Der Pfarrer schwang sich auf den vorderen Sitz und nickte ihr
aufmunternd zu.

Oh Himmel, hoffentlich half es, wenn sie den Pfaffen nicht einfach umbrachte. Das musste doch Karmapunkte bringen.

Pauline schwang sich auf den hinteren Sitz und trat in die
Pedale. Der Pfarrer zuckte überrascht zusammen, aber er lenkte
das Gefährt in eine Richtung, von der Pauline hoffte, dass es die
richtige war.

Besorgt warf sie einen Blick auf den Himmel. Die Sonne war

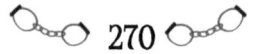

nun eine diesige Scheibe, die auf der Linie des Horizontes thronte, nur verdeckt von ein paar dünnen Wolkenfetzen.

»Die Sonne geht auf.« Jasons Stimme riss Gaylord aus dem Strudel, bestehend aus Schmerz, Resignation und der Hoffnung auf ein baldiges Ende. Und doch konnte er nicht behaupten, dass er sich über die Neuigkeit freute. Im Gegenteil.

Er war schon immer ein Narr gewesen, und die Hoffnung hielt immer treu zu den größten Dummköpfen. Nur, um sie dann bitterlich enttäuscht zurückzulassen.

Jason trat hinter ihm hervor, und die Klinge zielte erneut auf Gaylord. Auf seine Mitte, um genau zu sein. Ob auf seinen Oberschenkel oder weiter höher, konnte Gaylord nicht erkennen, aber es spielte auch keine Rolle. Jasons Wut mochte angebracht sein, aber unmenschliche Folter hatte noch kein Problem gelöst. Und auch ein verstümmelter Gefangener, der in den Sonnenstrahlen seine letzte Pein erleben würde, besaß noch einen letzten Rest Würde. Und diesen würde er verteidigen, und wenn es noch größere Schmerzen nach sich zog.

Als Jason näher an ihn herantrat und die Klinge nach vorn schoss, mobilisierte Gaylord seine letzten Kräfte, zog die Beine an und trat gegen Jason. Seine blutüberströmten Beine hinterließen einen Abdruck auf Jasons Shirt. Paulines Vater stolperte zurück und rammte die Klinge in Gaylords Fußsohle.

Bon Dieu. Gaylord schwang zurück, das Seil drückte sich noch fester in seinen Hals und riss auch dort die Haut auf. Gaylord hatte das Gefühl, dass seine Nervenzellen nur noch hysterisch herumrannten. Sie wussten nicht, welchen Schmerz sie zuerst melden sollten, und doch wagte keine davon

Arbeitsverweigerung.

Jason zog die Klinge aus Gaylords Fuß und bohrte das Messer in dessen Kniekehle.

Der Himmel wurde heller. Noch schützten die Schatten des Hauses und des niedrigen Schuppens Gaylord vor den Strahlen der Sonne. Aber der helle Schein breitete sich aus. Unerbittlich.

Das Wasser des Teiches begann bereits im Sonnenlicht zu glitzern. Eine helle, schimmernde Fläche, sie spiegelte die Freude dieses klaren Wintermorgens wieder.

Die Einfriedung der überwucherten Beete trat aus der Dunkelheit ins morgendliche Licht. Die Strahlen der Sonne tasteten sich über den wilden Rasen und näherten sich unaufhaltsam dem Baum.

Gaylord schloss die Augen. Es würde die letzte Qual sein, die er noch erleben musste, dann wäre es endlich vorbei.

Pauline hatte keine Ahnung, wie viel Zeit nach den ersten Sonnenstrahlen vergangen war und ob er davon bereits getroffen war. Sie wollte sich nicht vorstellen, wie die Sonne ihn verbrannte. Seine Haut durchbohrte und sein Fleisch röstete.

Je mehr sich das Bild vor ihr Auge schob, je mehr ihr Inneres zu bersten schien, umso mehr trat sie in die Pedale.

Der Pfarrer keuchte und versuchte, mit ihrem Tempo mitzuhalten.

»Nehmen Sie die Füße hoch und lenken Sie nur«, befahl Pauline. Er stutzte, aber er tat, wie ihm geheißen. Seine Knie ragten zu beiden Seiten heraus, aber er lenkte das Gefährt sicher auf einen steinigen Weg, und Pauline trat in die Pedale, dass ihr die Schweißtropfen über den Rücken rannen.

 272

Sie musste unbedingt vorher da sein. Sie würde es weder sich noch Jason jemals im Leben verzeihen, wenn sie zu spät kam.

Ihre Lunge pfiff bereits aus dem letzten Loch, als sie ein Waldstück erreichten und die Luft ein wenig kühler wurde.

»Wie weit ist es noch?«, keuchte sie.

»Nur noch ein paar Hundert Meter.«

Na hoffentlich. Wenn das alles hier umsonst war, würde sie ihren Vater umbringen. Das war nur recht und billig. Er war dafür verantwortlich! Konnte er sich keinen normalen Job suchen? Tankwart, Pizzaboy, Kellner? Aber das war ja nicht aufregend genug! Es musste ja unbedingt Verbrecher des Jahrhunderts sein. Konnte er sich nicht an politischen und wirtschaftlichen Gegnern auslassen? Die ganzen Jahre hatte er sich nicht um sie geschert, und plötzlich begann er, ihre Entführer zu ermorden!

Die niedrige Sonne blendete Pauline in den Augen, als sie aus dem Wald herausbrachen und tatsächlich, da war das Maison de Lys. Pauline trat kräftiger in die Pedale, bremste mit dem Rücktritt so abrupt, dass der Pfarrer über den Lenker geschleudert wurde, und sprang von dem Drahtesel.

Sie hörte Jasons Stimme, doch was ihr viel mehr ins Herz schnitt, waren die heiseren, schmerzerfüllten Schreie.

Pauline rauschte gegen das Gartentor, das aus den Angeln sprang und flach zu Boden krachte. Aber das hielt Pauline nicht auf. Sie taumelte zwar, aber rannte weiter.

Jason stand, die Arme vor der Brust verschränkt, unter einem Baum und sah der Sonne entgegen. Aber wo kamen die Schreie her?

Etwas hing neben Jason vom Baum herunter. Es bewegte sich, und als Pauline nach oben sah, stockte ihr der Atem. Während Jason von der Sonne völlig unbeeindruckt und unverletzt blieb, wand sich Gaylord vor Schmerzen. Seine Haut warf hässliche

Blasen, verschmorte und ließ das rote Fleisch hervortreten.

»Was zum Teufel machst du hier?«, schnarrte Jason. Er tauchte so plötzlich nur eine Handbreit vor ihr auf, dass sie zurückstolperte.

»Hol ihn runter!«, befahl Pauline. Pauline versuchte, sich an Jason vorbei zu drängen, aber er hielt sie fest.

»Ich denke nicht daran.«

»Aber …«

»Niemand entführt ungestraft meine Tochter.«

»Ungestraft? Der hat schon genug mit mir durchgemacht. Jetzt hol ihn runter, verdammt!«

Tränen schossen in Paulines Augen. Sie trat Jason mit aller Kraft gegen das Schienbein, doch er zuckte nicht einmal mit der Wimper. Seine Hände umklammerten ihre Oberarme. So sehr sie sich auch wand und wehrte, er ließ sie nicht los.

»Du hättest nicht herkommen sollen.«

»Du auch nicht«, fauchte sie zurück. »Hol ihn runter.«

»Nein!«

Der rote Schimmer in den Augen Jasons schreckte sie nicht. Aber was sie schockierte, war der Anblick reiner Gefühlskälte. Er wollte, dass Gaylord starb. Erneut zappelte Pauline in seinem Griff, doch genauso gut könnte sie auch gegen einen Schraubstock ankämpfen. Er besaß die gleiche übermenschliche Kraft wie Gaylord.

»Bitte«, flehte Pauline. »Ich liebe ihn.«

Jason erstarrte. »Du verarschst mich doch.«

»Schön wär's.«

Endlich lockerte Jason seinen Griff. Sie rannte nach vorn und schrie auf, als Jason sie um die Hüfte packte und wieder zurückzog.

»Wie kannst du ihn lieben?«, hörte sie Jasons knurrende

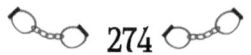

Stimme hinter sich. Wie konnte sie das ausgerechnet nicht tun? Jason versuchte, sie herumzudrehen und sich in ihr Blickfeld zu schieben, aber sie umklammerte seinen Hals und spähte über seine Schulter. Sie konnte den Blick nicht von Gaylord abwenden. Er zuckte im hellen Licht der Sonne, die verbrannte Haut glänzte eitrig.

»Gaylord«, rief sie verzweifelt aus. »Jason, lass ihn nicht sterben.«

Doch ihr Vater packte sie nur noch fester. Sie spürte die Tränen über ihre Wangen laufen, als Gaylord mit einem letzten Zucken erschlaffte. Seine Gegenwehr war erstorben, und doch drang noch ein leiser Ton von ihm herüber. »Pauline.«

Es war kaum zu verstehen, aber sie bildete sich ein, dass er wirklich ihren Namen nannte. Vielleicht war es nur eine Illusion, aber so kitschig sie auch war, sie wollte sie genau so im Gedächtnis behalten. Mit Gaylords Körper erschlaffte auch sie in Jasons Armen.

»Das ist nicht euer Ernst, oder?«, stöhnte Jason.

Er ließ sie so abrupt los, dass sie zu Boden stürzte. Er zog eine Pistole aus seiner Jacke.

»Nein«, rief Pauline und rappelte sich wieder auf die Beine. Er konnte ihn doch nicht zu allem Überfluss noch mal erschießen! Doch bevor sie Jason erreichen konnte, drückte er zweimal ab. Aber er zerschoss nicht Gaylord, sondern das Seil.

Mit einem dumpfen Knall fiel der leblose Körper zu Boden. Pauline wollte auf Gaylord zustürzen, aber Jason war schneller. Er packte ihn, hob ihn über seine Schulter und trug ihn in das dunkle Innere des Hauses.

Ihre Knie zitterten, als sie hinter Jason hertaumelte, und sie ließ sich neben das Sofa, auf dem Jason Gaylord ablud, fallen.

Der Anblick von Gaylords zerschundenem Körper trieb ihr die

Magensäure nach oben. Seine Haut hing in Fetzen herab, das Fleisch war offen, und überall klebte Blut.

Mit zitternden Fingern löste Pauline die Schlinge um seinen Hals. »Er atmet nicht.«

»Das würde mich auch überraschen.«

Jason lehnte an der Wand und verschränkte die Arme vor der Brust.

»Ist er tot?«, fragte Pauline kleinlaut.

»Noch nicht.«

Pauline sprang auf und packte Jason am Kragen. »Dann tu was dagegen!«

»Wieso liebst du ihn?«

Hä, was war das für eine dämliche Frage? Warum liebte man jemanden? Diese Frage stellte sich alle Welt, und Pauline sollte mal eben eine Antwort darauf haben?

»Weil … weil …«, setzte Pauline an.

»Pah«, schnaubte Jason. »Du weißt es doch selbst ….«

»Weil er mich völlig verrückt macht«, platzte Pauline heraus. »Immer, wenn er in der Nähe ist, will ich in seinen Armen liegen. Ich will ihn küssen, ich will mich sogar von ihm beißen lassen. Mein ganzes Leben habe ich immer nur meine Mutter und Amélie gehabt. Sie haben mich so geliebt wie ich bin. Ich bin laut, ich fluche zu viel, und ich kann Menschen in zehn verschiedenen Sprachen beleidigen. Die meisten finden das nicht gerade sexy. Aber Gaylord wollte erst eine Heilige, und dann … dann wollte er mich. Er will auch nur geliebt werden. Er hasst das Vampirdasein, weil er Gott liebt und denkt, dass Gott ihn aber nicht mehr liebt.«

»Schwachsinn«, schnaubte Jason.

»Wärst du glücklich, wenn Gott dich nicht mehr lieben würde?«, fauchte Pauline.

 **276**

»Ich würde ihn abzocken.«

»Das ist Blasphemie.«

»Ich werde sowieso in der Hölle landen«, grinste Jason.

»Amélie wird Mühe haben, dir ins Fegefeuer zu folgen«, schnaubte Pauline. »Aber was mich angeht, werde ich Gaylord dahin folgen, wo auch immer es ihn hin verschlägt. Wenn du mich also nicht zu einer Nonne machen und dafür sorgen willst, dass ich in den Himmel komme, rettest du ihn!«

»Das schaffst du nicht. Ich kenne deinen Lebenswandel. Du findest immer wieder einen neuen Mann«, lautete Jasons nüchterne Meinung dazu.

»Ich will aber keinen neuen«, rief Pauline frustriert aus. »Gut, dann werde ich dir eben das Leben in der Hölle noch verderben und den Teufel dazu bringen, dich ins Niemandsland zu verbannen. Kein Alkohol, keine Drogen, viele Weiber, aber es wird so kalt sein, dass alles, was du in die Bräute stecken könntest, sich nach innen verkriecht!"

Sein Glück, dass Jason nicht grinste. Er fuhr sich durch die Haare, seufzte und zog Pauline an seine Brust. Zögernd lehnte sie ihre Wange gegen ihn und genoss den Trost dieser Berührung.

»Du bist dir sicher, dass es nicht nur eine kurzfristige Vernarrtheit wegen irgendwelcher Hormone ist?«, fragte Jason.

»Meine Hormone fressen dich gleich zum Frühstück, wenn du ihm nicht endlich hilfst!«

Sein Blick wurde weicher. Okay, was plante er? »An dir ist wirklich viel von deiner Mutter verloren gegangen.«

Pauline kniff die Augen zusammen. »Ist das eine versteckte Beleidigung?«

Das Stöhnen Gaylords ließ sie den Kopf drehen, und sie ließ Jasons Hemd los, um sich über Gaylord zu beugen. Wieder verließ ein leises Stöhnen seine Kehle.

Pauline strich vorsichtig über Gaylords Stirn. Dort, wo die Haare die Haut ein wenig vor der Sonne geschützt hatten. Von dem Einschussloch war nichts mehr zu sehen. Nur das Blut. Gaylord zuckte, als Jason die Fesseln von seinen Händen löste.

Erleichtert stieß Pauline die Luft aus. »Er ist nicht tot!«

»Hab ich doch gesagt.« Jason schob sie beiseite und kniete sich neben Gaylord. Fasziniert und abgestoßen sah Pauline zu, wie Jason seine Zähne bleckte und sich mit der Spitze des Eckzahnes das eigene Handgelenk aufriss.

»Wieso kannst du so was?«

»Ich habe eben nicht nur besonders einen an der Waffel, sondern auch spezielles Blut.«

»Tut das nicht weh?«

»Man gewöhnt sich daran«, erwiderte er gelassen und drückte Gaylords Mund auf. Nach und nach tropfte das Blut in dessen Mund. Geschah im ersten Moment nur wenig, konnte Pauline zusehen, wie die Haut nun zu heilen begann.

Die Hautfetzen lösten sich und segelten zu Boden. Jason presste das blutende Handgelenk gegen Gaylords Zähne. Sein Kehlkopf bewegte sich, als er schluckte, und Pauline schrak zusammen, als sich Gaylord mit einem Ruck bewegte. Er griff Jasons Handgelenk und hielt es fest.

Das war schon ein wenig abstoßend, aber wer wäre sie, sich über den Anblick zu beschweren? Gaylord heilte zunehmend, bis er schließlich die Augen aufschlug und seine Pupillen so rot schimmerten wie Rubine.

Regel Nr. 18

Duschen durchweicht die Katze im Sack

Der Rausch köstlichen Blutes verwirrte Gaylords Sinne. Wo war er? Wie viele war er? Und wenn ja, gab es einen von ihm, der keine Schmerzen hatte?

Nicht einmal, als er die Augen aufschlug, vermochte er seine Umgebung so recht zu erkennen. Sie kam ihm vage bekannt vor, doch der metallische Geschmack des Blutes ließ alles in den Hintergrund treten.

Er knurrte, als man ihm unbarmherzig diesen Quell des Rausches entzog.

»Reiß dich zusammen!«

Bon Dieu, die Stimme kannte er. Gaylords Sicht klärte sich, ebenso wie seine Gedanken. Er lag auf dem Sofa im Wohnzimmer und über ihm schwebte ausgerechnet Jasons Gesicht. Viele Frauen behaupteten, Jason sei attraktiv. In Gaylord weckte er jedoch die Abscheu, die Angst und die Ablehnung, als besäße er vier Köpfe mit verwesenden Augäpfeln und Schlangen als Haar.

Vorsichtig huschte Gaylords Blick über Jason. Er hielt kein Messer in der Hand und auch keinen weiteren Strick. Selbst seine Hände konnte Gaylord frei bewegen, lediglich seine Füße waren noch gefesselt. Das konnte unmöglich zu seinem Vorteil sein.

»Bin ich zu schnell ohnmächtig geworden? Heilst du mich, um das Spiel noch einmal zu beginnen?«, krähte Gaylord heiser.

Jason bleckte die Zähne. »Nette Idee. Ich würde es noch nicht ausschließen.«

»Dann steck ich dir das Pony, das du mir noch schuldest, bis zum Anschlag in den Allerwertesten!«

Das klang nach Pauline! Gaylord drehte den Kopf und tatsächlich, auf dem Boden kniete Pauline. Ihre Augen blitzten vor Wut, und die feuchten Haare ringelten sich wild um ihren Kopf.

»Ich wusste nicht, dass du Locken hast«, stellte Gaylord verblüfft fest.

»Den Preis für die unnötigsten Feststellungen des Tages hast du schon mal sicher«, knurrte Jason dazwischen.

»Was machst du hier?«, fragte Gaylord Pauline.

Jason schnaubte. »Das wüsste ich auch gern.«

»Könntest du aufhören, dazwischen zu quatschen?«, bat Gaylord.

Jasons Blick wurde mordlüsterner, aber es war Pauline, die das Gespräch beendete, bevor sie vollends das Niveau eines Normaldenkenden verließen. »Könntet ihr eure Penisse ein anderes Mal vergleichen? Ich kann sie euch auch abschneiden, dann hat jeder gleich wenig.«

»Ähm, Entschuldigung?«

Gaylords schwankender Blick richtete sich auf einen hochgewachsenen, hageren Mann. Seine weit aufgerissenen Augen lagen tief in den Höhlen, aber sie strahlten nicht nur Verunsicherung, sondern auch unnachahmliche Güte und Wärme aus.

»Abbé Durand«, ächzte Gaylord. Der Priester hatte ihm gerade noch gefehlt. Er war doch hoffentlich nicht hier, um Gaylord die letzte Ölung zu gewähren. Nur der Teufel wusste, welchen Schmerz das für Vampire bereithielt. Doch der Pfaffe wagte sich nur mit kleinen Schritten näher. Äste steckten in der schwarzen Kleidung des Geistlichen. Überhaupt sah er recht zerschlissen und abgekämpft aus.

»Braucht noch jemand meine Hilfe?«

»Nein«, gab Pauline zurück. Der Pfarrer nickte und machte

zwei Schritte zurück. Bevor er den Raum verlassen konnte, sprang Jason auf und packte ihn am Kragen.

Jason war einen halben Kopf kleiner als der Priester, aber mit der übermenschlichen Kraft eines Vampirs hob er ihn in die Luft, bis die Beine des Geistlichen vergeblich in der Luft Halt suchten.

»Was haben Sie gesehen?«, knurrte Jason.

»Nicht genug, um mich still und heimlich in einer Grube im Wald verschwinden zu lassen«, gab der Pater erstickt und doch erstaunlich gelassen zurück.

»Brauchen Sie noch einen Grund? Ich helfe gern.« Der süßliche Tonfall Jasons war beunruhigend, aber Abbé Durand wurde erst kreidebleich, als Jason seine Zähne bleckte.

»Der Herr hat es wohl ein wenig zu gut mit Ihnen gemeint.«

»Irrtum. Er hat sich gedacht, wenn schon der Welt eine Plage bescheren, dann wenigstens eine unsterbliche«, knurrte Jason.

»Gott gibt und nimmt nach seinem Plane«, stotterte der Geistliche.

Gaylord zuckte zurück, als Jasons Blick auf ihn fiel. »Du solltest dich nähren, und es gilt einen unliebsamen Zeugen zu beseitigen. Das nennt man sinnvolle Wertstoffverwendung.«

»Ich werde ihn nicht töten«, wehrte Gaylord ab.

»Du hast keine Wahl.«

Jason stellte Abbé Durand wieder auf beide Füße und zerrte ihn am Kragen in Gaylords Richtung. Der Teufel sollte ihn holen, wenn ihm auch noch einfiel, einen Geistlichen zu töten. Doch seinem Zurückweichen war kein Erfolg vergönnt.

Er wollte sich von dem Sofa schwingen, um den Abstand zwischen ihm und Jason noch größer werden zu lassen, doch da stoppte etwas abrupt die Bewegung seiner Beine, und Gaylord knallte auf den harten Boden.

»Merde«, stöhnte Gaylord. Er hatte vergessen, dass er seine

Füße nicht benutzen konnte. Jason warf seiner Tochter einen Schlüssel zu, und nur einen Moment später spürte Gaylord Paulines Finger an seinen Füßen. Eine sanfte Berührung, die das Verlangen in ihm schürte, Pauline in seine Arme zu ziehen. Das Schloss klickte, und die Fesseln lösten sich.

Gaylord rappelte sich auf, und Jason drückte ihm den Geistlichen buchstäblich ins Gesicht.

Der Geruch seiner Angst stieg Gaylord in die Nase, vermischt mit einem metallischen, süßen Duft.

Gaylord sprang zurück. »Und wenn du mich noch einmal folterst, ich werde ihn nicht beißen.«

»Stellt er sich immer so an?«, wandte sich Jason an seine Tochter.

»Woher soll ich das wissen? Du kennst ihn doch länger«, maulte Pauline zurück.

»Ich pflege nicht mit einem Kantinenwagen herumzufahren und die Essgewohnheiten meiner Mitarbeiter zu studieren.«

»Ich werde nicht mehr töten. Niemals«, rief Gaylord aus, und endlich verstummte die leidige Diskussion zwischen den beiden. Es war ihm egal, dass Jason ihn voller Verachtung maß. Jason tötete, wenn es nötig war, und er tötete auch, wenn er Spaß daran hatte. Gaylord würde ihn zwar nie als völlig gefühllos bezeichnen, aber Jason kannte keine Skrupel. Das war schön für Jason, aber Gaylord war nicht aus demselben Holz geschnitzt. Er wollte den Menschen helfen und sie nicht töten.

Warum auch immer Jason plötzlich sein Leben verschonen wollte, der Vampir tat ihm damit keinen Gefallen.

Gaylord hatte Jahrhunderte auf dieser Welt verbracht. Er hatte zugesehen, wie seine Freunde und seine Familie starben, und selbst mit Pauline an seiner Seite hätte das Leid kein Ende. Auch Pauline würde eines Tages sterben. Vielleicht würde sie älter

werden als ein normaler Mensch, aber sie war nur ein halber Vampir. Ihr Dasein war nicht für die Ewigkeit gedacht. Wer Jahrhunderte kannte, für den verflogen Jahre und Jahrzehnte wie ein Wimpernschlag. Nach seinem Empfinden würde Pauline schon morgen das mittlere Alter erreichen, übermorgen die Rente und übermorgen … starb sie im besten Falle eines natürlichen, sanften Todes.

Etwas, was ihm nicht mehr vergönnt war. Einen friedlichen Tod als Mensch würde er nicht erleben können, also blieb ihm nur noch der brutale Ausstieg.

Ein Mensch zu werden kostete Paulines Leben, und diesen Preis würde er niemals zahlen. Jene war ohne ihn sowieso besser dran. Sie sollte zurück in ihr Leben, in die behütenden Hände von Jason.

Pauline räusperte sich. »Was soll das heißen? Du willst nie wieder töten?«

»Dass ich mich nicht noch einmal nähren werde.«

Pauline schüttelte den Kopf. »Aber du musst doch.« Ihr Blick glitt fragend zu ihrem Vater.

Dieser verdrehte ausgiebig die Augen. »Deinem Prinzen hat die Rettung nicht gefallen, er wäre lieber tot. Und wenn ich das richtig verstanden habe, will er sich umbringen.«

»Was?« Paulines empörtes Kreischen ließ nicht nur Jason, sondern auch Gaylord zusammenzucken. »Ich versenke nicht Amélie, Albert und mich im Fluss und rase wie eine Bekloppte hierher, nur damit du jetzt auf freiwilligen Selbstmörder machen kannst!«

»Freiwillig und Selbstmörder sind das gl…«

»Halt die Klappe!«, fauchte Pauline in Jasons Richtung. Der wich zurück, bis er neben dem Pfarrer stand. »Das hat sie von ihrer Mutter.«

»Das behaupten alle«, flüsterte Abbé Durand.

»Was ist daran so schlimm, anders zu sein? Gibt doch genug von euch Außerirdischen. Es gibt bestimmt auch Selbsthilfegruppen«, lamentierte Pauline.

»Okay, das hat sie von mir«, warf Jason amüsiert ein.

Abbé Durand nieste verstohlen. »Das arme Mädchen. Aber Gott liebt alle seine Schäfchen.«

Sah Pauline eben noch aus, als wolle sie Gaylord ungespitzt in den Boden rammen, zeigte sie nun auf Abbé Durand. »Hast du das gehört? Gott liebt alle Schäfchen! Selbst welche wie dich!«

Gaylord hob die Hände. »Pauline. Ich weiß, dass du das nicht verstehst. Du hast noch dein ganzes Leben vor dir. Ich habe schon mehrere Dutzend Leben hinter mir. Ich bin des Lebens überdrüssig und des Preises, den ich dafür zahlen muss.«

Bestürzt sah er zu, wie Pauline die Tränen in die Augen schossen. Nicht einmal in der Zeit hier hatte er sie weinen sehen. Dabei hatte es Anlässe genug gegeben. Doch diese Frau, so stark und unbeugsam wie ihr Vater, beleidigte lieber alles Bedrohliche, anstatt zu weinen.

»Pauline«, sagte Gaylord schwach.

»Könntest du nicht noch ein paar Jährchen dranhängen? Bis ich achtzig bin oder so?«

»Was würde das ändern?«

»Für mich eine ganze Menge.«

»Warum hast du Pauline entführt, wenn du dich sowieso selbst um die Ecke bringen willst?«, fragte Jason dazwischen.

»Weil sie sein größtes Leid heilen kann«, flötete eine weibliche Stimme. In der Tür erschien die Hexe, die Jason vor seiner Begegnung mit Amélie regelmäßig in den Wahnsinn getrieben hatte. Niemand seiner Mitarbeiter war so irrsinnig gewesen, sich auf die Million einzulassen, die er gezahlt hätte, wenn sie ihm die

hellseherische Femme Fatale vom Hals schafften. Zumal das Angebot ohnehin nur eines von Jasons schlechten Witzen gewesen war. Ihr kinnlanges Haar wippte bei den beschwingten Schritten, mit denen sie den Raum betrat. Mit einem verschmitzten Grinsen schlang sie die Arme um Jasons Hals. »Pauline ist die Lösung für all seine Probleme.«

»Cecile«, sagte Jason matt. »Du hast uns gerade noch gefehlt.«

Cecile löste sich von Jason und klatschte in die Hände. »Das wusste ich. Meine Glaskugel hat es mir verraten. Deswegen bin ich ja hergekommen.«

Unsicher verschränkte Gaylord die Arme vor der Brust. Er war immer noch nackt, aber das verwirrte ihn wesentlich weniger als die Worte, die die Hexe von sich gab. Pauline konnte nicht die Lösung seiner Probleme sein. Auch wenn sie ihn gerade anstarrte, als stellte sich Pauline vor, wie es war, ihn persönlich umzubringen, würde er ihr niemals ein Leid zufügen. Doch genau das hatte Gaylord mit dem Zauber getan. Er hatte sie beinahe umgebracht.

»Pauline«, setzte Gaylord an, da lenkte ihn eine weitere Bewegung an der Tür ab. Die Eingangstür stand einen Spalt weit offen und durch diesen lugten Amélie und Albert in das Haus. Pure Erleichterung durchflutete ihn. Albert lebte. Er hätte es sich niemals verziehen, wenn Jason sich an ihm genauso ausgelassen hätte wie an Gaylord.

»Ach, jetzt seid ihr auf einmal alle da, oder was?«, beschwerte sich Pauline.

Mühsam taumelte sein Butler in seine Richtung. Die Hände hielt er auf dem Rücken, und als er die Eingangstür mit dem Fuß zuschob, sah Gaylord die Handschellen, die seine Hände fixierten. Er sah genauso nass und durchweicht aus wie Pauline und im Übrigen auch Amélie. In deren Haar hingen sogar Algen.

 285

»Blumen im Haar stehen dir«, schleimte sich Paulines Erzeuger bei ihrer besten Freundin ein.

Gaylord fuhr sich durch die Haare. In seinem Haus bahnte sich eine Party an, und wie er mit einem Blick an sich herunter feststellte, war er so blutverschmiert, als hätte er seiner eigenen Schlachtung beigewohnt. Er fühlte sich unwohl. Albert starrte ihn an, und Gaylord hoffte, dass da lediglich Missbilligung in seinem Blick lag.

»Willst du dich gleich vor einen Zug werfen oder noch etwas dafür anziehen?« Paulines grantige Frage ließ ihn zusammenzucken. Himmel. Mit diesem Tonfall könnte sie eine ganze Armee zum Rückzug zwingen.

»Eine Hose wäre nicht übel.«

»Wie bedauerlich, dass mir die Hände gebunden sind. Ich wäre sehr gern zu Diensten.« Alberts Worte trieften vor Ironie.

»Ich hol was.« Pauline rauschte unter Alberts Führung die Treppen nach oben.

»Und ich gehe duschen«, seufzte Gaylord. Er konnte nur hoffen, dass die alten Wasserleitungen noch funktionierten, sonst musste er mit dem versumpften Teich vorliebnehmen.

Gaylord stieg die Treppen hinauf, und selbst im oberen Stockwerk hörte er noch immer das Stimmengewirr aus dem Flur.

Im Bad schloss er die Tür hinter sich und rieb sich über die Stirn. Da war er über vierhundert Jahre alt geworden, doch so etwas hatte er noch nicht erlebt. Die letzten Tage waren nicht wie graue, sinnlose Stunden an ihm vorbeigezogen. Man konnte

behaupten, er hatte das Abenteuer seines Lebens hinter sich. Aber was hatte es ihnen gebracht? Pauline brach er das Herz, und im schlimmsten Fall entwickelte sie eine posttraumatische Belastungsstörung.

Gaylord zog seine Unterhose aus und trat in die Ecke des

 **286**

Raumes, in der die Fliesen neuer aussahen als die anderen. In jedem Haus hatte er zumindest für Duschen gesorgt. Er drehte an dem Regler, bis Wasser aus dem Duschkopf tropfte. War es erst rostig und braun, wandelte sich der Strahl bald in klares Wasser. Es war eisig, aber das war ihm egal. Es wusch das Blut ab und sorgte dafür, dass sich seine Gedanken nur auf die Kälte und nicht auf sein Leben oder gar auf Pauline konzentrierten.

Er stand mit dem Gesicht zur Wand und spielte an dem Regler, in der Hoffnung, doch noch ein wenig warmes Wasser zu erhaschen, als plötzlich eine Hand über seinen Rücken strich. Wie Feuer breitete sich ihre Wärme über seiner Haut aus, und als er sich umdrehte, sah er in Paulines Augen. Sie hatte sich ausgezogen und war zu ihm unter die Dusche geschlüpft.

»Du erkältest dich«, warnte Gaylord sie leise.

»Ich will dich nicht verlieren.«

»Pauline …«, seufzte Gaylord. »Was soll ich tun? Ich will Menschen nicht beißen.«

»Nur mich …« Pauline senkte den Kopf, und Gaylord stellte das Wasser ab. Die Wassertropfen perlten in ihren Haaren, durchnässten sie, bis sie noch dunkler wurden.

»Das ist etwas anderes. Ich liebe dich.«

Diese Worte rutschten ihm schneller heraus, als ihm lieb war. Er kannte sie nicht, bevor er sie nicht selbst gehört hatte, und doch wusste er in diesem Moment, dass sie wahr waren. Er liebte Pauline, vielleicht nicht ab der ersten Minute, aber mit Sicherheit ab dem ersten Fluchtversuch.

Sachte legte er einen Finger unter Paulines Kinn und drückte es nach oben, bis sie ihn ansehen musste. Die Ungläubigkeit in ihrem Blick schmerzte ihn. Er log sie nicht an, er spielte auch nicht mit ihr.

»Es ist wahr«, sagte er leise. »Ich liebe dich.«

»Mehr als Louanne?«

»Viel mehr als Louanne.«

Ein zaghaftes Lächeln verzog ihre Lippen, sie stellte sich auf die Zehenspitzen und küsste ihn. Die Süße ihrer Lippen, die Feuchtigkeit des Wassers, das alles verzauberte ihn so sehr, bis er vergaß, wo er war, warum und wie eigentlich sein Plan aussah. Zum ersten Mal in seinem Leben vergaß er, dass er ein Vampir war. Es gab keine Angst, sie könnte seinen fehlenden Herzschlag bemerken. Es spielte keine Rolle. Pauline wusste, was er war, und sie scherte sich nicht darum. Es war ein unbekanntes Gefühl, so schön und berauschend, dass er Pauline eng an sich zog. Er spürte ihre Wärme, ihr Herzklopfen, ihre weiche Haut unter seinen Händen. Sie strich ihm durch die Haare, presste sich an ihn, und er keuchte, als sie das berührte, was sich ohnehin schon hart gegen ihren Bauch presste.

»Du bist schamlos«, schnaubte Gaylord amüsiert an ihren Lippen.

»Ist ja nicht das erste Mal, dass ich merke, wie groß du bist«, neckte Pauline. Dieses Mal packte sie ihn jedoch nicht so hart an, als wollte sie seinen gar nicht mehr so kleinen Freund abreißen, sondern sie rieb sich seufzend daran, bis er meinte zu bersten.

»Pauline«, stöhnte Gaylord. Er küsste ihren Mundwinkel, ihre Wange bis zu ihrem Hals herab, und seufzend bog sich ihm Pauline entgegen. Er presste sie gegen die Wand, packte ihre Oberschenkel, und mit einem Jauchzen hielt sie sich an seinen Schultern fest. Sie schlang die Beine um ihn, wühlte sich in sein Haar und küsste ihn so hart und leidenschaftlich, dass er vor Lust beinahe in die Knie ging. Er knurrte, als er sich endlich in ihr versenkte. Ihre Enge, das berauschende Gefühl ließ ihn schwindeln. Er wollte sie. Er wollte mehr. Er wollte alles. Sie bog sich ihm entgegen und steigerte seine Lust ins Unermessliche.

Eine beinahe unerträgliche Spannung nahm von seinem Körper Besitz, schrie nach Erlösung, nach der Erfüllung seiner Bedürfnisse. Die Versuchung war zu groß. Zart und vorsichtig durchstachen seine spitzen Zähne die Haut an ihrem Hals. Der raue Geschmack ihres Blutes, süffig und federleicht wie ein junger Wein, rissen ihn in einen Strudel der Emotionen, trieben ihn auf einen unglaublichen Höhepunkt, der scheinbar vorhatte, ihn umzubringen. Sie erschauderte, schrie auf und krampfte sich um ihn. Wie eine Dampfwalze fuhr die Lust über ihn hinweg, schleuderte ihn auf den höchsten Punkt, und das Stöhnen von Pauline ebenso wie das Gefühl ihrer Fingernägel in seinem Nacken animierten ihn dazu, sämtliche Selbstbeherrschung fahren zu lassen und die Anbetung ihres Körpers mit einem wahren Feuerwerk der Gefühle zu krönen.

Knurrend und stöhnend kam Gaylord so heftig, dass er beinahe wegkippte, und nur langsam stellte sich danach das Gefühl der Erleichterung ein.

Die Welt drehte sich langsam wieder ruhiger, und das Dröhnen in den Ohren des Vampirs verebbte. Dennoch fühlte er sich, als wäre er mit einem LKW kollidiert. Nur, dass dieser ihm nicht diesen unbeschreiblichen Höhepunkt hätte bescheren können. Dann lieber mit Pauline zusammenstoßen. Er spürte mehr als er es sah, dass Pauline den Boden unter den Füßen suchte, und ohne sie loszulassen, sank er mit ihr zu Boden. Stehen war im Moment völlig undenkbar.

»Jetzt ... kann ... ich ...«, keuchte Pauline. »... guten Gewissens gestehen, dass ich dich auch liebe.«

»Jetzt erst?«, fragte Gaylord verdutzt.

Pauline strich sich einen Wassertropfen fort, der ihr aus dem Duschkopf auf die Stirn getropft war. »Ich kauf doch nicht die Katze im Sack.«

Ein atemloses Lachen drang aus seiner Kehle, und er zog Pauline näher an sich heran. Sie schmiegte sich an seine Brust und seufzte zufrieden. Sanft strich er ihr über die feuchten Haare, streichelte ihren Rücken, und sie presste sich immer näher an ihn, als wollte sie in ihn hineinkriechen. Ihr Seufzen machte dem Schnurren einer Katze alle Ehre, und er konnte es nicht leugnen, er war enttäuscht, als sie sich ein wenig von ihm löste.

»Gib dir noch ein wenig Zeit.«

Verdutzt hob Gaylord die Augenbrauen. »Wofür?«

Pauline griff nach seiner Hand und verschränkte ihre Finger mit seinen. »Für mich. Ich besorge dir auch die grausigsten Verbrecher.«

»Pauline ...«

Blanke Wut und Verzweiflung blitzte in ihren Augen auf. »Du bist nicht nur feige, sondern auch stur, uneinsichtig und blind. Warum lässt du keine andere Meinung als deine gelten?«

Er musste gestehen, darauf fiel ihm wahrlich nichts ein. War er stur? Gut, womöglich war er das. Er wusste, was er nicht wollte, und davon ließ er sich nicht abbringen. Das war wohl die Definition von ›stur‹.

»Lass uns mit Jason darüber reden. Er weiß immer auf alles eine Antwort«, flehte Pauline.

»Jason kann mir nicht helfen.« Und wenn doch, dann bezweifelte Gaylord, dass Jason auch nur einen Finger rühren würde, um Gaylords Leben zu erleichtern. Er hatte seine Tochter entführt. So etwas verzieh man nicht innerhalb einer Viertelstunde.

Gaylord hob Pauline hoch, rappelte sich mit ihr auf und stellte sie auf beide Beine. Das einzige Handtuch teilten sie sich, bevor Pauline auf die Kleidung zeigte, die neben ihrer auf dem Boden lag. Sie hatte eine vollständige Ausstattung für ihn heraus-

gesucht.

»Glücklich ist der, dem du einmal deine Gunst erweist«, lobte Gaylord erleichtert.

»Hmpf«, machte Pauline und zog sich an, als er in seine Hose, ein Hemd, eine Weste und ein Sakko stieg. Und natürlich in seine Schuhe.

Pauline räusperte sich und hielt ihm einen Zylinder hin. Ihre Wangen färbten sich rot. So rot wie die Augen ihres Vaters, als sie endlich wieder in den Flur zurückkehrten.

»Also, Kinder«, rief Cecile aus. »Wollt ihr jetzt das Experiment machen oder nicht?«

Gaylord hob erstaunt den Kopf. »Welches Experiment?«

»Deine Menschlichkeit. Deswegen hast du doch Pauline entführt. Übrigens danke für die Vorwarnung. Hättest du uns vorgewarnt, müsste das Krankenhaus jetzt nicht renoviert werden.« Die Hexe warf Jason einen strafenden Blick zu, der die Liebenswürdigkeit mit einem Blecken seiner Zähne beantwortete.

»Es funktioniert nicht«, schüttelte Gaylord den Kopf. »Es entzieht Pauline ihre Lebenskraft. Es bringt sie in Gefahr.«

Cecile lächelte noch breiter und legte die Arme jeweils um ihn und um Pauline. Er konnte deren skeptischen Blick nur zu gut nachfühlen, denn ihm ging es nicht anders.

»Der Preis für deine Menschlichkeit ist Paulines Leben. Wenn sie stirbt, wird sie ein Vampir. Der Funke des menschlichen Lebens überträgt sich dann von ihr auf dich«, dozierte Cecile.

Oh, nein. Das würde er gewiss nicht zulassen. Beharrlich schüttelte er erneut den Kopf. »Ein Grund mehr, es sein zu lassen. Niemals würde ich Pauline diesen Fluch aufbürden.«

»Aber wenn es bedeutet, dass du dann weiterleben willst …« Paulines Worte waren leise. So leise, dass selbst Gaylords vampirisches Gehör Mühe hatte, sie zu verstehen.

 **291**

»Das Leben ist etwas Kostbares. Du solltest es nicht leichtfertig aufgeben«, wehrte Gaylord ab.

Pauline löste sich aus dem Griff der Hexe und baute sich vor ihm auf. »Ich werfe es ja auch nicht irgendjemandem hinterher, sondern dir.«

»Pauline, du hast dein ganzes Leben noch vor dir. Genieß es als Mensch. Als Vampir wird dich immer der Tod verfolgen«, beharrte Gaylord.

»Ja, toll. Und was habe ich von einem Leben als Mensch, wenn du nicht da bist?« Pauline legte den Kopf schief. Ihr trauriger Blick zerriss ihm das Herz. »Ich habe nichts dagegen, ein Vampir zu sein. Es stört mich nicht. Die anderen haben dann das Problem, nicht ich.« Bevor er widersprechen konnte, schlang sie die Arme um seinen Hals und küsste ihn. Es war nicht nur ein Gerücht. Küsse konnten tatsächlich alles vergessen lassen. Er vergaß seine Widerworte, sogar, welche Diskussion sie führten, aber nur für einen Moment. Kaum löste er sich von ihren Lippen, wusste er nicht mehr, was er denken sollte. Pauline war bereit, ihm ihr Leben zu schenken.

»Ich kann es nicht annehmen.« Entschlossen entzog er sich ihr, als sie erneut versuchte, ihn zu küssen. Sie wusste genau, was sie mit ihren Küssen bei ihm auslöste, aber der Teufel sollte ihn holen, wenn er das zuließ.

Regel Nr. 19

Selbst entführt zu werden, erweitert den Horizont

Pauline wirbelte herum. »Albert, hilfst du mir?«

Während Gaylords Butler noch verwirrt blinzelte, klatschte Cecile in die Hände. »Natürlich helfen wir dir.«

Man brauchte wahrlich keine Feinde, wenn man Freunde hatte. Was liebte sie Amélie, Albert und Cecile. Während Jason in diesem Augenblick noch verwirrte Blicke mit Gaylord tauschte, stürzte sich Amélie bereits voller Elan auf den überraschten Gaylord. Zwar rannte sie eher den Beistelltisch neben der Couch um, aber es gelang ihr, Gaylord am Arm zu erwischen und zu Boden zu reißen. Albert war der nächste, der endlich befreit von seinen Fesseln, auf seinen Herrn niederstürzte und ihn auf den Boden drückte.

Pauline konnte sich ein entzücktes Quietschen nicht verkneifen, als Cecile mit einem breiten Grinsen im Gesicht die Hände hob. Aus ihren Fingerspitzen wanden sich Seile. Sie schlangen sich um den zappelnden Gaylord.

»Danke, danke«, rief Pauline aus. Ihr Herz hüpfte aufgeregt, angefeuert von der Hoffnung, die ihr Ceciles Worte gegeben hatten. Sie hatte nicht gelogen, es war ihr völlig egal, ob sie ein Mensch oder ein Vampir war. Ihr Vater war ein Vampir, ihre beste Freundin auch, warum sollte sie keiner sein? Gaylord bekam seine Menschlichkeit zurück, das Leben, nach dem er sich sehnte. Sie würde einen Teufel tun und zulassen, dass er diese Möglichkeit verstreichen ließ, nur weil er unbedingt seinen Starrsinn durchsetzen musste. Sie liebte ihn, und wenn es hieß, selbst zu sterben, damit sie mit ihm zusammen sein konnte, dann würde sie das tun.

»Zum Henker, was soll der Blödsinn?«, rief Gaylord aus.

Albert hob seinen gefesselten Herrn hoch und trug ihn ins Labor. Gedämpft konnte Pauline Alberts Antwort hören. »Es ist nur zu Ihrem Besten, Monsieur. Es macht mir nicht den geringsten Spaß.«

»Ich mag ihn zwar immer noch nicht, aber ich finde seine Frage ziemlich gut«, mischte sich Jason ein. »Also, was zum Henker soll das werden?«

»Ich werde ein Vampir und er ein Mensch«, half Pauline ihrem dümmlichen Erzeuger auf die Sprünge. Die Intelligenz hatte sie schon mal von ihrer Mutter. Sah Pauline auch immer so zurückgeblieben aus, wenn ihr der Mund offen stand?

»Bist du wahnsinnig?«, brüllte Jason.

»Ich habe es mir gut überlegt«, fauchte Pauline.

»Fünf Minuten vielleicht«, schnaubte Jason. »Ich lasse nicht zu, dass du dich umbringst.«

Er trat auf Pauline zu, aber da stellte sich ihm Amélie in den Weg. »Sie ist volljährig. Sie kann machen, was sie will, ohne deine Erlaubnis. Und wer hat uns denn alle an einen irren Mafioso verkauft, um seine eigenen Pläne durchzuführen?«

»Wie lange willst du mir das noch vorhalten?«, knurrte Jason.

»Solange es nötig ist. Ich mag Happy Ends, und ich würde sehr gerne hier eins erleben. Es sei denn, du musst immer noch den autoritären Kram nachholen, vor dem du dich zwanzig Jahre lang gedrückt hast. Aber dann mach das draußen!«

Es bot sich ihnen ein Anblick, den man wahrlich selten sah. Jason starrte seine Frau sprachlos an.

»Ach ja, die Liebe«, steuerte Abbé Durand verträumt bei. Den hatte Pauline völlig vergessen. Er zuckte unter Jasons Blick zusammen, bevor er ein Kreuz schlug. »Schade. Ich dachte, ein

geschlagenes Kreuz verursacht bei Vampiren Selbst-
entzündung.«

»Tut es nicht«, zerstörte Jason hämisch seine Hoffnung.

»Also, wie funktioniert das jetzt?«, fragte Pauline.

Cecile lächelte. »Ganz einfach. Er beißt dich, ich sage den Z
auber, und du stirbst. Dafür wird er zum Menschen.« Ihr Blick
wanderte zu Jason, der die Hände zu Fäusten ballte und sich nur
mühsam beherrschen konnte. »Jason. Sie wird nur ein Vampir«,
sagte die Hexe sanft. »Dann ist sie noch besser vor allem
geschützt, als wenn sie nur ein Halbvampir ist. Kommt sie nur
ansatzweise nach dir, können wir uns warm anziehen.«

»Toll«, erwiderte Jason wahnsinnig begeistert. »Ich halte mich
jahrelang von Pauline fern, um nicht einen völlig durchgeknallten Hexer zu ihr zu führen, und dann wirft sie ihr Leben für einen
unbrauchbaren Trottel weg, der bisher zu feige war, sich selbst
im nächsten Weihwasserbecken zu ertränken!«

Jasons Wut schien verpufft, stattdessen strich er sich resigniert
durch die Haare. Pauline trat auf ihren Vater zu, schlang die
Arme um Jason und drückte sich an ihn. Sie mochte jahrelang
keinen Vater gehabt haben, aber sie wusste, wie man einen um
den Finger wickelte.

»Ich liebe ihn«, sagte sie leise.

Jasons Antwort bestand erst aus einem Seufzen. »Du weißt
auch, was du tun musst.«

Cecile kicherte. »Das wissen Töchter immer. Egal, wie alt sie
sind und wie alt ihre Väter.«

Pauline löste sich von ihrem Vater und griff nach seiner Hand.
»Ich will, dass du dabei bist. Dann kann mir nichts passieren.«

»Bist du sicher?«, seufzte Jason. »Ich würde ihn nur zu gern
umbringen.«

»Ich bin sicher, du kannst dich beherrschen«, grinste Pauline.

Die Euphorie verlieh ihr wahrlich Flügel. Sie würde gleich sterben. Aber dieser Gedanke wollte weder so recht zu ihr durchdringen, noch hatte sie Angst davor. Sie wollte es probieren, und sie wurde das Gefühl nicht los, dass es funktionieren konnte. Vielleicht war sie naiv, vielleicht war sie auch so schwer verliebt, dass ihr Gehirn das Denken ausgeschaltet hatte. Aber egal, was es war. Sie würde jetzt bestimmt keinen Rückzieher machen.

Mit Jason, Cecile und Amélie im Rücken fühlte sie sich sicher. Gemeinsam betraten sie das Labor.

Albert drückte den sich windenden Gaylord auf die Liege und sah auf. »Sie haben nicht zufällig noch ein Seil?«

Cecile kicherte, und erneut schoss ein dünnes Seil aus ihr hervor. Wie machte sie das? Trug sie die unter ihrer Bluse mit sich herum?

Das Seil wand sich um Gaylord und die Liege und fügte seine Enden zu einer hübschen Schleife zusammen.

»Ich sagte doch, Mademoiselle Pauline mag es, wenn Sie gefesselt sind«, kommentierte Albert.

»Pauline, tu das nicht.« Immer wieder stemmte sich Gaylord gegen die Seile, aber er brachte mit seinen Bewegungen höchstens die Liege zum Beben. »Du wirst dann Menschen töten müssen.«

Pauline schob sich neben Gaylord auf die Liege und legte sich auf die Seite. »Ich weiß. Aber ich mag die Vorzüge eines Vampirs.« Sie schmiegte sich an ihn. »Und ich habe nur zwei Möglichkeiten. Entweder du wirst ein Mensch, oder ich muss dich den Rest deines Lebens gefesselt auf dieser Liege behalten. Würde dir das gefallen?«

Gaylord brummte etwas, was Pauline nicht verstehen konnte, während Albert wesentlich lauter sprach.

»Ich denke, Monsieur La Goutte wäre entzückt, Ihnen auf

dieser Liege immer wieder zu Diensten zu sein.«

»Albert«, stöhnte Gaylord und bäumte sich vergeblich auf. »Pauline, du wirst deine Freunde sterben sehen.«

Jetzt lachte Pauline. »Ich habe nur eine Freundin, und die ist ein Vampir. Und mein bester Freund ist auch einer.« Sie grinste in Alberts Richtung, dessen Kopf sich prompt in eine Tomate verwandelte.

»Wer jetzt noch Einwände hat, der solle sprechen oder für immer schweigen«, rief Cecile.

Pauline schob sich einen Arm unter den Kopf und spähte zu den anderen. Albert stand neben Gaylord wie ein Dschinn, der seinen Herrn unverblümt in die winzige Lampe stecken würde, wenn er nicht spurte. Jason biss sich in die Hand, bis Blut hervortrat, aber er sagte nichts.

»Dann braucht es nur noch einen Priester«, stellte Cecile feixend fest.

»Einen Priester?«, fragte Gaylord verwirrt.

Abbé Durand zuckte zusammen. Er stand an der Tür, und nun setzte er mehrere Schritte zurück, doch bevor er davonrennen konnte, packte ihn Jason am Kragen und zerrte ihn zurück ins Labor und auf den schiefen Untersuchungsstuhl.

»Ich wollte schon immer mal eine Operation am offenen Schädel vornehmen«, schnurrte Jason, und Abbé Durand wurde noch ein wenig blasser.

»Haben Sie eine medizinische Ausbildung?«

»Nein …«

»Dann verweigere ich die Behandlung. Selbst als Kassenpatient hat man Rechte«, protestierte der Pfaffe.

»Bei mir nicht.«

»Sehr schön«, sagte Cecile zufrieden. »Weiß jemand zufällig die Worte, die ich sagen soll?«

»Ähm«, machte Albert, während Paulines Blick zu Gaylord glitt.

Dieser schüttelte den Kopf. »Ich werde es euch bestimmt nicht sagen.«

Pauline setzte sich auf und starrte auf das Chaos, das sich Labor schimpfte. »Das Buch muss hier irgendwo sein.«

Jason hüstelte. »Ihr meint nicht zufällig diesen alten, blut-verschmierten Schinken?«

»Doch«, rief Pauline aus.

»Ich habe ihn verbrannt.«

»Was?« Pauline fuhr sich durch die Haare und zog daran. »Wie konntest du das tun?«

Jason zog die Schultern hoch. »Ich war sauer, und er war noch bewusstlos. Also konnte ich mich nicht an ihm abreagieren.«

Pauline barg das Gesicht in den Händen. Das konnte doch nicht wahr sein. Da war schon eine Hexe anwesend, die ihnen verriet, was sie falsch gemacht hatten, und nun gab es keinen Zauberspruch. Himmel, wie war der erste Zauber vonstatten-gegangen? Gaylord hatte irgendetwas auf Latein gefaselt, während Albert es übersetzte.

»Geister des blutigen Volkes«, murmelte Pauline. So etwas hatte er doch gesagt.

»Steht mir heut bei mit aller Macht?«, fragte Cecile.

»Ja«, rief Pauline aus. »Und dann was mit Vergessen und Zukunft.«

»Vergangnes soll vergessen sein, die Zukunft werde hell und rein«, soufflierte Albert. Ja, genau, das war es.

»Das Blut haben wir geteilt«, sagte Pauline, doch dann zögerte sie. Sie spürte ein seltsames Gefühl in ihrem Inneren. Als würde ihr die Nervosität auf die Nerven schlagen. Es kribbelte in ihr, und sie rutschte näher an Gaylord. Aber verflucht, wie ging es

weiter? Sie sah Albert hilfesuchend an, doch der kratzte sich den Kopf und schien ebenso mit seiner Erinnerung zu ringen.

»Blut und Herz sind eins, der Samen des Lebens gedeiht.« Gaylords Stimme schickte ihr einen Schauer über den Rücken. Sie legte sich neben ihm und strich ihm über die Wange. Sie sah die Zweifel und die Sorge in seinen dunklen Augen.

»Er weichet fort und kehret wieder ...«, setzte Gaylord zögernd an. Sie beugte sich über ihn und küsste ihn.

Sie schob ihre Haare beiseite und drückte ihren Hals gegen seinen Mund.

»... zu singen unserer Herzen Lieder«, sagte sie leise, als seine Zähne ihre Haut durchbohrten. Sie spürte das hastige Saugen an ihrem Hals und die Schwäche, die sie erfasste. Sie wollte zurück-zucken, aber es war ausgerechnet Jason, der ihren Kopf nach unten drückte und so verhinderte, dass sie den Biss vorzeitig beendeten.

Ihr Herz stolperte, es hämmerte gegen ihre Rippen, und plötzlich setzte es aus. Unendliche Leere herrschte in ihrem Brustkorb. Sie wartete auf einen weiteren Schlag, aber er kam nicht. Es fühlte sich an, als würde man ihr die Luft aus den Lungen pressen. Die Umgebung vor Paulines Augen ver-schwamm und wich einer undurchdringlichen Schwärze.

»Brauchte es wirklich einen Priester?«, fragte Jason leise.

»Nein«, hauchte Cecile zurück. »Aber manchmal sind die dümmsten Dinge die tröstlichsten.«

Jason zog Pauline von Gaylord und bettete die beiden Leblosen nebeneinander. Cecile löste die Seile, und Jason wusste selbst nicht warum, aber er drehte Gaylord herum und legte

dessen schweren Arm über Pauline. Wenn sie schon ihr Leben für Gaylord opferte, dann sollte sie wenigstens in seinen Armen erwachen.

Beide Herzen schlugen nicht mehr, aber Zauber brauchten Zeit. Sie waren launische kleine Dinger, die sich erst feiern ließen, bevor sie ihren Dienst taten.

Amélie kaute nervös an ihrem Fingernagel. »Das geht doch gut, oder?«

Cecile strich ihr über den Arm. »Natürlich geht es gut. Es wird so, wie es sein soll.«

»Wieso machen mich diese Worte misstrauisch?«, knurrte Jason.

Cecile knuffte ihn in die Seite. »Weil du mich kennst und die Launenhaftigkeit des Schicksals.«

»Schieb nicht immer das Schicksal vor.«

Cecile lächelte lieblich. »Deine Tochter wird ein herausragender Vampir und Gaylord ein prächtiger Mensch. Noch Fragen?«

»Eine ganze Menge. Woher wusstest du, wo wir sind, wenn du den Lokalisierungszauber ständig verhunzt?«

Cecile senkte den Blick und biss sich auf die Unterlippe. »Verflucht, ich wusste, ich habe etwas übersehen.«

»Miststück«, knurrte Jason. »Ich sollte dich gemeinsam mit dem Pfaffen im nächsten Fluss ertränken.«

Respektlos wie Cecile war, begann sie zu kichern. »Ist das nicht etwas zu klischeehaft für einen Mafioso?«

»Alte Methoden funktionieren gut, warum sie ändern?«

»Aber wer würde dir dann bei deinen Plänen helfen? Jetzt behaupte nur noch, du hättest Gaylord nicht für Pauline im Blick gehabt?«, stichelte Cecile. »Du hast ihn nicht umsonst für ihren Schutz abkommandiert.«

»Für ihren Schutz. Nicht, um sie zu entführen!«

»Ach, ist es etwas unbequem, wenn sich jemand mal nicht nach deinen großartigen Plänen richtet?«, warf Amélie unschuldig ein.

»Pah«, schnaubte Jason. »Er hätte wenigstens Urlaub einreichen können.«

Regel Nr. 20

Experiment gelungen, Patient tot. Sonst stimmt etwas nicht.

Paulines gesamter Körper schien zu brennen. Ihre Haut juckte und ihre Kehle schmerzte. Aber da war noch etwas anderes. Sanfter Atem, der über ihre Wange strich, und ein Duft, der sie vollständig einzuhüllen schien. Der Geruch von Vergangenem, Männlichem, so vertraut, dass sie sich geborgen fühlte wie unter einer weichen Decke, wenn man bei Gewitter mit einem warmen Kakao in der Hand am Fenster saß.

Aber sie konnte die Ruhe nicht genießen. Etwas störte sie und verstärkte ihre innere Unruhe. Die Stimmen im Hintergrund kamen ihr unerträglich laut vor, und etwas klopfte in ihren Ohren. Als würden mehrere Fäuste gegen eine Tür hämmern.

Pauline öffnete die Augen. Gaylord lag dicht bei ihr, aber die Seile waren fort. Seine Augen waren geschlossen, und seine Züge wirkten eingefallen, fast fahl. Sein dunkles Haar bildete einen harten Kontrast zu der blassen Haut. Noch ein paar rote Lippen, und er könnte das männlichste Schneewittchen aller Zeiten sein.

Er atmete tief. Vorsichtig tastete Pauline nach seiner Brust und schreckte ein wenig hoch. Da war etwas! Unter ihren Fingern spürte sie deutlich das Pochen seines Herzens. Es pulsierte, und nun verstand sie auch, was das Geräusch in ihren Ohren war. Das war keine Halluzination, das war sein Herz!

Gaylord lebte. Er war nicht mehr untot, er war lebendig. Sein Herz schlug kräftig gegen seine Brust, und er strahlte eine Hitze aus, die die Kälte aus ihren Gliedern vertrieb.

Sanft strich Pauline über Gaylords Wange, über seine Stirn und hinunter zu seinem Hals. Sie mochte es kaum glauben. Dort,

unter ihren Fingern spürte sie wieder das leichte Pochen. Sein Herz pumpte das Blut kräftig durch Gaylords Körper. Aber was war mit ihrem?

Pauline presste die Hand gegen ihre eigene Brust und horchte in sich hinein. Da war nichts. Nur Stille und das Pochen in ihren Ohren. Warum hatten Vampire keinen Herzschlag mehr? War deren Blut nur noch eine abgestandene Suppe? Und von wem kamen eigentlich die anderen Herzschläge?

Pauline richtete sich auf, und die Decke rutschte von ihr runter. Gaylord rührte sich noch immer keinen Zentimeter. Albert lümmelte auf dem Untersuchungsstuhl, die freien Hände vor dem Bauch verschränkt und schnarchte leise. Gegen einen Schrank lehnte der Pastor und beäugte die Hexe, die ihm immer wieder zuzwinkerte und eine Kusshand zuwarf. Von den beiden kamen die Herzschläge. Der Pastor rutschte immer wieder ein Stück weg, wenn ihm Cecile zu nahe kam, und sah aus, als müsse er mal dringend auf Toilette. Er kniff die Beine zusammen, genauso wie die Lippen. Sein Blick huschte unruhig über die Anwesenden. Warum war er eigentlich noch hier? Pauline drehte den Kopf und erhaschte einen Blick auf ihren Vater.

Jason saß auf einem Stuhl und auf seinem Schoß wiederum Amélie. Sie hatte den Kopf gegen seinen Hals gelehnt und schlief. Wie lange hatten sie hier gewartet?

»Jason?«, fragte sie leise, und der Angesprochene hob den Kopf. Er sah müde aus. Nicht einmal ein Hauch seines üblichen Grinsens umspielte seine Lippen, aber ein paar Falten um seine Augen verrieten etwas von seinem hohen Alter.

Jason packte Amélie sanft, zog sie auf seinem Schoß in eine bequemere Position und musterte Pauline prüfend. »Wie geht`s dir?«

»Als hätte ich Fieber«, gestand sie.

»Das ist normal. Die Nachwirkung der Wandlung.«

»Bin ich … bin ich wirklich ein Vampir?«

Jason nickte. »Hast du Hunger?«

Hunger? Vampire konnten doch gar nichts mehr essen? Ein gutes Steak wäre jetzt nicht schlecht. Obwohl, bei dem Gedanken wurde ihr ein wenig schlecht.

»Ich meine, ob dein Hals brennt«, fügte Jason hinzu.

Oh, das … »Ja«, gestand sie. »Muss ich jetzt jemanden töten?«

»Es wird dir nichts anderes übrigbleiben.«

Sein Blick fiel, genau wie der von Pauline, auf Abbé Durand. Dieser schreckte auf, aber Pauline schüttelte den Kopf.

»Ich glaube, das würde mir Gaylord übel nehmen.«

Jason verdrehte die Augen. »Ich hasse solche übermoralischen Penner.«

»Er ist kein Penner«, zischte Pauline.

»Doch, gerade schläft er.« Jason grinste breit.

Pauline schnaubte und strich über Gaylords Wange. Sie konnte es immer noch nicht fassen. Dieser Zauber hatte tatsächlich funktioniert. Gaylord war ein Mensch!

»Beim Sex solltest du dem Verlangen widerstehen, ihn zu beißen«, sagte Jason.

Pauline riss die Augen auf. »Was?«

»Als frischgewandelter Vampir hast du nur bedingt Kontrolle darüber, ob du jemanden beim Biss tötest oder nicht. Wenn du die Kontrolle verlierst, saugst du ihn bis auf den letzten Tropfen aus.«

Himmel, was gab es Schlimmeres, als mit den Eltern über Sex zu sprechen? Paulines Aufklärung war schon über zehn Jahre her, und die Erinnerung daran traumatisierte sie immer noch. Das Einzige, worauf ihre Mutter verzichtet hatte, war ein Lehrfilm, der noch einmal die Gräuel veranschaulichte, die ihre Mutter

Pauline auftischte, um ihr den ungeschützten Sex oder überhaupt stattfindenden Verkehr mit allen Mitteln zu vergällen. Unnötig zu erwähnen, dass das vergebene Liebesmüh gewesen war.

Pauline nickte heftig auf Jasons Worte und sah dann lieber auf Gaylord hinunter. Hoffentlich fiel Jason nicht noch mehr zu dem Thema ein.

Gaylord zuckte und schlug die Augen auf. Sein Blick huschte über die Anwesenden. Über Jason, über Amélie, über den Pfarrer, Cecile, Albert und schließlich über Pauline.

Er stemmte sich nach oben und fasste sich an die Brust.

»Ich … ich … mein Herz …«, stammelte er.

»Es schlägt, ja, ist für uns nicht zu überhören«, warf Jason bissig ein.

»Es hat funktioniert«, teilte Pauline triumphierend mit. Nur für den Fall, dass die Leitungen des menschlichen Gaylords länger waren als die des Vampirs.

»Es hat funktioniert!« Gaylord lächelte, rutschte von der Liege herunter und zog sie mit sich. Er fasste sie um die Taille und wirbelte sie im Tanz herum.

Holla. Als Vampir wurde einem ja noch schneller schlecht bei diesem Karussell.

»Ich habe Hunger«, platzte Pauline heraus.

Gaylord hob den Kopf und sah zu Abbé Durand. Der arme Kerl verdrehte die Augen und seufzte resigniert. »So oft wie in den letzten zwölf Stunden wurde ich noch nie mit dem Tode bedroht.«

Pauline strich über Gaylords Arm. »Keine Sorge, ich kann mich gerade noch so beherrschen. Ich hebe ihn mir für später auf.«

Sackte der Pastor gerade noch erleichtert ein wenig in sich

zusammen, verzog er nun die Lippen missmutig. »Merci. Ich fühle mich geehrt. Könnte ich jetzt bitte mit meinem Fahrrad die Flucht antreten?«

»Meinetwegen«, knurrte Jason. »Und gnade Ihnen Gott, wenn Sie auch nur ein Wort über das verlieren, was gerade heute hier geschehen ist.«

»Das würde mir nicht einmal der Bischof glauben«, murmelte Abbé Durand und tastete sich in Richtung Tür vor.

Doch im Rahmen blieb er stehen und sah sich noch einmal um. »Im Übrigen steht Gottes Haus Jedem offen, der Rat, Hilfe und Schutz benötigt.«

»Wenn der wüsste«, knurrte Jason.

Der Priester wankte hinaus, und Pauline zuckte zusammen, als die Labortür ins Schloss fiel. Himmel, war das laut! Wie hielten Vampire nur diesen Lärm aus? Und warum konnte kein Mensch die Tür einfach hinter sich ins Schloss ziehen, anstatt sie zuzuwerfen? Waren sie bei den Highland Games? Hier wurden keine Baumstämme, sondern Türen geworfen. Wer sie zuerst aus dem Rahmen pfefferte, hatte gewonnen?

Pauline drückte sich gegen Gaylord. »Und wie geht es dir?«

Noch immer sah Gaylord müde aus, aber sein Lächeln war breit und ehrlich, und es wärmte ihr das Herz. »Ich bin mir immer noch nicht sicher, ob ich träume.«

Sie schmiegte sich gegen seine Hand, die er auf ihre Wange legte, und genoss das Gefühl seiner Lippen auf ihren. Wow, sie roch wirklich sein Blut. Es roch besser als jeder Sonntagsbraten. Schnell zog sie den Kopf wieder zurück. Könnte sie dem Drang widerstehen, wenn sie ihm zu lange zu nahe kam?

Mit einem zaghaften Lächeln wandte sie den Blick ab. Aber Gaylord strich ihr beruhigend über den Rücken, und unweigerlich lehnte sie sich wieder an ihn.

Jason strich Amélie die Haare aus dem Gesicht, nahm eine der Strähnen zwischen seine Finger und kitzelte seine Gefährtin damit so lange an der Nase, bis sie mit einem lauten, prustenden Niesen antwortete, hochschrak und mit der Faust auf Jasons Nase zielte. Doch der fing ihre Hand noch im Flug ab.

»Warum musst du mich immer auf die Art wecken?«, klagte Amélie.

»Weil ich es kann, und weil es lustig ist«, grinste Jason. »Wenn du eines Tages meine Nase triffst, höre ich auf.«

Amélie murmelte etwas, das klang wie ›Blödmann‹, und schob sich von Jasons Schoß. Mit dem Handrücken über ihre Nase reibend, drehte sie sich zu Pauline und Gaylord herum und riss die Augen auf. »Es hat funktioniert! Es hat funktioniert! Ihr lebt. Beide!«

Amélie sprang auf Pauline zu und riss sie in ihre Arme. »Dir geht es gut.«

»Bis auf die Tatsache, dass sie gestorben und als Vampir wiedererwacht ist«, steuerte Jason aus dem Hintergrund völlig unpassend bei. Als ob jemand von den Beteiligten ein Update brauchte.

»Du könntest auch ein Werwolf sein, ich würde dich trotzdem lieben«, verkündete Amélie und schnürte Pauline zur Feier dieser Feststellung noch einmal die Luft ab. Dunkelblonde Haare umwehten Pauline, und unwillkürlich war sie froh, tot zu sein. Dann konnte Amélie sie nicht versehentlich erwürgen.

»Sehr gut«, stöhnte Pauline. »Wir lieben uns alle, aber nicht genug für eine Gruppenorgie.«

Endlich ließ Amélie von ihr ab.

»Gehen wir essen«, schlug Jason nun vor, und Pauline schnaubte. Früher hatte sie das mit einem riesigen Teller voller Hähnchenfleisch, Nudeln und Sesam in Verbindung gebracht.

Heute war ihr so gar nicht nach fester Nahrung, und ihr wurde nur noch bewusster, wie gut Gaylord duftete.

Sie trat näher an ihn heran und schnüffelte. Er roch … metallisch, aber auch männlich. Ein herber Duft, den sie genüsslich in ihre Nase sog.

»Pauline …«, seine Stimme klang warnend, aber das Pochen in ihren Ohren nahm einen geradezu verführerischen Klang an. Es verstärkte sich, genauso wie der Geruch. Sie würde gerne mehr von ihm fühlen. Sie strich über seine Brust, und sein Puls sprang regelrecht in die Höhe. Sie schlang die Arme um seinen Hals und küsste ihn inbrünstig. Doch bevor ihre Lippen vielleicht verstohlen seine Wange bis zu seinem Hals entlangwandern konnten, wurde sie zurückgerissen.

»Hey!« Sie zappelte, aber Jason packte nur noch fester zu.

»Das Spiel kenne ich schon. Amélie hat mich auch schon einmal in die Ohnmacht geküsst«, knurrte Jason.

»Das war ein Versehen. Wie oft willst du mir das noch vorhalten?«, maulte Amélie.

»Du wolltest mich beißen«, stellte Gaylord fest.

Pauline biss sich ertappt auf die Lippe. »Du hast so gut gerochen.«

»Das liegt am Hunger. Es wird besser. Mit jedem Tag, jedem Monat und jedem Jahr, das vergeht, wird es leichter sein, den Hunger zu kontrollieren«, versprach Gaylord.

»Könntest du dich wehren, wenn ich über dich herfalle?«, fragte Pauline besorgt.

»Höchstens mit Eisenkraut, und das wirst du mir irgendwann übelnehmen.«

Pauline wich zurück. Sein Geruch zog sie magisch an, verlockte sie, sein Blut rief ja regelrecht nach ihr. Es fiel ihr unsäglich schwer, sich nicht an Gaylord zu klammern und die

Zähne in seinen Hals zu rammen. Sie schluckte schwer. Wie schnell würde sie den Hunger unter Kontrolle haben? Sie konnte doch nicht riskieren, Gaylord anzufallen. Dieser schien ihre Gedanken zu erraten und griff nach ihrer Hand. »Mach dir keine Sorgen. Jetzt magst du dich kaum beherrschen können, aber wenn du getrunken hast, wird es dir leichter fallen.«

Zaghaft nickte sie. »Also gehen wir essen?«

»Ja, wir gehen essen«, erwiderte Gaylord sanft.

»Hilfst du mir dabei?«

»Wir werden dir alle helfen«, mischte sich Amélie ein. Sie nahm Jasons Hand, und selbst Albert schreckte über die plötzliche Unruhe aus seinem Schlaf hoch, rieb sich die Augen, starrte auf Pauline und Gaylord und nickte zufrieden. Gähnend tappte er ebenso wie alle zur Labortür hinaus, und geschlossen trabte die Herde zum Vordereingang. Aber in der Auffahrt parkte lediglich ein Auto.

»Wo ist mein Wagen?«, fragte Jason.

Amélie zupfte urplötzlich ausgesprochen gewissenhaft an Albert herum, der ebenfalls nach unsichtbaren Fusseln suchte. Cecile grinste, und Pauline räusperte sich. »Im Fluss.«

»Im Fluss?«

»Er hielt sich für eine Ente.«

»Ihr habt meinen Wagen versenkt?«

Pauline biss sich auf die Lippe. »Es war ja kein großer Wagen …«

»Und das reicht dir als Argument, meinen Wagen zu versenken?«

»Das Navi ist schuld.«

»Gib nur der Technik die Schuld!«, maulte Jason.

»Die hat mich in den Fluss gelotst. Es war sowieso kein Benzin mehr drin.«

»Benzin kann man nicht mit Wasser auffüllen, hat dir das dein Fahrlehrer nicht beigebracht?«, spottete Jason.

»Hmpf«, brummelte Pauline.

Jason riss Cecile die Schlüssel ihres Wagens aus den Fingern.

»Hey!«, protestierte die Hexe. »Das ist mein Wagen.«

»Du kannst meinen als Ersatz haben«, stichelte Jason und drückte auf den Knopf, der den Wagen entriegelte. Gaylord hielt Pauline die Tür auf und folgte ihr auf den Rücksitz. Verstohlen griff Pauline nach seiner Hand, und ihr totes Herz seufzte selig, als sein Daumen über ihren Handrücken strich.

»Gehen Sie nicht in das Gästezimmer am Ende des Flurs. Die Bohlen sind nicht mehr die besten«, warnte Albert Cecile und quetschte sich ebenfalls auf den Rücksitz.

Amélie setzte sich auf den Beifahrersitz, und Jason startete den Wagen.

»Jetzt wäre wirklich ein guter Zeitpunkt für ein Navi«, seufzte er.

»Du weißt doch auch ohne das Navi, wie viele Puffs es im Umkreis von hundert Meilen gibt«, spottete Amélie.

»Sagt die Frau, die mich gezwungen hat, ihr Telefonsex ins Navi einzuprogrammieren.« Jason folgte der Straße, die sie näher zum Stadtzentrum führte.

»Warum fahren wir in die Stadt zum Essen?«, fragte Pauline.

»Willst du dich mitten in der Pampa an einen Baum stellen und warten, dass jemand kommt?«, erwiderte Jason.

»Man könnte doch einbrechen?«

»Das hinterlässt Spuren. Überlass das lieber den Profis.«

Amélie grinste. »Er hinterlässt auch Spuren, wenn er irgendwo einsteigt.«

»Aber mit Absicht!«

»Das behaupten sie alle.«

Amélie und Jason kabbelten sich ungeniert, während Pauline die Hand nicht von Gaylord loslassen mochte. Sie seufzte dankbar, als er sie in seine Arme zog und schmiegte den Kopf gegen seinen Hals. Das war zwar nicht sonderlich schlau, denn so roch sie erneut sein Blut, doch erstaunlicherweise wollte sie ihn jetzt nicht beißen. Sie wollte einfach nur die Augen schließen, sich in seinen Armen verlieren und ihren Hunger vergessen.

Sie würde innerhalb der nächsten Stunde einen Menschen töten. Das Brennen in ihrem Hals machte sie irre und wurde von der Nervosität nur verstärkt.

Hatte sie eine zu große Klappe riskiert? Bekam sie es wirklich hin, einen Menschen umzubringen?

Wenn nicht, dann war sie richtig am Arsch. Dann würde sie in Selbstmitleid und Selbsthass enden wie Gaylord, und irgendwann starb Gaylord friedlich in hohem Alter und sie blieb zurück. Madame Dracula, die jeden Tag eine Blutbank überfallen musste, um nicht den Strippern auf der Straße nachzusabbern. Nicht, weil sie so unglaublich sexy, sondern eben köstlich waren.

»Ich weiß nicht, wie ich dir danken soll, Pauline«, raunte Gaylord an ihrem Ohr und jagte ihr einen sanften Schauer über den Rücken. »Du hast meinen Fluch auf dich genommen.«

»Ich glaube, in den Augen der Welt werde ich der Fluch sein.«

Manchmal wünschte sich Pauline wirklich, sie wäre so selbstsicher wie ihr loses Mundwerk. Sie fürchtete sich. Sie hatte Angst, es zu vergeigen. Sie musste das Beißen von Menschen gut finden, sonst war all das hier am Ende nur eine sehr dumme Idee.

»Bist du nervös?«, fragte Gaylord.

So energisch wie möglich schüttelte Pauline den Kopf und zwang sich zu einem Lächeln, als Gaylord den Finger unter ihr Kinn legte und es anhob.

»Der Blutrausch wird dir alle Zweifel nehmen«, sagte Gaylord

leise und verzog die Lippen zu einem schiefen Lächeln. »Und wie du schon sagtest: Es ist kaum anders, als wenn du das arme, tote Reh, das eine Horde Erben und ein halbfertiges Testament zurücklässt, in dich hineinschaufelst.«

»Warst du früher Vegetarier?«

Gaylord lachte. »Als Priester beziehungsweise Priesteranwärter brauchte man kein Vegetarier sein. Man bekam nur sehr selten Fleisch.«

»Also waren die Pfaffen damals alle dürr?«

»Nein.« Gaylord schüttelte den Kopf, bis ihm die dunklen Strähnen in die Stirn fielen. »Manche hatten durchaus ihre Methoden, um an kräftiges Essen zu kommen.«

Pauline kräuselte die Nase. »Hast du sie dann verpetzt?«

»Das einzige Mal, als ich jemanden verpetzen wollte, bezahlte ich mit dem Leben.«

»Richtig so«, brummte Jason von vorn. »Wer braucht schon Moralprediger?«

Jason bog in eine Straße ein und parkte in einer Gegend, die penetrant nach Mülltonne roch. Bäh, wirklich? Hier sollte sie ihr erstes Vampirdinner zu sich nehmen? Wo waren die Suite, die Kerzenbeleuchtung und das Bett, auf dem sie Gaylord als Nachtisch vernaschen konnte?

»Die Geschäftsmänner in den Hotels kannst du dir aufheben, bis du geübter in der Jagd bist«, sagte Jason, der ihren Blick im Rückspiegel bemerkte. Er stieg aus und öffnete die Tür, um Amélie herauszuhelfen, während Gaylord Pauline die Hand reichte. Nur Albert musste allein aussteigen.

Unsicher starrte Pauline Gaylord an. Wenn sie das versaute, hatte sie wirklich ein Problem, und dann würde Gaylord vermutlich nur ›Ich habe es dir gesagt‹ nuscheln.

»Du schaffst das«, sagte Gaylord lächelnd. »Vor dir ist

niemand sicher.«

Ah ja. Jetzt fühlte sie sich um einiges besser. Schön wäre es!

»Guckt ihr mir alle dabei zu?«, fragte Pauline entsetzt, als sich die Gruppe keineswegs zerstreute, um bis auf Gaylord ihr kleines mörderisches Werk zu vollenden, sondern Pauline erwartungsfroh anstarrte.

»Ist das ein Problem?«, grinste Jason.

»Ich kann nicht, wenn mir jemand dabei zusieht.«

»Das ist bekannt«, erwiderte Gaylord. Sie warf ihm einen biestigen Blick zu, den er unschuldig erwiderte. Ach, gewöhnte er sich langsam an das Dasein als Mensch und wurde wieder frech?

»Ich gehe mit Albert und Gaylord, und Jason geht mit Pauline«, schlug Amélie vor. Wenigstens eine, die nicht nur grinste, sondern mitdachte.

»Wehe, du überträgst deine Allüren auf Amélie«, warnte Jason Gaylord.

Dieser hob abwehrend die Hände. »Ich wünsche niemandem diese Skrupel.«

Jason reichte Pauline seinen Arm und führte sie in das Gewirr der Gassen. Überall schien es zu hämmern, aber nur ganz leise. Wenn irgendwo ein Fenster offen stand, war es ein wenig intensiver.

Schutz suchend drückte sich Pauline näher an Jason heran.

»Könntest du bitte aufhören, mir auf die Zehen zu treten?«, knurrte er ihr genervt ins Ohr. »Ich schramme schon an der Mauer entlang.«

Ups. Pauline hörte auf, Jason aus Unsicherheit an die nächste Wand zu drücken und ihm dabei auf die Füße zu steigen. Stattdessen nahm sie ein neues Geräusch wahr. Das Scharren von Schuhen über den Asphalt. Ganz in der Nähe.

»Was ist das?«, flüsterte sie.

»Was glaubst du wohl? Dein Abendessen.«

Pauline schluckte. Konnte sie sich das noch einmal überlegen? »Ich habe noch dringend was zu erledigen.«

Sie wandte sich um und wollte sich unauffällig davonmachen, doch Jason stieß sie in die andere Richtung. Sie taumelte gegen eine Hausmauer, und just in diesem Moment bog ein Mann um die Ecke, der ursprünglich sicher mal als zwei Menschen geplant gewesen war. Himmel, war der groß. Er überragte sie um mindestens drei Haupteslängen. Existierten neben Vampiren auch Riesen in Paris?

Sprachlos starrte sie den Kerl an, der an ihr vorbeistampfte und schließlich stehen blieb.

»Brauchst du Hilfe?«, dröhnte seine Stimme. Der konnte doch unmöglich ein Mensch sein. Und doch hörte sie seinen Herzschlag. Er trommelte regelrecht in ihren Ohren. Der Mann roch ein wenig nach Alkohol, aber vor allem nach Zigarettenqualm und Blut. Sein Blut. Sein leckeres, köstliches Blut.

Vorsichtig rückte Pauline näher, und mit jedem Schritt nahm dieser unglaubliche Duft zu. Gott, roch das herrlich. Früher war sie nur beim Duft eines frischen, marinierten Steaks so abgegangen.

»Brauchst. Du. Hilfe?«

Er klang für ihren Geschmack ein wenig zurückgeblieben. Schmeckten dumme Menschen besser? Er gaffte sie an, und sie starrte zurück. Das Klopfen seines Herzens klang zunehmend wie Musik in ihren Ohren. Sein Geruch verführte sie. Sie fühlte sich, als wäre sie wochenlang durch die Wüste geirrt und hätte sich von Skorpionen ernährt. Aber jetzt war sie wieder in der Zivilisation, und vor ihr stand ein perfektes Steak, das sie finster anstarrte. Sie spürte, wie das Verlangen nach ihm immer größer

 **314**

wurde. Ihre Scheu schwand, sie registrierte kaum, was sie da eigentlich tat. Pauline sprang nach oben und klammerte sich an seinen Hals. Er erstarrte, zuckte zurück, doch bevor er sich wehren konnte, fuhren Paulines Finger in seine Haare, sie schlang die Beine um seine Taille und bog seinen Kopf zur Seite. Sie seufzte inbrünstig und bohrte ihre Zähne in seinen Hals. Sie wusste nicht, ob sie stöhnte, grunzte oder gerade einen Orgasmus bekam. Es war ihr auch völlig egal. Die Welt schien für einen kurzen Moment nur aus Farben und dem höchsten Genuss zu bestehen.

Sie blinzelte erst, als sie auf den Boden aufschlug und gut 260 Pfund Leblosengewicht sie begruben. Doch selbst jetzt mochte sie sich von dem Gefühl nicht lösen. Die Arme und die Beine von sich gestreckt, starrte sie in das tote Gesicht ihres Abendessens und leckte immer wieder über ihre Eckzähne, in der Hoffnung, sie fand noch einen Tropfen seines köstlichen Blutes.

Das Gewicht verschwand von ihr, und Pauline rollte herum. »Das war toll!«

Jason hielt den Mann im Arm, als würde er mit einer Puppe tanzen wollen. Einer sehr unmotivierten Puppe, und da wurde es Pauline klar: Das war alles nur halb so toll.

»Ich habe ihn umgebracht!«, rief sie aus. Bitte, bitte, konnte Jason ihr sagen, dass er nicht tot war? Dass sie ihn nur ein wenig angenuckelt hatte, um ihn dann völlig berauscht fallenzulassen?

Aber Jason tat nichts dergleichen. Im Gegenteil, er lobte sie: »Und du hast es sehr gut gemacht.«

Shit. Es war wahr. Sie hatte jemanden getötet. Würden ihre Knie nicht so zittern, hätte sie nicht übel Lust, hysterisch im Kreis zu laufen.

Stöhnend lehnte sich Pauline gegen die Hausmauer. Die Kühle des Steins beruhigte sie ein wenig, und doch schwirrten ihr die Sinne. Sie hörte ein schleifendes Geräusch, aber sie wollte die

Augen nicht öffnen. Am Ende tat sie es doch, als Jason ihr Kinn anhob und sie sorgenvoll musterte.

»Wie war es für dich damals?«, fragte sie leise.

»Nicht anders als für dich. Man gewöhnt sich daran. Manchmal fällt es leichter, manchmal schwerer. Wenn man dann noch jemanden töten kann, mit dem man ein persönliches Problem hat, ist es besser als Sex.«

»Wie steckt das Amélie weg?«

Jason grinste. »Sie macht jedes Mal einen Riesenaufstand. Die Natur hat sich etwas dabei gedacht, als sie festlegte, dass man sich als frischgewandelter Vampir nur schwer unter Kontrolle hat. Das macht es leichter, die Skrupel zu überwinden.«

Wenigstens einmal hatte die Natur mitgedacht. Sollte man ihr jetzt dafür einen Preis verleihen?

Paulines Knie zitterten immer noch, als sie Jasons angebotenen Arm nahm.

Ein lauter, gellender Schrei ließ sie zusammenfahren. »Amélie!« Jason begann zu rennen, und Pauline bemühte sich, Schritt zu halten. Herrgott, war sie plötzlich schnell!

Man darf sich auch mal auf Händen tragen lassen

Entsetzt starrte Gaylord auf die fünf Männer, die sich nebeneinander durch die Gasse schoben, geradewegs auf sie zu. Ihre Hände umklammerten die Waffen. Zwei von ihnen hatten auf sie angelegt, während die anderen drei ihre Waffen nur halb im Anschlag trugen. Vielleicht war es gut, dass sie die Vampire und Gaylord nur Stück für Stück zurückdrängten. Wenn diese Jäger sie nur abschlachten wollten, hätten sie schon längst damit angefangen.

Aber lange konnten sie nicht mehr vor den Jägern zurückweichen. Sie hatten nur noch wenige Meter bis zur Mauer, die die Gasse in eine Sackgasse verwandelte.

»Wir sitzen in der Falle«, kreischte Amélie und krallte sich an Gaylord fest.

»Du brichst mir gleich den Arm«, stöhnte dieser und stolperte zur Seite, geradewegs über eine Leiche. Der Hals der toten Frau war blutverschmiert. Blut, das auch noch an Amélies Lippen klebte. Es war zu spät zu behaupten, dass sie keine Vampire waren, die nur zufällig einen Mord gesehen hatten.

»Haut bloß ab, ihr Bastarde!«, fauchte Amélie.

Es war erstaunlich, dass Jason bei dieser Furie noch nicht völlig durchgedreht war. Als es darum ging, die Frau zu beißen, hatte sie sich angestellt als würde Gaylord sie mit einer Knarre bedrohen. Doch jetzt pflaumte sie ungeniert ihre Gegner an.

Bedauerlicherweise warfen diese ihnen keine Beschimpfungen entgegen, jetzt legten auch noch zwei weitere Jäger die Waffen an. Der fünfte beugte sich über die Leiche. »Sie

ist tot.«

»Ach was?«, murmelte Albert. Seine Augen glühten rot vor Hunger, aber das schreckte die Männer nicht. Sie formierten sich zu einem Halbkreis, den zu durchdringen an Selbstmord grenzte.

Hohe Mauern umgaben sie. Nur wenige schmale Fenster zeigten in die Gasse hinein. Fenster, die vielleicht zu Badezimmern gehörten. Sie zu erreichen stellte für einen Vampir keine Mühe dar. Normalerweise, aber die Jäger würden nicht zögern, sie von den Mauern zu schießen, wenn sie es versuchten. Für Gaylord war eine Flucht ohnehin aussichtslos. Er war schon als Vampir eine Niete im Klettern gewesen, als Mensch würde er sich höchstens den Rücken verrenken.

»Ihn könnt ihr wenigstens gehen lassen«, sagte Amélie und deutete auf Gaylord. »Er ist ein Mensch.«

Ein schmächtiger Jüngling, vielleicht zwanzig Jahre alt, schob sich in Gaylords Richtung. Die eine Hand fest am Pflock in seinem Gürtel, richtete er seine Waffe genau auf Gaylords Stirn. Mist, verfluchter. Selbst als Vampir war ein Kopfschuss alles andere als ein Vergnügen. Doch wenn der Kerl auch nur ein wenig nervös wurde, endete Gaylords neues Leben schneller als ihm lieb war.

Der mordlüsterne Zwerg leckte sich die Lippen. »Er macht mit Vampiren gemeinsame Sache.«

Amélie schnaubte. »Wer sagt dir, dass er nicht der Nachtisch ist?«

»Du hast ihn nicht einmal angerührt.«

»Da lässt man einmal die Finger von einem Mann, und dann ist es auch wieder falsch«, beklagte sich Amélie. Ihre Worte waren frech, aber sie versteckten nur schlecht ihre Sorge. Ihr Blick huschte über die Umgebung. Sie suchte nach einem Ausweg. Vergebliche Liebesmüh. Es gab keinen. Sich gegen ein halbes

Dutzend Jäger zu wehren, war so aussichtslos wie wenn ein Eisbär in der Sahara nach einer Eisscholle suchte. Sie mussten abwarten, was die Männer tun wollten. Töten oder reden. Wenn sie erst palavern und dann morden wollten, blieb ihnen vielleicht noch eine Chance.

»Jäger töten keine Menschen«, wandte Gaylord ein.

»Wenn sie mit Vampiren gemeinsame Sache machen, dann schon«, schnarrte der Zwerg.

»Ich bin ein Mensch. Ich unterstehe also auch der Gerichtsbarkeit der Menschen«, beharrte Gaylord. Ein lächerlicher Gedanke. Die wenigsten Jäger scherten sich um Gerechtigkeit. Es ging ihnen darum, so viele Vampire wie möglich zu töten. Sie schützten die Menschen vor Vampiren, sorgten dafür, dass die Menschen nichts von der Existenz der Vampire, Werwölfe und Hexen erfuhren, und sie waren sich auch nicht zu fein, dafür menschliche Zeugen um die Ecke zu bringen. Sie nannten es akzeptable Verluste. Die Inquisition war ein einziger, großer Kollateralschaden gewesen, verursacht von Jägern.

»Mit dir werden wir uns noch gesondert unterhalten«, grinste der schmierige Zwerg. Hatten die anderen Jäger bisher nur misstrauisch hinter ihren Waffen hervorgelugt, kam nun Bewegung in die Gruppe. Sie traten zur Seite und machten einem Mann Platz, der selbst Gaylord um gut einen Kopf überragte. Sein Haar war raspelkurz geschnitten und schimmerte so silbern wie sein Bart. Was dem Haupthaar des Jägers an Länge fehlte, machte das Gestrüpp in seinem Gesicht wett. Er schob die Daumen zwischen seinen Gürtel und seinen Hosenbund und erstarrte.

»Albert!«

»Ups«, machte jener und hob mit einem verlegenen Lächeln die Hand. »Guten Abend, Bruno.«

»Ihr kennt euch?«, fragte Amélie verdutzt.

 **319**

Albert wurde rot, der Anführer der Jäger blass. »Du bist ein Vampir?«

»Er kennt Sie und hat das nicht gemerkt?«, fragte Gaylord verblüfft.

Albert hustete. »Lag vielleicht daran, dass wir mit anderen Dingen beschäftigt waren.«

Oh Himmel, wollte er es wirklich genau wissen? Lieber nicht. Vor Paulines Entführung war Albert jede Woche an seinem ›freien‹ Tag (als ob es Gaylord interessierte, wenn Albert einen oder zwei Tage die Woche fehlte) nach Paris gefahren. Hinter dem breiten Grinsen, mit dem Albert jedes Mal zurückkehrte, hatte Gaylord eine Frau vermutet. Fast war Gaylord dankbar für die Ablenkung, als der Anführer der Jäger den Pflock aus seinem Gürtel zog.

»Groß wie immer«, lobte Albert und trieb Bruno damit sicher nicht nur die Röte des Zorns ins Gesicht.

Dieser ballte entschlossen die Fäuste. »Kümmert euch um den spitzzähnigen Witzbold, ich beerdige die anderen zwei.«

»Das sollte ein Kompliment sein«, protestierte Albert und wich zurück. Genauso wie Amélie und Gaylord. Weit kamen sie nicht. Mit den Rücken stießen sie gegen die Mauer, während die Jäger den Kreis um sie immer enger zogen. Amélie biss sich vor Panik so fest auf die Lippe, dass sie blutete und krallte sich an Gaylords Arm fest, als sich dieser zwischen sie und den zwergenhaften Jäger stellte.

Es war eine sinnlose Geste. Gaylord wollte Amélie beschützen, aber seine Menschlichkeit ließ ihm dafür keine Möglichkeit. Er war zu schwach. Als Vampir könnte er sie schnappen und einfach davonrasen. Das könnte nun Amélie übernehmen, aber sie war zu unerfahren. Amélie war erst seit wenigen Tagen ein Vampir, und das Rennen musste man trainieren, wenn man nicht

ständig gegen Hausmauern krachen wollte. Und Albert war noch nie sonderlich sportlich gewesen. Gaylord wusste nicht, wann er seinen Butler jemals hatte rennen sehen. Höchstens, wenn es um Sonderangebote beim Herrenausstatter ging.

Wie viel Pech konnte man eigentlich haben? Da war Gaylord endlich froh, ein Mensch zu sein und vermisste kaum eine Stunde später seine vampirischen Kräfte. Dann könnte er diesem Kerl das hässliche Grinsen aus dem Gesicht schlagen. Aber mit der Kraft eines normalen Menschen kam er nicht gegen Pistolen und ausgebildete Jäger an.

Gaylord konnte nur hoffen, dass Jason Amélies Kreischen gehört hatte und intelligent genug war, Pauline nicht in die Gefahrenzone zu bringen.

An Jason gedrückt stand Pauline im Schatten des Schornsteins und starrte hinunter auf das Geschehen. Für sie sahen die Kerle aus wie moderne Piraten. Sie trugen ihre Waffen offen zur Schau, und als wäre es nicht bereits Hohn genug, stand auf den Rücken ihrer schusssicheren Westen ›Police‹ geschrieben.

Das waren keine Polizisten. Pauline konnte sich nicht vorstellen, dass normale Polizeibeamte durch die Pariser Straßen zogen und willkürlich Vampire angriffen. Trotz der Höhe und der Entfernung konnte Pauline erstaunlich viele Details wahrnehmen. Vor allem konnte sie die Mistkerle selbst von hier noch riechen. Die guten Sinne der Vampire hatten nicht immer Vorteile. Einer der Kerle duftete so sehr nach Blümchen, dass ihr schlecht wurde. Oder der penetrante Geruch kam aus einem der Fenster. Die Suppenküche der Stadt, aus Gerüchen, Geräuschen und Vibrationen der Motoren, machte sie völlig irre. Aber jetzt

war kein guter Zeitpunkt zum Durchdrehen.

»Du gehst zurück zum Wagen«, befahl Jason.

»Ich denke nicht daran. Gaylord und Amélie sind dort unten. Und Albert!«

»Und ein halbes Dutzend Vampirjäger.«

»Irgendwann muss ich die doch eh mal mit meinen neuen Zähnen begrüßen.«

»Das war erst für Woche zwei deiner Umschulung zum Vampir angedacht«, protestierte Jason. »Und glaub mir, der Jäger hätte nicht einmal mehr gurgeln können, so verschnürt hätte ich ihn.«

»Das kannst du ja jetzt nachholen. Du hast nicht zufällig ein paar Seile?«

»In meinem Kofferraum liegen welche, aber mein Auto ist jetzt auf dem Grund eines Flusses.«

»Ups.«

Pauline schlug die Hände vor den Mund, als einer der Jäger auf Gaylord anlegte. Dieser hob abwehrend die Hände. Ein Knall peitschte durch die Nacht, und Paulines totes Herz starb vor Schreck noch einmal. Aber zu ihrer Erleichterung sackte Gaylord nicht getroffen unter dem Schuss zusammen. Er wurde zur Seite gerissen, zappelte in Amélies Händen, und Pauline konnte sein protestierendes Gestammel hören, als Amélie ihn hinter sich schob.

»Das hat er nun davon, kein Vampir mehr zu sein. Er muss sich von einer Frau beschützen lassen.« Jason starrte, die Arme vor der Brust verschränkt nach unten.

»Warum machst du nichts?«, flüsterte Pauline.

»Einen Moment zum Überlegen habe ich noch. Die wollen spielen.« Bon Dieu, wie konnte er nur so gelassen sein? Da unten wurde seine Frau gerade mit einem viel zu großen Stück Holz

bedroht. Das war kein Dekorationsartikel!

Pauline strich sich mit zitternden Händen durch die Haare. »Du hast doch einen Plan, oder?«

»Nein.«

Nein? Was sollte das heißen? Er konnte doch nicht einfach hier stehen bleiben und zusehen. Inzwischen biss Pauline so fest auf ihre Finger, dass sie bluteten. »Kannst du nicht deine Leute anrufen?«

»Bis die Armee da ist, ist alles vorbei.«

Toll, und da blieb er so ruhig? Sie trat nervös von einem Fuß auf den anderen. Am liebsten würde sie mit einem lauten Aufschrei nach unten jagen und alle wie Bowlingpins wegflanken. Aber die würden zuerst schießen, und Pauline war sich nicht einmal sicher, ob sie elegant und zielsicher bei den Jägern ankam, oder ob sie einfach nur mit einem Aufschrei mit dem Gesicht nach unten in der Gasse landete, und die Jäger höchstens durch einen Lachanfall aus ihrer mörderischen Konzentration riss.

Jason griff unter seine Jacke und reichte ihr eine Pistole. »Denk dran, wer zuerst tot ist, kann nicht mehr schießen.«

Zögernd schlossen sich Paulines Finger um das kalte Metall. »Das ist der blödeste Rat, den man bekommen kann.«

»Aber der praktischste.«

Jason sprang ein Stück nach unten, landete auf einem Fenstersims und hüpfte wieder ein wenig nach oben, bis er einen der Holzbalken erreichte, auf denen sich das Dach stützte. Er krallte sich daran fest, und Pauline hörte das morsche Holz knarzen, wie auch die Vampire unten. Sie hoben die Köpfe und verrieten damit den Jägern, dass etwas im Busch war. Doch bevor jene sich entscheiden konnten, auf wen sie zuerst schießen sollten, riss Jason das Holz aus der Verankerung und schleuderte den Balken auf die Straße.

Knirschend gab der Dachfirst nach. Schindeln verloren den Halt, rutschten nach unten und knallten auf die Straße. Ein Jäger schrie getroffen auf.

Jetzt gab es auch für den Rest des Daches kein Halten mehr. Hatten sich anfangs nur spärlich Dachziegel gelöst, rauschten sie nun wie eine Lawine nach unten. Pauline schwankte auf einem Holzbalken und schwang sich hinunter, um auf den Fenstersims unter ihr zu gelangen.

Die Umgebung rauschte an ihr vorbei. Merde. Wie legte man hier die Bremse ein? Sie knallte gegen den Sims, fand keinen Tritt und verlor den Halt. Der freie Fall drückte ihren Magen nach oben, doch im nächsten Moment war er schon zu Ende. Krachend schlug sie auf dem Boden auf. Au, verflucht.

Der Schornstein löste sich, und das bröckelnde Gebilde rutschte auf den Rand der noch stehenden Hausmauer zu.

Himmel, das Ding raste geradewegs auf Amélie und Gaylord zu! Pauline rappelte sich auf. »Passt auf!«

Aber die beiden reagierten nicht. Gaylord hörte sie vermutlich nicht, und Amélie wehrte gerade einen Jäger ab, indem sie sich an seinen Rücken klammerte und ihm mit der Faust immer wieder gegen die Schläfe schlug.

Gaylord hingegen wich einem wesentlich kleineren Jäger aus, der mit einem Schlageisen nach ihm ausholte.

Der Schornstein knirschte und blieb hängen. Dieu merci. Doch bevor Pauline die Luft aus ihren Lungen pusten konnte, rutschte der verflixte Schornstein bereits weiter. Er ratterte auf die Kante des einstürzenden Daches zu, kippte auf den Rand der Mauer und verharrte dort für einen Moment, bis die Erdanziehungskraft stärker war.

Wie in Zeitlupe sah sie den Schornstein auf Gaylord zurasen. Pauline stürmte nach vorn, riss einen Jäger um und knallte mit

voller Wucht gegen Gaylord. Dieser stöhnte, als er mit dem Rücken an der Wand landete, aber wenigstens zerschellte der Schornstein neben ihnen und nicht in Gaylords Gesicht. Sie wollte ihren Märchenprinzen nicht erst zur Schönheitsoperation schleppen müssen.

Gaylord hustete und krümmte sich. »Ich glaube, ich habe den ersten Bandscheibenvorfall meines Lebens.«

Vorsichtig legte sie die Arme um ihn und zog ihn auf die Füße. Ächzend drückte er den Rücken durch und griff nach ihrer Hand. Doch als er aufsah, stockte er. Sein Gesicht verfinsterte sich. »Welcher von den Idioten hat seine Finger an dich gelegt?«

Ähm, was? »Keiner«, gab Pauline verdutzt zurück. Sie strich sich die Haare aus der Stirn und zuckte über den plötzlichen Schmerz zurück. Erstaunt betrachtete sie ihre Finger, an denen rotes Blut klebte. »Oh.«

Gaylord nahm ihr Gesicht in beide Hände und betrachtete ihre Stirn eingehend. Himmel, konnte man eine Stelle des eigenen Körpers beneiden? Wenn er sie so ansah, bekam Pauline weiche Knie.

»Es ist nur eine Platzwunde.« Gaylord strich ihr sanft über die Wange.

»Sehe ich schlimm aus?«

»Als hätte jemand versucht, dich zu erschlagen.«

Zaghaft lächelte Pauline ihn an. Was war eigentlich in ihrem Bauch los? Verrenkte sich ihr Magen, weil sie noch Reste von normalem Essen in sich trug, und jetzt fiel dem Organ ein, es doch lieber auszuwerfen? Das nervöse Prickeln machte sie fertig. Als hätte sie vier Flaschen Prosecco auf nüchternen Magen getrunken.

Das Getöse um sie herum verstummte, und als Gaylord den Blick von ihr löste, sah sie sich ebenfalls um. Die Jäger lagen größtenteils auf dem Boden. Einer hing über einer Mülltonne, ein

anderer steckte zur Hälfte in einem der Fenster. Albert beugte sich über einen der Männer und zupfte vorsichtig an dessen silbernem Bart. Der hob mühsam den Kopf, verdrehte die Augen und ließ ihn mit einem dumpfen Knall wieder auf den Asphalt sinken.

»Kommt. Wo die sind, gibt es noch mehr von diesen Ratten.« Jason packte Pauline um die Taille, während Albert sich von dem silberbärtigen Jäger entfernte, ohne Vorwarnung Gaylord hochhob und über seine Schulter hievte.

»Was zum Henker«, protestierte Gaylord.

»Es ist nur zu Ihrem Besten, Monsieur. Sie wollen doch nicht bei diesen fragwürdigen Herren zurückbleiben, oder?«

»Wäre ich nur ein Vampir geblieben«, murrte Gaylord.

Pauline klammerte sich an Jason fest, als dieser einen Schritt nach vorn machte und plötzlich die Umgebung mit erschreckender Geschwindigkeit an ihnen vorbeizog.

Mauern, Straßen, sogar zwei Gärten. Pauline wusste nicht, wie weit sie kamen. Ein Aufschrei ließ sie zur Seite sehen. Amélie, der einzige Vampir ohne Last, schrammte an einer Mauer entlang. Die Steine rissen ihre Haut auf, und das Blut blieb an den Mauern kleben.

Jason streckte die Hand aus, packte sie am Arm und zog sie näher an sich heran. »Konzentrier dich. Du fährst doch auch Auto.«

»Ja, aber nicht so schnell«, stöhnte Amélie.

»Albert. Haben Sie die Hände an meinem Hintern?«, ächzte Gaylord und stützte sich an Alberts Rücken ab.

Sirenen schallten durch die Straßen, und in der Ferne konnte Pauline Blaulicht sehen.

»Vielleicht ist das die Polizei«, rief sie hoffnungsvoll. Die könnten sie vor diesen Irren beschützen.

 **326**

»Die Polizei ist nicht unser Freund und Helfer. Jäger fahren auch gern mit Blaulicht«, zerstörte Jason diese Hoffnung. Vor ihnen tauchte eine weitere Gruppe bis an die Zähne bewaffneter Idioten auf.

Jason rammte die Hacken in den Boden, genauso wie Albert. Schlitternd kamen sie zum Stehen, warfen sich herum und rauschten nach links, in eine breitere Straße.

Ein Mopedfahrer bremste vor Schreck viel zu schnell und krachte auf die Seite. Doch keiner von ihnen hielt sich mit einer Entschuldigung auf, sie rasten in eine andere Richtung. Pauline hatte völlig die Orientierung verloren, sie kannte dieses Viertel nicht. Gemeinsam sprangen sie über eine Mauer, und Albert fluchte, als er über einen Grabstein stolperte.

Och, nö. Sie waren auf einem Friedhof gelandet. Wenigstens hatten sie es nicht weit, wenn die Kerle sie erwischten.

Jason, Albert und Amélie bremsten ab. Zu groß war die Gefahr, gegen einen Grabstein zu krachen und sich damit selbst auszuknocken.

Keuchend blieb Pauline stehen und drückte sich Schutz suchend in Gaylords Arme. Obwohl das Rennen sie körperlich kaum angestrengt hatte, ging ihr Atem schnell und stoßweise. Normalerweise würde sie jetzt spüren, wie ihr Herz schnell gegen ihre Rippen hämmerte, aber da war nichts. Aber es war das Herz von Gaylord, das sie an ihrer Brust spürte.

»Wie haben die uns nur gefunden?«, fragte Pauline leise.

»Das wüsste ich auch gern«, seufzte Gaylord. »Solches Pech kann niemand haben.«

Pauline rieb sich über die Stirn, ihre Hand zitterte, und ein klein wenig war sie sogar froh, dass sie nicht die Einzige war, die sich fürchtete. Amélie hatte die Arme um sich geschlungen und trat nervös von einem Bein aufs andere, während Albert ihr

beruhigend über den Rücken strich.

Jason zog seine Uhr vom Handgelenk und drehte an dem Knopf, bevor ihn Amélie am Arm packte. So fest, dass er knurrte. »Hör auf, mich zu kneifen.«

»Willst du, dass deine Uhr richtig geht, wenn du den Löffel abgibst?«, fauchte Amélie.

»Natürlich«, spottete Jason. »Aber diese Uhr kann uns Hilfe besorgen.«

»Da!« Amélie deutete auf die Mauer, die den Friedhof umgab. Alle paar Meter tauchten dort hohe, durchtrainierte Gestalten auf.

»Meine Fresse«, sagte Jason. »Einen solchen Andrang habe ich auch noch nicht erlebt. Die wollen hoffentlich alle zu einer Beerdigung.«

»Ich glaube, die wollen zu unserer Beerdigung«, warf Gaylord ein. »Mit wem hast du dich jetzt schon wieder angelegt?«

»Ich kann nicht schuld sein, meine Feinde habe ich alle umgebracht oder so verängstigt, dass sie Pflegefälle wurden«, gab Jason zurück.

»Wer soll sie sonst auf den Plan gerufen haben?«

»Ich habe da einen Verdacht«, mischte sich Albert ein. Doch bevor er seine Vermutung verkünden konnte, zerriss ohrenbetäubendes Dröhnen die Luft. Der knallende Lärm dutzender Schüsse hallte über den Friedhof. Das musste doch die echte Polizei auf den Plan rufen. Warum kamen die nicht?

Der Lärm schien Paulines Trommelfell zu zerreißen, und sie fühlte sich gepackt und nach unten gerissen.

»Was war das?«, stöhnte sie.

»Schüsse«, hörte sie durch das Fiepen in ihrem Ohr Jasons Stimme.

»Die schießen auf uns?«

»Wird morgen hübsche Schlagzeilen geben.«

»Ich wollte schon immer mal in die Zeitung«, jammerte Pauline. »Aber doch nicht so.«

Sie schrak zusammen, als eine Kugel an dem Grabstein neben ihr abprallte und einen Baum traf.

»Lauf zu der Kirche.«

»Zur Kirche?«, rief Pauline entsetzt.

»Ich habe lieber Migräne als einen Pflock in der Brust. Und Gottes Haus steht doch für alle offen, die Hilfe nötig haben.«

Na hoffentlich stand Gott auf Sarkasmus. Jason riss Pauline auf die Füße und zog sie voran, geradewegs auf das hohe, steinerne Gebäude zu.

Albert trieb Amélie vor sich her, Gaylord rannte gebückt zwischen den Grabsteinen auf den Eingang der Kirche zu. Aber er war wesentlich langsamer als die anderen. Pauline riss sich von Jason los und rannte auf Gaylord zu. Sie erwischte ihn am Sakko und riss ihn zu Boden. Ein brennender Stich fuhr über ihre Schulter.

»Nur ein Streifschuss«, murmelte Gaylord beruhigend in ihr Ohr und zog sie hinter einen Baum. »Lauf zur Kirche.«

»Aber nur mit dir«, protestierte Pauline. »Ich kann dich doch tragen.«

»Das ist dermaßen unwürdig«, seufzte Gaylord, aber er wehrte sich nicht, als Pauline den Arm um ihn legte. Zu ihrer eigenen Überraschung gelang es ihr mühelos, ihn hochzuheben. Sie visierte die Kirchentür an und wollte gerade losrasen, als Gaylords Stimme sie innehalten ließ. »Halt! Noch nicht.« Er deutete auf die alten Grabmale, die die Familiengräber aus uralter Zeit beherbergten. Hinter einem großen steinernen Kreuz hockte ein Jäger und starrte in ihre Richtung. Sein Gewehr hatte er im Anschlag, ob er sie treffen würde, wenn sie jetzt losrannte?

»Jason hat dir nicht zufällig eine Waffe gegeben?«

Zögernd griff Pauline nach der Pistole, die sie in ihre hintere Hosentasche gesteckt hatte und reichte sie Gaylord. Dieser betrachtete das Schießeisen entsetzt. »Du trägst eine geladene Waffe an deinem Hintern herum?«

»Hey, für eine Sicherheitseinweisung war keine Zeit«, maulte Pauline. Sie sah gerade Amélie in der Kirche verschwinden. Albert folgte ihr auf den Fersen, doch bevor er die Schwelle übertreten konnte, taumelte er und fiel zu Boden. Blut sickerte aus einer Wunde an seinem Rücken. Jason stürmte heran, sprang über ihn hinweg in die Kirche und packte den leblosen Körper, um ihn hineinzuziehen.

In diesem Moment zerfetzte ein weiterer Knall schier Paulines Trommelfell. Gaylord drückte einmal, zweimal, dreimal ab, bis er endlich die Waffe senkte. »Jetzt.«

Das ließ sich Pauline nicht zweimal sagen. Sie packte Gaylord und schoss geradewegs auf den Eingang zu, zumindest versuchte sie es. Sie fokussierte die Flügeltür, die Jason offenhielt, aber sie traf den Mauervorsprung daneben. Der Aufprall war hart und tat verdammt noch mal ziemlich weh. Pauline krachte mit dem Hintern auf den Boden, neben ihr landete Gaylord. »Das müssen wir noch üben«, nuschelte dieser, stöhnte schmerzerfüllt auf und packte sie schließlich am Pullover, um sie zum Eingang zu zerren.

Kaum hatten sie die Kirche betreten, drückte Jason die Tür zu. Das Holz erzitterte unter den Einschlägen der Kugeln. Amélie schleifte Bänke heran, die sie vor der Tür aufstapelten.

»Das sollte für eine Weile halten«, stellte Jason zufrieden fest.

Amélie würgte und schielte bereits zum Weihwasserbecken, und auch Pauline fühlte ein schmerzhaftes Stechen hinter ihrer Stirn. Vielleicht war diese Idee doch nicht so gut gewesen. Irgendeinem der vielen Jäger da draußen würde etwas einfallen,

um die Kirche zu stürmen, und dann waren sie leichte Beute. Anstatt sich zu wehren, würden sie um die Gnadenstöße betteln, um den Kopfschmerzen zu entgehen.

»Ist dir auch so schlecht?«, ächzte Amélie. Pauline stöhnte, als sie nickte und ihr Gehirn gegen ihre Stirn zu schlagen schien.

»Louanne!«

Gaylords verblüffter Ausruf ließ Pauline herumwirbeln. Im ersten Moment sah sie nur Gaylords Rücken, doch als er zur Seite trat, kam Louanne zum Vorschein. Ausgerechnet Louanne. Was zum Teufel machte diese Schnepfe hier? Es gab Hunderte Kirchen in Paris, und sie flüchteten ausgerechnet in die, in der Louanne gerade ihren Heiligenschein polierte?

Louanne stand bewegungslos vor dem Altar und starrte mit großen Augen an Gaylord vorbei zu ihr, dann zu Jason und Amélie und schließlich zu dem bewusstlosen Albert.

»Seltsamer Zufall«, murmelte Jason. Sollte es Pauline beruhigen, dass Jason Louannes Anwesenheit genauso seltsam fand? Sie konnte nicht behaupten, dass sie sich damit besser fühlte. Die Weichheit in Gaylords Blick gefiel ihr nicht. Warum war sie eifersüchtig? Gaylord hatte ihr gesagt, dass er sie liebte. Mehr sogar als Louanne, und doch konnte sie nichts gegen das aufkeimende Verlangen, Louanne das hübsche Gesicht zu zerschlagen, tun.

Gaylord trat näher an Louanne heran. »Was machst du hier?«

Louanne zuckte zwar vor Gaylords Nähe zurück, aber sie sprang nicht hinter den Altar, um möglichst viel Distanz zu Gaylord zu schaffen. Sie senkte den Blick. »Beten«, sagte sie leise. »Ich bete für deine verfluchte Seele.«

Gaylord versteifte sich. »Ich bin kein Vampir mehr. Ich bin ein Mensch.«

»Kein Vampir mehr?«, wiederholte Louanne ungläubig.

»Nein«, sagte Gaylord und nahm ihre Hand, um sie auf seine Brust zu legen. »Mein Herz schlägt.«

Ja, toll, es schlug immer noch für Louanne. Diese Erkenntnis traf Pauline wie ein Schlag in die Magengrube. Der Schmerz in ihrem Kopf verblasste gegen den Stich in ihrem Herzen. Wie hatte sie auch nur einen Moment annehmen können, dass Gaylord sie wirklich mehr lieben könnte als die perfekte, fromme und brave Louanne?

Es stank in dieser Kirche nicht nur nach Weihrauch, sondern nach Verschlagenheit. In Paris gab es zweihundert Kirchen, und sie stolperten ausgerechnet in dieser über Louanne? Diese Kirche lag nicht einmal in dem Viertel, in dem Louanne wohnte und arbeitete.

Aber niemand sollte behaupten können, dass er vorschnell seiner Paranoia erlag. Er ließ sich gern eines Besseren belehren, Louanne bekam ihre letzte Chance. Gaylords Blick fiel auf Jason, der die Arme vor der Brust verschränkt hatte und Louanne mit der Liebenswürdigkeit eines hungrigen Wolfes musterte. Und Louanne? Die riss die Augen nur weiter auf. In ihrem Gesicht spiegelte sich Unruhe, aber keine Angst. Sie musste die Schüsse draußen gehört haben, selbst jetzt krachte es immer wieder an der Tür, wenn jemand versuchte, sie wider besseres Wissen aufzubrechen. Jeden normalen Menschen würde das in Panik versetzen.

Louanne starrte auf ihre Hand, die er immer noch an seine Brust hielt.

»Wie ist das möglich?«, hauchte sie, zog ihre Hand aus seinem Griff und strich ihm über die Brust. »Wie kann ein Untoter zu

einem Lebenden werden?«

»Du meinst wohl: Wie kann eine Kreatur, die von Gott gehasst wird, wieder zu einem normalen Menschen werden?«

Er konnte nicht vermeiden, dass sein Tonfall schärfer wurde. Er liebte seinen Gott, er hatte nie aufgehört, an ihn zu glauben, und doch war die Magie des Christentums gegen Vampire. Aber Magie wurde nicht von Gott gelenkt. Hexen und Magier setzten sie nach ihrem Gutdünken ein, so wie er es getan hatte. So wie es Cecile jeden Tag tat. Das hatte nichts mit Religion oder Glauben zu tun. Das war allein das Werk einzelner Individuen, das es geschafft hatte, dass unzählige Menschen daran glaubten. Es schrieb für Gottes Liebe einen Rahmen vor, den es nicht geben dürfte.

»Es war Magie notwendig«, beantwortete er endlich Louannes Frage, als sie keine Anstalten machte, auf seine zu antworten.

»Magie«, widerholte sie leise.

»Und Paulines Leben.«

Louannes Blick verirrte sich zu Pauline, die sie im Gegenzug finster anstarrte. »Aber sie ist doch hier.«

»Was für ein Pech für dich«, spottete Jason. »Ich bin sicher, sie frisst dich gern zum Frühstück.«

»Sie ist ein Vampir geworden, um mich zum Menschen zu machen«, setzte Gaylord hinzu.

Louanne löste sich von Gaylord, lief auf Pauline zu, und bevor diese zurückweichen konnte, griff Louanne nach ihrer Hand. »Oh, Pauline, Gottes Segen zu jeder Zeit. Du hast dein Leben für ihn geopfert?«

Pauline zerrte ihre Hand aus Louannes Umklammerung. »Ich bin jetzt ein Vampir, und schon von Amtswegen kann mich Gott jetzt nicht mehr leiden. Es sei denn, er versteckt in den Oblaten Kopfschmerztabletten.«

Er konnte Louannes Blick nicht deuten. Sichtlich überfordert wanderte ihr Blick von den Anwesenden zur Tür und wieder zurück. Gaylord konnte es nicht leugnen, er wartete gespannt auf Louannes Reaktion. Er konnte sehen, dass sie versuchte, die Informationen zu verarbeiten, doch er wollte wissen, was sie mit den Informationen anstellen wollte. Herrgott, er hatte Louanne aus tiefster Seele geliebt, bis ihm eine Liebe geschenkt worden war, die zwar nicht unkomplizierter, aber ehrlich war. Wenn Louanne ihn nur benutzt hatte, dann wollte er es wissen, und er wollte es von ihr selbst hören. Doch Louanne stotterte kein Geständnis heraus. Sie strahlte ihn an, schloss die Augen, und im nächsten Moment schlang sie die Arme um seinen Hals.

»Oh, Gaylord. Ich bin so glücklich. Du bist wieder ein Mensch. Gepriesen sei der Herr.«

Pah, als ob dieser etwas damit zu tun hatte. Und wenn doch, dann verbarg er seine Beteiligung hervorragend. Gott half denen, die sich selbst halfen. Es war nur logisch. Denn eine einzige Macht konnte sich kaum um Millionen Schäfchen kümmern, ohne an Burnout und Depressionen zu erkranken.

Pauline drehte sich weg und wischte sich verstohlen über die Wange. Es tat Gaylord leid, ihr dieses Bild zumuten zu müssen. Doch wenn es eine Chance gab, Louannes Heiligkeit auf den Prüfstand zu stellen, dann jetzt. Und wenn Louannes Lippen, die sich ihm langsam näherten, noch etwas in ihm auslösten, dann hatte er weder Pauline noch das Leben als Mensch verdient.

Regel Nr. 22

Niemals die Waffe verlieren

»Ähm«, gab Amélie hörbar ratlos von sich und lenkte damit Paulines Aufmerksamkeit wieder auf Gaylord und Louanne. Der Schmerz in Paulines Kopf verstärkte sich, mehr noch, er fraß sich in ihr Innerstes. Bittere Enttäuschung breitete sich aus. Louanne presste sich an Gaylord, fuhr ihm durch die dichten Haare, bis dieser seufzte.

Pauline wollte schreien, diesem Weib die Haare ausreißen, und doch konnte sie nichts anderes tun, als erstarrt dazustehen und zuzusehen. Pauline biss sich auf die Lippe, bis der Schmerz sie ein wenig ablenkte.

Jason sprang vor, und für einen Moment glaubte Pauline, er würde Gaylord packen. Es war ein seltsames Gefühl. Sorge, dass sich Jason an ihm vergreifen könnte, mischte sich mit Schadenfreude, dass ihr Vater für sie einsprang. Aber Jason stürzte sich nicht auf Gaylord. Er packte Louannes Handgelenk, zerrte es von Gaylords Hals weg und verdrehte es, bis Louanne vor Schmerz schrie.

Es klapperte metallisch. Amélie sprang vor und stellte den Fuß auf den kleinen Dolch, der über den Boden schlitterte.

»Danke, Jason«, sagte Gaylord und rieb sich den Nacken.

»Sei froh, dass ich dir nicht die Gedärme herausreiße«, knurrte Jason. »Wage es dir nicht noch einmal, eine andere Frau als meine Tochter anzufassen.«

Konnte mal bitte jemand den Pause-Knopf drücken? Pauline kam nicht mehr mit! Was sollte das? Gaylord knutschte mit Louanne und die hielt dabei ein Messer in der Hand? Gaylord steckte die Hände in die Hosentaschen und besaß nicht einmal den Anstand, so schockiert und verwirrt auszusehen, wie sich

Pauline fühlte. War sie die Einzige, die nicht mitschnitt, was hier geschah?

Sie wusste nicht einmal, was sie denken sollte, als Gaylord ihre Hand berührte und ihr in die Augen sah. Seine Berührung, sein Blick ließen die Schmetterlinge in ihrem Bauch an den Rippen herumklettern, und trotzdem empfand sie pure Enttäuschung. Noch immer tanzte vor ihrem inneren Auge das Bild, wie Louanne Gaylord küsste. Da half es nicht, dass Jason Louanne gerade schüttelte und sie hämisch angrinste. »Ich will nur sehen, ob die Kriegerin Gottes nicht noch eine Handgranate im BH mit sich herumträgt.«

Es lag sicher nicht nur an den Kopfschmerzen, dass ihr kein bissiger Kommentar einfiel, mit dem sie Gaylord auf Abstand halten konnte. Es fühlte sich an, als wäre jemand auf ihr Herz getreten und hüpfte mit einem Bein darauf herum.

Gaylord legte beide Hände an ihr Gesicht und strich ihr mit den Daumen über die Wangen.

»Pauline, ich liebe dich. Ich hoffe, du weißt das.«

Ob sie das wusste? Seine Worte ließen ihren Atem stocken und verwirrten sie noch mehr als es ohnehin der Fall war. Sie glaubte ihm, und doch fühlte sich das alles an wie ein Traum. Vielleicht wachte sie in einer halben Stunde auf, in seinem Haus und mit seinem und Louannes Liebesgesäusel in den Ohren. Vielleicht war sie ja getürmt, ohnmächtig geworden, und das alles war nur eine Drogenfantasie.

»Pauline. Ich liebe dich.«

»Ich habe es gehört.«

»Soll ich es auf dem Altar mit dir treiben, um es dir zu beweisen?«

Entgeistert starrte sie ihn an. »Findest du das witzig?«, fauchte sie. »Du lässt dich von Louanne küssen. Ich habe tierische

Kopfschmerzen, und du willst es auf dem Altar deiner geliebten Gottheit treiben?«

»Ich gebe zu, es war eine blöde Idee«, seufzte Gaylord.

»Euren Streit könnt ihr auf später verlegen«, rief Jason dazwischen. Hervorragende Idee. Pauline riss sich von Gaylord los und hockte sich neben Albert auf den Boden. Außer ihr schien sich niemand darum zu kümmern, aber sein Brustkorb bewegte sich immerhin regelmäßig. Er sah aus als würde er schlafen.

Sie wusste, dass Gaylord sie ansah, aber sie ignorierte ihn geflissentlich. Vielleicht war sie wirklich empfindlich, aber für wen hielt er sich? Und was zum Teufel trieb eigentlich Amélie? Diese hockte vor dem Altar, steckte ihren Finger in einen schmalen Spalt und zog knirschend die Platte zur Seite. Im Inneren des Altars lagen Sturmgewehre.

»Halleluja«, murmelte Jason.

»Louanne«, warnte Gaylord. »Du solltest dir dringend eine gute Erklärung einfallen lassen.«

»Wäre doch schade, wenn wir die Schusswaffen mit dir als Zielscheibe ausprobieren«, spottete Jason.

Louanne schluckte. »Also gut.« Endlich ließ Jason sie los, und mit zitternden Knien setzte sie sich auf die Stufen vor dem Altar. »Einer unserer besten Jäger wurde zum Vampir gewandelt, und es ist schlichtweg inakzeptabel, ihn zu töten. Er hat zu viel für uns getan. Wir haben uns ein Jahr gegeben. Wenn wir ihn in der Zeit wieder zum Menschen machen können, tun wir das. Funktioniert es nicht, werden wir ihn von seinem Leid erlösen.« Louannes Stimme kippte, und sie strich sich mit zitternden Händen über die Stirn.

»Er ist mein Verlobter. Ich habe wie eine Irre nach Hinweisen gesucht und bin schließlich auf Gerüchte gestoßen. Dass sich ein Vampir für eine Rückverwandlung interessiere und jeden

Hinweis darüber sammelt. Es war nicht schwer, herauszufinden, dass Gaylord der Vampir ist. Ich stellte den Kontakt zu ihm her, flirtete mich in sein Herz und lachte über seine blöden Witze. Wenn ich nicht bei ihm war, ließ ich ihn beobachten. Ich war schon kurz davor aufzugeben, das Jahr mit ihm war reine Verschwendung. Ich wollte ihn keine Sekunde länger ertragen. Aber dann bekamen wir Wind davon, dass er eine Frau entführt hatte. Also behauptete ich, meinen Urlaub bei ihm verbringen zu wollen. Im Labor fand ich all seine Unterlagen und wollte ihn und die Halbvampirin festnehmen, damit das Experiment unter unserer Aufsicht mit meinem Verlobten stattfinden kann.«

Nervös strich sie sich über die aufgeschrammten Knie. »Als ich allein mit Gaylord, Albert und Pauline in dem fremden Haus aufgewacht bin, habe ich es für klüger gehalten, mich aus dem Gefahrenbereich zu entfernen. Vor allem habe ich gehofft, dass Gaylords Liebeskummer seine Bemühungen verstärken würde. Über die Kameras in seinem Labor bekamen wir alles von dem ersten, missglückten und dem zweiten, geglückten Versuch mit. Gerade den zweiten Versuch nicht zu verhindern, war ein Fehler«, presste Louanne heraus. »Halbvampire kann man offenbar nicht mehrfach verwenden.«

Fassungslos starrte Pauline Louanne an. Sie hatte trotzig die Arme vor der Brust verschränkt. Von der betonten Sanftheit und Güte war in ihrem Blick nichts mehr zu sehen. Er war hart und richtete sich voller Hass auf Pauline. »Du hättest dein Leben lieber behalten sollen. War es das wert, es für ihn zu opfern?«, rief Louanne. Doch bevor Pauline ihr dafür auch nur ein Haar herausreißen konnte, sprang Louanne auf und zeigte auf Gaylord. »Dein Leben ist nicht das Geringste wert. Du bist eine elende Kreatur, egal, ob als Mensch oder Vampir. Genauso wie sie. Ihr Leben sollte meinem Verlobten gehören! Dann würde

 **338**

man sie pfählen und nicht ihn.«

Gaylord wurde blass. Dachte Pauline erst, dass ihn Louannes Worte verletzten, verzerrte sich sein Gesicht im nächsten Augenblick vor Wut. Er packte Louanne an der Kehle, und selbst als Mensch schien er genügend Kraft zu besitzen, um sie ihr zuzudrücken. »Sprich nie wieder so über die Frau, die ich liebe. Sprich nie wieder so über meine Frau.«

»Deine Frau?«, rief Amélie verblüfft aus.

»Hey«, donnerte Jason im gleichen Atemzug. »Das habe ich nicht genehmigt.«

Und Pauline, die traute kaum ihren Ohren. Wieso bezeichnete Gaylord sie als seine Frau? Hatte sie was verpasst? Sie hatten doch nicht etwa unter der Dusche geheiratet?

Gaylord ließ Louanne los. Diese taumelte zu Boden, griff sich an die Kehle und rang nach Luft. Gaylord schob die Hände in seine Hosentaschen und zuckte mit den Schultern. »Ich wollte nur wissen, wie es sich anhört, Pauline als meine Frau zu bezeichnen.«

»Und?«, fragte Amélie vorsichtig, und Gaylord verzog die Lippen zu einem schiefen Lächeln. »Mir gefällt es.« Sein Blick fiel auf Pauline, und das Lächeln erstarb, als sich eine Traurigkeit in seine Augen schlich, die in ihr das Verlangen weckte, ihn zu umarmen.

»Aber ich glaube, du willst nicht Madame La Goutte werden«, sagte er leise.

»Das kommt darauf an«, zierte sich Pauline. Herrgott, warum nur? Sie wollte sich einfach nur in seine Arme werfen, und doch hielt sie etwas zurück. Sicher nur die Sensationsgier.

Gaylord trat vor sie, und sein Blick zog ihr schier die Schuhe aus. »Ich würde dann nie wieder eine andere Frau küssen.«

Pauline verdrehte die Augen. »Wunderbar, und bis dahin

knutschst du alles, was nicht bei drei wieder auf dem Balkon ist?«

»Ich versuche nur, dir Argumente zu bieten, meinen nicht sonderlich schönen Namen zu tragen«, gab Gaylord zurück.

»Pauline La Goutte«, sagte sie nachdenklich. »Ich finde, es klingt schön. Ich will mehr Argumente.«

»Wir könnten es jederzeit in der Dusche treiben. Oder im Garten. Oder auf dem Untersuchungsstuhl im Labor«, raunte Gaylord. Im Hintergrund knurrte Jason.

»Du versuchst, mich davon abzuhalten, Menschen anzuknabbern«, ergänzte Pauline.

Gaylord schüttelte den Kopf. »Es ist mir egal, was du bist. Selbst als Werwolf würde ich dich lieben.«

Pauline legte den Kopf schief. »Wirklich? Trotz der vielen Haare?«

»Auch dann.«

Sie konnte nicht anders. Als Gaylord sie angrinste, hoben sich ebenfalls ihre Mundwinkel. Selbst der Schmerz in ihrem Kopf ließ ein wenig nach. Erst recht, als sie sich in seine Arme schmiegte und die Stirn gegen seinen Hals lehnte.

Sie genoss das Gefühl, seinen Geruch, und sie vergaß sogar für einen Moment die Gefahr, die sich vor den Toren des Gotteshauses befand. Sie hockten in der Falle, sie konnten nicht ewig hier bleiben, die Migräne würde irgendwann epische Ausmaße annehmen. Aber Moment. Mit jeder Sekunde schien der Schmerz mehr zu schwinden. Oder sie gewöhnte sich daran.

Pauline hob den Kopf. »Lässt euer Kopfschmerz auch nach?«

Amélie rieb sich verdutzt die Stirn, und Jason legte den Kopf schief. »Du hast recht.«

Pauline grinste. »Vielleicht mag der christliche Gott uns ja doch.«

»Nein, mag er nicht«, fauchte Louanne. »Vampire sind

verfluchte Geschöpfe. Abschaum, ekelerregende Kreaturen, geboren, um zu töten und Gottes Werk zu vernichten.«

»Und du kennst das Weib noch mal woher?«, fragte Jason.

Gaylord seufzte. »Ich weiß nicht, ob sie eine gute Schauspielerin war, oder ob sie mich wirklich geliebt hat.«

»Geliebt?«, schrillte Louanne. »Oh, und wie ich dich geliebt habe. Nach jedem deiner Küsse hätte ich meinen Mund am liebsten mit Bleiche ausgespült. Jede Berührung hat in mir den Wunsch geweckt, mir die Haut vom Leib zu schneiden. Weißt du, wie es ist, sich von einem Vampir anfassen zu lassen, wenn man die berauschenden Berührungen eines kundigen Jägers gewohnt ist? Was habe ich Gott gedankt, dass du zu wenig Rückgrat besitzt, meine Gunst im Bett einzufordern.«

»Du kannst froh sein … «, knurrte Gaylord. »… dass es meine gute Erziehung verbietet, dich zu verprügeln.«

»Das mach ich«, rief Pauline. Sie sprang vor und schlug Louanne mit aller Kraft mit der flachen Hand ins Gesicht. Louannes Kopf flog zur Seite, sie taumelte und krachte auf den Boden.

»Pauline«, seufzte Jason. »Das ist zwar eine nette Geste. Aber so foltert man doch niemanden. Hast du überhaupt nichts von mir?«

»Selbst wenn ihr mich tötet, werdet ihr doch nicht entkommen können«, fauchte Louanne und rutschte über den Boden, um Abstand zwischen sie zu bringen. »Sie warten nur darauf, dass eure Kopfschmerzen stark genug sind, um euch nur noch pfählen zu müssen. Sie werden kommen, und es werden viele sein.«

Sie hatte diese Worte kaum zu Ende gesprochen, da barsten die Glasscheiben der Kirche. Splitter regneten auf sie herab. Gaylord packte Pauline und zog sie hinter eine Säule. Vorsichtig lugte Pauline zwischen ihren Händen hindurch, die sie vors Gesicht geschlagen hatte.

Männer schwangen sich an Seilen in die Kirche. Ihre Stiefel setzten polternd auf dem steinernen Boden auf. Sie huschten in die Deckung der Gebetsbänke, suchten Schutz hinter Säulen und verteilten sich rasend schnell in der gesamten Kirche.

Sie sah, wie Jason Amélie packte und mit sich zog.

Eine dröhnende Stimme hallte durch die Kirche, erfüllte den gesamten Raum.

»Und welcher Mensch, er sei vom Haus Israel oder ein Fremdling unter euch, irgend Blut isst, wider den will ich mein Antlitz setzen und will ihn mitten aus seinem Volk ausrotten. Denn des Leibes Leben ist im Blut, und ich habe es euch auf den Altar gegeben, dass eure Seelen damit versöhnt werden. Denn das Blut ist die Versöhnung, weil das Leben in ihm ist. Darum habe ich gesagt den Kindern Israel: Keine Seele unter euch soll Blut essen, auch kein Fremdling, der unter euch wohnt. Und welcher Mensch, er sei vom Haus Israel oder ein Fremdling unter euch, ein Tier oder einen Vogel fängt auf der Jagd, das man isst, der soll desselben Blut hingießen und mit Erde zuscharren. Denn des Leibes Leben ist in seinem Blut, solange es lebt; und ich habe den Kindern Israel gesagt: Ihr sollt keines Leibes Blut essen; denn des Leibes Leben ist in seinem Blut; wer es isst, der soll ausgerottet werden.«[1]

Plötzlich jagte unerträglicher Schmerz durch ihren Kopf, durch ihren gesamten Körper. Es rauschte in ihren Ohren, als könnte sie ihr eigenes Blut hören, und es mischte sich mit dem dumpfen Stöhnen Jasons und Amélies. Jede einzelne Haarwurzel schien zu schmerzen. Das war eine Migräne, die die Hölle geschickt hatte.

---

[1] 3 Mose 17:10-14 / LUT

Regel Nr. 23

Wie gewonnen, so zerronnen

Himmel noch eins. Jason, Amélie und Pauline krümmten sich unter den biblischen Worten. Sie hielten ihre Köpfe, kniffen die Augen zusammen und keuchten schmerzerfüllt. Nur ihm schienen die donnernden Worte nichts anzuhaben. Der Fluch der Vampire, verstärkt durch den Hass dieser Worte, betraf ihn nicht mehr.

Gaylord zerrte Pauline nach unten, in den Schutz der Bänke und versetzte auch dem taumelnden Jason einen Schubs, der ihn auf den Boden katapultierte. Dieser zog Amélie mit sich. Die Magie der heiligen Schrift versetzte die Vampire in einen hilflosen Zustand. Die Jäger brauchten nur noch ihre Waffen heben und sie abschlachten. War das in Gottes Sinne? Ganz bestimmt nicht. Und auch nicht im Sinne von Gaylord. Er durchwühlte Jasons Taschen nach einem Magazin für Paulines Knarre. Fuck, Jason trug doch sonst auch immer welche mit sich herum.

Ein Aufschrei hinter ihm erklang, Gaylord sprang zur Seite, über die vierte Reihe der Betbänke hinweg, gerade rechtzeitig, bevor er Gefahr lief, dass ein großer, massivgoldener Kerzenleuchter seinen Schädel zertrümmerte.

Louannes Haare hingen ihr wild ins Gesicht. In ihren Augen blitzte die schiere Mordlust, und sie holte erneut gegen Gaylord aus. Sie kletterte ihm unbeirrt hinterher, während die ersten Kugeln auf ihn abgefeuert wurden.

Sie schlugen in das Holz der Bänke ein, pfiffen über seinen Kopf hinweg, und eine streifte sein Bein, als Gaylord über die erste Reihe krachte und auf den Altar zustürzte.

Für einen Moment dachte er daran, eines der Gewehre herauszuzerren, doch es flogen ihm zu viele Kugeln um die Ohren. Er würde durchlöchert zusammenbrechen, bevor er eines richtig in der Hand hatte. Also hechtete Gaylord hinter den Altar. Heftig atmend lehnte er sich gegen den kalten Stein. Dieses Versteck war nicht sonderlich gut, aber vielleicht verschaffte es ihm die Sekunden, die er brauchte, um sich einen Überblick zu verschaffen. Er wälzte sich herum, auf die Knie und erstarrte. Nur wenige Meter neben ihm, verborgen im Schatten einer Säule, hockte ein Jäger und zielte genau auf ihn. Der Jäger legte an, Gaylord rollte sich zur Seite und hechtete auf den kleinen Raum hinter dem Altar zu.

Die Pistole hielt er noch in der Hand, aber als ob er zum Zielen und Feuern Zeit hätte. Die Schüsse hallten in seinen Ohren und strapazierten sein Trommelfell. Eine Kugel traf die Waffe und riss sie ihm aus der Hand, bevor es ihm gelang, in den Raum und vorerst außer Schussweite zu rutschen.

Es war nur ein Aufschub des Unvermeidlichen. Er saß in der Falle. Er konnte nur durch eines der Fenster flüchten, und dann? Selbst wenn er entkam, konnte er weder Pauline noch ihrem Vater oder ihrer besten Freundin helfen.

Wie sollte man gegen diese Übermacht ankommen? Unablässig deklamierte die dröhnende Stimme Worte der Bibel, und allesamt verurteilten sie die Vampire für ihr Tun. Jason, Amélie und Pauline würden sich erst mit einem Pflock im Herzen von der Migräne erholen.

Und er? Er hatte es geschafft, seine Waffe zu verlieren. Sollte er das hier überleben, würde er bei Jason Nachhilfestunden im Kämpfen nehmen. Doch vorerst war es dazu zu spät. Wenn ihm nicht schnell etwas einfiel, brauchte er sich darüber keine Gedanken mehr machen.

Die Schritte des Jägers kamen näher. Er bemühte sich leise zu sein, doch seine Sohlen schlugen immer wieder hart auf dem

Boden auf. Dieser Mann war zum Schleichen zu schwer und zu unbegabt.

Eilig sah sich Gaylord um. Hieß es nicht, dass Gott immer einen Ausweg aufzeigte? Auf dem wesentlich kleineren Altar standen schmale Kerzenständer aus Messing. Toll. Er sollte sich mit einem Kerzenständer verteidigen?

Gaylord griff danach, wirbelte herum und wollte sich direkt neben der Tür platzieren, doch da stand der Jäger bereits im einzigen Ausgang dieses Raumes.

»Du bist mein erster Mensch, den ich töte«, knurrte der Jäger. Sollte sich Gaylord jetzt geehrt fühlen, oder konnte er darauf hoffen, dass der Jäger sich seiner Bestimmung entsann und Gewissensbisse bekam? Der Jäger hob das Gewehr, bis der Kolben an seiner Schulter ruhte.

Gaylord hob den Kerzenständer und warf ihn auf den Jäger. Im gleichen Moment drehte sich Gaylord zur Seite. Ein dumpfer Knall ertönte. Der Jäger taumelte stöhnend zurück, Blut lief über seine Nase, doch bevor Gaylord sich auf ihn stürzen konnte, erklang ein sattes Klonk.

Der Jäger erstarrte, verdrehte die Augen und fiel mit dem Gesicht voran auf den Boden. Dahinter tauchte eine zierliche Brünette auf.

Sie war kaum größer als Pauline, trug ihr Baby mit einem Tuch vor ihre Brust gebunden, und in der Hand hielt sie eine Pfanne. »Na, gefällt dir das Dasein als Mensch?«

»Linett«, rief Gaylord verblüfft aus. »Bist du völlig wahnsinnig?«

»Was sollte ich machen?«, zuckte Linett die Schultern. »Jeremy und seine Kumpels wollten hinter den Jägern die Kirche stürmen, aber dann hat so ein dämlicher Idiot angefangen, irgendwelche Gebete runterzuleiern, und diese verweichlichten Rambos sind

auf die Knie gesackt, und ich nehme an, dass sie immer noch verzweifelt ihren Kopf gegen die Grabsteine schlagen. Also musste ich allein rein, um diesen Kerl zu finden, der so laut betet, dass selbst ein Mullah neidisch wird.«

»Aber trotzdem«, protestierte Gaylord. »Du bist verrückt.«

Sie konnte doch nicht ihr Baby in Gefahr bringen. Obwohl, der Kleine schien überhaupt nichts mitzubekommen. Sein Gesicht lehnte an der Brust der Mutter. Die Augen hielt er geschlossen, und er brabbelte leise im Schlaf.

»Hey«, blaffte Linett. »Wenn ich nicht gewesen wäre, wärst du jetzt Schweizer Käse. Und wer darf sich dann Paulines Geheule anhören? Du bestimmt nicht.«

Sie drehte sich um und schwang ihre Pfanne. »Wir müssen diesen Idioten finden, der die Gedichte aufsagt, und ihm die Zunge rausschneiden.«

Ob dann nicht einfach ein anderer Jäger nach dem Megafon griff? Aber Linetts Vorschlag war besser als jede andere Idee, die Gaylord hatte.

Gaylord packte die drei Kerzenständer und folgte Linett den Gang an der Seite des Kirchenschiffes entlang. Er wollte sie vor dem Altar gegen eine Schusswaffe eintauschen, doch er wurde das Gefühl nicht los, dass Gott ihn wirklich hasste. Der Hohlraum im Altar war leer. Nur noch ein Magazin Kugeln lag dort. Gaylord steckte es ein, aber was sollte es ihm ohne eine Waffe nützen? Verborgen hinter einer Säule spähte Gaylord über die Bankreihen. Wo zum Teufel war Pauline? Und der Rest? Hoffentlich hatte noch kein Jäger festgestellt, dass Albert nicht tot, sondern nur bewusstlos war.

»Siehst du den Kerl mit dem Mikro?«, fragte Linett leise hinter Gaylord. Verflucht. Nein. Die Stimme schien von oben zu kommen, aber gleichzeitig auch von der Seite, und jetzt sah Gaylord

auch die kleinen Lautsprecher. Verflucht, der Sprecher konnte überall sein.

Die Jäger durchkämmten derweil die Bankreihen, und endlich sah er auch Jason, der von einer Bankreihe zur anderen kroch und Frau und Kind hinter sich herzerrte. Ein Versteckspiel, das sie nicht lange durchhalten würden. Die Jäger verloren zunehmend die Geduld. Einer, der sein Gehirn offenbar in Tinte getaucht hatte, schoss blindlings in die Reihen, bis einer seiner Kameraden getroffen aufstöhnte.

Ein anderer löste das Seil um seinen Bauch, warf es um einen Vorsprung und versuchte, die Säule hinaufzuklettern. Gaylord packte einen der Kerzenständer, trat aus seinem Versteck und schleuderte den Ständer auf den Jäger, um dann schnellstens wieder zwischen den Säulen zu verschwinden. Ein Jaulen sagte ihm, dass er getroffen hatte. Im Augenwinkel sah er eine Bewegung auf der hohen Kanzel, und endlich kam ihm eine Erkenntnis.

»Er benutzt das Mikrofon auf der Kanzel«, flüsterte Gaylord. Über der Brüstung bewegten sich die Spitzen brauner, stacheliger Haare. Der Aufgang zur Kanzel befand sich zwischen zwei Säulen auf der gegenüberliegenden Seite der Kirche.

»Na prima«, flüsterte Linett. »Wir müssen nur einmal quer durch die Kirche. Ist doch ganz einfach.«

»Denn es gefällt dem heiligen Geiste und uns, euch keine Beschwerung mehr aufzulegen als nur diese nötigen Stücke: dass ihr euch enthaltet vom Götzenopfer und vom Blut und vom Erstickten und von der Hurerei; so ihr euch vor diesen bewahrt,

tut ihr recht. Gehabt euch wohl [2] !«, dröhnte die Stimme unerträglich laut.

Pauline wurde einmal mehr zur Seite gestoßen, und ihre Hüfte stöhnte, als sie mit dem harten Boden Bekanntschaft machte. Mühsam öffnete sie die Augen. Die Welt schien sich um sie zu drehen. Sie kroch über den harten Boden, auf einen der kleinen Nebenräume zu. Ihr gesamter Leib zitterte, ihr war übel, und Schwärze tanzte vor ihren Augen. Sie stand kurz davor, das Bewusstsein zu verlieren, aber das durfte sie nicht. Sie musste sich nur für einen winzigen Moment ausruhen. Sie rutschte unter den Holzständer mit den Kerzen und rollte sich zusammen. Hoffentlich fand sie hier niemand. Sie hatte nicht die Kraft, um den Kopf zu heben und zu prüfen, ob man sie hier vom Kirchenschiff sehen konnte.

Kraftlos legte sie den Kopf auf den Boden und genoss die Kühle, die durch ihre Haut drang, ihren Kopfschmerz ein wenig linderte und ihren Blick ein wenig klärte.

Über ihr hing ein Bild Marias. Himmel, wenn schon nicht der Allmächtige Sympathie für sie übrighatte, dann doch wenigstens die Mutter Jesu.

Sie wusste selbst nicht, was sie dazu antrieb, aber zum ersten Mal in ihrem Leben betete Pauline. Dass wenigstens die Mutter Gottes ein Herz für Vampire hätte. Okay, die vielen Schimpfwörter waren sicher nicht hilfreich, aber sie halfen Pauline, noch mehr Flehen in ihre Bettelei zu legen.

Der Schmerz wurde stärker, Pauline würgte, bis schließlich … der Schmerz nachließ? Als hätte jemand einen Schalter umgelegt, verzog sich die dicke Watte aus ihrem Kopf, die Welt hörte auf, sich zu drehen, und Pauline erhaschte einen Blick auf Gaylord,

---

[2] Apostelgeschichte 15:28-29 / LUT

der einen Jäger hinterrücks mit einem Kerzenständer nieder-
schlug.

Der Jäger stöhnte, ließ sein Gewehr fallen und hob abwehrend
die Hände. Aber es nützte ihm nichts. Gaylord wirbelte den
Ständer, einem Degen gleich, durch die Luft und schlug ihn gegen die harte Jägerstirn. Der Kerl sackte zu Boden, und Gaylord
verbarg sich hinter einer Säule, bewegte sich vorsichtig die
Gänge entlang, gefolgt von einer Brünetten mit … einer Pfanne
und einem Baby?

Wow. Die Migräne produzierte also nicht nur Kopfschmerzen,
sondern auch Halluzinationen. Oder etwa nicht?

Pauline legte die Hand auf ihre Stirn und rieb sie fest. Nein, da
war kein Schmerz mehr. Pauline setzte sich auf und stieß dabei
gegen die hölzerne Holzbank. Eine Handvoll Kerzen fiel
herunter. Ups. Das waren bestimmt Heiligengaben und sie hatte
sie zerstört. Hoffentlich wurde Maria nicht sauer.

»Désolé«, nuschelte Pauline. Sie hörte wieder die lauten,
gebrüllten Worte der Bibel. Aber der Schmerz kehrte nicht zurück. Sollte es wirklich wahr sein? Hatte das Gebet geholfen?
Himmel, sie musste zu Jason.

Vorsichtig krabbelte Pauline zurück auf den Gang, presste sich
in den Schatten eines Mauervorsprungs, als ein Jäger hektisch
vorbeirannte, und hechtete schließlich über den Gang wieder
zwischen die Gebetsbänke. Sie musste unbedingt Jason und
Amélie finden. Und Albert. Oh Gott, wo waren die drei nur? Und
wo zum Henker war Gaylord?

Ein Jäger tauchte über der Bank neben ihr auf. Erschrocken
zuckte Pauline nach oben und jagte ihm ihre Faust ins Gesicht.
Er kippte wieder zurück in die andere Reihe, und sie robbte
schnell weiter. Ha, da hinten sah sie doch Jasons Hintern. So
schnell sie konnte, kroch sie hinter ihnen her, schlüpfte über den

schmalen Gang und packte Jasons Hosenbein. Der ohnehin wankende Vampir kippte zur Seite. Er sah blass und verhärmt aus und stöhnte, als Pauline sich über ihn schob. »Ihr müsst beten«, flüsterte Pauline.

»Einen Teufel werde ich tun«, knurrte Jason.

»Dann lässt die Migräne nach!«

»Ich kann kein Gebet«, wimmerte Amélie. Sie drehte sich mühsam in der Enge des Ganges herum. »Kann ich darum beten, zu sterben?«

»Bete einfach um Hilfe und dass es nachlässt. Am besten zur Jungfrau Maria. Das hat bei mir geholfen«, wisperte Pauline.

»Ich soll ausgerechnet zu einer Frau beten, die behauptet, durch Windbestäubung schwanger geworden zu sein?«, stöhnte Jason.

»Willst du lieber von einem Jäger gepfählt werden?«, keifte Pauline.

»Schon gut«, murrte Jason. Er legte den Kopf auf dem steinernen Boden ab und knurrte etwas in seinen kurzen Bart, das mehr an Beleidigung und Blasphemie grenzte als an ein Gebet.

Pauline boxte ihn gegen die Brust. »Sei freundlicher!«

»Soll ich sie bitten, dass ich mit der Darstellung der Leiden ihres Sohnes einem Jäger den Schädel einschlagen darf?«, ächzte Jason und presste den Handrücken gegen seine Stirn.

Er griff nach hinten und bekam Amélies Haare zu fassen. Paulines beste Freundin schmiegte ihre Stirn gegen die von Jason, bis sie ihn mit ihren langen Haaren einhüllte. Endlich herrschte Ruhe bei den beiden. Versunken klammerten sie sich aneinander, und Herrgott, bei der Liebe zwischen den beiden konnte man ja neidisch werden.

Amélie war die erste, die sich rührte. Sie zuckte nach oben und rammte sich prompt ihren Hinterkopf an einer Bank. »Es

funktioniert«, flüsterte sie.

»Erstaunlich«, erwiderte Jason. Er kämpfte sich auf die Knie und wagte einen Blick über die Bänke.

Pauline lugte neben ihm ebenfalls über das Holz. Die undefinierbaren Geräusche erhielten endlich ein Bild. Bewaffnete Jäger huschten durch die Gänge, zwischen den Bänken entlang und brüllten einander Befehle zu.

»Wie konnten die uns so lange übersehen?«, hauchte Pauline erschrocken.

»Wir waren ständig in Bewegung, sie sind beschissen ausgebildet, und Gaylord hat auf uns aufgepasst.«

Jason deutete nach oben. Ein Jäger schwang ein Seil zu einer der gusseisernen Lampen, die an den Säulen angebracht waren und hangelte sich daran nach oben. Zumindest versuchte er es. Denn auf halber Höhe, als der Jäger innehielt und sich nach unten umsah, sauste ein Kerzenleuchter heran und traf ihn am Kopf. Der Jäger sackte bewusstlos zusammen.

»Wir hatten Glück, dass Gaylord die Kerzenleuchter nicht vorher ausgegangen sind«, knurrte Jason. Ein anderer Jäger hing genauso an einer Säule, schaukelte mit dem Seil um den Bauch bewusstlos über dem Chaos. Gaylord stand nun ohne Waffe da. Ein Jäger stürzte sich auf ihn, doch da schoss Linett hervor und knallte die Pfanne gegen den gegnerischen Kopf.

»Was zum Henker …«, setzte Pauline an, doch Jason neben ihr war verschwunden. Er tauchte einige Reihen vor ihnen zwischen den Betbänken auf und schwang sich darüber, um sich ebenfalls auf einen Jäger zu stürzen. Mit sichtlichem Vergnügen packte er dessen Kopf und drehte ihn mit einem Ruck zur Seite, sodass der Jäger leblos in sich zusammensackte.

»Und was machen wir?«, kiekste Pauline. Sie konnten doch kaum hier warten und hoffen, dass sie keiner entdeckte.

Amélie versuchte sich in einem aufmunternden Grinsen, das im nächsten Moment noch ein wenig breiter wurde. »Wir sind Vampire. Wir sind stärker, wir sind schneller, und wir sind Frauen.«

Was redete Amélie da? Doch bevor Pauline diese wahnsinnig intelligente Frage stellen konnte, quasselte Amélie weiter. »Und ich bin dafür, dass wir den Kerlen zeigen, was Frauen können. Wenn sie sich an das Alte Testament halten wollen, sollen sie es tun. Und wenn sie Vampire und Frauen hassen wollen, dann sollen sie das auch tun. Aber zum Teufel, wir werden ihnen einen Grund geben, uns zu hassen.«

Pauline starrte Amélie prüfend an. »Kann es sein, dass du deine Tage hast?«

»Weit sind wir nicht gekommen«, seufzte Linett und trat dem bewusstlosen Jäger vor ihr in die Seite. Ihr Baby schreckte auf, sah sich mit großen Augen um, um dann an seiner Hand zu nuckeln und die Lider wieder zu schließen.

Fasziniert starrte Gaylord das kleine Geschöpf an. Das Urvertrauen in seine Mutter musste grenzenlos sein.

»Hey.« Linett schubste ihn an. »Hast du mir zugehört?«

»Ich finde dein Kind erstaunlich«, gestand Gaylord.

»Du kannst es später anhimmeln. Ich überlasse es dir gern so fünf- bis siebenmal die Woche abends, damit ich mit Jeremy Geschwister zeugen kann, aber jetzt würde ich gern diesem Quacksalber auf der Kanzel die Pfanne über den Schädel ziehen.«

Linett packte Gaylord am Arm, und sie rannten den Gang entlang. Immer wieder duckten sie sich hinter Mauervorsprünge, hinter die Säulen und hinter Sitzbänke, um den Blicken der Jäger

zu entgehen. Doch vor einem der Gebetsräume, reserviert für einzelne Heilige, zögerten sie. Das war doch Albert, der dort stand. Gaylord und Linett pressten sich an die Mauer links und rechts von dem Eingang und lugten um die Ecke.

Albert stand wankend und mit Mühe aufrecht, offensichtlich noch immer zugedröhnt vom Eisenkraut, und klammerte sich an dem winzigen Altar fest. Vor ihm stand der silberbärtige Jäger, dem sie in der Gasse begegnet waren, und klammerte sich an einen Pflock. Zum Glück nicht an den in seiner Hose.

»Du bist ein Vampir, verfluchter Mist. Denkst du, ich kann dich laufen lassen?«, donnerte dieser.

»Sach nischt, wir hattens nischt schöön, Bruno«, würgte Albert mühsam hervor.

»Allein dafür muss ich dich töten«, knurrte besagter Bruno. »Die bringen mich um, wenn die erfahren, dass ich ein Verhältnis mit einem Vampir hatte.«

»Ein Verhältnisch?«, stieß Albert empört aus. »Du hascht gesagt, du liebscht misch. Hab isch dir nur einen Grund gegeben, was daran zschu ändern?«

»Du bist ein Vampir, verfluchte Hölle«, knurrte Bruno. »Und ich bin der Anführer der Jäger. Nicht, dass mich einer gefragt hat, aber jemand muss ja den Job machen, seitdem Enzo nicht mehr weiß, warum man Vampire pfählen soll.«

Albert hob den Arm, und hätte Bruno nicht rechtzeitig zugegriffen, wäre er kurzerhand umgekippt. »Dieser Enzscho ist gar nischt so dumm«, nuschelte Albert. »Ischt doch egal, ob V ampir oder Kerzenschtänder.«

»Nein, es ist nicht egal«, beharrte der Jäger und seufzte abgrundtief, als sich Albert gegen ihn sinken ließ und ihn aus großen Augen anhimmelte.

»Küsch misch.«

»Albert …«

Gaylords Butler raffte seine Kräfte zusammen, packte Bruno am Kragen und zerrte daran, während er die Lippen spitzte.

»Wie süß«, entfuhr Linett leise. Gaylord warf ihr einen warnenden Blick zu, aber zum Glück war der Jäger viel zu sehr damit beschäftigt, Albert zu küssen, als auf die Stimmen im Hintergrund zu hören. Doch mit einem Mal packte er Albert an den Schultern und schob ihn zurück. »Es tut mir leid«, verkündete er, steckte den Pflock in den Gürtel und zog eine Pistole hervor. »Es sind keine Kugeln, sondern Holzbolzen. Es wird schnell gehen.«

Verständnislos starrte Albert auf die Waffe, die der Jäger an seine Brust drückte.

Ausgerechnet jetzt wachte das Baby auf, gluckste und gähnte vergnügt, während es die kleinen Fäuste ausstreckte. Für einen Moment überlegte es, bevor es den kleinen Mund öffnete und ein erstaunlich lautes Brüllen von sich gab. Der Jäger riss den Kopf herum und erstarrte verblüfft. »Ein Kind?«

»Hältst du mich etwa auch für eine schlechte Mutter?«, blaffte Linett.

»Ähm …« Dem eloquenten Vampirmörder fehlten buchstäblich die Worte. Albert nutzte den winzigen Moment, in dem der Jäger seine Knarre senkte, schlug sie ihm ungelenk aus der Hand, doch dann zögerte er. Ernsthaft? Jetzt bekam Albert Gewissensbisse, sich gegen seinen potenziellen Mörder zu wehren?

Gaylord sprang vor, trat dem Mann in die Kniekehle und duckte sich gerade rechtzeitig. Die Faust des Jägers sauste an seiner Wange vorbei, genauso wie Linetts Pfanne an ihm vorbeirauschte. An das dumpfe ›Klonk‹ konnte man sich gewöhnen. Gepaart mit dem Stöhnen des Jägers ergab es eine interessante Melodie. Gaylord schlug erneut zu, und seine Faust landete im

Genick des Hünen, sodass er endgültig bewusstlos in sich zusammensackte.

»Déschoolé«, nuschelte Albert und stupste den Jäger noch einmal entschuldigend mit dem Fuß an.

»Vier gegen einen. Das Leben kann zu einem Vampirjäger so mies sein«, schnaubte Linett schadenfroh.

»Darf ich ihn trotzdem behalten?«, bat Albert.

Pauline hatte die Bibel nicht gelesen, im Gegensatz zu den Jägern. Aber offenbar hatte niemand in der Bibel vermerkt, dass man sich nicht mit menstruierenden Vampiren anlegen sollte. Genau genommen wusste Pauline nicht einmal, ob Vampire ihre Regel bekommen konnten, aber selbst wenn nicht, die mörderische Laune blieb ihnen nicht erspart. Entweder das, oder Amélie hatte gelernt, wie man Rambo übertrumpfte.

Mit einem lauten Schrei stürzte sie sich auf einen Jäger, der es wagte, Jason das dämliche Grinsen aus dem Gesicht schießen zu wollen. Sie riss ihm das Ohr zu Hälfte ab, um mit der anderen Hand seine Nase zu brechen. Als der Jäger stöhnend auf die Knie sackte, trat sie ihm so heftig in den Schritt, dass er die Familienplanung vergessen konnte.

Jason sprang erschrocken zurück, riss seine Gefährtin aber dennoch rechtzeitig zur Seite, als ein weiterer Jäger sein gesamtes Magazin in ihre Richtung entleerte.

Da, endlich sah sie Gaylord. Er rannte zwischen zwei Bankreihen auf die andere Seite der Kirche, verschwand hinter einer Säule, um dann wieder auf den Stufen der Kanzel aufzutauchen.

Pauline duckte sich und robbte die Bankreihe entlang, landete zwischen den Säulen und erreichte gerade die Stufen der Kanzel,

als die Gebete abrissen. Das Mikrofon fiepte ohrenzerfetzend, und Pauline presste die Hände auf die Ohren. In diesem Moment krachte Gaylord, verkeilt mit einem Jäger, die Treppe hinunter. Selbst im Fall rangen die beiden Männer miteinander. Der Jäger landete unter Gaylord. Dieser hob den Kopf, starrte an Pauline hoch und lächelte für einen Moment. »Gott sei Dank, ich habe mir schon Sorgen gemacht.«

Er packte den Jäger an den Ohren und hämmerte dessen Kopf immer wieder auf die steinernen Fliesen, bis dieser die Augen verdrehte und erschlaffte.

»Ist er tot?«, fragte Pauline entsetzt.

»Besser er als einer von uns.«

»Ich dachte, du willst keinen Menschen töten«, rief Pauline aus. Gaylord rappelte sich auf, fuhr sich durch die Haare und starrte sie perplex an, bevor er sich vollends aufrichtete. »Anscheinend hänge ich zu sehr an meinem und eurem Leben, um mich einfach umbringen zu lassen.«

Diese Erkenntnis schien ihn selbst zu erstaunen. Doch Zeit zum Nachdenken blieb ihnen nicht.

Gebrüll und Stimmengewirr nahmen zu, erreichten eine schier unerträgliche Lautstärke. Durch die zerstörten Fenster stürmten noch mehr Gestalten. Aber sie stürzten sich nicht etwa auf Linett oder die Vampire, sondern auf die Jäger.

»Wo kommen die alle her?«, fragte Pauline verblüfft.

»Wenn Jason um Hilfe ruft, kommt jeder, der in der Nähe ist«, erwiderte Gaylord.

Gaylord wich einem Gegner aus, der mit einer riesigen Machete auf ihn losging, und duckte sich unter den schwingenden Hieben. Pauline wollte den Kerl gerade packen, als sich plötzlich jemand auf ihren Rücken schwang. Nägel kratzten über ihr Gesicht. Was zum Teufel?

Pauline schüttelte sich, versuchte, den Klammeraffen ab-
zuschütteln, und blonde Haare wehten ihr ins Gesicht. Louanne!
Die hatte sie völlig vergessen. Pauline griff nach ihrer Hand und
drehte sie herum. Der Knochen knackte, und sie stöhnte, als ein
scharfer Schmerz in ihre Seite fuhr. Das Messer!

Aber sollte das nicht schnell heilen? Warum hörte der Schmerz
dann nicht auf? Schlimmer noch, sie fühlte sich plötzlich krank.

Pauline keuchte schmerzerfüllt und taumelte zurück. Das
hübsche Gesicht von Louanne war von Hass verzerrt.

Louanne richtete eine Pistole auf sie. »Ciao, Höllenkreatur«,
hauchte das Weib mit einem hässlichen Lächeln und drückte ab.

Pauline würde gern behaupten, dass in solchen Momenten die
Zeit stillstand. Aber das wäre gelogen. Man sah die Kugel, oder
genauer: den Holzbolzen, nicht langsam auf sich zu fliegen. Wäre
auch zu schön, wenn man genug Zeit zum Ausweichen hätte.

Rechnete Pauline bereits mit dem Schmerz, packte sie plötzlich
jemand an den Schultern und drehte sich mit ihr herum. Gaylord!

Der Schwung brachte sie aus dem Gleichgewicht, und sie
taumelte von ihm weg. Gaylord wankte, sein Blick war starr in
die Ferne gerichtet. Auf seiner Brust bildete sich ein großer roter
Fleck. Louannes Pistole schlitterte über den Boden. Sie hatte
Gaylord in den Rücken geschossen!

»Nein«, schrie Pauline auf. Bevor sie wusste, was ihr geschah,
sprang sie Louanne an. Sie klammerte die Beine um deren Hüften.
Louanne schwankte unter ihrem Gewicht und schrie auf, als
Pauline ihren Kopf zur Seite drückte.

Pauline wollte sie beißen, sie wollte sie töten, für das, was sie
Gaylord angetan hatte.

»Nicht beißen. Sie hat Eisenkraut genommen.«

Jasons Worte sickerten nur langsam in Paulines Gedächtnis.
Louannes bitterer Geruch hielt sie davon ab, ihr die Zähne tief in

den Hals zu rammen. Aber davon würde sie sich nicht abhalten lassen! Pauline setzte ihre Zähne an Louannes Hals, bohrte sie tief in Louannes Fleisch, schändete ihre Makellosigkeit mit einem tiefen Riss. Das Blut lief nicht in Paulines Mund, sondern an Louannes Hals entlang, in ihr Shirt und tropfte auf den Boden. Louanne röchelte, sackte unter ihr weg, und zusammen schlugen sie auf dem Boden auf. Das dunkle Blut floss über die hellen Fliesen, aber Pauline verschwendete keinen Blick auf die zuckende Louanne.

Pauline kämpfte gegen den Schwindel an, der sie erfasste, und robbte auf Gaylord zu. Blut sickerte aus seinem Mund. Er hustete und krampfte.

»Es tut mir leid, Pauline«, krächzte Gaylord.

Er stöhnte, als Pauline ihn unweigerlich fester in ihre Arme zog.

»Was tut dir leid?«, hauchte Pauline.

»Dass du nicht mehr meinen Namen tragen wirst.« Sein Atem rasselte, und seine Lider senkten sich. »Pauline La Goutte«, ächzte er. »Es klingt … wirklich hübsch.«

Er schloss die Augen, sein Körper verkrampfte sich unter dem Husten. Er würgte Blut hervor, und es vermischte sich mit dem, das aus seiner Wunde rann. Es wich aus seinem Körper, genauso wie das Leben aus seinem Körper floh. Zitternd strich sie ihm über die Wange.

»Bitte stirb nicht«, flehte sie leise. Sie wollte doch seinen Namen tragen. »Jason, mach doch was. Heil ihn!«

»Das kann ich nicht«, hörte sie die Stimme ihres Vaters leise hinter sich. »Sein Herz hat bereits aufgehört zu schlagen. Nicht einmal mein Blut kann Wunderheilungen vollbringen. Nur eine rasche Wandlung kann ihn noch zurückholen, es besteht durchaus die Chance, dass sie noch funktioniert.«

Nein, verflucht, das durfte nicht sein und doch konnte sie etwas nicht leugnen: Sie hörte Gaylords Herzschlag nicht mehr. Der Mistkerl machte sich vom Acker, ohne sie. Sie wollte ihn lieben, egal, was geschah. Sie würde ihn niemals verlassen. Sie wollte ihn küssen, ihn im Arm halten, selbst beißen wollte sie ihn. Zum Teufel, hatte sie keine anderen Probleme? Es war erbärmlich. Selbst jetzt verlockte sie noch sein Blut. Moment mal! Was hatte Jason gesagt? Wandlung? Genau das war die Lösung. Er musste nicht sterben!

Er hatte noch eine Chance, und die konnte sie doch kaum ungenutzt verstreichen lassen!

Jason kniete sich neben Pauline nieder und strich ihr durchs Haar. »Ich weiß, was du denkst. Aber er hat sein Leben als Vampir gehasst.«

»Ist es egoistisch, wenn ich seinen Namen tragen will?«, flüsterte Pauline. War es egoistisch, dass sie nicht bereit war, ihn gehen zu lassen? Sie wollte ihr Leben mit ihm verbringen, nicht ohne ihn. Sie wollte nicht nur mit seinem Grabstein sprechen. Vor ein paar Tagen hätte sie ihre linke Hand dafür gegeben, auf seinem Grab tanzen zu können. Aber jetzt wünschte sie sich nichts mehr, als mit ihm zu tanzen. Sie wollte ihn nicht zu Gott gehen lassen. Er sollte bei ihr bleiben, und Gott würde ihn auch noch als Vampir lieben. Die Mutter von Jesus tat es jedenfalls, sonst hätten ihre Gebete nicht gewirkt.

Amélie hockte sich auf ihrer anderen Seite nieder. »Ja, es ist egoistisch.«

»Würdest du Jason einfach so sterben lassen?«, fragte Pauline und blinzelte die Tränen weg.

Amélie lächelte und strich ihr eine Strähne aus dem Gesicht. »Nein, würde ich nicht. Die Liebe ist ein egoistisches Arschloch. Und wir wissen beide, was du tun musst.«

Unter Amélies Worten verkrampfte sich Paulines Inneres. Und wenn Gaylord sie danach hasste, das war leichter zu ertragen als seinen Tod.

Sie zog Gaylord an sich heran und beugte sich über ihn. Ihr Mund berührte seinen Hals, dort, wo die Halsschlagader verlief. Sie hörte seinen stolpernden Puls, packte ihn fester und schloss die Augen. Mit einem Ruck durchstachen ihre Zähne seine Haut. Sein Blut füllte ihren Mund, vertrieb den Schwindel und die Schwäche aus ihren Gliedern. Doch ihr klarer Geist war kein Segen. Je mehr die betäubende Wirkung des Eisenkrautes nachließ, umso größer wurde die Angst, Gaylord zu verlieren.

Regel Nr. 24

Es kommt immer so, wie es kommen muss, aber nie so, wie man es erwartet.

Langsam ging es ihm auf die Nerven, aufzuwachen und von Leuten umzingelt angestarrt zu werden, vor allem von Albert. Warum zum Teufel grinste der so dämlich? Doch ein Augenpaar weckte ein warmes Gefühl in seinem Inneren – das von Pauline. Aber sie wich seinem Blick aus, senkte ihren und verkrampfte die Finger ineinander.

Mühsam setzte sich Gaylord auf, und sein Blick fiel auf den roten Fleck auf seiner Brust. Wo kam der denn her? Nur langsam kam die Erinnerung wieder.

Louanne hatte auf Pauline geschossen und ihn getroffen. Mit einem glatten Durchschuss durch seine Lunge. Gaylord tastete über seine Brust. Dort, wo ein Loch und unendlicher Schmerz sein sollten, war nichts. Er wischte sich über das Kinn und sah das Blut, das an seinen Fingern hängen blieb. Er würde gern an eine von Gottes spontanen Wunderheilungen glauben. Aber das Fieber, das seinen Körper so unangenehm aufheizte, kannte er gut genug. Das letzte Mal war er am Tag seines Todes diesem Fieber ausgesetzt gewesen. Wenn jede Zelle seines Körpers sich darauf konzentrierte, ihn zu dem zu machen, was er offenbar sein sollte – ein Vampir. Sein Herz schlug nicht mehr. Es fiel ihm erst auf, als Pauline anfing, nicht nur ihre Fingernägel, sondern auch ihre Fingerspitzen zu zerbeißen. Sie hielt es wahrscheinlich für unauffällig, als sie sich zur Seite schob und sich offenkundig verdrücken wollte. Aber Jason packte sie und zog sie wieder auf den

Platz neben Gaylord.

»Du hast mich gewandelt«, stellte Gaylord fest. »Warum?«

Jason öffnete den Mund, sicher um nichts Sinnvolles von sich zu geben, aber Amélie rammte ihm den Ellenbogen in die Seite.

Zugegeben, seine Frage war dumm. Warum hatte Pauline ihr Leben für ihn geopfert, damit er zum Mensch wurde? Sie wollte ihn nicht gehen lassen. Nicht einmal, wenn er bereits auf der Schwelle des Todes stand.

Er griff nach Paulines Händen und zog sie von ihrem Mund weg. Sie schniefte. »Ich kann dich nicht gehen lassen. Ich will, dass du bei mir bist. Du kannst mein Blut trinken. Oder ich hol dir immer die bösartigsten Menschen. Und Gott liebt die Vampire. Zumindest die Mutter von Jesus, Maria heißt sie, du kennst sie bestimmt. Wir haben gebetet, und die Worte der Bibel konnten uns nichts mehr anhaben«, spulte Pauline ohne Punkt und Komma herunter. Dabei starrte sie auf den Boden, auf ihre Finger, auf Albert, der ihr aufmunternd zunickte und immer noch ein wenig zugedröhnt aussah, aber nie sah sie Gaylord an.

»Bitte sei mir nicht böse«, hauchte Pauline. »Ich weiß, ich bin egoistisch. Aber ich wusste nicht, was ich sonst tun sollte. Ich liebe dich doch.«

Sie schlang die Arme um sich und starrte auf die Blutlachen auf dem Boden. Gaylord seufzte leise. Seit Jahrzehnten hatte es nur ein Ziel in seinem Leben gegeben – wieder ein Mensch zu werden. Er hatte es erreicht. Für ein paar Stunden. Und was hatte er in diesen Stunden gelernt? Dass er berechnende Jägerinnen anzog, von Vampiren herumgetragen und mit Pfannen beschützt werden musste, um überhaupt den Hauch einer Überlebenschance zu haben. Er hatte gelernt, dass er Pauline als Mensch kaum beschützen konnte. Sie war die Tochter von Jason Harris. Sie konnte kein unbehelligtes Leben führen, über kurz oder lang würde ihr immer ein Krimineller hinterhersteigen, um über sie an Jason zu gelangen. Sie konnte sich selbst verteidigen, und doch wollte er nicht tatenlos danebenstehen und auf ihre Fähigkeiten vertrauen müssen. Und er hatte gelernt, dass er Pauline mehr liebte als sein Leben, dass er Linett um ihr Baby beneidete, und als wäre er nicht schon verschroben genug, schob sich just in diesem Moment die Vorstellung vor sein Auge, wie Pauline ein Baby im Arm hielt.

Aber noch ein Gedanke zog durch sein überfordertes Gehirn. Er griff sich an den Kopf. »Ich sollte Kopfschmerzen haben.«

Jason verdrehte die Augen. »Hör gefälligst zu, wenn man dir etwas erklärt. Gott hasst uns nicht. Zumindest nicht, wenn wir uns penetrant lange in einem seiner Häuser einnisten und es abwohnen.« Damit deutete Jason auf die zerstörte Einrichtung. Selbst die Treppe der Kanzel war zertrümmert.

»Hasst du mich jetzt?«, fragte Pauline kläglich. Ihr Blick jagte einen sanften Schauer durch seinen Körper. Er konnte nicht behaupten, dass ihn die Erkenntnis, wieder ein Vampir zu sein, schier umbrachte. Es gab genug bösartige Menschen auf dieser Welt. Er konnte sich immer noch an diese halten, und höhere Mächte mussten damit leben, dass er ihnen das Urteil abnahm. Denn er wollte Pauline glücklich sehen, und noch mehr als der Wunsch nach dem menschlichen Leben, wog in ihm der Wunsch, Jahre an Paulines Seite zu verbringen.

»Dir ist klar, dass du mich zeit deines Lebens nicht mehr verlassen kannst, schließlich lebe ich nur noch für dich?«, neckte Gaylord Pauline.

Pauline riss die Augen auf, Jason hustete unterdrückt, und Albert klatschte Beifall, während Amélie leise kicherte.

»W… Was?«, stotterte Pauline.

»Ist das nicht der Part der Frau, so was zu sagen?«, fragte Jason,

und Amélie stieß ihm die Faust in die Seite.

»Hör auf, so sexistisch zu sein.«

»Ach, aber die sexistische Männerstimme vom Navi gefällt dir«, hielt Jason dagegen.

Amélie lächelte versonnen. »Er weiß, wo er eine Frau berühren muss.«

Pauline lächelte schief, als Gaylord über ihre Wange strich. »Dann musst du mich aber auch den Rest deines Lebens ertragen«, sagte sie leise. »Auch wenn ich launisch, obszön und laut bin.«

»Gerade dann liebe ich dich am meisten«, raunte Gaylord und stahl sich einen Kuss.

Regel Nr. 25

Leichenbeseitigung muss im Lösegeld einkalkuliert sein

Gaylord mochte sich kaum von Pauline lösen. Auch nicht, als es lautstark an die Kirchentür klopfte. Jason stand auf, um die Bänke beiseitezuschieben und die Tür zu öffnen. Durch den Spalt schob sich die blasse Gestalt des Abbé Durand. Seine Gesichtszüge entgleisten, als er das Chaos in der Kirche erspähte. Zerschlagene Bänke, Säulen, an denen hin und wieder ein großes Stück Putz fehlte, der Altar war abgeräumt, die Kanzel hing nur noch windschief in ihrer Befestigung, Kerzenwachs verteilte sich auf dem Steinboden und mischte sich mit Blut. Gefesselte, bewusstlose, wenn nicht gar tote Vampirjäger lagen in den Trümmern. Louannes Leiche hatte Amélie dezent unter die Kanzel geschoben, als Pauline verkündete, deren blonde Haare könnten sie unmöglich verschwenden, und sie könnten sie an einen Perückenmacher verkaufen.

»Himmel, was ist hier passiert?«, fragte Abbé Durand.

»Eine kleine Meinungsverschiedenheit, wer dem Allmächtigen mehr ein Dorn im Auge ist«, erwiderte Jason grinsend.

Der Priester wiegte zufrieden sein Haupt. »Wohl wahr, wer Gottes Hilfe braucht, findet sie in seinem Haus.«

»Und wem das noch nicht reicht, der kann die Einrichtung zweckentfremden.« Jason richtete eine der umgefallenen Bänke auf, aber das Holz gab ächzend nach, und das Gebilde brach in sich zusammen. Pauline hustete, um das Kichern zu unterdrücken, und Gaylord strich ihr lächelnd eine Strähne aus dem Gesicht. So unrealistisch es sich angefühlt hatte, wieder ein Mensch zu sein, umso realer fühlte es sich an, wieder ein Vampir zu sein. Vielleicht hatte er zu wenig Zeit gehabt, sich an das neue Dasein als Mensch zu gewöhnen, aber hier und jetzt, wenn er Pauline im Arm hielt, dachte Gaylord sogar darüber nach, ob Gott für jede Seele nicht doch einen Plan hatte, und vielleicht sah dieser Plan wirklich vor, dass Gaylord als Vampir sein Glück fand.

»Ich glaube, Gott steht auf ein wenig Action. Und Pfarrer freuen sich über eine Spende, die beim Aufbau der Kirche hilft«, verkündete Abbé Durand und stieg über einen bewusstlosen (oder toten?) Jäger.

»Ja, ja, schon gut«, brummte Jason. »Ich schicke Ihnen einen Scheck.«

Gaylord zog Pauline auf die Beine, und sie legte den Arm um ihn.

Der Priester lächelte milde. »Ich hoffe doch sehr, dass ich die Eheschließung vollziehen darf. Wir haben in Ajou einen ausgesprochen hübschen Garten neben dem Pfarrhaus. Ich bin sicher, Gott vergibt es, wenn wir dafür sämtliche Kreuze entfernen.«

»Das klingt hervorragend«, erwiderte Gaylord lächelnd und drückte Pauline noch ein wenig näher an sich. »Aber wir können es auch in der Kirche versuchen.«

Abbé Durand zog erstaunt die Augenbrauen nach oben. »Sie haben keine Kopfschmerzen?«

»Nein«, erwiderte Jason gedehnt. »Woher wissen Sie das überhaupt?«

»Internet.«

Jason verdrehte die Augen. »Dieses Internet wird uns alle irgendwann auffliegen lassen.«

»Und wie ist das mit dem Weihwasser?«, fragte Abbé Durand interessiert.

»Das probieren wir vielleicht später aus«, wehrte Gaylord ab. Ihm reichte bereits der Segen, eine Kirche betreten zu können. Man musste es nicht gleich übertreiben.

»Was machen wir mit dem?«, rief Jeremy von der anderen Seite des Kirchenschiffes. Jeremy hatte in der Nebenkapelle den niedergeschlagenen Jägeranführer gefunden und schleifte ihn am Kragen hinter sich her. Vergeblich versuchte Bruno, sich dagegen zu wehren oder sich gar aufzurichten. Jeremy zerrte ihn ohne Rücksicht über die zerbrochenen Bänke und seine liegenden Kumpane und stellte ihn vor Jason halbwegs auf die Beine. Nur, dass die Beine des Jägers wohl zu kurz waren. Sie reichten nicht bis zum Boden. Jeremy drückte ihn nach oben und störte sich nicht daran, dass dessen eigenes Hemd ihm langsam die Luft abschnürte und ihn blau anlaufen ließ.

»Bringt ihn ja nicht um!«, rief Albert aus. »Ich kümmere mich um ihn.« Er schwankte noch immer ein wenig von dem Eisenkraut, aber er grinste so anzüglich, dass Gaylord unweigerlich Mitleid mit dem Anführer der Jäger entwickelte.

Jeremy grinste hämisch, zog einen Kabelbinder aus seiner Tasche und verschnürte die Hände des Jägers hinter dessen Rücken.

»Das sieht ausgezeichnet aus«, lobte Albert, bevor er sich hinter dem Ohr kratzte. »Ich fürchte nur, eine Kirche ist dafür nicht der geeignete Platz.«

»Ich stelle dir die Location zur Verfügung und lege die Handschellen und ein paar Überraschungen obendrauf«, lachte Jason.

Pauline kicherte und schmiegte sich an Gaylord. Ihre Haare streichelten weich seinen Hals, und ein süßes Flattern meldete sich in seinem Bauch. Sanft küsste er sie und zog sie in seine Arme. Sie schmiegte sich hinein, als hätte niemals eine andere dorthin gehört.

Regel Nr. 26

Auch der blindeste Entführer findet die große Liebe

Es war ein herrliches Gefühl, frisch geduscht zu sein.

Den Arm um Pauline gelegt stand Gaylord in Jasons Flur und konnte kaum den Blick von Pauline lösen. Jasons Hund raste wie eine Rakete den Flur hin und her. Jedes Mal stoppte er zwei Schritte vor ihnen, rutschte auf dem Holzboden das letzte Stück, bis er auf ihrer Höhe war, und sprang die Hosenbeine der Anwesenden hoch, um dann weiterzujagen. Eine weiße Fellkugel, die so hysterisch mit dem Schwanz wedelte, dass man meinen könnte, er bekäme gleich einen Herzinfarkt.

Amélie lockte ihn mit Versprechungen auf frisches Fleisch in die Küche, und mit einem fröhlichen Kläffen raste Peppi hinter ihr her.

Gaylord wünschte, Jason wäre nur ansatzweise so entspannt und fröhlich wie Peppi. Seinetwegen konnte Jason auch versuchen, sein Bein zu rammeln, Hauptsache, er hörte endlich auf zu reden und ließ Pauline mit Gaylord ausgehen.

»Sie wird hier wohnen, bis sie alles Erforderliche über das Vampirleben weiß«, dozierte Jason. »Wenn du es nicht lassen kannst, dann wirb von mir aus um sie. Aber geh mir lieber aus dem Weg, wenn ich meine Knarre putze.«

Gaylord nickte, während Pauline ihren Vater fassungslos anstarrte. In Anbetracht ihres Altersunterschieds war diese Ansprache schlichtweg lächerlich, aber Gaylord wusste, wie schmerzhaft es werden konnte, Jason zu widersprechen, also nickte er wie ein bekiffter Wackel-Dackel immer wieder mit dem Kopf. Solange Jason nicht auf die Idee kam, Pauline in einen

Harem zu sperren, konnte er reden, so viel er wollte.

»Entschuldige mal«, mischte sich Pauline ein. »Ich bin volljährig. Ich wohne seit Jahren nicht mehr zu Hause!«

»Ist mir gleich«, erwiderte Jason gutmütig.

»Ich kann wohnen, wo ich will«, gab Pauline zurück.

Jason schüttelte vehement den Kopf. »Kannst du nicht.«

»Wer sagt das?«

»Dein Vater.«

»Ich warte immer noch auf mein Pony«, knurrte Pauline.

»Du wolltest keines.«

»Hab ich nie gesagt!«

»Doch, als du …«

»Ach, vergiss es«, winkte Pauline ab.

»Zu meiner Zeit war es ohnehin üblich, eine gewisse Zeit um eine Frau zu werben, bis man ihr die Ehe antrug. Es erhöhte den Reiz«, sagte Gaylord sanft. Bei seinem letzten Wort überzog eine zarte Röte Paulines Wangen.

»Bevor du nicht meine Erlaubnis hast, wirst du sie nicht anrühren«, knurrte Jason dazwischen.

»Zu spät. Wir waren duschen.« Pauline streckte ihrem Erzeuger die Zunge heraus. Bevor Jason noch mehr Unfug von sich geben konnte, hakte sie sich bei Gaylord unter und zog ihn zur Tür hinaus.

»Er spinnt«, entschuldigte sie sich.

Gaylord lächelte und strich ihr sanft über die Wange. »Ich bin froh, dass er dir diese Eigenschaft vererbt hat.«

Leichter Wind umspielte sie, und brachte Paulines Haare in Bewegung, als sie nach draußen traten. Auf Jasons Wiese schoben sich die ersten grünen Triebe der Frühlingsblüher der Sonne entgegen.

Gaylord hielt Pauline gerade die Wagentür auf, als Jason noch

einmal in der Tür erschien. »Und wehe, sie ist um Mitternacht nicht zu Hause!«

ENDE

Nachwort

Die Geschichten um Jason, Gaylord, Pauline, Jeremy, Linett und die anderen Konsorten wären wohl niemals in dieser Form entstanden, gäbe es da nicht ein paar liebe Freundinnen.

Gefunden über ein Harry-Potter-RPG haben wir irgendwann unser eigenes Ding in Sachen RPG, Vampire, Werwölfe, Hexen und Jäger gedreht. So entstand der Rahmen für die Eigenschaften der Vampire dieses Buch (zum Beispiel: die Abneigung gegen Eisenkraut; die Arten, sich ein untotes Gefolge zu generieren), die ihr in diesem Buch findet.

Es werden sicher noch viele Figuren des Forums ihre großen Abenteuer in Büchern erleben und egal, von welchem dieser Autoren – sie werden euch ebenso süchtig machen wie mich. Sollten euch also bei einer Harper Johnson und Holly McLane die Rahmenbedingungen über die Eigenschaften der Vampire und Hexen bekannt vorkommen, so wisst ihr nun, warum das so ist.

Dazu danke ich allen, die mich bei diesem Buch unterstützt haben. Meine lieben Testleserinnen (allen voran die wunderbare Elvira), meine Lektorin und mein Ehemann, der sogar Tageszeiten nachrechnet (weil ich es nie hinbekomme).

Der größte Dank gebührt aber euch Lesern. Denn ohne eure Rezensionen, euer Lob, eure Hinweise und eure Aufmunterungen hätte ich einige meiner Geschichten nur angezündet, aber nie veröffentlicht. Ich hoffe sehr, dass ihr Pauline und Gaylord genauso gemocht habt wie ich. Ich mochte mich kaum von den beiden trennen, aber da winkt mir gerade Helen zu. Was haltet ihr davon, wenn die nächste Geschichte dieser Reihe von ihr handelt?